國家出版基金項目

明清戲曲序跋纂箋

三

郭英德　李志遠　纂箋

人民文學出版社

卷五　戲曲劇本

明清雜劇傳奇三（明崇禎至清順治）

春燈謎（阮大鋮）

阮大鋮（一五八七—一六四六），字集之，號圓海，一號石巢，別署百子山樵，懷寧（今屬安徽）人，後還居桐城。萬曆四十四年丙辰（一六一六）進士，官至戶科給事中。崇禎初官光祿卿，坐魏忠賢（一五六八—一六二七）黨，流寓金陵。福王立，起兵部侍郎，進尚書。清兵渡江，走江東，尋降。從攻仙霞關，釋馬疾走，仆石上死。著有《詠懷堂詩》。傳見《明史》卷三〇八。參見闕名《阮大鋮年譜》（鈔本《燕子箋考證》附）、劉致中《阮大鋮家世考》（《文獻》二〇〇四年第三期）、鄭雷《阮大鋮叢考》（《華僑大學學報》二〇〇四年第一期，二〇〇六年第二期、第四期）。

撰傳奇《春燈謎》、《燕子箋》、《雙金榜》、《牟尼合》，合稱《石巢傳奇四種》，今存。另有傳奇《忠孝環》、《桃花笑》、《井中盟》、《獅子賺》、《賜恩環》、《老門生》、《翠鵬圖》，已佚。參見林鶴宜《阮大鋮〈石巢四種〉研究》（臺中東海大學碩士學位論文，一九八五）、胡金望《人生喜劇與喜劇人生——阮大鋮研究》。

《春燈謎》傳奇，一名《十錯認》，高奕《新傳奇品》著録，現存崇禎間吴門毛恒刻《石巢傳奇四種》本（《古本戲曲叢刊二集》據以影印）、清初刻本、康熙四十年（一七〇一）張深仙鈔本、乾隆三十七年（一七七二）鈔本、嘉慶二年丁巳（一七九七）刻本、民國八年（一九一九）董氏誦芬室刻《重刊石巢四種》本等。

（春燈謎）自序〔一〕

阮大鋮

兹編也，山樵所以娱親而戲爲之也。娱矣，中不能無悲焉者，何居？夫能悲，能令觀者悲所悲；悲極而喜，喜若或拭焉滌焉矣。要之皆娱，故曰娱也。

其事臆也，於稗官野説無取焉。葢稗野亦臆也，則吾寧吾臆之愈。爲齣凡三十有九，閏一，示餘也，悠也。撰言凡五萬餘，其成之月餘。人爭速之，卽撰者亦自謂速也。何速？杜陵、長吉、長慶，降而渭南，近代新聲，山樵饒習之已，而灼其非詩也。奉家兹園公訓，屏諸阿賴識田者十五年矣。兹編於詩餘之餘耳，可無屏也。莫之屏，斯爾爾競來僕矣，故速也。

噫！今日習鬼語，習之無語，用於餘之餘，惡在其不佳？異哉！必冥然悍然，干風雅爲也。識者曰：『山樵之編此也，豈第娱其於風雅，亦有決排疏瀹思乎？則卽謂爲六義、四始之尾閭焉可矣。』

崇禎癸酉三月望日，百子山樵撰〔二〕。

【箋】

〔一〕版心題『春燈謎記序』。

〔二〕題署之後有陽文方章『百子山樵』。

春燈謎記序〔一〕

阮大鋮

余詞不敢較玉茗，而差勝之二：玉茗不能度曲，予薄能之。雖按拍不甚匀合，然凡棘喉殢齒之音，畨於塡時推敲小當，故易歌演也。昭武地僻，秦青、何戡輩所不往。余鄉爲吳首，相去彌近。有裕所陳君者〔二〕，稱優孟耆宿，無論清濁疾徐，宛轉高下，能盡曲致，即歌板外一種嚬笑歡愁，載於衣褶𦈢稜者，亦如虎頭、道子，絲絲描出，勝右丞自舞鬱輪遠矣。又一快也。

癸酉三月望日，編《春燈謎》竟，偶書於咏懷堂花下。百子山樵手書〔三〕。

【箋】

〔一〕底本無題名。版心題『春燈謎記序』。

〔二〕裕所陳君：即陳裕所，阮氏家班教習，籍里、生平均未詳。或即陳九，清初冒襄（一六一一—一六九三）家班伶人陳靈雛之父。陳維崧《迦陵詞全集》卷一一《陳郎以扇索書，爲賦一闋》，注云：『父名陳九，曲中老教師。』

〔三〕題署之後有印章二枚：陰陽方章『阮大鋮印』，陰文方章『百子山樵』。

（春燈謎）敍

王思任

臨川清遠道人自泥天竈，取日膏月汁，烘燒五色之霞，絕不肯俯齊州搶烟片點，於是《四夢》熟而膾炙四天之下。四天之下，遂競與傳其薪而乞其火，遞相夢夢。淩夷至今，胡柴白棍，竄塞眯哭，其中竟不以影質溺，則亦大可哈矣。

道人去廿餘年，而皖有百子山樵出。早慧，早髯，復早貴。肺肝錦洞，靈識犀通；奧簡遍探，大書獨括。曾以文魁髮燥，表壓會場。奉使極旗亭郵道之蹤，補衮益山龍簌藻之美。著作建明，別有顛尾。時命偶謬，丁遇人痾，觸忌招釁，渭涇倒置。遂放意歸田，白眼寄傲，只於桃花扇影之下，顧曲辯撾。

一日拍案大叫，以爲天下事有何經？正萬車載鬼，悉黎丘耳。乃不譜舊聞，特舒臆見，劃雷晴裏，布架空中。甫閱月，而《春燈謎記》就，亦不減擊鉢之敏矣。中有『十錯認』，自父子兄弟，夫婦朋友，以至上下倫物，無不認也，無不錯也。文筍鬬縫，巧軸轉關，石破天來，峯窮境出。擬事既以贍貼，集唐若出前緣。爲予監優兩夕，千人萬人，俱大歡喜。或癡其神，或悖其魄，或顫其首，或迸其淚。眞有此學官之兒，眞有此樞密之女，奪舍離魂，飛頭易面，亦可謂偃師般倕之最狡極儈者矣。

然予斷之兩言而止： 天下無可認眞，而惟情可認眞； 天下無有當錯，而惟文章不可不錯。情可認眞，此相如、孟光之所以一打而中也； 文章不可不錯，則山樵花筆之所以參伍而綜也。作《易》者，其有憂心乎？ 山樵之鑄錯也，接道人之憨夢也。 夢嚴出世，錯寬入世。 至夢與錯交行於世，以爲世固當然，天下事豈可問哉！

山陰友弟王思任題〔一〕。

（以上均《古本戲曲叢刊二集》影印《詠懷堂新編十錯認春燈謎記》卷首）

【箋】

〔一〕題署之後有陰文方章二枚：『王思任印』、『季重氏』。

附　春燈謎題識〔一〕

葉德輝

《春燈謎》，明姦臣阮大鋮撰也。 大鋮人不足道，而所撰曲本，如《燕子箋》及此種，頗膾炙人口。 吾家懷庭先生著《納書楹譜》，有復古之功，而亦選其『遊街』一闋，列入外集，所謂『不以人廢言』也。

唯阮曲終以姦邪之故，傳刻之本，流布極希。 近日貴池劉氏刻其《燕子箋》，尚未及此。 鹽谷溫君，遊學長沙，遍搜新舊刻本諸曲，獨不得此種，余乃以此贈之。 書面題『嘉慶丁巳年鐫』，當日本陰曆寬政九年，至今一百十五年矣。 鉛字板出，古刻日希，恐此後更無有好事如劉氏者爲之重刊，書此爲之慨然。

宣統四年壬子正月二日〔二〕，郋園葉德輝書。

『遊街』，即第三十五闋《宴感》之半折。

（日本天理圖書館藏清嘉慶二年丁巳刻本《詠懷堂新編十錯認春燈謎記》卷首〔三〕）

【箋】

〔一〕底本無題名。

〔二〕宣統四年壬子：即民國元年（一九一二）。

〔三〕此本未見，據黄仕忠《日藏中國戲曲文獻綜録》移録（頁一四三）。

附　春燈謎跋

吴　梅

此記用筆最淡，四種中，文字以此爲最平正，而情節離奇，尤四記中最詭異者。結穴在『十錯認』。《表錯》一折，將父子、兄弟、夫妻、眷屬，一一顛倒錯亂，其結撰至苦。而【清江引】二支，一則云：『功名傀儡場，影弄嬰兒象。饒伊算清來，倒底是個糊塗賬。』一則云：『閒愁萬斛堆，白髮三千丈。認眞的把這部傳奇請仔細想。』是作者寓意，已明白言之。余故謂《雙金榜》爲文過之書，此記則悔過之作也。且圓海四記，皆作於閒廢金陵之日，觀《雙金榜・婕引》云：『怎如青溪明月一漁翁，玉笛梅花三弄。』《牟尼合》雖避暑姑熟而作，第《敍締》折【玉芙蓉】云：『風光六代偏，烟樹三山遠。』亦不離金陵也。《燕子箋·家門》折云：『爛醉莫愁湖上。』此記《提唱》折又云：『百花深處詠懷堂。』『百花深處』者，卽石巢園之一景。是可知四記之成，皆在屏處南都之際。時方結納清流，力求湔雪，而清流諸君子持之故急，不容自新，於是有異日鉤黨之禍。假令諸君子稍貶崖岸，容納放豚，正是有用之才，何至國事破裂若此！余讀其《詠懷堂詩》，一時縞紵投贈之多，幾、復兩社之彥，卽牧齋、梅村，亦與酬唱。是圓海放廢之時，頗知怨艾，此又尚論者所宜平心衡之也。此記獺皮海，或云影射張獻忠，亦無塙證，鄙意不必牽附。

《轟謎》折【北朝天子】二支，一云『千狀千狀』，一云『非想非想』，較梁伯龍『擺開擺開』，穩愜多多，卽遇屠長卿，亦無可吹求矣。【夫蓉三疊錦】、【春絮一江飛】二支，爲圓海自集之曲，聲律亦復平穩。一部傳奇，必須有耐唱曲幾支，方足饜度曲家之望。若力求簡單，少用慢板，可以娛目，無可悅耳，此則排場不合矣。余最愛《報溺》、《巧憶》、《泄箋》諸折，其詞如春蘼秋棠，不尚詞藻，別饒幽豔。此境惟圓海有之，他人不能也。惟北詞終有錯誤，《沉溺》折之【新水令】，《虜卜》折之【粉蝶兒】，《宴感》折之【醉花陰】，句法平仄，至多乖異。《納書楹·宴感》一譜，又曲爲遷就，雖可點拍，究非正格，吾又笑懷庭居士之狡獪也。

霜厓。

（民國二十九年上海中華書局鉛印本《新曲苑》所收《霜厓曲跋》卷三）

燕子箋（阮大鋮）

《燕子箋》傳奇，高奕《新傳奇品》著錄，現存崇禎間刻本（《古本戲曲叢刊二集》據以影印）、崇禎間吳門毛恆刻《石巢傳奇四種》本（題《詠懷堂新編燕子箋記》）、清初懷遠堂刻本、清初雪韻堂刻本、清寄傲山房刻本、民國八年（一九一九）董氏誦芬室刻《重刊石巢四種》本、民國間劉氏暖紅室刻本等。

（燕子箋）序

闕　名

余流覽傳奇，而歎古人立言之妙，不以顯晦異也。儒生默識羣編，可立致通顯，不則亦章章稱名彥焉。優人揣今摹古，傳之聲容，既精且備，甚至儒生羨賞莫及，或亦章章稱名優人焉。然優人之技益工，其品益下；儒生之學日茂，其報日豐。於是高明博雅之家，競取工於儒生之文，而優人之文，遂相誡勿復爲。以爲〔以下原闕二葉〕

（《古本戲曲叢刊二集》影印明崇禎間刻本《懷遠堂批點燕子箋》卷首）

燕子箋原敍

闕　名

天地者，文人之逆旅；歌詞者，才士之性靈。始於三唐，而其風遂流爲雜劇；盛於兩宋，而其製悉備乎九宮。施、高、湯、沈之餘，詎無雅唱？關、鄭、馬、白之外，間有名篇。求其辭屏淫哇，義符比興者，則惟《燕子箋》一書。以司馬之奇才，譜遏雲之逸響，洵足以緣情定性，考古證今也。至其鏗鏘協律於吳綾，冶豔流情於玳管。尋宮數羽，等顧曲之周郎；摘粉搓酥，擬塡詞於左譽。所稱茂陵華胄，藝苑名流，雕龍髫齡之年，繡虎綺紈之歲。當筵染翰，筆垂露而花生；入座驚人，賦淩雲而鳳舞。而且鸞交兩美，燕合雙姝。搴翠袖以相憐，惟存宛轉；戀紅衫而欲絕，但有纏綿。歸向扶風，較孟光而益麗；攜來蜀郡，擬卓氏而無慚。斯已暢文苑之勝情，極璇閨之雅事。況乃雁塔題名而後，曳履瑤墀；虎頭拜爵之餘，談兵玉帳。憶當日秦樓惜別，離愁誰慰於從軍？幸此時韋曲尋歡，良覿並欣於綰帶。宋玉指巫山爲雲雨，憑虛而大有鍾情；屈平借香草爲友朋，卽物而何妨托興。於是毫抽五色，覺銀箏檀板，聊以爲娛；曲按五聲，俾巷婦衢童，聞而知感。聽之將或歌而或泣，作者亦宜雅而宜風。此殆如南部詞流，發悲歌於《玉樹》；西崑才子，奪逸韻於《金荃》者也。攬厥始終，綜其本末，體製要由於樂府，興觀允助乎騷壇焉耳。

（清宣統間貴池劉世珩暖紅室《彙刻傳奇》第十七種本《燕子箋傳奇》卷首）

燕子箋序〔一〕

韋佩居士〔二〕

此石巢先生所塡第六種傳奇矣。

或曰：『澤①畔行吟，與其江蘺杜若，從乎彭咸，毋寧桃②花扇底，歌樂太平之爲善怨耶！』而不盡乎此也。

或曰：『野史稗官，奇書軼③事，新料瑰瑋，辟諸琪花瑤草，棄置可惜。塡詞以爲詩家之尾閭，收詞賦之甌脫，是亦才人弸肆之④致也。』而不盡乎此也。

或曰：『隱几含毫，登場觀劇，是屬兩事。頗有塡成玄圃玉積，及演出，若三家村學堂總角徒弟背《賢文》，唼唼平腔，久而不盡者。此詞能使霞衣花袖，按節逞態，濃纖閒鬧，推換停勻，鬼國天魔，海童怪馬，洞心駭目，以此壓倒響屧緋袍、《五倫》、《四德》耶！』似也，而不盡乎此也。

然則誰居⑤？韋佩居士曰：盍合詞之全幅而觀之？構局引絲，有伏有應，有詳有約，有案有斷，即游戲三昧，實御以《左》、《國》、龍門家法。而慧心盤腸，蜿紆屈曲，全在筋轉脈搖處，別有馬迹蛛絲、草蛇灰線之妙。介處、白處，有字處、無字處，皆有情有文，有聲有態，以至眚輪眼角，衣痕袖摺，茗椀香爐，無非神情，無非關鎖，此亦未易與不細心人道也。

夫綦席枕藉，送客留髠，傷於荒矣；挑金贈藥，韓香溫鏡，誨之淫矣。釋此而必出於《五倫》、

《四德》，以賺配饗白豬肉，尤爲可嘔。孰如此因情作畫，因畫生情，非夢非眞，有意無意，始以懷春，終焉正範，「樂⑥而不淫，哀而不傷」，「溫柔敦厚」，石⑦巢先生始於性情矣。即以續大、小山，鼓吹風雅，且以爲女嬃、肆姐，托物流連，足代《反離騷》也。何爲而不可哉，何爲而不可哉？

崇禎壬午陽月，桐山韋佩居士書於笛步畫舫中。

（明崇禎間吳門毛恆刻《石巢傳奇四種》所收《新編燕子箋記》卷首）

【校】

①曰澤，底本闕，據《誦芬室叢刊》本補。

②桃，底本闕，據《誦芬室叢刊》本補。

③軼，底本作「帙」，據《誦芬室叢刊》本改。

④之，底本闕，據《誦芬室叢刊》本補。

⑤居，底本闕，據《誦芬室叢刊》本補。

⑥樂，底本作「藥」，據《誦芬室叢刊》本改。

⑦厚石，底本闕，據《誦芬室叢刊》本補。

【箋】

〔一〕底本無題名。版心題「序」。民國間武進董氏輯刻《誦芬室叢刊》本《詠懷堂新編燕子箋記》卷首有此文，題《燕子箋序》。

〔二〕韋佩居士：姓名、生平均未詳。桐山，在今安徽安慶太湖縣境內。

燕子箋跋

劉世珩

明末阮圓海所撰《燕子箋》、《春燈謎》二種，曲文雋妙，尚存元人餘韻，膾炙藝林，傳播最廣，觀者不以人廢言也。《春燈謎》世鮮傳本，於祥符顧氏得詠懷堂原刻，亟付刊焉。惟《燕子箋》，詠懷堂本竟不可獲，坊間復刻，譌謬觸目。客歲，乃從武進費氏假得此本，首行題作『懷遠堂批點燕子箋記』，刻本甚精，眉端評語，簡當有味，圖畫亦極工緻。因即據之覆刻。

後又從顧氏假得《燕子箋》小本，僅有平話，而無曲文，分六卷十八回。第一回，『別恩師來都應試，餽良朋水墨觀音』；第二回，『候場期店裏棲身，謀叛逆途中打獵』；第三回，『舊知交款留文士，重相會寫贈春容』；第四回，『臧書吏陳說場弊，繆室婆醉施酒瘋』；第五回，『錯取畫來驚容似，贈詩箋去任燕傳』；第六回，『霍秀夫曲江拾字，賈南仲虎牢安營』；第七回，『機關洩漏梅香口，醜態翻成皂隸言』；第八回，『換坐號試探口氣，因醫病細說情由』；第九回，『不湊合難成吏舞，生姦謀易嚇友聽』；第十回，『霍秀才潛逃旅邸，安祿山大破潼關』；第十一回，『酈尚書出闈扈駕，賈經略收女全交』；第十二回，『夫人錯認親生女，秀士新選入幕賓』；第十三回，『參軍作檄傷賊膽，節度愛才許聯姻』；第十四回，『美少年軍中合巹，老駝婆閣下陳情』；第十五回，『鮮狀元私謁師第，華養女弊掀父前』；第十六回，『假斯文鎖試書齋，眞不通潛逃狗洞』；第十七回，『久別離同欣聚會，得相逢各訴前由』； 第十八回，『一道旨雙排賞宴，兩妻兒均受榮封』。

今傳奇演成四十二齣，齣目迥異。小本平話，無年月可考，而紙墨甚舊，當出明初葉刊板。取以校傳奇說白，無不吻合。每回詩句，亦復不差一字。惟《寫箋》一齣，題【醉桃源】詞，首二句『沒來繇事巧相關，瑣窗春夢寒』，頗覺語氣不屬。平話本作『風吹雨過百花殘，香閨春夢寒』，雅有深致。第四句『丹青誤認看』，平話本作『放眼看』。換頭二句『綠雲鬟，茜紅衫』，平話本作『揚翠袖，伴紅袖』，亦校勝。悉照改正。似百子山樵作傳奇時，即據此爲藍本。元人傳奇，多本平話而作。如劉後邨詩云：『滿邨聽說蔡中郎』，知宋時必有演蔡中郎之平話，故《琵琶記》即因之而作。則阮曲之出於此本平話，更可證也。

費本評語，並刊以存其舊。惜圖畫多不完，因倩吳子鼎補繪足成之。而山荊又從原本上摹鄺、華二像，以弁卷端，益見予二人之好事矣。

庚戌九月二十有九日〔一〕，夢鳳並識。

（中國國家圖書館藏清宣統間貴池劉世珩暖紅室《彙刻傳奇第十七種》本）

【箋】

〔一〕庚戌： 宣統二年（一九一〇）。

附　燕子箋跋

董　康〔一〕

阮圓海自撰曲本《燕子箋》、《春燈謎》，先出家伶奏伎，競詡新聲。當時清流諸子，且詈且笑詆之，寖成仇局，其名乃盛傳於世。

予得詠懷堂原本，重爲校刊。觀其措意命辭，不必窮幽極妍，而脈絡貫穿，自然融洽，殆非凡手所能企及。特縱筆所至，曲家舊譜，未暇一一檢覈。如《燕子箋》第六《寫像》一齣，【天燈魚雁對芙蓉】，原作【山漁燈犯】。案【山漁燈犯】，乃【山花子】、【漁家傲】、【剔銀燈】三調合成，本屬犯調，不應更加『犯』字，茲依《九宮正始》更正。又原曲『承謝』下數語，與譜未諧，略爲更易數字，恐未免臧晉叔改竄玉茗《四夢》之譏也。

己未閏秋〔二〕，誦芬主人附記。

（民國間武進董氏輯刻《誦芬室叢刊》本《詠懷堂新編燕子箋記》卷首）

【箋】

〔一〕董康（一八六七—一九四七）：字授經，别署誦芬主人、誦芬室主人，武進（今江蘇常州）人。光緒十五年己丑（一八八九）舉人，次年庚寅（一八九〇）進士，歷任刑部主事、郎中等。二十八年起，任法律館校理、編修、總纂、提調等職。辛亥（一九一一）後，任司法總長、財政總長等職，後爲東吳大學、北京大學教授。刊刻《誦芬室叢刊》、《廣川詞錄》、《詩慰》等，組織編纂《曲海總目提要》。著有《書舶庸譚》、《課花庵詞》、《曲目韻編》等。

〔二〕己未： 民國八年（一九一九）。

附 燕子箋跋〔一〕

吳梅

石巢諸種，以此記爲最著。弘光時，曾以此曲供奉内廷，一時朱門綺席，奏演無虚日。是以大江南北，膾炙人口也。圓海居南都時，與清流諸君子頗相結納，故《牟尼合》有文震亨序，《春燈謎》有王思任序。此劇更傾動一時，詩文投贈，尤爲美富，可見當時聲價矣。據韋佩居士序『此爲石巢先生所填第六種傳奇』，今按石巢諸傳，正符六種，是兹劇最後出也（六種合《獅子賺》、《忠孝環》言）。居士又云：『卽游戲三昧，實寓以《左》、《國》、龍門家法。』又云：『介處、白處，有字處、無字處，皆有情有文，有聲有態。』此數語足賅括本書，且可爲普天下作傳奇之訣。

余謂傳奇中，生、旦居首，淨、丑副之。不知淨、丑襯托愈險，愈足顯生、旦團圓之不易。初學填詞，往往重正角而輕花面，實不知文法。此劇之妙，在鮮于佶，此盡人皆知也； 抑知繆繼伶夫婦及臧不退、孟媽媽皆是出色人物，演者不可草草乎！

猶憶《板橋雜記》記秦淮曲中人見此記華、霍分離時，有盈盈泣下者，可想當日扮演之細膩熨貼也。今日傳唱，止有《姦遁》一折，卽以此折論，吳中伶人工者絕少。余舊見姜善徵演此頗佳。姜沒，此折亦成《廣陵散》矣交劉。蓋此折之難，在眥輪眼角、衣痕袖摺之間，一舉一動，各有神采，非得老伶指點，輒不能工。是知《陶庵夢憶》贊阮圓海戲『齣齣出色，句句出色，字字出色』者，非過譽矣。

余少時即讀此記，又從《納書楹譜》得《寫象》字譜，時一按歌。繼客北都，交劉君鳳叔（富樑），又與商訂此書全譜。《拒挑》折【宜春令】『拚著至誠心寬待等』句，『等』字上聲，頗難下字。鳳叔別出機杼，爲之妥貼安頓，兩人拍手稱快。是時劉君蕙石（世珩）方欲彙訂四夢、石巢、石渠諸曲譜，邀鳳叔主其事，余因得與之上下議論也。今蕙石既逝，此記全譜，未知是否付梓。（《集成曲譜》有《寫象》、《拾箋》、《姦遁》、《誥圓》四譜，即鳳叔所訂正者。）展讀此詞，益動我鄰笛山陽之痛云。

壬申四月〔二〕，霜厓癯叟吳梅書於百嘉室。①

（《珊瑚》一九三二年第一卷第五期《瞿安讀曲記》）

【校】

①「壬申」二句，底本無，據中國國家圖書館藏明崇禎間刻本《懷遠堂批點燕子箋》卷末墨筆書補。

【箋】

〔一〕底本無題名。此文收入上海中華書局民國二十九年（一九四〇）鉛印本《新曲苑》所收《霜厓曲跋》卷三，文字略有增刪，不一一出校。

〔二〕壬申：民國二十一年（一九三二）。

附　燕子箋跋〔一〕

吳梅

圓海諸作，自以《燕子箋》爲最。自葉懷庭譏其尖刻，世遂屏不與作者之林，實則圓海固深得玉茗之神也。傳中以霍都梁、華行雲、酈飛雲三人爲主，而鮮于佶鬼蜮情狀，不啻圓海自爲寫照。石巢四種，《雙金榜》古豔，《牟尼合》穠豔，《燕子箋》新豔，《春燈謎》則悔過之書。所謂『十認錯』，亦圓海平旦清明時，爲此由衷之言也。自來大姦慝必有文才，嚴介溪之詩，阮圓海之曲，不以人廢言，可謂三百年一作手矣。

霜崖。

（民國十九年上海商務印書館排印本吴梅《曲選》卷三《燕子箋》卷末）

【箋】

〔一〕底本無題名。

雙金榜（阮大鋮）

《雙金榜》傳奇，高奕《新傳奇品》著録，現存崇禎間吴門毛恒刻《石巢傳奇四種》本（《古本戲曲叢刊二集》據以影印）、民國八年（一九一九）董氏誦芬室《重刊石巢四種》本。

（雙金榜）小序

阮大鋮

噫！童子哉，童子哉，其惟塡詞乎？而芥納須彌，義固無漏，要其詼嗤納敗，端有二焉。夫取事板古，吾未見『曉風殘月』之可以大特書也。若平話鼓詞，此又識字大伯壚邊醒睡底本，根地卑湫，牽筶垔穢，何其盡菰蘆而然也？嗟乎！追逋射覆，□人之我，迫不容已耳。可已不自已，兜底羯磨，冀以傳四方、垂久遠，海上之夫，嗜而逐焉。我之讐我，抑又何昧也？

此傳梗概，胎結久矣。一針未透，閣筆八年。偶過鐵心橋，一笑有悟，遂坐姑孰春雨，二十日而塡成。平生下水船撑駕熟爛，此不足言。要其大意，於以見坎止蜃樓，冤親圓相，衆生之照心失而無明起也。盲攻瞶詆，大約蚩蚩焉，如皇甫氏之父子弟兄爾。

百子山樵漫題〔一〕。

（《古本戲曲叢刊二集》影印明崇禎間刻本《詠懷堂新編勘蝴蝶雙金榜記》卷首）

【箋】

〔一〕題署之後有印章二枚：陽文方章『阮大鋮印』，陰文方章『集之』。

附　雙金榜跋〔一〕

吴　梅

石巢，爲懷寧阮大鋮。阮字圓海，號集之。詠懷堂、遙集堂，皆其所居，卽暗隱其姓也。《明史》，大鋮入《姦臣傳》，其品固不論，而其才實不可及。自葉懷庭《題燕子箋》云〔二〕：『以尖刻爲能，自謂學玉茗堂，實未窺其毫髮。笠翁惡札，從此濫觴。』於是鄙其人，並及其辭。此皆以耳代目者也。梁溪顧天石云〔三〕：『嘗怪百子山樵所作傳奇四種，其人率皆更名易姓，不欲以眞面目示人。』山陰張宗子云〔四〕：『阮圓海大有才華，恨居心勿靜。其所編諸劇，罵世十七，解嘲十三，多詆毀東林，辯宥魏黨，爲士君子所唾棄。』然則圓海諸作，果各有所影射歟？

今讀諸劇，惟《雙金榜》略見寄託，顧亦非詆毀東林也。『按，圓海曾列籍東林，爲高攀龍弟子。後附魏黨，爲劉蕺山所劾。魏敗，坐逆案削職。此詞當是坐廢時作。記中皇甫敦，又名黃輔登，攀附登龍，義取暗射，即指高攀龍。孝標，隱劉字，即指蕺山。孝緒爲阮，即以自指。以東洛喻東林，以東粵喻東廠。入粵後，屢言番鬼，番鬼者，魏也。攸飛竊珠，亦窺竊神器之意。《廷訐》一折，意謂己與蕺山，同屬攀龍門下，不宜相煎太急。「通番」一案，即言逆案。總不外自表無罪，乞憐清流之意。』此說得之友人許守白〔五〕。往在都中，與守白論圓海諸記，所述頗多，因約錄如此。

通本情節詼詭，梵典圖經，恣意漁獵，非胷羅書卷，筆具韝鑪者，不能作。明人傳奇，多喁喁兒女語，獨圓海諸作，皆合歌舞爲一。如《春燈謎》之龍燈，《牟尼珠》之走解，《燕子箋》之象戲、波斯進寶，及此記之煎珠踏歌，皆耳目一新，使觀場者迷離惝怳，此又同時諸家所無有者矣。圓海能度聲，故諸詞克諧。惟此記中，北曲多舛律。如《變夷》折【點絳脣】一套，鉤輈格磔，無從訂譜。但沿誤必有所本，未敢臆測也。

壬申二月〔六〕，長洲吳梅霜厓癯叟書於百嘉室〔七〕。

（同上《詠懷堂新編勘蝴蝶雙金榜記》卷末墨筆者）

【箋】

〔一〕底本無題名。此文又見鄧子平、孟保青《吳梅全集》（理論卷）（河北教育出版社，二〇〇二），其所據爲

《瞿安讀曲記》《珊瑚》第一卷第一號，略有異文。此文又見《霜厓曲跋》卷三，與《全集》本文字同。

〔二〕葉懷庭： 即葉堂（約一七二四—一七九五後），號懷庭，生平詳見本書卷十三《納書楹四夢全譜》條解題。

〔三〕梁溪顧天石： 即顧彩（一六五〇—一七一八），字天石，生平詳見本書卷六《小忽雷》條解題。

〔四〕山陰張宗子： 即張岱（一五九七—一六七九），生平詳見本卷《喬坐衙》條解題。此處引文，見張岱《陶庵夢憶》卷八。

〔五〕許守白： 即許之衡（一八七七—一九三五）。

〔六〕壬申： 民國二十一年（一九三二）。

〔七〕題署之後有陰文方章二枚：「吳梅私印」、「瞿安自壽」。

附　雙金榜跋〔一〕

許之衡

圓海各種傳奇，多有寓意。《春燈謎》意在十錯認，爲其自陳悔過之書。此劇則文過飾非之書也。按圓海曾列籍東林，爲高攀龍弟子。後附魏璫，爲劉蕺山所劾。魏敗，坐逆案削職。此劇當是坐廢時所作。劇中皇甫敦又名黃輔登，攀附登龍，義取暗射，即指高攀龍。孝標爲劉，皇甫孝標指蕺山。孝緒爲阮，即以自指。以東洛喻東林，以東粵喻東廠。入粵後，屢言番鬼，鬼者魏也。莫佽飛竊珠，亦喻窺竊神器之意。《廷訐》一折，意謂己與蕺山，同屬高攀龍門下，不宜相煎太急。

『通番』一案，即言逆案。總不外自表無罪，乞憐清流之意。其情節俶詭，可謂文如其人。梵典圖經，故爲眩目，以供點綴耳。然就曲而論，自是可喜也。

壬戌十月〔二〕，許飲流識〔三〕。

通部惟《變夷》折北曲不盡合律，然沿誤亦有所本。《摸珠》折用【桂枝香】，微嫌於排場不甚合宜。其餘則文律並美，無疵可摘矣。

（《綏中吴氏藏鈔本稿本戲曲叢刊》第四册影印飲流齋鈔本《雙金榜傳奇》卷末）

【箋】

〔一〕底本無題名。

〔二〕壬戌：民國十一年（一九二二）。

〔三〕題署之後有陽文長方章『飲流』。

牟尼合（阮大鋮）

《牟尼合》傳奇，一名《牟尼珠》，高奕《新傳奇品》著錄，現存崇禎間吴門毛恒刻《石巢傳奇四種》本（《古本戲曲叢刊二集》據以影印）、民國八年（一九一九）董氏誦芬室《重刊石巢四種》本。

（牟尼合）題詞

漳川吏行者〔一〕

人以緣生，復以生生緣。緣中變幻，遂成器世界，而爲一大戲場。三千大千，盡弄情鬼；往古來今，都爲識死。以悲歡離合，膠柱冤親；致生旦淨丑，塗抹本來。試問當場燈火，從何生滅？傀儡線索，從何提掇？彼啼笑中人，自不能覺自反，借冷眼一點，諸趣立空。咄咄大夢，何所把持？獨有形山一寶，隨劫往來，恩愛不能染，兇燄不能摧，水火不能焚溺。歷盡生老病苦，止落精精光光，團圓一顆。噫！亦奇矣。

石巢老人犀照赤水，鉢降驪龍，鄭重此物，願同彼岸。以爲此方教體，利於扮演聲歌。於是借機說法，遊戲三昧，拈出達摩舊案，廣宣牟尼新聞，使恆沙國土，皆知善果福報，不出個中。即梁武帝機緣未湊，當面錯過，然折蘆慈航，猶得及於子孫，保有寧馨，以圖家慶。回視兇魔，奈我佛珠何？倘人人知有家珍，生長愛護，不離寶母，永離危險，庶不負石巢一念婆心乎！不然擊鼓鳴鐘，上堂白槌，不能感發一切善男女，則棒喝葛藤，反不如板腔慈悲，石巢不更爲法王功臣云。

漳川吏行者題於清嘯軒〔二〕。

【箋】

〔一〕漳川吏行者：姓名、籍里、生平均未詳。

〔二〕題署之後有陰文方章二枚：『心傳二瞻』、『雪夜書千卷花時酒一杯』。

（牟尼合）序

曹履吉（一）

百子來存漁山，盡所爲甲乙諸藏，黄鐘音首悉不攜，間津津時曲。漁山曰：『曲無小，則「聲依永，律和聲」，肇自經始，不敢妄談，百子豈有深味於中歟？』百子曰：『曲者，非指愛物之形也。聞之曲爲心曲，名言爲曲，實本爲心，心直中皆曲。於所取象，爲風綦似。此不論九奏八闋，起自皇時，卽自樂府推遷，下至匹夫匹婦，無不皆是。凡物之響，一切繇之。彫文蔚珈，與人合譜，磅礴象地，穹崇法天，極精入微。如鳩摩羅什、師曠、州鳩、萬寶常、王令言輩，皆光外辨聲，斷國之成敗。是其動作莫評於風，其被於人，不知所自來；其卷而去，莫知歸於何所。是亦有人事橐籥於前，而其決裂遂釀於後。風傳響動，鳥龜鼉馬，與風之自來自去，相爲璇環。借微天下之靈人，而徒與世之寡聞淺見者談乎？繇而較之，自唐虞以迄漢、唐、宋、元，其間有韻之聲，如古、《選》、五七言近體，俱可呼筏問津，古今同軌。獨至樂府，塗山『候人』，有娀飛燕，迄乎秦燔，漢氏叔孫制復，魏之三祖《秋風》列篇；降及晉、唐，傅玄、杜夔，律音奏雅，有宋胡瑗、阮逸輩，亟以聲音爲工；至於元，而《律曆考》成，要皆各寫元音，隨成譜本。嘗試觀其籥舞，《黄姑》、《桑落》，《迷迭》、《都梁》，歌轉清平，天子按節徐奏，以至大小《垂手》，《伊》、《梁》諸州，有各篇名，聲不相襲。不惟不襲，併聲亦不得傳。詆此沿之各代，俱自成家。考之千百如林，絶不一轍。豈必如本朝諸人，於有韻之詩，翻欲變舊從新，而於各代絕不相同之曲，顧乃欲即新成故乎？』

漁山曰：『詩之新聲，已聞其概。此曲之即新成故，可得詳與？』百子曰：『凡曲既從新生，正當息慮于喁，以聽風之自轉，奈何抽黄對白，託爲牛鬼蛇神。此曲本近三百年來，惟《琵琶》、《西廂》，然《琵琶》不能無間。近代「兩夢」傳奇，足厭人意。往時梁溪、松陵兩先生〔二〕，號能顧曲，然梁溪猶在近遠之間。至「兩夢」傳奇之外，復有他本，中多奥句，更多屋下架梁，令人憒憒，不暇舉其凡。所以然者，景不從心，一切皆繇外彀。悉類市寶，蒙昧金針，究使一二君子登場，鐘鼓元聲，不知誰爲獨有？至於牌名合拍，尚爾惛然莫知。於是倩彼伶人，徒取充韻。有强合宫調，或轉入商聲；元是越聲，或插入南調。諸如此類，襲沿强尋。一事㬥合，各本同調，中間成事，悉做不知。夫盡力前詞，已非如各代，自號一家，况見種種祖襲謬傳，豈三調之正聲，非韶、夏之鄭曲乎？』

漁山曰：『論變既詳，無如請式。』於是撰蕭思遠牟尼合事，自唱自板，抵十五六日，迄用有成。語語繇衷，半字不寄籬下，總若天風自來，悉成妙響。夫妻父子，與人間朋友，俊氣俠腸，接筍穿微，一絲不漏。惟是妙處，令人設身易地，痛癢自知。雖剝盡四庫靈文，不知何處下手；正恐到下手處，纖毫無用。於此獨見天心，正是百子顯門。海内始知大龍獨步，視向之黄鐘音首，到此別開洞天，而樂府之精微乃盡。擬於今秋八月，須邀何人賞聽？則天門之内，一座青山，呼起謝朓、青蓮，百子當歌，漁山爲之起舞。

漁山子識〔三〕。

【箋】

〔一〕曹履吉（？—一六四二）：字提遂，號元甫，別署漁山、漁山子、博望山人，當塗（今屬安徽）人。萬曆四十四年丙辰（一六一六）進士，授戶部主事，歷員外郎，出爲河南提學僉事，遷參議，晉光祿少卿。著有《博望山人稿》、《辰文閣集》、《青在堂集》等。傳見乾隆《當塗縣志》卷一八、乾隆《太平府志》卷二四、陳田《明詩紀事》庚籤卷七等。

〔二〕梁溪：無錫別稱。未詳所指何人。松陵：屬吳江（今江蘇蘇州），此處指沈璟（一五五三—一六一〇）。

〔三〕題署之後有印章二枚：陽文方章「漁山」，陰文方章「曹履吉印」。

《牟尼合》題詞〔一〕

文震亨〔二〕

石巢先生《春燈謎》初出，吳中梨園部及少年場，流傳演唱，與東嘉、中郎、漢卿、白、馬並行。識者推重，謂不特串插巧湊，離合分明，而譜調諧叶，實得詞家嫡宗正派，非拾膏借馥於玉茗《四夢》者比也。

今歲避暑姑熟，十六日而復成《牟尼合》一傳，綽影布稿，鏤空成葉，首尾關合，肢節生動。南中一時歌茵舞席，卜夜達曙，非是不歡。而余方浪遊其地，謬附賞音，以爲填詞一道，幾於《廣陵散》絶，不意當吾世而復聞正始。

蓋近來詞家，徒騁才情，未諳聲律，説情説夢，傳鬼傳神，以爲筆筆靈通，重重慧現。几案儘具奇觀，而一落喉吻間，按拍尋腔，了無是處，移换推敲，每煩顧誤，遂使歌者分作者之權。而至於結骸造形，未能吹氣生活，分齣砌白，又多屋下架梁，使登場者與觀場者之神情，兩不相屬。誰爲作俑，吾不能如侏儒附和矣。

先生一洗此習，獨開生面，覺余心口耳目間，靡所不愜。觸聲則和，語態則豔，鼓頰則詼，攡藻則華，伸義則俠，結想則幻，入律則嚴。其中有靈，非其才莫能爲之也。若夫苦海流浪，彼岸解脱，衣裏得珠，棘端作戲，此雖先生寓言乎，然歌舞間更唱宗風矣。

香草垞禪民題於白門寓齋〔三〕。

（以上均《古本戲曲叢刊二集》影印明崇禎間刻本《遥集堂新編馬郎俠牟尼合記》卷首）

【箋】

〔一〕題名下有『香草』印章。

〔二〕文震亨（一五八五—一六四五）：字啓美，別署香草垞禪民，長洲（今江蘇蘇州）人。天啓五年乙丑（一六二五）恩貢，授隴州判。崇禎初爲中書舍人，給事武英殿。明亡，絶粒死，謚節愍。著有《長物志》、《香草詩選》、《儀老園記》、《金門録》、《文生小草》、《琴譜》、《開讀傳信》等。傳見《小腆紀傳》卷四九、民國《吳縣志》卷六六等。

〔三〕題署之後有印章二枚：陰文方章『文震亨印』，陽文方章『啓美氏』。

附　牟尼合跋[一]

王立承

此曲阮大鋮筆，爲在南都時作。近董授經先生有復刻[二]，鐫校絕精，爲一時善本。惟佚漳川吏行者康、曹履吉①兩序，僅存文啓美一序而已。卷下《伶詞》一齣，頗有異同。按劇中内官牛承恩、邢翰用，慶賀舊内使裴寂生日，召搬猴戲芮來承應，對牛、邢云：『好笑的儘有，只怕有拘。』牛云：『不妨。』因將麻叔謀喫娃娃事，直陳不諱。三人大憤，密奏，致麻於法。是時，南都久忘國耻，每耽戲劇。阮製諸曲，固以之自娱，亦兼以媚諸貂璫。初塡此曲，實以程咬金、秦叔寶二人，慶尉遲敬德生辰。嗣以延諸閹玩賞，又改爲牛、邢、裴三宦，微示歌頌功德之意。當時卽刊有兩種曲本。故此本獨爲白皮紙精印，所以媚宦官者至矣。其程、秦本，則以之宴清流及諸士人，顯有不同。董祗見《伶詞》之程、秦本，遂照刊焉。授經刻書，至爲精審，自非擅有改易也。其實，牛、邢、裴何異於程、秦、敬德，同是科介，毫無關係，因思其故，蓋由此也。大鋮聞魏閹敗，卽急上疏劾之，若未聞也者。同時，並齎請開東林禁錮二疏，又密偵魏果敗否，更具稱頌魏疏，及重劾東林疏，蓋惟恐魏誅之不實，爲此首鼠兩端。其作僞心勞日拙，概可想見。然初不料六百年後，有余以發其覆也。

民國二十二年九月七日，病後漫識。珠還[三]。

（同上《遥集堂新編馬郎俠牟尼合記》卷末）

【校】

①吉，底本無，據序者名補。

【箋】

〔一〕底本無題名。

〔二〕董授經： 即董康（一八六七—一九四七）。

〔三〕題署之後有陰文方章『王立承印』。

附 牟尼合跋

吴 梅

余所藏圓海曲，既得四記，所未見者，《獅子賺》、《忠孝環》二種耳。此記題作《馬郎俠》，通本重在芮小二盤馬一場，萬不可少。余嘗謂圓海各曲，皆具歌舞之狀，往往香檀脆管之中，得曼衍魚龍之戲，蓋謂此也。麻叔謀竊食小兒，事見《煬帝開河記》。麻叔謀以征北大總管爲開河都護，而以蕩寇將軍李淵爲副使。淵稱疾不赴，乃以左屯衛將軍令狐達爲開渠副使都督。記中雜述神鬼事頗多，而重在二金刀事。二金刀者，指叔謀卒罹腰斬也。陶榔兒爲陵寧下馬村人，以祖父塋域傍河道二丈餘，慮其發掘，乃盜他人孩兒年三四歲者殺之，去頭足，蒸熟①以獻叔謀。咀嚼香美，迴異羊羔，於是食人之事起矣。令狐達知之，潛令人收兒骨，未及數日，已盈車。圓海劇中情實，蓋本此也。惟以陶榔兒爲麻府中軍，後爲王千牛一詩感動，潛蹤遠遁，則與事實不符。榔兒固首獻嬰兒者，且與叔謀同服典刑也。劇中令狐頔得佛珠爲子，卽暗射閹党乾兒義子。恨通本事蹟，無從臆測耳。《競會》折【梁州新郎】內，夾【水底魚】二曲；《分珠》折【賺曲】後，接【憶多嬌】、【鬭黑麻】；《索噉》折【二郎神】下，緊接【六么令】四曲，再用【山坡羊】二曲，皆合排場搬演。緊慢相次，遲速合度，此等承接，雖梁伯龍、張鳳翼，且未能知之也。《掠溺》折，以副淨唱【懶畫眉】，方有鈎勒。《返魂》折【混江龍】一套，《蘆渡》折【粉蜨兒】一套，皆不合規律。圓海南詞，諧美可聽，至北詞每多鉤輈格磔，未識所據何譜。計當時《太和正音譜》久已行世，何以棄而不用，是眞無可解矣。

霜厓。

（上海中華書局民國二十九年鉛印本《新曲苑》所收《霜厓曲跋》卷三）

【校】

①熟，底本作『熱』，據文義改。

花筵賺（范文若）

范文若（一五九〇？——一六三七），初名景文，字更生，後改名文若，字香令，別署吳儂荀鴨、吳儂檀郎，松江（今屬上海）人。萬曆三十四年丙午（一六〇六）舉人，四十七年己未（一六一九）進士，歷官至南京兵部主事、南大理寺評事。崇禎間，以憂去官，歸里閒居。著有《博山堂樂府》，輯有《博山堂北曲譜》。撰傳奇十六種，現存《花筵賺》、《夢花酣》、《鴛鴦棒》、《花眉旦》，前三種合稱《博山堂三種》。參見王國軍《范文若生平及劇作考論》（北京師範大學碩士學位論文，二〇〇九）。

《花筵賺》傳奇，《遠山堂曲品》著録，現存崇禎間博山堂原刻本（《古本戲曲叢刊二集》據以影印）、崇禎間山水鄰刻本、崇禎間山水鄰刻清初輯印《玉夏齋傳奇十種》本、明末清初烏衣巷刻本、舊鈔本等。

花筵賺序

范文若

每嗟①文有文魔，詩有詩魔，詞有詞魔。詞固忌堆砌，亦定以香豔爲主。元人之妙，在冷中藏謔，然後語卽關、鄭、白、馬，亦不多得，非元劇便佳也。古人云：『有文章者，謂之樂府；無文飾者，謂之俚歌。』如單取淺俗，則盲本《琵琶》，且登元人之席矣。《花間》、《蘭畹》，昔人以被之絲肉者，今試思何等清新流麗！乃俗筆動祖《白兔》、《殺狗》，爲不可及。繄彼時譜曲者，悉老書會，無難字，無梗句，戲子易於習唱，故相傳不敗。其後漸出詞人之手，則又當別論矣。噫！聲音一道，無關理學，何苦復驅之爲學究？余《博山堂樂府》數種，大率鬼語情語，世無柳夢梅、杜麗娘，索解人未易也。《花筵賺》稍稍通俗，姑先梓之，以問諸里耳。

曲祖元人，謂其無移宮入商之紊耳。若協律矣，而更加香豔，豈不更佳？此《還魂記》之遜《西廂》而淩《拜月》也。優人苦其文義幽深，不易入口，至議爲失律，冤矣。香令此本，庶與比良，序中大義具見〔一〕。

（《四庫禁燬書輯刊》集部第一七二册影印明崇禎刻本鄭元勳《媚幽閣文娱》卷四）

【校】

①嗟，中國國家圖書館藏明末清初烏衣巷刻本《麗句亭評點花筵賺樂府》卷首誦芬室鈔補《花筵賺原序》作『嘆』。

【箋】

〔一〕此段評語當爲鄭元勳（一五九八或一六〇四—一六四五）撰。

花筵賺凡例

范文若

一、韻悉本周德清《中原》，不旁借一字。

一、記中每齣一宫，終始不敢出入。

一、入韻，周德清北詞派作平上去音。南詞松陵於平聲窘處，用入韻埋藏，而詞中入韻，仍作入唱，非也，還應照平上去爲是。大約迎頭入字，俱可借作平音唱。唯句中應用仄字，而偶用入字，係《中原》作平音者，仍以入唱。

一、記中旁注｜爲平，卜爲上，ㄥ爲去，唱者辨之。

一、北詞板，元無正傳，不敢妄注。

一、板悉依《九宮譜》，一字無訛。

一、【勝如花】向入【羽調】，王澹翁《金椀記》入【黃鐘】〔一〕，從之。

一、曲中凡係『監』『咸』、『廉』『纖』、『侵』『尋』閉音，悉明注於首。

一、【漁家燈】又一體，向無板，今點定。

荀鴨檀郎識。

（《古本戲曲叢刊二集》影印明崇禎間博山堂原刻本《花筵賺》卷首）

【箋】

〔一〕王澹翁：　即王澹（一五五七—一六二〇後），字澹翁，號漁隱，別署澹居士，會稽（今浙江紹興）人。早歲從徐渭（一五二一—一五九三）學詩賦。終世無功名，四處飄泊，以布衣終老。萬曆四十六年（一六一八），應知縣沈惟炳之聘，參纂《香河縣志》。著有詩文集《牆東集》、散曲集《欸乃編》。撰雜劇《櫻桃園》（一作《櫻桃夢》），傳奇《雙合記》、《金椀記》、《紫袍記》、《蘭佩記》等。參見徐朔方《王澹行實繫年》（《晚明曲家年譜·浙江卷》）。《金椀記》：《祁氏讀書樓目錄》中『樂府傳奇』欄著錄，作無名氏，已佚。

花筵賺序

空谷玉人〔一〕

史載太眞婚姑女事，甚略。關漢卿因之有《玉鏡臺》劇，鋪序結構，頗落平腐。夫此事情文之妙，全在婚夕手批紗扇、撫掌大笑一段，先期點破，興致索然。水墨賦詩，書生伎倆，借以描畫偉人，何異使廉、藺作三日新婦？寧如香令此本，風流奇詭，極態窮工，驚心動魄，不愧千秋佳話也。太眞生平俶儻壯烈，余尤愛其制錢鳳、折陶荊州事。幼輿才小不逮，然投梭折齒，人能作石頭數語，牽作陪場，差不至韓非、老子。要之，世無不兒女之英雄，無不放誕之忠孝，封侯廟食，作佛成仙，情之所鍾，正在此輩。吾安得起郭令公、文信國、香、眉兩居士而語之？

西神空谷玉人書於烏衣諸郎坐處。

（明末清初烏衣巷刻本《麗句亭評點花筵賺樂府》卷首誦芬室鈔補〔二〕）

【箋】

〔一〕空谷玉人：姓名、籍里、生平均未詳。或號西神。

〔二〕此本未見，據黃仕忠《日藏中國戲曲文獻綜錄》迻錄。

花筵賺題識〔一〕

思玄子〔二〕

《溫太眞贊》：『狂戇之徒，人以爲棄物。』嗚呼，人何見之淺也！不觀太眞之故事乎？始之所爲，一色中鬼耳。及其事權在手，殲逆亂，奠區宇，名勳垂後，風流不衰，雖古名臣，未能加焉。則孰謂狂戇非英雄之本色乎？

思玄子識。

（明末清初烏衣巷刻本《麗句亭評點花筵賺樂府》卷首目錄後〔三〕）

【箋】

〔一〕底本無題名，楷體手書於目錄後。

〔二〕思玄子：　姓名、籍里、生平均未詳。

〔三〕此本未見，據黄仕忠《日藏中國戲曲文獻綜録》迻録。

花筵賺總評〔一〕

闕名

太眞一味癡情，幼輿倒底頑戇。摹寫二人光景與語言，無一字不肖。可謂描神之手矣。

事極風流，而兼以巧思綴之，秀筆傳之，倍增佳趣。

只苦了謝癡，猶幸得芳姿略略煞大，不然，眞正『羊肉沒得吃，惹了一身騷』。

癡想癡情癡筆，渾爲□①譜，令閱者神□欲癡。

（明末清初烏衣巷刻本《麗句亭評點花筵賺樂府》卷末〔二〕）

【校】

①此字底本漶漫，疑作『癡』。

【箋】

〔一〕底本無題名，紅筆草書於末頁。

〔二〕此本未見，據黄仕忠《日藏中國戲曲文獻綜録》迻録。

附　花筵賺跋

吴　梅

此爲范香令得意之作。其中鍊句鍛字，直合夢窗詞、玉谿詩成之，湯臨川《紫釵記》，殆不能專美於前也。香令名文若，字荀鴨，又字吴儂。著有《夢花酣》、《鴛鴦棒》、《金明池》、《雌雄旦》、《歡喜冤家》等劇，而此劇尤膾炙人口云。

（上海中華書局民國二十九年鉛印本《新曲苑》所收《霜厓曲跋》卷三）

附　花筵賺傳奇跋〔一〕

許之衡

《花筵賺傳奇》，明范文若撰。文若字香令，號荀鴨，松江人。福王時官兵部郎中。著有傳奇九種（見王國維《曲目》），此其一也。訂正者爲錢塘高一葦。一葦所居號山水鄰，訂刊多種，如《四大癡》、《荷花蕩》諸傳奇，皆明人作而一葦訂刊者，亦明末曲律家也。香令之曲，與吴石渠並稱，石渠、香令皆文律並美，爲明代曲家鉅子。《石渠五種》，已不多見。香令諸種，殆成佚本，可視同瓌寶矣。此曲律極當行，惟《鰥嘆》齣【錦纏道】曲，用《幽閨》格起句，且『囊鬚』云云，係爲《幽閨》曲『髻雲堆珠翠簇，蘭姿蕙質』所誤。『髻雲堆珠翠簇』似對偶，而實非偶句也。如《閨綻》齣起句『可云云爲何的梢頭露春』，則合矣。又是曲『除非遇有長鬚雌合雄』句，亦爲沈寧庵《南曲譜》所誤。《南曲譜》引《幽閨》此曲，於此句『花朝月夕』之下，漏未斷句，故香令有此失。然皆小疵，餘則無不合律矣。至其文詞之美，有目者皆能辨之，無俟贅言。偶從友人處得手鈔舊本，因迻錄之，並識跋語。

辛酉桂月〔二〕，蒟鄉許飲流志〔三〕。

（《綏中吳氏藏鈔本稿本戲曲叢刊》第六冊影印飲流齋鈔本《花筵賺傳奇》卷末）

【箋】

〔一〕底本無題名。

〔二〕辛酉：民國十年（一九二一）。

〔三〕題署之後有陰文方章『蒟鄉飲流閣』。

夢花酣（范文若）

《夢花酣》傳奇，沈自晉《南詞新譜·古今入譜詞曲傳劇總目》著錄，現存崇禎間博山堂原刻本（《古本戲曲叢刊二集》據以影印）。

夢花酣序

范文若

元人有《薩眞人夜斷碧桃花》雜劇〔一〕，童時演爲南戲，卽名《碧桃花》〔二〕，流傳甚盛已。復更爲此事微類《牡丹亭》，而幽奇冷豔，轉摺姿變，自謂過之。且臨川多宜黄土音，腔板絶不分辨，襯字襯句，湊插乖舛，未免拗折人嗓子，兹又稍便歌者。記成，不脛而走天下。

獨恨幼年走入纖綺路頭，今老矣，始悟詞自詞、曲自曲，重金疊粉，終是詞人手脚。雖然，亦不可爲非情之至也。昔人謂：『唱柳郎中「楊柳岸曉風殘月」，須得十三四夭韶女子。』世有紅紅者乎？余且敲檀板，與簫而和之矣。

吴儂荀鴨撰。

【箋】

〔一〕《薩眞人夜斷碧桃花》雜劇：簡名《碧桃花》，元闕名撰，《寳文堂書目》、《也是園書目》等著録，現存明萬曆間刻息機子編《元人雜劇選》本、明萬曆間刻臧懋循編《元曲選》本。

〔二〕《碧桃花》：《祁氏讀書樓目録》中『樂府傳奇』欄著録《碧桃記》，作無名氏撰，或卽此本，已佚。

夢花酣題詞

鄭元勳〔一〕

《夢花酣》與《牡丹亭》情景略同，而詭異過之。余嘗恨柳夢梅氣酸性木，大非麗娘敵手，又不能消受春香侍兒，不合判入花叢繡薄。如蕭斗南者，從無名無象中，結就幻緣，布下情種。安如是，危如是，生如是，死如是，受欺受謗如是。能使無端而生者死、死者生，又無端而彼代此死、此代彼生。『榆柳』一詩，千吟百誦。蛋和尚提放傀儡，碧桃花喬作轉輪。所謂『思之思之，鬼神通之』，未有如斯之如意者也。

文人之情，如釋氏法、羽流術，苦行既成，自能驅使人鬼，此道力，非魔力也。情不至者，不入於道；道不至者，不解於情。當其獨解於情，覺世人貪嗔歡羨，俱無意味，惟此耿耿有物，常舒卷於先後天地之間。嗚呼！湯比部之傳《牡丹亭》，范駕部之傳《夢花酣》，皆以不合時宜，而見情耶、道耶！所謂『寓言十九』者，非耶？若其詞之錯繡迷香，有耳目者自相奔悅，奚用余言。

崇禎壬申夏五〔二〕，二十四橋間人鄭元勳書〔三〕。

（以上均《古本戲曲叢刊二集》影印明崇禎間博山堂原刻本《夢花酣》卷首）

【箋】

〔一〕鄭元勳（一六〇三—一六四五），字超宗，號惠東，別署二十四橋間人，江都（今屬江蘇揚州）人。天啓四年甲子（一六二四）舉人，崇禎十六年癸未（一六四三）進士，官至吏部清吏司主事。福王時，高傑攻揚州，爲亂兵所殺。編選《媚幽閣文娛》，著有《影園集》等。傳見鄒漪《啓禎野乘》一集卷一三《鄭職方傳》、杭世駿《道古堂文集》卷八《傳》等。

〔二〕崇禎壬申：崇禎五年（一六三二）。

〔三〕題署之後有印章二枚：陰文方章『鄭元勳印』，陽文方章『超宗』。

鴛鴦棒（范文若）

《鴛鴦棒》傳奇，沈自晉《南詞新譜·古今入譜詞曲傳劇總目》著錄，現存崇禎間博山堂原刻本（《古本戲曲叢刊二集》據以影印）、崇禎間刻本、崇禎間刻清初輯印《玉夏齋傳奇十種》本等。

鴛鴦棒序

范文若

戴石屏薄遊江西，誘富家一女，後卒致此女含恚，自溺而死。有嘲之者曰：『柳盜跖貪財，孫飛虎好色，這箇賊牛，一身兼得。』〔一〕又《廣豔異編》載滿少卿一事：滿微時，依焦大郎，與焦女指烏蟾長盟，唯恐其不得合也；比顯，棄斥〔二〕。事類所爲《崔甸士》元劇〔三〕。

予《鴛鴦棒傳》，則取《金玉奴棒打薄情郎》事〔四〕，稍更而爲之。季衡固大是忍人，後遭窘辱提弄，亦備至矣。前二十四齣，每齣令人卒啼、卒罵、卒詈，起擲砂礫；後十齣，又莫不令人道快。

張乖崖幼通劍術，固應爾爾，視崇敬寺黄衫少年，且何如也？　嗟嗟！　世有買臣之婦，即有季益、王魁，令若輩結爲夫婦，日夜訴誶，而相如、文君，世世化爲共命鳥，吾無憾於碧翁矣。

吴儂荀鴨。

【箋】

〔一〕戴石屏：　即戴復古（一一六七—一二四八），字式之，號石屏，别署石屏樵隱，天台黄巖（今浙江台州）人。其誘富家女事，見陶宗儀《南村輟耕録》卷四。

〔二〕《廣豔異編》：　明吴大震編，現存刻本，日本内閣文庫藏。滿少卿事，見此書卷一九『冤報部』。

〔三〕《崔甸士》元劇：　即楊顯之《臨江驛瀟湘夜雨》雜劇，簡名《瀟湘雨》，鍾嗣成《録鬼簿》著録，現存萬曆間刻顧曲齋編《古雜劇》本、萬曆間刻臧懋循編《元曲選》本、崇禎間刻孟稱舜編《古今名劇合選・柳枝集》本等。

〔四〕《金玉奴棒打薄情郎》：　見明馮夢龍《古今小説》卷二七。

鴛鴦棒題詞

鄭元勳

香令先生遺書，以《夢花酣》、《鴛鴦棒》二劇屬予序，一爲情至者，一爲不及情者。或曰：『先生花骨繡胷，傳其情至者足矣，惡取夫不及情者而歌舞之？』曰：　『不觀夫《詩》之有美有刺乎？　不知情之不及，惡知夫情至者之爲至也？』

嗟乎！　人情百端俱假，閨房之愛獨眞。至此愛復移，無復有性情者矣。覽薛季衡、錢媚珠事，使人恨男子不如婦人，達官不如乞兒，文人不如武弁，其重有感也。夫吾安得乞其棒，打盡天下薄幸兒也！雖然，獬廌見不義者而觸窮奇煦之，亦問夫人之性情何若耳。

鄭元勳書於秦淮之流香堂〔一〕。

（以上均《古本戲曲叢刊二集》影印明崇禎間博山堂原刻本《鴛鴦棒》卷首）

【箋】

〔一〕題署之後有印章二枚：陽文方章「超宗」，陰文方章「忠烈承家」。

百寶箱（郭濬）

郭濬（約一五九〇—一六五二後），字彥深，號默庵，崇德（今浙江桐鄉）人，祖籍海寧（今屬浙江）。崇禎三年庚午（一六三〇）舉人。順治九年壬辰（一六五二）進士，授行人司行人，未究其用，卒於官。弱冠以治《易》名，著《衍極書》，黃道周（一五八五—一六四六）序。又著《詩筏》、《唐詩選》、《郭氏譜傳略》、《虹暎堂集》、《北遊詩》等。明末參與訂正張深之刻《祕本北西廂記》。參見鄧長風《十九位明清戲曲家的生平材料·郭濬》（《明清戲曲家考略三編》）。

撰《百寶箱》傳奇，一名《寶箱傳奇》，《古典戲曲存目彙考》著錄，已佚。《歌林拾翠》卷四選錄《寄箱》、《沈箱》二出。

百寶箱傳奇引

卓人月〔一〕

昔者《玉玦》之曲，風刺寓焉，刻畫青樓，殆無人色。嗣賴洴國一事，差爲解嘲，然後漸出墨池而登雪嶺。乃余覽白行簡所述李娃始末，頗多微辭者，何歟？歸自竹林，憩於姨宅，目笑手揮，以他語對蟬蜕之局，娃與聞之矣。迨夫雪中抱頸，擁入西廂，懼禍及身，非得已也。必可以生青樓之色，唾白面之郎者，其杜十娘乎？

此事不知誰所覩記，而潘景升録之於《亙史》〔二〕，宋秋士采之於《情種》〔三〕，今郭彦深復演之爲《百寶箱傳奇》，蓋皆傷之甚也。有所甚傷於此，則有所甚憾於彼。其傷心感者，其聲淒以涼；其憾心感者，其聲激以奮。悲夫！失身於倚門，猶可蓋也；失身於落籍，將奈何？失目於勸學，亦所甘也；失目於擇人，將奈何？忠而見疑，信而蒙棄，當此之時，即使哀陷於傷，怨流於亂，比伯夷之吁嗟，效屈原之侘傺，奚遽爲《國風》、《小雅》罪人乎？矧以天壤間切齒腐心之事，入彦深氏傳神寫照之手，是欲不慨慷淋漓而不可得矣。夫伯夷、屈原，史列其傳；李益、杜麗，臨川譜之。雖彼義屬君臣，此情關兒女，彼杜少此杜之一溺，此李多彼李之千金，然而聲招鬼泣，筆破天慳，古今同工，遠邇合節也。

說者謂：小玉不死，十娘更生，未免增華，幾於畫足。嗚呼，噫嘻！以吾所聞金玉奴者，爲其夫推墮江中，亦不過紅燭筵前，青藜棒底，稍伸幼婦之氣耳。李生壓於嚴君，不能庇其所愛，實繇才短，以致情渝。蓋十娘之誠，過於汧國；李生之毒，減於金夫，此定案哉！然則收其鮫淚，予以鸞膠，使夫淒以涼者，激以奮者，化爲貴主還宫之樂，秦樓雙鳳之鳴，抑何不可之有？

（明崇禎間傳經堂刻本《蟾臺集》卷二）

【箋】

〔一〕卓人月（一六〇六—一六三六）：生平詳見本卷《新西廂記》條解題。

〔二〕潘景升：即潘之恒（一五五六—一六二二），字景升，生平詳見本書卷十二《秦淮劇品》條解題。

〔三〕宋秋士：即宋存標（約一六〇一—約一六六六），字子建，號秋士，生平詳見本書卷十四《棣萼香詞》條解題。

蝴蝶夢（謝弘儀）

謝弘儀（？—一六四七後），字簡之，號寤雲，一作岵雲，別署鏡湖釣碣，會稽（今浙江紹興）人。萬曆三十七年己酉（一六〇九）順天武解元，三十八年庚戌（一六一〇）武科狀元，授山東統領京操都司僉事，署都指揮僉事。天啓四年（一六二四），調鎮守廣東等處地方總兵。六年（一六二六），因故革職閒處。崇禎十五年（一六四二），起任中軍都督府僉事，陞都督同知。順治元年（一六四四）降清。二年（一六四五），以中府都督僉事招撫廣西，加右都督兼右副都御史。四年

（一六四七），落職還鄉。參見裴喆《晚明曲家五考》（《戲曲藝術》二〇一三年第四期）、党月瑤《族譜所見〈蝴蝶夢〉作者謝弘儀生平考略》（《文獻》二〇一六年第二期）。

撰傳奇《蝴蝶夢》，《遠山堂曲品》著録，現存明崇禎間拄笏齋刻本（《古本戲曲叢刊三集》據以影印）。

蝴蝶夢凡例

謝弘儀

一、髑髏改爲骷髏，諧俗也。

一、《古今小説》載莊子妻田氏，竟齎愧以歿。今易田爲韓，醜之也。然登伽尚證聲聞，田即淫，猶登伽等耳，何遽絕其愧悔自新之路？恐玄律亦不若是之板。是編易以因愧得脩，因脩得證，非特收場了局，不至索然，卽質之柱下，亦應首肯。

一、編中多用《南華》事實，則説白不得不引用《南華》語。然《南華》文辭玄奥，觀者尚未了然於目，聽者安能了然於耳？屢欲易以家常淺近語而不能，抑且不敢。稍爲芟繁就簡，使聽者卽不盡解，或不甚厭而已。

一、牌名之高下疾徐，頓挫馳驟，各有義趣。犯太多則腔不純，雖作俑本於元人，而濫觴極於今日。夫描寫之工在曲，繞梁之妙在音，與牌名何涉？徒多此伎倆奚爲？是編所用牌名，一遵舊譜；間有一二犯者，皆習用既久，聊存此一體也。

一、曲之有像，售者之巧也。是編第以遺閒，原非規利，爲索觀者多，借剞劂以代筆札耳。特不用像，聊以免俗。

一、是編評點原有數家，不敢不摘錄，以借文蕪拙；亦不敢盡錄，以爚溷鑒觀。至於圈釋之當，讎較之精，幾無一字一音訛漏，則借力於訂閱諸友爲多。生平不能藏人之善，並爲拈出。

鏡湖釣碣簡之甫漫識。

蝴蝶夢敍

陸夢龍〔一〕

周公瑾精於音樂，三爵之後，有缺必顧。其時臠卷金革，自少至壯，手口卒瘏，安所乘暇而沉涵自適。余謂夫簡髮而櫛，數米而炊，弊弊焉以身勞天下，而惟恐不給者，皆不足以弘濟天下者也。成天下之事者，必有餘於天下；成天下之大事者，必大有餘於天下。夫既大有餘於天下矣，嬉笑遊衍，安適而非其餘所及哉？

余友謝大將軍瘖雲，大魁天下，敭歷南北，多所建豎。以韜鈐之餘灑詞翰，以詞翰之餘度爲梨園法曲，親教習而試之，令人鼓舞感慨，冷熱心而熱冷心。如所行《蝴蝶夢》，其一也。

大將軍彭湖之役，余舅氏曰：『生，先生方在幕中，爲余言火攻曲折。因思與當時赤壁燒操，大小雖殊，然紅毛銃既奇絕，舟船百丈，舷堞如城，外塗打馬油，激水周灌，灌所不及，方拌貯水密排，布之所隙，惟罘罳數尺，爲書契以來所未有。而瘖雲用利錐橛頭，夜釘其船，木桶盛火藥，縛布引之，計火發而墜，正入罘罳。其覃思妙用，視以一炬焚首尾相接者，則徑庭矣。然功不見錄，而角巾南山，將毋亦莊生所言能不龜手之藥一也，或以封，或不免於洴澼絖乎？』

余觀近人士著傳奇，如緯眞《曇花》，義仍『二夢』，咸以汗馬之烈，歸計出世，或謂『英雄神仙，原無二道』，或謂『抒其感憤』。瘖雲此記，吾烏知其志所云。第以道心觀之，用世戲，出世亦戲，無所等差。今世固未能卻走馬以糞也，君亦安得遂觀魚化蝶之事？尚憑軾而觀君之戲哉！

友弟陸夢龍君啓題〔二〕。

（以上均《古本戲曲叢刊三集》影印明崇禎間拄笏齋刻本《蝴蝶夢》卷首）

【箋】

〔一〕陸夢龍（一五七六—一六三四）：字君啓，號景鄴，會稽（今浙江紹興）人。萬曆三十八年庚戌（一六一〇）進士，官至廣東按察使。崇禎初，分守固原，戰死，謚忠烈。著有《易略》、《梃擊始末》等。傳見《明史》卷二四一。

〔二〕文末題署後有陰文方章二枚：『陸夢龍印』、『庚戌會魁』。

鵲橋記（孟熙）

孟熙，姓名、籍里、生平均不詳。與艾南英（一五八三—一六四六）同時。撰戲曲《鵲橋記》，未見著錄，已佚。參見歐陽菲《明代傳奇作家作品小考》（黃仕忠主編《戲曲與俗文學叢研究》第七輯，社會科學文獻出版社，二〇一九）。

題鵲橋記〔一〕

艾南英〔二〕

三才之理，一氣而已矣。傳記所載，傳説騎箕尾而比於列星，人死而精神附於天官。烏知星之精不誕爲人，如嶽降申生者？此孟熙所以寓言也。自有天下以來，所與共扶世界者，惟將相文人。使列宿之屬不爲人則已，降而爲人，未有不爲文人，未有不爲將相者。然而情之所起，愛惡攻取生焉。天地之事，夫婦之倫，君臣、父子、萬物之廣，爲爭爲治，爲物爲變，爲升爲降，皆由情而滋者也。近者三方騷動，竭天下之力以奉闖門而不能勝，歸介胄之事於婦人，又以愧天下之爲丈夫者。孟熙得無有深意乎？異日流傳演本，供奉大內，聖人按曲徵歌，而聽之拊髀之思，非僅如王維、李白以伶人見譜也。

（中國國家圖書館藏清康熙三十八年艾爲珖刻本《新刻天傭子全集》卷一〇『雜記』）

【箋】

〔一〕題名下注『庚午秋』，即崇禎三年（一六三〇年）秋，該劇當撰於此前。

〔二〕艾南英（一五八三—一六四六）：字千子，號天傭子，臨川東鄉（今屬江西）人。天啓四年甲子（一六二四）舉人。次年會試，因對策有譏刺魏忠賢語，罰停三科。崇禎初，詔許會試，卒不第。與同鄉章世純、羅萬藻、陳際泰以興起斯文自任，世稱『江右四家』。南明時，入閩見唐王，授兵部主事，改御史。未幾卒於延平。選評《古文定待》、《今文定待》等。著有《禹貢圖注》、《天傭子集》等。傳見《明史》卷二八八。參見清張符驤撰、艾舟補《天傭子年譜》（清道光間刻本《天傭子集》附）。

一笠庵四種曲（李玉）

李玉（一六一一？—一六七七後），字玄玉，因避清康熙帝玄燁諱，改作元玉，别署蘇門嘯侶、一笠庵主人，吴縣（今江蘇蘇州）人。其家爲萬曆間大學士申時行（一五三五—一六一四）府中家人，爲申公子所抑，不得應科試。或云其明末應試，連厄於有司，崇禎間中鄉試副榜。入清後絶意仕進，以度曲自娱。《北詞廣正譜》或由其編定。參見顔長珂、周傳家《李玉評傳》（中國戲劇出版社，一九八五）、吴新雷《李玉研究》（《中國戲曲史論》）等。

撰傳奇三十三種，現存《一捧雪》、《人獸關》、《永團圓》、《占花魁》、《麒麟閣》、《太平錢》、《眉山秀》、《兩鬚眉》、《千鍾祿》、《萬里圓》、《牛頭山》、《昊天塔》、《風雲會》、《五高風》、《連城璧》、《七國傳》、《洛陽橋》，及與人合撰之《清忠譜》、《一品爵》、《埋輪亭》等。其中前四種首刊於明崇禎年間，合稱『一笠庵四種曲』，現存崇禎間刻本、乾隆五十九年（一七九四）寶研齋刻本（據墨憨齋訂定本刊刻）。

一笠庵四種曲序〔二〕

天下難化被者，鄉僻；而其尤難化被者，鄉僻之愚氓。以彼書詩未讀，性靈未發，遽以三綱五常爲之教以化之，慮其扞格而不相入也。然亦有無難者，道在以古來忠孝節義之爲、善惡報應之昭彰者，繪其形容，狀其笑語，以演示之，使之觀感而已。能感則發乎性，動乎情，見顯榮則欣羨，見憂戚則矜憐，見良善則羣慕，見兇惡則忿憾。其演之者，雖不專爲鄉愚而設，而觀之者，於鄉愚尤感發之必眞。當其動乎志，則激乎氣，曰：『彼人也，我亦人也，彼能是，而我乃不能是！』早夜以思，一若己之有所失，而力以求之，猶恐有所弗得者。然始則父勖其子，兄誡其弟，夫唱其婦，至感發既深，其風氣習俗，有日遷善而不知者矣。由是而觀，雖曰戲之，未始非化道之一端也，演之者可勿慎與？

余嘗以忠孝節義、善惡報應之説，口授鄉愚，靡不唯唯擊節，歎賞之不已，而況繪其形容，摹其笑語，有不爲之感焉者乎？奈近世好翻舊本，喜創新奇。其間醜態百出，種種不堪言狀，無論血氣未定者，當場頓覺神迷，卽稍有知識者，猶不免爲之引誘焉。始則竊玉偷香，繼且敗常亂俗，恬不知怪。如是而勸之以忠孝節義，示之以善惡報應，而弗之聞也。卽聞之，亦未必觸焉而有所激也。此愚者之所以日卽於愚，與夫風氣之日趨於偷①薄，習俗之日流於污下者，其爲害豈淺鮮！

一笠庵先生傷翻舊創新之爲世道憂，因仿古人勸善懲惡之意，作爲奇傳四編，令觀者耳目一新，舞蹈不已。其於世教，庶幾有助焉爾。於是乎書。

吳門揆八愚撰〔三〕。

（南京圖書館藏清乾隆五十九年寶研齋刻本《一笠庵四種曲》所收《一捧雪》卷首〔四〕）

【校】

①偷，底本作「渝」，據文義改。

【箋】

〔一〕底本無題名。

〔二〕揆八愚：別署八愚子，蘇州（今屬江蘇）人。姓名、生平均未詳。《江震學冊》九卷（順治二年起，光緒十五年止），舊寫本，卷一至卷四署「八愚子錄」，有「八愚」及「紫薇花館」印。見柳亞子輯《養餘齋松陵書目》卷二。或即此人。

〔三〕題署之後有印章二枚：陰文方章「臣揆私印」，陽文方章「八愚子」。

〔四〕此本亦藏日本京都大學文學部圖書館。

人獸關（李玉）

《人獸關》傳奇，高奕《新傳奇品》著錄，現存崇禎間刻本（《古本戲曲叢刊三集》據以影印）。

另有馮夢龍訂定本，現存崇禎間墨憨齋刻本、明末刻《墨憨齋重定傳奇五種》本、清乾隆五十九年（一七九四）寶研齋刻《一笠庵四種曲》本、程硯秋玉霜簃舊藏鈔本（《北京大學圖書館藏程硯秋玉霜簃戲曲珍本叢刊》據以影印）、王孝慈據許之衡藏墨憨齋訂本過録本（《綏中吴氏藏鈔本稿本戲曲叢刊》據以影印）等。

人獸關敍

馮夢龍

支那世界，大抵德怨之藪也，然有一大利焉，曰報。報者，動於人心之不自已，而治天下者藉爲不斧不鉞之勸懲者也。德而無報，誰相勸於樹德？怨而無報，誰相懲於造怨？故以德報怨，斥爲不情之事；而以怨報德，名曰刑戮之民。民而謂之刑戮，其生也罔，其死也慚。陽不齒於人，而陰且羞以爲鬼。彼辱魂無所之，不胎於毛角而何哉？

稗官家所載負心事非一，而桂氏之負施爲最刻；所載負心之報亦非一，而桂氏一門之得報爲最顯。施之德，桂不能報，而其女爲報之；桂之怨，施不及報，而其舅爲報之；報之不盡，而閻老而爲報之。女降妻而爲妾，父之遺殃也；父脱犬而猶爲人，女之餘庇也。閱此記而泯然漫不知勸懲，則亦毛角之類而已矣。雖然，犬，獸耳，猶有人心焉，吠屠似仁，救主似義，同牢似禮，引衣似智，傳書似信，桂母子何敢望犬哉？與其爲桂母子，不如爲犬。但以並産施門，異日爲施守宅，庶幾酬施德於萬分之一，是又閻老之巧於勸化者耳。

一笠庵此編，似有所感而發。余取其有關世道，爲竄正而行之。使覽者曉見人獸關頭，惕惕於爲獸，而勉勉於爲人，卽謂傳奇爲支那世界之大利，胡不可？

古吳龍子猶述〔一〕。

【箋】

〔一〕文末題署後有印章二枚：陰文方章『馮猶龍氏』，陽文方章『子猶』。

人獸關總評

闕　名〔一〕

戲本之用開場表白，此定體也。原本逕扮大士一折，雖曰新奇眩俗，然鄰於亂矣。況云大士故賜藏金於負心之人，使之現報以儆世俗，尤爲悖理。今移大士折於贈金設誓之後，爲冥中證誓張本，線索始爲貫串。且戒世人莫輕賭呪，大有關係。

上卷猶屬平演，至下卷《勸惡》、《拒容》、《證誓》、《證夢》、《犬報》諸折，令人髮豎魂搖。前輩名家，未或臻此。

牛公子改爲戎公子，以牛姓時有，故避之。又添《義贖施房》一折，不惟情節關係難省，亦見公子勢頭不可使盡。

負心變犬，事出小説。原名桂遷，此改桂薪，作者或有指也。因貧棄壻，傳奇多有之，然未有如桂氏顛倒之甚者。始而贈之爲婢，惟恐其不納；既而絕之如仇，又惟恐其不遠。貧富變於一朝，恩怨懸於千里。誓語不磨於佛殿，現報明示於冥司，寧不令負心者惕惕焉？至於欺心神棍，末路流離，挾勢公郎，下稍狼藉，具可提醒愚蒙，垂戒惡俗，是傳之最關世道者。

（以上均明末刻《墨憨齋重定傳奇五種》本《墨憨齋重定人獸關》卷首）

【箋】

〔一〕此文當爲馮夢龍撰。

人獸關上卷總評〔一〕

椒　園〔二〕

意不超拔，詞不筋節，已看上卷，無一可人。總由樹議不高，故措詞無味耳。

乾隆十年乙丑仲冬中旬二日，庭中積雪如銀，月光明朗，相與照耀。一天寒氣，清徹九霄，可想見椒園罏火晴燈，虚窗握管時。

【箋】

〔一〕底本無題名。

〔二〕椒園：疑爲沈廷芳（一七〇二—一七七二），原姓徐，字畹叔，一字荻林，號椒園，室名隱拙齋，仁和（今浙江杭州）人。清監生。乾隆元年丙辰（一七三六），舉博學鴻詞，授編修。官至山東按察使。晚年掌教鰲峯、端溪、樂儀、敬敷四書院。家富藏書。著有《理學淵源》、《續經義考》、《十三經注疏正字》、《鑒古録》、《隱拙齋詩文集》、《輿蒙雜著》、《古文指授》等。傳見汪中《述學別録·行狀》、《清史稿》卷四八五、《清史列傳》卷七一、《碑傳集》卷八四、《國朝耆獻類徵初編》卷一七七、《國朝先正事略》卷四一、《國朝學案小識》卷一三、《清儒學案小傳》卷五、《文獻徵存錄》卷五、《國史文苑傳稿》卷二、《國朝詩人徵略初編》卷二六、《昭代名人尺牘小傳》卷二〇、《皇清書史》卷二六、《桐城文學淵源考》卷二等。

人獸關下卷總評〔一〕

椒　園

下半歸結俱佳，惜其終無纏綿痛刻、充暢滿足之詞。總之，此等主意，作演義小説警世便妙，一入聲歌，便要在情詞上，著精神一二，方見動人。

乾隆十年十一月十四日，盧霽椒園閲畢。

（以上均同上《一笠庵新編人獸關傳奇》卷末）

【箋】

〔一〕底本無題名。

附　人獸關跋〔一〕

吴曉鈴

此曲李玄玉作，通縣王孝慈先生假許守白先生所藏《墨憨齋改本》錄副。王君逝後，其書散佚。予從廠肆蜚英閣購得此書，及《一捧雪》、《永團圓》共三種。惟王君所據之本，板刻斷爛缺文甚多，似亦無從校補。予嘗得舊鈔本劇曲一本，實卽此書，以之相較，頗多補正之處。惜鈔本亦是殘帙，所存不足下卷全文，故闕文尚不在少數。則須俟他日覓得善本，以爲依據矣。

綠雲山館小主人吳嘿齋識，時在民國廿七年八月。

（《綏中吳氏藏鈔本稿本戲曲叢刊》第九册影印王氏鈔本《人獸關傳奇》卷末）

【箋】

〔一〕底本無題名。

永團圓（李玉）

《永團圓》傳奇，高奕《新傳奇品》著錄，現存崇禎間刻本（《古本戲曲叢刊三集》據以影印）。另有馮夢龍改定本，現存崇禎間墨憨齋刻本、乾隆五十九年（一七九四）寶研齋刻《一笠庵四種曲》本、王孝慈據許之衡舊藏墨憨齋改本鈔錄本等。

（永團圓）敍

馮夢龍

於戲！是一笠庵傳奇第二編也。一笠庵穎資巧思，善於布景。如太守喬主婚事，情節本妙，添作二女志鹿得麞，遂生出多少離合悲歡段數。文人機杼，何讓天孫？江翁一女是靳，乃至挈雙璧而歸之，又俱作太守人情，自己全不討好，所謂小人枉自做小人也。中間《投江遇救》近《荊釵》，《都府捱婚》近《琵琶》，而能脱落皮毛，掀翻窠臼，令觀者耳目一新，舞蹈不已。邇來新劇充棟，率多戲筆，不成佳話，兼之韻律自負，實則茫然，視此不啻霄壤隔矣。

初編《人獸關》盛行，優人每獲異稿①，競購新劇，甫屬草，便攘以去。上卷精采焕發，下卷頗有草草速成之意。余改竄，獨於此篇最多，誠樂與相成，不敢爲佞。然余猶嫌蘭芳投江後，凡三折而始歸高公，頭緒太繁，且懼内涉套。而劫官劫庫，甚非美事，有礙賓筵。若能於香客處生一花頭，逕達高所，似更雅觀。且此處省力，俾優人得盡力於後折。方在擬議，而演者已布吳中，習其熱鬧。因而置之，尚留微憾。

古吳龍子猶述〔一〕。

【校】

①稿，底本作「犒」，據文義改。

【箋】

〔一〕文末題署後有印章二枚：陰文方章「馮猶龍氏」，陽文方章「子猶」。

永團圓總評

闕　名〔一〕

太守主婚，事奇；中丞捱婚，事更奇。二女一混，而夫不知其妻，姑不知其媳，妹不知其姊，並父不知其女。如此意外團圓，倍覺可喜。蜃樓海市，幻想從何處得來？

古傳奇全是家門正傳，從忠孝節義描寫性情；新劇只知餘波點染，縱觀發笑，否則以幻怪取異而已。此劇如上卷之《鬧府》、《斷配》，下卷之《看錄》、《訊因》、《勸女》、《團圓》等折，卽古劇中何可多得？而點染襯貼處，亦復不乏。如《看會生嫌》折，新劇中得未曾及。

余所補凡二折：一爲《登堂勸駕》，蓋王晉登堂拜母，及蔡生辭親赴試，皆本傳血脈，必不可缺。又一爲《江納勸女》，蓋撫公挜婚，事出非常，先任夫人，豈能爲揖讓之事？必得親父從中調停一番，助姑慰解，庶乎强可。且父女岳壻，借此先會一番，省得末折抖然畢聚，寒溫許多不來。此針線最密處也。《挜婚》、《看錄》及《書齋偶語》三折，俱是本傳大緊要關目。原本太直遂，似乎高公勢逼，蔡生懼而從之；蕙芳含怨，蔡母子强而命之，不成事體。須是十分委曲，描出一番萬不得已景象。不得不全改之，觀者勿以余爲多事。

（以上均明崇禎間墨憨齋刻本《墨憨齋重定永團圓傳奇》卷首）

【箋】

〔一〕此文當爲馮夢龍撰。

（永團圓）總批

椒園

意不卓犖，詞少精湛，正所謂有作不如無作也。椒園閱。乾隆十年十一月十一日廬中。

（《古本戲曲叢刊三集》影印明崇禎間刻本《一笠庵新編永團圓傳奇》卷末）

附　永團圓題識〔一〕

鏡　清〔二〕

《永團圓》，舊時僅存《會釁》、《定計》、《請宴》、《逼離》、《詒契》、《府堂》、《鬧府》、《計代》、《堂斷》等數折，餘闋早經散失。茲因新樂府在海上奏藝，急欲全部排演，以資號召，就余補訂全譜。以時日匆促，故而草草蕆事，遽付檀板。謬誤之處，不及細檢，尚望他日有知音者起而校正之也。

庚午秋日〔三〕，常樂居士鏡清氏注。

（南京圖書館藏清乾隆五十九年寶研齋刻《一笠庵四種曲》所收《永團圓》卷首墨筆書）

【箋】

〔一〕底本無題名。

〔二〕鏡清：別署常樂居士，姓名、籍里、生平均未詳。

〔三〕庚午：民國十九年（一九三〇）。

太平錢（李玉）

《太平錢》傳奇，《新傳奇品》著録，現存舊鈔本，《古本戲曲叢刊三集》據以影印。

太平錢傳奇引

胡介祉〔一〕

張果，列仙流也。世傳乘白驢往來汾晉間，所至多奇迹，不可盡信。獨百緡聘韋氏，及贈席帽取錢事，載籍班班，豈虚談乎？所可異者，紅妝白髮，締盟瓜圃，偕歸王屋，非塵緣有托，幾涉荒唐。神仙好色，寧其然耶？

今披是帙，而作者之情生於曲，曲成於心，纏綿盡致，俾千古風流，仿佛如見。更借韋固遇月下老人一段姻緣，回環串合，宛若符節，情緒入神，不蹈凡徑，殆有飄然不羣之思。余心愛之，而惜乎棗木闕如，僅得鈔本，每一披覽，不能釋手。間有字句舛錯，音調未諧，略加點竄，庶可被之管弦，而無遺憾。故爲采列獨出，以當傳奇小山云。

（中國國家圖書館藏稿本胡介祉《谷園文鈔》卷八）

【箋】

〔一〕胡介祉（一六五九—一七二三後）：生平詳見卷六《廣陵仙》條解題。

眉山秀（李玉）

《眉山秀》傳奇，一名《女才子》，高奕《新傳奇品》著録，現存順治十一年甲午（一六五四）序刻本（《古本戲曲叢刊三集》據以影印）。

（眉山秀）題詞

闕　名〔一〕

自《三百篇》亡，而後《騷》、賦繼之。然以之入樂，則節奏未諧。於是《白苧》、《子夜》，始爲濫觴。然樂府不入俗，而後以唐絶句爲樂府。絶句少宛轉，而後有詞。詞不快北耳，因有北曲。北曲不諧南耳，又有南曲。遞沿遞變，於是宋元諸君子，遂於此道自闢蠶叢，幾與西京、大曆詩文互雄一代。明興，如用修之實羅四庫，而宫羽全乖；若士之筆倒三湘，而竹絲不協。甚矣，習服衆精之難也！

往與海内賞音之士品定得失，謂伯龍、伯起諸子，已成隔世，而新聲間出，則玄玉氏《占花魁》、《一捧雪》諸劇，眞足令人心折也。玄玉言詞滿天下，每一紙落，雞林好事者爭被管絃，如達夫、昌齡聲高當代，酒樓諸妓咸歌其詩。玄玉管花腸篆，標幟詞壇，而藴奇不偶，每借韻人韻事譜之宫商，聊以抒其壘塊。丙戌歲[二]，予寓郡城拙政園居，得盡讀其奚囊中祕義。卽使延年協律，當亦賞其清柔；善顧周郎，無能摘其紕繆。因有慨於元豐之季，抱經濟才如玉局父子，而侘傺窮徒；秦太虛忠義文章，不究其用，至埋骨貶所。嗟乎！才爲世忌，千古同悲。此玄玉所爲擊碎唾壺，五岳起於方寸，不浹旬，而《眉山秀》成，已令魚出聽而雲爲停矣！

予每嘆人各有能、有不能，鳧短鶴長，限於賦也。以司馬子長天才灝衍，河漢無極，而賦則未閑，故《相如》一傳，不無豔心於《子虛》、《上林》；少陵足遍萬里，讀破萬卷，稱沉雄典核矣，而樂府不傳；青蓮天姿奇邁，雖被酒之餘，而抗浪沉香亭上，《清平》三調，縱筆立揮，無不入妙，假令少陵授簡，恐亦閣筆。玄玉上窮典雅，下漁稗乘，既富才情，又嫻音律，殆所稱青蓮苗裔、金粟後身耶？於今求通才於寓內，誰復雁行者？昔大曆中女子，能按香山《琵琶行》，至索價十萬。玄玉此劇，傳諸顧曲者，又增一番聲價矣。

順治甲午歲菊月，題於拂水山房並書。

（《古本戲曲叢刊三集》影印清順治十一年甲午序刻本《一笠庵新編第七種傳奇眉山秀》卷首）

【箋】

[一]底本題名下有剜改痕迹。此文末署『拂水山房』，按拂水山房爲錢謙益書齋，則此文當爲錢謙益撰。錢謙益（一五八二—一六六四），字受之，號牧齋，別署蒙叟、東澗遺老，常熟（今屬江蘇）人。明萬曆三十八年庚戌（一六一〇）進士，選庶吉士，授編修，歷官至禮部右侍郎。南明時任禮部尚書。降清後，官禮部侍郎管祕書院事，

充修纂《明史》副總裁。未幾告病辭歸，隱居鄉里。編撰《列朝詩集》。著有《初學集》、《有學集》、《投筆集》等，合集有《錢牧齋全集》。傳見《明史》卷二五四、《清史稿》卷四八四、《清史列傳》卷七九、《碑傳集補》卷四四、《南雷學案》卷四、《清代七百名人傳》等。參見葛萬里《牧齋先生年譜》（清刻《葛萬里雜著》本）、金鶴翀《錢牧齋先生年譜》（民國二十一年排印本）、張近凡《清錢牧齋先生年譜》（民國間排印本）、方良《錢謙益年譜》（中國書籍出版社，二〇一三）等。

〔二〕丙戌歲：順治三年（一六四六）。

兩鬚眉（李玉）

《兩鬚眉》傳奇，高奕《新傳奇品》著録，現存順治十年（一六五三）序刻本（《古本戲曲叢刊三集》據以影印）。

（兩鬚眉）敍

萬山漁叟〔一〕

大丈夫處彝倫顛蹶、天步艱難之日，不具二十分才，二十分識，二十分膽，以周旋於呼吸存亡之會，必無以抒忠孝之懷而錫身世之福。至若女子，目不覩《陰符》、《黄石》之書，身不歷名山大川之險，蘋蘩箕帚而外無他事，一旦臨大難，遇大敵，保巖城於纍卵，活萬命於重圍，雖偉男子猶難之。小范老子胷中數萬甲兵，吾服其才； 諸葛武侯抱膝隆中，已定三分之局，吾服其識； 郭汾陽單騎入回紇之營，吾服其膽。 此丈夫中之丈夫也。 木蘭代父從軍，劉遐妻拔圍出夫，荀崧女踰城救父，皆才識膽全備，而後行之不疑，期之克就。 此女子中之丈夫也。

一笠庵主人譜黄大將軍、鄧夫人救荒守砦、撫寇成功始末，而顔之曰《兩鬚眉》。 予讀之卒業，爲之斂容而歎。 夫將軍，一書生耳，遭家多難，九死一生，不沾沾以筆墨小伎，捷取榮貴，熟覽天下之大勢，揣摩流寇之情形，立談致樞相改容折節。 不費斗糧，不煩一兵，挺身臨虎狼之穴，慷慨敷陳，侃侃鑿鑿，俾憬然發其返邪歸正之心，降師數十萬，恢復郡縣數千里，因以建牙樹纛，保障山河。 而夫人以儒家女，至性過人，嘗不惜捐軀，脱夫於犴狴兵荒； 洊至破産，存活梓里萬計。 冒矢石，調鄉勇，堅壁死守，有撓法者，立斬以殉，卒殲巨寇，保桑梓。 『女中韓范』之題，表於椽筆，載於鸞章。 厥後，與將軍受天家之禄，而被衮服之榮，功在旗常，名垂彤史。 是夫是婦，古今無兩，皆有濟世之才，奇中之識，定難持危、不避險患之膽，洵不愧鬚眉丈夫也。

一笠庵主人錦心繡腸，搖筆隨風，片片霏玉。 以黄絹少婦之詞，寫天懷發衷之事。 令天下血性男子，閲是傳，想見鬚眉如戟，甬然興敬。 豈猶是宋豔荀香，描摩兒女子幽夢柔情，咿咿啞啞，作『曉風殘月』之調，以宕人心魂、迷人耳目已哉？

抑予又有説焉。 子輿氏以儀衍爲妾婦，孔明以巾幗遺司馬仲達。 彼世之痛癢不切於人倫，學術無裨於治亂，而徒苟且功名，出處無據，一旦有事，聽鼓鼙而色變，聞風雀而膽寒，喪師辱國，爲天下笑，雖具有鬚眉，亦何所置其顔面？若而人者，皆當以妾婦目之，以巾幗贈之。『四十萬人齊解甲，更無一個是男兒。』花蕊夫人句也。嘻！可以知是傳取名徵實之旨也夫！

順治十年六月望日，萬山漁叟題於松菊莊之湘舫。

（《古本戲曲叢刊三集》影印清順治十年序刻本《一笠庵新編兩鬚眉傳奇》卷首）

【箋】

〔一〕萬山漁叟：姓名、籍里、生平均未詳。

清忠譜（李玉）

《清忠譜》傳奇，一名《五人義》，高奕《新傳奇品》著録，現存康熙初蘇州樹滋堂刻本（《古本戲曲叢刊三集》據以影印）、康熙間蘇州霜英堂據樹滋堂本翻印本、舊鈔本、吴梅鈔本等。

（清忠譜）序

吴偉業〔一〕

先朝有國二百八十餘年，其間被寺人禍者凡三：王振、劉瑾專恣於前，魏忠賢擅竊於後，馴致流毒天下，而國家遂亡。然振、瑾之專執皆岌岌，所以危而復安者，以衆賢聚於朝廷，其一二大臣及内外大吏，尚未敢顯爲閹寺私人也。至魏忠賢之擅則不然，上自宰輔禁近，下暨省會重臣，非閹私人，莫參要選。時傾險之士，思逞志於正直者，亦願爲之爪牙，供其走噬，甚至自負阿父養子而不惜，而東林之難作矣。故自辛酉至丁卯七年之中，在朝諸賢，無不遭其坑戮，而國家之氣以不振。

吾郡周忠介公，初吏閩，卽裁稅閹高宷，以强項聞。及立朝，又無所迴避。文文肅以新進疏得失，語攻東廠，與公同邑相善，賢黨深忌之。公旣免歸，文肅亦削逐。猶不釋憾，迺以巡撫起元周公減袍價一案羅織，公斃詔獄，文肅蓄毒藥待命。思陵嗣位，羣兇伏辜，東林君子幸存者相繼起用。文肅推時重望，訟公冤獨力。至今邦邑人士逮於婦穉，咸識公名，稱述遺事如當日者，以文肅爲之友，而表之於其後也。

方公被逮，時宣詔於郡西察院，民隨而號泣請救者萬人，見公將就桎梏，咸戟手憤詈，因直前擊緹騎，幾爲變。賴郡守寇公、邑令陳公撫之而後定。事聞，詔捕首亂，顏佩韋等五人毅然詣官府自列，赴死無改容。嗚呼！公之節義，能使人感奮至此，可謂難矣！

聞公在詔獄，賢黨虐脅之者萬端，五毒備嘗，辭色不少屈，卒以不可屈而私斃之。公長嗣曰茂蘭。緹綺之挾公入都也，蘭願徒步從，公反覆喻之，因痛哭而止。及逆賢敗，刺身血書疏，伏闕鳴父冤，請卽加誅賢黨某某等，時稱其孝。

逆案卽布，以公事塡詞傳奇者凡數家。李子玄玉所作《清忠譜》最晚出，獨以文肅與公相映發，而事俱按實，其言亦雅馴，雖云塡詞，目之信史可也。

余所惜者，先朝列聖相承，思陵躬親菲惡，焦勞勤政者十有七年，而逆寇射天，神京淪陷。追維始禍，起於延西二撫之貪婪，皆逆賢黨也。當是時，逆布其黨宇內，秦中要地，二撫實閹腹心，肆虐縱貪，莫之敢指，胎禍全秦者數歲。終於賊焰燎原，災彌穹壤，一敗而不可救，眞可痛也。尤扼腕者，思陵圖治，相文文肅僅兩月，忌之者卽以事中之去位，國政愈不可爲。甲申之變，留都立君，國是未定，顧乃先朋黨，後朝廷，而東南之禍亦至。噫！彼爲閹黨漏網之孽，固無足怪，誰爲老成喪心耄及，更可痛也。假令忠介公當日得久立於熹廟之朝，拾遺補過，退傾險而進正直，國家之禍，寧復至此？又使文肅之相不遽罷，扶衰救弊，卜年或可再延。而一誤再誤，等於漢唐末造之覆轍。始信兩公於閹黨之事，決然以死生去就爭之，其有關宗社非細也。余老矣，不復見他年事。不知此後塡詞者，亦能按實譜義，使百千歲後觀者泣、聞者嘆，如讀李子之詞否也。

梅邨吳偉業題〔二〕。

（《古本戲曲叢刊三集》影印清康熙初蘇州樹滋堂刻本《一笠庵彙編清忠譜傳奇》卷首）

【箋】

〔一〕吳偉業（一六〇九—一六七二）：生平詳見本卷《梅村樂府二種》條解題。

〔二〕題署之後有印章二枚：陽文方章『吳偉業印』，陰文方章『梅邨』。

西樓記（袁于令）

袁于令（一五九二—一六七二），原名晉，字令昭，後名于令，字韞玉，號凫公，晚號籜庵，别署白賓、幔亭、幔亭峯歌者、幔亭仙史、吉衣道人、劍嘯閣主人等，吴縣（今江蘇蘇州）人。明萬曆間府庠膳生，膺歲貢。順治元年（一六四四），試貢生，授州判。四年，擢荆州知府。十三年，被劾侵盜錢糧，落職。晚年僑寓白下（今江蘇南京）。著有詩文集《及音室稿》、《留硯齋集》，改編小説《隋史遺文》。撰雜劇《雙鶯傳》、《戰荆軻》，傳奇《西樓記》、《金鎖記》、《鷫鸘裘》、《長生樂》、《珍珠衫》、《玉符記》、《瑞玉記》、《合浦珠》、《汨羅記》等。傳見《吴門袁氏家譜》卷六、民國《吴縣志》卷七九等。參見李復波《袁于令的生平及其作品》（《文史》第二七輯）、陸萼庭《談袁于令》（《清代戲曲家叢考》）、徐朔方《袁于令年譜（一五九二—一六七四）》（《浙江社會科學》二〇〇二年第五期）、王琦《袁于令研究》（華東師範大學博士學位論文，二〇〇六）。

《西樓記》傳奇，一名《西樓夢》，《遠山堂曲品》著錄，現存劍嘯閣原刻本（《古本戲曲叢刊二集》據以影印）、明末師儉堂刻本、明末汲古閣原刻初印本、汲古閣刻《六十種曲》本、順治間兩衡堂刻本、明刻清初讀書坊重修本、乾隆五十五年庚戌（一七九〇）寧我齋刻巾箱本等。

題西樓記

陳繼儒

天上無雲霞，則人間無才子；天上無雷霆，則人間無俠客。余常持此印世，世鮮足當者。晚得袁白賓，不愧斯語。袁氏家世多循吏文苑，白賓繼之公車，言極靈極快。其遊戲而爲樂府，極幻極怪，極豔極香。

近出《西樓記》，凡上衮名流、冶兒遊女，以至京都戚里、旗亭郵驛之間，往往鈔寫傳誦，演唱多遍。想望西樓中美少年，何許風流眉目，而不知出於金閶白賓氏。筆力可以扛九鼎，才情可以蔭映數百人。特其深心熱血，尚留此心，忠孝男兒耳。

夫才而不能俠，則曲士鄙儒；俠而不能才，則悍夫老革。兩者兼之，如雲霞之黻黼河漢，雷霆之鏗訇乾坤，使一切聞且見者，掃除愁風苦雨之淒涼，解脱埋雲罨霧之迷塞。此天上不常有，而人間不可無也。

夫世人與之正言莊語，輒低迷欲睡；間雜以嘲弄諧謔，曼歌長謠，不覺全副精神，轉入聲聞酒、知見香中。東方生用之大隱，端師子、政黄牛用之説法，蘇長公用之行文，而徐文長用之演《四聲猿》，湯臨川用之演《四夢》，皆古今才子俠客之大摠持也，而又何疑於白賓氏之《西樓記》？

眉道人陳繼儒題於頑仙廬〔一〕。

【箋】

〔一〕題署之後有陽文方章二枚：『麋公』、『雪堂』。

（楚江情）原敘〔一〕

陳繼儒

陳眉公曰：自《西樓記》出，海人、達官、文士、冶人、游子，以至京都戚里、旗亭郵驛之間，往往鈔寫傳誦，演唱殆遍。想望西樓中美少年，風流眉目，而不知出於金閶袁白賓氏也。白賓氏俠骨才情，天賦無兩。其游戲調笑，雖單詞片語，可附《世說》。《西樓》其有爲爲之，極幻極怪，極豔極香，讀此可以想其人矣。

夫天上無雲霞，則人間無才子；天上無雷霆，則人間無俠客。才而不能俠，則曲士鄙儒；俠而不能才，則悍夫老革。兩者兼之，如雲霞之黻黼河漢，雷霆之鏗訇乾坤，使一切聞且見者，掃除愁風苦雨之淒涼，解脫埋雲罨霧之迷塞。此天上不常有，而人間不可無也。

世人與之莊語，輒垂首欲睡；間雜以嘲弄諧謔，曼歌長謠，不覺全副精神，轉入聲聞酒、知見香中。東方生用之大隱，端師子、政黃牛用之說法，蘇長公用之行文，而徐文長用之演《四聲猿》，湯臨川用之演《四夢》，皆古今才子俠客之大總持也，而又何疑於白賓氏？〔二〕

（日本京都大學文學部藏明崇禎間刻本馮夢

龍《墨憨齋定本傳奇五種》之《楚江情》卷首）

【箋】

〔一〕此文與明劍嘯閣原刻本《劍嘯閣自訂西樓夢傳奇》卷首陳繼儒《題西樓記》文字大體相同，但順序有異，故全文錄之，以便比勘。

〔二〕文末有印章二枚：陽文方章「陳繼儒印」，陰文方章「眉公」。

西樓記序言

石　侶〔一〕

凡傳奇之傳也三：以事傳，文章傳，宮調傳。《西樓》之事，則生死合離，極悲愉之致矣；宮□□①引商刻羽，盡推敲之工□□□②章之美，其眞則布□□□□，聲諧里耳，所謂伯牙鼓琴而流魚出聽，非耶？然則《西樓》又人人可讀也，或奇其事，或譜其宮調，或味其文章。政如醇醪美醞，善醉者得其趣，卽不善醉者亦甘其味也。

石侶〔二〕。

（明末刻本《臨川玉茗堂批評西樓記》卷首）

【校】

①底本闕二字，疑作「調則」。

②底本闕三字，疑作「矣而文」。

【箋】

〔一〕石侶： 姓名、籍里、生平均未詳。

〔二〕題署之後有陽文方章『石侶』。

西樓記序〔一〕

沈最羣〔二〕

記名《西樓》，由來久矣，譜自名人，傳諸當世。其間才子興豪，佳人情重，高明仗義，俠女捐軀，加以讒工貝錦，釁構狂愚，遂成一部絕妙傳奇。

顧吾謂其尤奇者，則在闤闠而求凰下里，青樓而花燭狀頭，此千古未有之奇，寔爲他傳所未載之妙也。以是知紅絲一繫，洵不論乎貧富貴賤；而月下翁之手段，固有巧於撮合而出人意表者乎！

向有舊本，不便取攜，爰付剞劂，改爲短幅。庶幾閱者登山臨水，取之袖中，隨時可探其祕妙也。

乾隆庚戌清和月，吳邑沈峙莽序〔三〕。

（清乾隆五十五年庚戌寧我齋刻巾箱本《西樓記》卷首）

【箋】

〔一〕底本無題名。

〔二〕沈最羣：號峙莽，吳縣（今江蘇蘇州）人。生平未詳。
〔三〕題署之後有印章二枚：陰文方章『沈最羣印』，陽文方章『峙莽』。

附　西樓劍嘯跋〔一〕

吳　梅

袁籜庵《西樓記》，蓋爲吳江周綺生作，詳見施子野《花影集》傳中。池同指沈自晉（袁名晉，沈亦名晉，故云同），胥表則自謂也。《俠概》一齣，胥表舊唱南詞，不稱義俠口吻，因改此套，以北詞出之，淋漓慷慨，深合長公人品矣。今按通名處云：『表字昭令。』籜庵原字令昭也。齣名《劍嘯》，本籜庵閣名也。又云：『我曾爲一州之長。』籜庵曾官荊州知府也。吳駿公贈荊州守袁大四律，有『彈絲法曲楚江情』之句，卽謂《西樓》一劇也。此折世不經見，籜庵劍嘯閣《西樓》原刻，附入簡末，他本皆無之。余假嘉定王培孫（植善）藏本鈔錄，時丁巳五月二十九日也〔二〕。

長洲吳梅書於百嘉室。

（明末刻本《袁令昭自訂西樓記劍嘯》卷末）

【箋】

〔一〕底本無題名，版心題『劍跋』。
〔二〕丁巳：民國六年（一九一七）。

附　西樓劍嘯跋

吴　梅

此折爲鳧公自改《西樓》傳中《俠概》也。《俠概》原文是南詞，不稱長公口吻，改之極是。此獨以北詞登場，則合矣，實卽爲自己寫生。曲中通名處云：『表字昭令』，鳧公原字令昭也；齡名《劍嘯》，鳧公閣名也。又云：『我曾爲一州之長』，鳧公原知荊州府事也。此詞向不得見，毛刻本《西樓》亦未收録。嘉定王培孫植善得劍嘯閣自訂《西樓》二卷，後附此套，遂假歸鈔之。

（上海中華書局民國二十九年《新曲苑》所收《霜厓曲跋》卷一）

禪隱四劇（周懋宗）

周懋宗（一五九三——一六四六），字因仲，號石侯，會稽（今浙江紹興）人。郡監生。與兄懋穀、弟懋宜並有才名，人稱『周氏三鳳』。懷才不遇，以酒人自放。明末入復社。著《石侯易釋》、《諺箋》等。傳見民國《紹興縣志資料》第一輯。撰雜劇《啞煉丹》、《祭碑記》、《桃花源》等，合稱《禪隱四劇》，未見著録，已佚。

周因仲禪隱四劇序

來集之〔一〕

予嘗澄神靜息，讀《禪隱四劇》，而知因仲先生之教人於忠孝，蓋循循善誘者也。方袍幅巾，升皋比之座，取夫比干剖心、王祥臥冰之事，旦旦焉，諄諄焉，曰『爲此則聖賢，不爲此則禽獸』，將以縛其猿心而收其鵠志。然不知其損裂四出，馳奔萬里，不曰『腐語不堪入耳』，則曰『古事不偕今俗』也。

因仲乃從而歌之舞之，寫鐵骨冰心於花明珠媚之下，徘場撮弄，一唱三歎，曷往觀乎？始而目挑，繼而神往，繼而不知其手舞足蹈，曰：『若者爲眞忠，若者爲眞孝。若此者吾願爲之，不若此者恐無以傳之他人而留之後世也。』

且夫西方之教尊耳，以聲聞爲學；而吾儒之教尊目，以文字爲學。因仲之舉管拍几，推敲宮譜，吮毫飽墨，藻繢雕鏤，使音聲之道與耳謀，文字之道與目謀，而忠孝之道又與心謀，豈僅與方袍幅巾、旦旦諄諄者，爭教澤之遠近哉！高則誠爲《琵琶記》，而曰：『不關風化，縱好徒然。』然則郵亭畫壁，歌不及於《蓼莪》；李謩傍牆，譜不傳乎靡鹽。又何如澄神靜息，而讀吾因仲之《禪隱四劇》也？

（中國國家圖書館藏清稿本來集之《倘湖遺稿》不分卷）

【箋】

〔二〕來集之（一六〇四—一六八三）： 生平詳見本卷《兩紗》條解題。

桃花劇（孟稱舜）

孟稱舜（一五九四—一六八四），字子塞，一作子若，又作子適，號臥雲子，別署小蓬萊臥雲子、花嶼仙史，會稽（今浙江紹興）人。明諸生，屢試不第。崇禎二年（一六二九），曾入復社，後又入楓社。順治六年（一六四九）貢生，授浙江松陽訓導。十三年，辭歸。工詩文詞曲。著有《孟叔子史發》、《眾芳堂詩存》，編選《古今名劇合選》。撰雜劇《桃花人面》（改本名《桃源三訪》）、《花前一笑》、《英雄成敗》（改本名《殘唐再創》）、《眼兒媚》、《死裏逃生》，傳奇《嬌紅記》、《二胥記》、《貞文記》、《風雲記》、《繡被記》。二〇〇五年中華書局出版朱穎輝輯校《孟稱舜集》，二〇〇六年巴蜀書社出版王漢民等編《孟稱舜戲曲集》。傳見朱彝尊《明詞綜》卷八、乾隆《松陽縣志》卷七等。參見朱穎輝《孟稱舜新考》（《戲曲研究》第六輯，文化藝術出版社，一九八二）、鄭閏《孟稱舜補考三則》（《戲曲研究》第一七輯，文化藝術出版社，一九八五）、徐朔方《孟稱舜行實繫年》（《晚明曲家年譜·浙江卷》）、鄧長風《孟稱舜的生年及〈蜆斗薖樂府〉的作者》（《明清戲曲家考略三編》）等。

『桃花劇』乃《桃源三訪》、《花前一笑》二劇合稱，二劇均見《遠山堂劇品》著錄，現存《古今名劇合選・柳枝集》所收本（《古本戲曲叢刊四集》據以影印）。

孟子若桃花劇序

倪元璐〔一〕

人服子若氏襟豪才闊。曩草《花間》劇時，司文者既達境，羽檄紛馳，彼衆擁抱時文如蜣護丸，而子若氏方搜腔檢拍，不舞槊擬敵而舞柘枝。然當壘卽勝，人射得鳥，而子若氏釣得鳥也。予曰不然。人射以矢，而子若氏以彈。彈之與矢，異器而彀同也。文章之道，自經史以至詩歌，共稟一胎，然要是同母異乳，維小似而大殊。惟元之詞劇，與今之時文，如孿生子，眉目鼻耳，色色相肖。蓋其法，皆以我慧發他靈，以人言代鬼語，則同。而八股場開，寸毫傀舞，宮音串孔，商律譜孟，或裂吭長鳴，或束喉細語。時而齊乞鄰偷，花脣取諢；時而蓋驩魯虎，塗面作嗔。淨丑旦生，宣科打介則同。而格律峻嚴，捃縛艱苦，才將飆發而股偶以束之，思欲泉流而宮商以拴之，則又同。

予每笑時文一格，都沒理會，然有等慧業，偏向个裏光騰怪出，餘靈未已。卽不敢抱琵過別，則取其近是者，扭張捏蔡，翻高踢董，猶之善繪者去而爲古塑耳。記往時讀子若所爲時文者，輒署云：『蘇觔柳態，當使丈二將軍合十七八女孃，譜作唱本。』予初不知其能爲此詞者，而巧中若是。今卽下轉語，署此二詞曰：『含元吐魁，何不可也。』

然予更欲借茲金鋮，度脱彼衆。諸君架上時文沒底用，合取燒卻。亟徵古今詞曲數部，以古樂府及晉碭石諸篇，唐溫、李，宋東坡、幼安等詞爲一部，比之成弘王、董諸家；以《會眞》、《琵琶》等記爲一部，比之嘉隆瞿、鄧諸家；以文長《四聲》、若士《四夢》，並子若《桃源》、《花間》二劇爲一部，比之萬曆以來陶、許諸家。朝呻夕唔，不取雪案取花窗，不取才朋取麗侶。欲睡，則引檀板拍其股，當蘇季之錐。如是三年，不一出取大元歸者，許縮有言：『請以臣頭爲徇！』

（評曰：）梨園子弟打院本，可諷時政，莫作俳語觀。

（《四庫禁燬書叢刊》集部第一七二册影印明崇禎間刻本鄭元勳《媚幽閣文娛》卷四）

【箋】

（一）倪元璐（一五九四—一六四四）：字汝玉，一作玉汝，號鴻寶，別署園客，上虞（今屬浙江）人。天啓二年壬戌（一六二二）進士，選庶吉士，授編修。崇禎八年（一六三五），遷國子祭酒，旋落職閒住。十五年（一六四二），起兵部右侍郎。次年（一六四三），擢戶部尚書兼翰林學士。十七年（一六四四）春，李自成陷京師，自縊死。福王時謚文正，清謚文貞。著有《倪文貞集》、《倪文貞奏議》。傳見《明史》卷二六五。參見倪會鼎《倪文正公年譜》（《粵雅堂叢書》本）。

殘唐再創（孟稱舜）

《殘唐再創》雜劇，全名《鄭節度殘唐再創》，《遠山堂劇品》著錄，現存《古今名劇合選·酹江集》本(《古本戲曲叢刊四集》據以影印)。《玉夏齋傳奇十種》所收李九標編《四大癡》中《氣集》即此劇,現存清初山水鄰刻本。此劇實據孟氏《英雄成敗》雜劇改訂,現存《盛明雜劇》二集本(民國初董氏誦芬室據以覆刻)。

殘唐再創題詞

孟稱舜

唐之亡由黄巢,譚者謂巢早得一第,亦未至爲禍始若是。嗟乎!古來作賊者多矣,豈必士不遑者始爲之?且朝廷爵祿,豈以餌賊?巢固賊也,其屈抑之固宜。令巢果得一第,乘高以播其惡,是益傅之翼耳。予猶恨當時無若九齡識祿山、王衍識石勒,舉而蚤誅之者。虎狼雖不噬人,見者無不荷梃逐之,固不待其爪牙既張而後與之搏也。鄭以儒生報國,是足爲士不得志者之勸。葛侯盡瘁於三顧,苟息捐軀於遺命,雖大義足貴千古,而因寵效忠,予猶未以爲難矣。

懶仙云〔一〕:古今來成敗論英雄,成王敗寇,孰是孰非?英雄爲造化小兒播弄,何顛倒若是?子塞昆仲,風雅士也,劇曲仿佛元人。此篇持論深刻,『胷中多少不平事,願與將軍借寶刀』矣〔二〕。

(清順治十一年酉陽室刻衛泳輯《名文小品冰雪攜二刻》『題辭』類)

【箋】

〔一〕懶仙:即衛泳,字永叔,號懶仙,參見本書卷四《讀櫻桃宴雜劇》條箋證。

〔二〕語本唐寅《六如居士外集》卷六《花下酌酒歌》：『眼前多少不平事，願與將軍借寶刀。』

孟子塞殘唐再創雜劇小引

卓人月

作近體難於古詩，作詩餘難於近體，作南曲難於詩餘，作北曲難於南曲。總之，音調法律之間，愈嚴則愈苦耳。北如馬、白、關、鄭，南如《荊》、《劉》、《拜》、《殺》無論矣。入我明來，塡詞者比比，大才大情之人，則大忞大謬之所集也。湯若士、徐文長兩君子，其不免乎〔一〕。減一分才情，則減一分衍謬。張伯起、梁伯龍、梅禹金，斯誠第二流之佳者。乃若彈駁忞謬，不遺錙銖，而無才無情，諸醜畢見，如臧顧渚者〔二〕，可勝笑哉？必也具十分才情，無一分忞謬，可與馬、白、關、鄭，《荊》、《劉》、《拜》、《殺》，頡之頏之者，而後可以言曲，夫豈不大難乎？

求之近日，則袁凫公之《珍珠衫》、《西樓夢》、《竇娥冤》、《鸘鸘裘》〔三〕，陳廣野之《麒麟罽》、《靈寶刀》、《鸚鵡洲》、《櫻桃夢》〔四〕，斯爲南曲之最；沈君庸之《霸亭秋》、《鞭歌妓》、《簪花髻》〔五〕，孟子塞之《花前笑》、《桃源訪》、《眼兒媚》，斯爲北曲之最。余平時定論蓋如此。

今冬，遘凫公、子塞於西湖，則凫公復示我《玉符》南劇，子塞復示我《殘唐再創》北劇，要皆感憤時事而立言者。凫公之作，直陳崔、魏事；而子塞則假借黄巢、田令孜一案，刺譏當世〔六〕。

夫北曲之道，聲止於三，齣止於四，音必分陰陽，喉必用旦末，他如楔子、務頭、襯字、打科、鄉談、俚諢之類，其難百倍於南。而子塞研討數年，其謹嚴又百倍於昔。至若釀禍之權璫，倡亂之書生，兩俱磔裂於片楮之中，使人讀之，忽焉噓嘘，忽焉號呶，忽焉纏綿而悱惻，則又極其才情之所之矣，於我所陳諸公十餘本之內，豈不又居第一哉！子塞將還會稽，別我於桃花巷中，酒杯在手，輿夫在旁，匆匆書此。

（明崇禎間傳經堂刻本《蟾臺集》卷二）

【箋】

（一）此處眉批：『蓮句云：此詞家當行語。然余夙有湯、徐癖，愛戴牛乃過於眞牛，則不必定以尾柱兩股間也。』

（二）臧顧渚：即臧懋循（一五五〇——一六二〇），號顧渚。

（三）袁凫公：即袁于令（一五九二——一六七二），號凫公，生平詳見本卷《西樓記》條解題。

（四）陳廣野：即陳與郊（一五四四——一六一一），字廣野。

（五）沈君庸：即沈自徵（一五九一——一六四一），字君庸，生平詳見本卷《（鴛鴦夢）小序》條箋證。

（六）按，袁于令《玉符記》已佚，其『直陳崔、魏事』，必作於天啓七年（一六二七）十一月魏忠賢事敗後。祁彪佳《遠山堂尺牘》『己巳年』（即崇禎二年）致袁氏云：『《玉符》倘已改就，可惠然容錄一本否？』又云：『聞《玉符》已經梓就，弟得與天下人共賓之，大是快事。但不知何日竣耳。』然則此文所云『今冬』，當爲崇禎元年（一六二八）冬。《殘唐再創》之作在此前。參見徐朔方《孟稱舜行實繫年》（《晚明曲家年譜·浙江卷》）。

嬌紅記（孟稱舜）

《嬌紅記》傳奇，一名《鴛鴦冢》，全名《節義鴛鴦冢嬌紅記》，《笠閣批評舊戲目》著錄，現存明崇禎間刻本，《古本戲曲叢刊二集》據以影印。

（嬌紅記）題詞〔一〕

孟稱舜

天下義夫節婦，所爲至死而不悔者，豈以是爲理所當然而爲之邪？ 篤於其性，發於其情，無意於世之稱之，並有不知非笑之爲非笑者而然焉。 自昔忠臣孝子，世不恆有，而義夫節婦時有之；即義夫猶不多見，而所稱節婦，則十室之邑必有之，何者？ 性情所種，莫深于男女。 而女子之情，則更無藉詩書理義之文以諷諭之，而不自知其所至，故所至者若此也。

傳中所載王嬌、申生事，殆有類狂童淫女所爲，而予題之『節義』，以兩人皆從一而終，至於沒身而不悔者也。 兩人始若不正，卒歸於正，亦猶孝己之孝，尾生之信，豫讓之烈，揆諸理義之文，不必盡合，然而聖人均有取焉。

且世所難得者，知我者耳。 語曰：『士爲知己死，女爲悅己容。』太史公傳晏嬰，則甘爲之執鞭。 而虞仲翔願以青蠅爲弔客，曰：『後世有一人知我，死不恨。』然則世之知我，有如此兩人者乎？ 嗚呼！ 是亦我之所樂爲死者矣。

崇禎戊寅仲夏〔二〕，會稽孟稱舜題。

【箋】

〔一〕底本眉批：『全曲可配《離騷》，此序乃《漁父》、《卜居》也。』

〔二〕崇禎戊：崇禎十一年（一六三八）。

鴛鴦冢題詞

馬權奇

含氣之屬，有一不知食色者虖？而人又何以自命也？吁，可嘆也！頃余春夏間，見跂喙花林中，三三兩兩，叫呼擲躍，不唯有交構之態，抑亦具有其情。因而思之，假有天眼於此，下睞人世，思女曠夫，懷春悲秋，婉夕俟旦，芍藥之贈，瓊玉之報，有不蟲豸等觀者虖？余又聞梵天之衆具有夫婦，而特不行其淫。然則聖賢仙佛，固宜下恕愚頑，不惜帶水施泥而一引手矣。烏嘑！有欲諸天，固齋心驅塵之緣起也。

孟子塞，方行紆睞之士也。與余同研席時，余壯而子塞弱冠耳，然其心則蒼然。好讀《離騷》、《九歌》，諷咏若金石。余時治《韓嬰詩傳》，與之辯問往復，未嘗不歎謂三益也。蓋獨行不欺，論世不誣，余信之稔矣。

嗣後，有《花間一笑》之劇，鄉人頗有訾之者。余每曰：『使挑人者必唐伯虎，受挑女郎必如知唐伯虎而後可。車來賄遷之事，久宜絶迹於世矣。』人以余爲强詞。

今春，余里居，子塞以《鴛央冢》詞擲余，曰：『子不解填詞，姑以文字觀之可也。』余曰：『唯唯否否。宇宙之有音律，子獨以爲填詞設虖？《記》曰：「張而不弛，文武所不爲也；弛而不張，文武所不能也。」此雲英《韶濩》之繇，願子無以文字畸之。所慮者，子偏以清徵清角譜之耳。』

已閲之，而果然春雨蕭疎，書臺迴寂。讀至《私悵》、《詰祟》以後，未始不淚浪浪也。深於情者，世有之矣，能道深情委折微奥，一一若身涉之，顧安得再一子塞虖？

嗟虖！宋玉賦《高唐》，笑登徒子有淫行；靖節賦《閒情》，梁昭明以爲《國風》之愆。余所心賞，在二者之外矣。或曰：『子塞自題云「節義」者何？』余曰：『此方行紓晾之左契，亦廣大教化之弘願也。』

崇禎戊寅五月雨中，友弟馬權奇題於讀書臺。

鴛鴦冢序

王業浩〔一〕

予少時，偶讀《嬌紅傳》而悲之。然阿嬌誓死不二，申生以死繼之，各極其情之至，交得其心之安，示現鴛央，脱然存歿之外，又不勝擊節歎賞也。

夫古來佳人才子，每艱配偶，造化播弄，無可奈何。藉令天公作合，國秀國能，輒雙雙兩兩，而子女成行，形影相守，卽味如嚼蠟，何如巧阻魔分，俾各盡其孤行之致，獨擅千秋之可涕可歌乎？如嬌、申相逢，在未嫁未昏之時，若舅妗不以中表辭，帥子不入憐憐語，遄完玉鏡臺故事，則兩人轉眼便是綠暗紅稀，春風桃李花開，秋雨梧桐葉落，情盡緣老，淒涼隨之矣，安能貫通死生，游戲奇特，俾造化不得主張耶？

且阿嬌非死情也，死其節也；申生非死色也，死其義也。兩人爭遂其願，而合於理之不可移。是《鴛鴦記》而節義之也，正爲才子佳人天荒地老不朽之淨緣，以視紫玉、韓重輩，勝氣更凜凜烈烈。彼秦樓仙侶，跨鳳雙飛，明月玉簫，使千載之下寄想，乃兩人情味位置豈有遜焉？

予友孟子塞，邃於理而妙於情者也。暇日弄筆墨，有感於斯，即譜爲傳奇，令嬌、申活現，而兒女之私，頓成斬釘截鐵，正覺正法，爲情史中第一佳案。至其摛詞遣調，雋倩入神，據事而不幻，沁心而不淫，纖巧而不露，酸鼻而不佻。臨川讓粹，宛陵讓才，松陵讓律，而吳苑玉峯輸其濃至淡蕩，進乎技矣！

予深悲嬌、申之始，亟賞嬌、申之終，鼓掌稱絕於鴛鴦冢得孟先生長不壞也，走筆而敍之。

崇禎己卯仲春日，友弟王業浩書於捫虱居〔二〕。

【箋】

〔一〕王業浩（？—一六四三）：字士完，號峨雲，餘姚（今屬浙江）人。萬曆四十一年癸丑（一六一三）進士，授穀城知縣，調襄陽。陞御史，疏劾魏忠賢，削職歸。崇禎元年（一六二八），擢右通政。四年（一六三一），以兵部右侍郎、右僉都御史，總督兩廣。官至兵部尚書，卒贈太子太保。傳見乾隆《紹興府志》卷四九、嘉慶《山陰縣志》卷一四、光緒《餘姚縣志》卷二三等。

〔二〕文末題署後有印章二枚：陰文方章「士完氏」，陽文圓章「峨雲」。

節義鴛鴦冢嬌紅記序[一]

陳洪綬

今天子廣勵教化，誅凡衣冠而鳥獸行者。或曰：『是某某者，皆道學之士，所共推爲賢者也。且其人亦既讀書知理義矣，何至行同於狗彘若此？』余曰：『嗚呼！若人非不知理義之患也，惟知有理義而貌之以欺世，而其眞情至性與人異，故自墜於非人之類而不知也。蓋性情者，理義之根柢也。苟夫性情無以相柢，則其於君臣、父子、兄弟、朋友、夫婦之間，殆亦泛泛乎若萍梗之相值於江湖中爾。天下殘忍刻薄、悖逆乖睽之事，無不緣是而起。太史公推申、韓之禍本於道德，其意亦猶是也。』

往余聞此論於孟子塞，每歎爲信然。今又得子塞《鴛鴦冢記》讀之，而知古今具性情之至者，嬌與申生也；能言嬌與申生性情之至，而使其形態活現、精魂不死者，子塞也。子塞文擬蘇、韓，詩追二李，詞壓秦、黃，然其爲人，則以道氣自持。鄉里小兒，有目之爲迂生、爲腐儒者，而不知其深情一往，高微窅渺之致。問諸當世之男子而不得，則以問之婦人女子；問諸當世之婦人女子而不得，則以問之天荒地老、古今上下之人，而庶幾或有得焉。觀此記者，其亦可以想其性情之至矣。

昔時子塞有《古今名劇選》及《桃花》諸曲行於世，一老先生見而呵之，以爲不正之書。又一老先生以爲詩曲等也，『夫子删詩，不廢《鄭》、《衛》，況子塞所著、所選，又皆以情而出於正者乎？』此言是矣，予猶以爲未盡也。今有人焉，聚徒講學，莊言正論，禁民爲非，人無不笑且詆也。伶人獻俳，喜歎悲啼，使人之性情頓易，善者無不勸，而不善者無不怒。是百道學先生之訓世，不若一伶人之力也。且若前此講學解理義者，不免行鳥獸之行，而申、嬌兩人能於兒女婉孌中，立節義之標範，其過之不甚遠也哉？則子塞此辭，所以言乎其性情之至也，而亦猶之乎體明天子廣厲教化之意而行之者也。若其鑄辭冶句，超凡入聖，而韻叶宫商，語含金石，較湯若士欲拗折天下人嗓子者，又進一格。則猶以其詞言之耳，非子塞作此記之旨也。

崇禎己卯臘月，諸暨陳洪綬題。

（以上均《古本戲曲叢刊二集》影印明崇禎間刻本《新鐫節義鴛鴦冢嬌紅記》卷首）

【箋】

〔一〕底本眉批：『此記於世教大關係處，序中盡爲指出。』

二胥記（孟稱舜）

《二胥記》傳奇，《傳奇彙考標目》增補本著録，現存崇禎十七年癸未（一六四四）序刻本（《日本所藏稀見中國戲曲文獻叢刊》第一輯據以影印）、舊鈔本（《古本戲曲叢刊三集》據以影印）、民國間曲盦朱絲欄鈔本（《傅惜華藏古典戲曲珍本叢刊》第九册據以影印）。

《二胥記》題詞

孟稱舜

古人言出於口，則取而還之如券也。子胥覆楚，包胥復楚，兩者皆千古極快心之事。然吾謂爲子胥易，爲包胥難。子胥間關入吳，所瀕死者數矣。顧其所遇者，平王之昏暴，囊瓦、無忌之貪讒；而其所用者，吳也。闔廬善用其民，孫武用兵，冠絕千古，伯嚭之憾，與子胥等，合此數人，併力以謀楚，安往而不克焉？故曰易也。若夫包胥所用者，覆亡之餘燼；而所當者，方張之勁寇也。雖秦之强，遠在數千里之外，包胥慟哭秦庭，七有晝夜，秦王憐而出師救之。然非有拊循之素，積慮之深也，何以一戰而卻吳兵，踐復楚之一言乎？故曰難也。要之，兩人所用者，誠耳。荊卿入秦，白虹貫日，事有成敗，其誠以格天，則一也。當子胥出奔，與包胥相約之時，兩人豈豫卜有秦與吳之助而用之乎？善哉！包胥氏之言也，曰：『天定勝人，人定亦能勝天。』志定於己，言出於口，取而還之，有如券然。非誠也，而能之乎？

嗟乎！君臣、父子、夫婦、朋友之間事，何一而不本於誠者哉？余昔譜『鴛鴦冢』事，申生、嬌娘兩人慕色之誠，與二胥報仇復國之誠等，故死而致鴛鴦冢之應。或譏余爲方行紆視之士，何事取兒女子事，而津津傳之？湯若士不云乎：『師言性，而某言情。』豈爲非學道人語哉？情與性而咸本之乎誠，則無適而非正也。余故取二胥事，譜而歌之，以見誠之爲至，細之見於兒女幄房之際，而鉅之形於上下天地之間，非有二。□□□此二記者，皆所以言道焉，可也。

崇禎癸未春日，會稽小蓬萊臥雲子題。

二胥記題詞

馬權奇

余友臥雲子，方行紆昹之士也，而所著《嬌紅記》，則道兒女子之情，委折微奥，如身涉之者，此若陶靖節賦《閒情》，人與言固有如是其不相肖者虖？而非也。《閒情》一賦，所言近褻，而情深於一往，非夫賦情之至者不能道也。天下忠孝節義之事，何一非情之所爲？故天下之大忠孝人，必天下之大有情人也。則雲子之深於言情者，其正雲子論世不誣、獨行不欺之明驗虖！

乃今而雲子復以《二胥記》示余，則篤摯慷慨，其言與《鴛鴦冢》詞異也，顧其所語於賦情之至者，則均也。申生感王嬌之死而以身殉，包胥欲自踐其復楚之一言，至痛哭秦庭，水漿不入口者七日，而甘以身殉，雖事之大小不同，後之成否各異，而要其之死靡他之心，則匪特二胥等也，即前後二申，豈有異乎？余謂此記以『二胥』名，合雲子兩詞，而以『二申集』名之可也。

往雲子有《桃》、《花》兩劇，道閨房宛孌之情，委曲深至。余友倪鴻寶稱爲『我朝塡辭第一手』〔一〕，至比之《國風》之遺。而老生夙儒，則又呰之。雲子因作《殘唐再創》辭，以解其嘲〔二〕。今之《嬌紅》猶昔之《桃》、《花》，而今之《二胥》猶昔之《再創》也。有十七八女郎唱『楊柳岸曉風殘月』

以鳴其豔，則不可無丈二將軍鐵綽板唱『大江東去』辭以舒其豪。塡詞家固必兼此兩種，乃爲當家。元王實甫之《西廂》，是十七八女郎唱『楊柳枝』之辭也；馬東籬之《孤雁漢宫秋》，是銅將軍唱『大江東去』之辭也。乃今而兼擅兩家之勝者，其我雲子虖〔三〕？

天下之深於情者有矣，能道其深情者不可得。得雲子詞讀之，余知其深於情也，於世無再；其能道其深情，亦於世無再也。往余讀《鴛鴦家》詞，春雨蕭疎，書臺闃寂，輒涕琅琅不能止。今讀《二胥記》詞，則壯氣嶽立，鬚髯戟張，覺吳市之泣，秦庭之哭，兩人英魂浩魄，至今猶爲不死。嗚嘑！余之所服膺於雲子者，夫又寧以其辭也哉！

崇禎癸未季夏六月，友弟馬權奇題〔四〕。

【箋】

〔一〕倪鴻寶：即倪元璐（一五九三—一六四四），號鴻寶，參見本卷《孟子若桃花劇序》條箋證。

〔二〕據此，《殘唐再創》撰於《桃源三訪》、《花前一笑》之後。

〔三〕第一齣《標目》馬權奇眉批云：「昔稱馬東籬之詞『如鳳鳴朝陽』，喬夢符之詞如『神鼇鼓浪』，此曲可爲兼之。曩見其《死央家》詞，酸楚幽豔，風流蘊藉，爲傳情家第一手，此又何蒼涼雄壯也！乃知情至之人，可以爲義夫節婦，即可爲忠臣孝子。」

〔四〕題署之後有印章二枚：陰文方章『馬權奇印』，陰陽文方章『巽倩』。

二胥記敘

宋之繩〔一〕

從古君親大義，經垂其訓，史傳其事。學士大夫亦既朝哦而夕諷之矣，多讀書，識禮義，猝然臨以家邦大變，而至性不移，血誠無愧，不能不仰如二曜①五嶽。若乃禍及宗祊，餒而勿恤，麋遊故宮，謝支傾於一木者，何人乎？委巷小夫，目不識之無，於優俳諧謔間，一見忠孝感人事，未有不悲憤流連，淚簌簌數行下，卽其人亦不自知其何繇者。然則經史外殆不可無文，而學士大夫之表猶有人，固不可無所以動之也。

勝國時，高流負才，意落落無所見，輒寓情傳奇康老，連袂踏歌，膈間磥磈，不覺與梁塵同飛。故其爲文，不必東西京體，不必大曆、長慶、《蘭畹》、《花間》，而亦自擅絕一代。

東越臥雲子，長才博洽，矩則一本先民，於時少可。既慨且慷，往往撫長劍，作浩歌，不復知唾壺口缺。所著二傳奇，《鴛鴦冢》婉麗入情，《二胥記》則有愾乎中，凜乎忠孝相感。所謂長言之不足，從而詠歌之，又從而痛哭之者，是邪？非邪？

王實甫大小劇十有三，關漢卿六十有一，大約多《遵路》、『秉蕳』之遺旨，而雲子獨莊語忠孝，近於迂。宋時宮伶作『二勝環置腦後』一語，大干時宰怒，故雖市里恢笑，亦多轉喉觸忌之禁，而雲子正言不顧，近於戇。迂也？戇也？有知雲子者，而雲子可以無憾；有罪雲子者，而雲子亦可以無憾矣。

崇禎甲申秋日，平陵社弟宋之绳書〔二〕。

【校】

①曜，底本作『矅』，據文義改。

【箋】

〔一〕宋之繩（一六一二—一六七〇）：字其武，號柴雪，晚號熟稼，溧陽（今屬江蘇）人。崇禎十二年己卯（一六三九）舉人，十六年癸未（一六四三）進士，授翰林院編修。順治十一年（一六五四），補翰林國史院編修。十八年，轉江西布政司參議、分守南昌道。病卒於康熙八年十二月十一日（公元已入一六七〇年）。著有《國雅集》、《戴石堂尺牘》、《戴石堂詩稿》、《溧陽宋柴雪先生遺稿全集》等。傳見計東《改亭集》卷六《行狀》、《皇明遺民傳》卷六、嘉慶《溧陽縣志》卷一三等。參見《柴雪自訂年譜》（康熙十八年刻本《戴石堂尺牘・詩稿》附）。

〔二〕題署後有印章二枚：陽文方章『宋之繩印』，陰文方章『其武』。

附　二胥記題識〔一〕

闕　名〔二〕

《二胥記》二卷一套兩本。

明末孟稱舜撰。明崇禎刊本，大河内家舊藏書之一，天下孤本也。北京圖書館所藏本，當從是本出。

孟有《鴛鴦冢》、《貞文記》。《鴛鴦冢》坊本間有，《貞文記》一書，往歲鹿田相雲堂出售，久保天隨獲之，已歸臺北帝大藏。

（以上均《日本所藏稀見中國戲曲文獻叢刊》第一輯影印明崇禎十七年癸未序刻本《新鐫二胥記》卷首）

【箋】

〔一〕底本無題名。

〔二〕此文當爲日本長澤規矩也（一九〇二—一九八〇）撰。

貞文記（孟稱舜）

《貞文記》傳奇，一名《鸚鵡墓》，全名《張玉娘閨房三清鸚鵡墓貞文記》，《傳奇彙考標目》增補本著錄，現存順治間金陵書房石渠閣刻本（《古本戲曲叢刊二集》據以影印，另有臺灣大學圖書館藏本）、民國間古吴蓮勺廬鈔本（《鄭振鐸藏古吴蓮勺廬鈔本戲曲百種》第一七冊據以影印）。

（貞文記）題詞〔一〕

孟稱舜

古凡女子而能文者有之矣，有詩之工如玉娘者乎？女子而貞，不字者有之矣，有文與貞合，而才行之全如玉娘者乎？ 蓋玉娘之才，天下之奇才； 而玉娘之行，天下之奇行也。 或疑女子文多假借。 古白龍，即今松陽地也。 松陽地處嵠峒間，其才士亦時有，然求如玉娘者卒不可得，顧誰爲捉刀者乎？ 且女子而殉夫未字之先，此世所恆有也； 身歿而能使紫娥、霜娥及鸚鵡隨以俱歿，此世所不恆有也。 或故謂難不在死者，而在從之俱死者。 然而蜀山不崩，則景鐘不應； 龍虎不作，則風雲不興。 不有玉娘精誠之所格，則紫娥、霜娥及鸚鵡必不從之俱死。 難，故不在從者，而在主者。 故曰： 玉娘之才，天下之奇才； 而玉娘之行，天下之奇行也。

墓名『鸚鵡』者，彼人皆以情死，而鸚鵡以無情亦死，較諸有情者爲更奇耳。 墓在楓林之下，予游寓松陽，數過吊之。 懼其久而漸湮也，乃與松邑好義諸子，募貲立祠墓後，名之曰『貞文祠』。 而其遺蹟之奇，不被諸管弦，不能廣傳而徵信，因撰傳奇布之。

俗傳沈生、玉娘，爲大士侍者化身，當在座前，調弄鸚鵡，情所偶感，遂墜凡間，故歿而致鸚鵡俱死之異。 此事有無，予不能辨。 顧予聞之，古今異人，其生也必有自來： 有從精靈來者，有從列宿來者，有從仙佛來者。 若玉娘者，其必爲再來人無疑耳。

男女相感，俱出於情。 情似非正也，而予謂天下之貞女，必天下之情女者何？ 不以貧富移，不以妍醜奪，從一以終，之死不二，非天下之至種情者，而能之乎？ 然則世有見才而悅，慕色而亡者，其安足言情哉？ 必如玉娘者，而後可以言情。 此此記所以爲言情之書也。 孟子曰： 『乃若其情，則可以爲善。』則此書又即所爲言性之書也。

貞文祠費幾千金，俱出自松邑及四方之善信者。而傳奇剞劂之貲，則募自吾鄉及金陵者居多。蓋表揚幽貞，風勵末俗，寔衆情之所同，而非余一人能爲之也。此性之所爲，無不善也。

時癸未孟夏望日〔二〕，稽山孟稱舜書於金陵雨花僧舍。

（《古本戲曲叢刊二集》影印清順治間金陵石渠閣刻本《張玉娘閨房三清鸚鵡墓貞文記》卷首）

【箋】

〔一〕版心題『鸚鵡墓貞文記序』。闕名於《題詞》欄上眉批：『《貞文記》具一部禪宗，《題詞》具一部性說。固知此書當作宇宙間一部大書讀。』

〔二〕癸未：崇禎十六年（一六四三）。據徐朔方《論孟稱舜的戲曲創作》（《戲曲研究》第三三輯，文化藝術出版社，一九九〇）及蘇振元《孟稱舜何時作〈貞文記〉》（《戲曲研究》第四七輯，文化藝術出版社，一九九三），此題署之年月乃僞托，《貞文記》傳奇當作於順治十三年丙申（一六五六）深秋以後，《題詞》亦當撰於此時。

（貞文記）敍〔一〕

祁彪佳〔二〕

子曰：『詩可以興，可以觀，可以羣，可以怨。』然則詩而不可興、可觀、可羣、可怨者，非天下之眞詩也。嗚呼！今天下之可興、可觀、可羣、可怨者，其孰過於曲者哉？蓋詩以道性情，而能道性情者莫如曲。曲之中有言夫忠孝節義、可忻可敬之事者焉，則雖騃童愚婦見之，無不擊節而忭舞；有言夫姦邪淫慝、可怒可殺之事者焉，則雖騃童愚婦見之，無不恥笑而唾詈。自古感人之深而動人之切，無過於曲者也。故人以詞爲詩之餘，曲爲詞之餘，而余則以今之曲卽古之詩，抑非特古之詩，而卽古之樂也。樂有歌有舞，凡以陶淑其性情而動蕩其血氣。《詩》亡而樂亡，樂亡而歌舞俱亡。自曲出，而使歌者按節以舞，命之曰樂府。故今之曲卽古之詩，抑非僅古之詩，而卽古之樂也。特後世爲曲者，多出於宣邪導淫，爲正教者少，故學士大夫遂有諱曲而不道者。且其爲辭也，可演之臺上，而不可置之案頭，故譚文家言，有謂詞不如詩而曲不如詞者。此皆不善爲曲之過，而非曲之咎也。

會稽孟子塞先生之爲曲，則眞古之詩也，抑非僅古之詩，而卽古之樂也。先生前後有曲五種：《二胥》、《二喬》，則所言君臣、父子、兄弟、夫婦、朋友之道畢備。《二胥》則遭國之難，而艱難痛哭以全忠孝。《二喬》則逢世之亂，而風流慷慨以立功名。《赤伏符》則言天命有定，姦邪不得妄干，大業世授，子孫不容輕棄。《鴛央冢》、《鸚鵡墓》則耑言男女夫婦之情，《嬌紅》變而卒返於正，《貞文》正而克持其變。至其爲文也，一人盡一人之情狀，一事具一事之形容：雄壯則若銅將軍鐵綽板唱『大江東去』之辭，嫵媚則如十七八小女娘唱『曉風殘月』之句。按拍填詞，和聲協律，盡美盡善，無容或議。可興、可觀、可羣、可怨，《詩》三百篇莫能踰之。則以先生之曲爲古之詩與樂可，而且以先生之五曲作五經讀，亦無不可也。昔人謂梨園子弟有能唱孟家詞者，其價增重十倍，夫猶僅以其情文之特絕言之耳。

《嬌紅》、《二胥》久行於世，《二喬》、《赤伏符》俱後出，而斯記則攜至金陵，同志諸子爲之鋟而傳焉。

寓山主人祁彪佳題。

（臺灣大學圖書館藏清順治間金陵石渠閣刻本《張玉娘閨房三清鸚鵡墓貞文記》卷首）

【箋】

〔一〕此文《古本戲曲叢刊二集》影印本脱漏，據臺灣大學圖書館藏本録入。此文收入清道光十五年（一八三五）刻、二十二年（一八四二）增刻本《祁忠惠公遺集補編》，題爲《孟子塞五種曲序》，與刻本《貞文記》卷首之《敘》相對勘，文字略有脱誤。

〔二〕《貞文記》撰成於順治十三年丙申（一六五六）以後，而祁彪佳卒於順治二年（一六四五），故不可能撰此文。此文顯係假託，未收入《祁忠惠公遺集》，而爲後人誤收入《祁忠惠公遺集補編》，並據此文内容改題爲《孟子塞五種曲序》。因金陵石渠閣刻本《貞文記》爲孟稱舜本人手定，並參與刻印與發售，則此文或係孟稱舜自撰而託名祁彪佳以行。參見黄仕忠《孟稱舜〈貞文記〉傳奇的創作時間及其他》（《浙江大學學報〔人文社會科學版〕》二〇〇九年第一期）。

附　貞文記識語〔一〕

張玉森〔二〕

傳奇之排演，原爲正人心、維風俗計，非徒悦目怡情也。實甫《西廂》、義仍《還魂》、子塞《嬌紅》，寫照模神，非不才華豔發，然終落才子佳人窠臼。民國以來，女界自由，坤儀掃地。此曲情出於正，思致酸楚，啼笑畢真，使見者魂搖色動，足爲近人藥石。不意三百年前之作，爲近今振聵發矇也。至其用筆之工，合彼三書，足稱四美。乙丑六月〔三〕，於許守白案頭得之，假歸，偕歡兒錄之，十日而畢。

平江玉森識。

（《鄭振鐸藏古吳蓮勺廬鈔本戲曲百種》第一七冊影印民國間古吳蓮勺廬鈔本《貞文記》卷首目錄後）

【箋】

〔一〕底本無題名。

〔二〕張玉森（？—約一九三〇）：又名玉笙，號宛君，別署蓮勺廬室主人，室名蓮勺草廬，平江（今江蘇蘇州）人。光緒三十二年（一九〇六）諸生。戲曲鈔藏家、謎學家、崑劇名家。鈔存戲曲近三百種，撰《傳奇提綱》。光緒間輯錄《百二十家謎語》（現存稿本）。

〔三〕乙丑：民國十四年（一九二五）。

綠牡丹（吳炳）

吳炳（一五九五—一六四八），初名壽元，後改名炳，字可先，號石渠，別署粲花主人、秋水仙郎，宜興（今屬江蘇）人。萬曆四十年壬子（一六一二）舉人，四十七年己未（一六一七）進士，歷官至江西提學副使。南明時，歷官禮部尚書兼東閣大學士。撰傳奇《綠牡丹》、《療妒羹》、《畫中人》、《西園記》、《情郵記》，總名《粲花齋五種曲》，又名《石渠五種曲》。參見于成鯤《吴炳與粲花》（復旦大學出版社，一九九一）、孫秋克《吴炳年譜》（《徐州教育學院學報》二〇〇二年第三期）。

《綠牡丹》傳奇，沈自晉《南詞新譜·古今入譜詞曲傳劇總目》著録，現存崇禎間金陵兩衡堂刻《粲花齋新樂府》本，《古本戲曲叢刊三集》據以影印，民國初年劉世珩校刻《暖紅室彙刻傳劇》據以重刻，民國十七年（一九二八）吴梅校輯《奢摩他室曲叢》據以排印。

綠牡丹總評〔一〕

闕　名〔二〕

佳人善詩，詞場舊例也。但他劇或情詞聯咏，或黯語流傳，雖則稱奇，殊爲傷雅。沈、車二姝，妙在暗中主盟，暗中締社，機關巧藏，風情不漏。蘊藉風流，於此乎最。

（《古本戲曲叢刊三集》影印明崇禎間金陵兩衡堂刻《粲花齋新樂府》所收《綠牡丹》卷末）

【箋】

〔一〕底本無題名。

〔二〕刻本卷端署『牡丹花史評』，則此文當爲牡丹花史撰。

書綠牡丹傳奇後

張　鑒〔一〕

此吾鄉溫氏啓釁於復社之原，近日讀而知其故者，鲜矣。書中以管色爲烏有亡是之辭，其實柳五柳、車尚公、范思訶，據《復社紀略》，各有指斥。其於越人，疑亦王元趾、陳章侯一流。而吳興沈重者，以在朝則影黎媿菴，倪三蘭，在野則影張天如、楊子常、周介生輩。大致如《風箏誤》、《燕子箋》，亦明季文字風氣所趨，而語語譏切社長，極嬉笑怒罵之致。宜媿菴當日按試，械時相閹人，究及書肆賈友，而毁版厲禁之。但今玩其編簡，已經蠹缺，無頭訖可檢，不知是原刊，抑系後來重雕。要其詞藻，有不能沒者。蓋相國子弟育仁暨二子儼、伉雇人爲之，謝英、顧粲直用自况。惜乎名氏湮沒。世苟有鍾醜齋，不又取以入《錄鬼簿》歟？如以爲三百年國社所關，則一莖草現丈六金身，又焉得以宋元雜爨少之。壬辰八月〔二〕。

（《續修四庫全書》第一四九二册影印民國四年劉氏嘉業堂刻《吳興叢書》本張鑑《冬青館甲集》卷六，頁七一）

【箋】

〔一〕張鑒（一七六八—一八五〇）：字春治，號莳鶴，又號秋水，晚年因病風痹，自名爲風，號貞疾居士，烏程（今浙江吳興）人。嘉慶九年甲子（一八〇四）副貢生，官武義教諭。著有《冬青館集》。傳見《清史稿》卷四八六、

《清史列傳》卷七三、《續碑傳集》卷七三、《國朝耆獻類徵初編》卷三一一、《大清畿輔先哲傳》卷九、《清儒學案小傳》卷一二、《清代疇人傳三編》卷三、汪曰楨纂《南潯鎮志》卷一三、《清畫宛詩史》己下、《清代畫史增編》卷一五、《清代畫史補錄》卷二、《墨林今話》卷一五等。

〔二〕壬辰：道光十二年（一八三二）。

附　綠牡丹跋〔一〕

吳梅

兩衡堂刻此書，《情郵》尚未脱稿，故僅有四種。余聞昭文黃慕韓（振元）云：《綠牡丹》爲烏程相國脩怨（詳見後跋），經黎媿庵燬板後，金陵重刊者已石渠改本矣。此說不知何據。余謂復社涇渭太嚴，標榜過甚，遂至人品糅雜，亦清流君子操之過激也。石渠此作雖傷忠厚，而文采蘊藉，不知者亦莫明所指。就文論文，固琼絕詞壇矣。

己未中冬〔二〕，長洲吳梅跋〔三〕。

【箋】

〔一〕底本無題名。

〔二〕己未：民國八年（一九一九）。

〔三〕題署後有陰文方印『吳梅之印』。

附　綠牡丹跋〔一〕

吴梅

《粲花五種》，吴石渠（炳）著。石渠，宜興人，貞毓相國之族叔。永曆時官至東閣大學士，武岡陷，爲孔有德所執，不食死。雖立朝無物望，顧不失爲殉節焉。王船山仕永曆時，與『五虎』交好，所著《永曆實錄》，痛詆貞毓，並石渠死节亦矯誣之，謂强餐牛肉下痢死。明人黨同伐異之風，賢如船山且不能免，故略辨於此。（乾隆中石渠贈謚忠節。）

石渠少時即能製曲，焦里堂《劇說》云：『石渠十二三時便能填詞，《一種情》傳奇乃其幼年作也，恐爲父呵責，託名粲花。粲花者，其司書小隸也。』此說昔人所未發，不知何據。石渠與石巢齊名，而人品則薰蕕矣。五種中，《情郵》最勝，世皆推崇《療妬羹》，蓋未見《情郵》故。《療妬》本朱介人《風流院》改作之，《療妬羹》之楊不器，即《風流院》之舒潔郎。使小青地下蒙詬，皆不可爲訓。《西園》、《畫中人》有意摩玉茗之壘，未脱窠臼。獨《綠牡丹》一劇，幾興大獄。當張天如创興復社也，湖州孫孟樸爲司郵，介紹兩浙貴介子弟。烏程溫育仁者，相國體仁弟也，欲入社不得，遂請石渠作此詞誚之。浙中梨園爭相搬演，社中人訴諸學臣黎元寬，究作者主名，下育仁僕於獄，桁楊書賈，出示厲禁，而婁江烏程遂開大釁矣。書中柳五柳、車尚公、范思訶，蓋指王元祉、陳章侯輩，而吴興沈重則影射張天如、周介生等也。詳見《復社紀事》、《冬青館集》（中有《綠牡丹跋》一首)。明季黨人以文字爲戈鋋，亦一奇事。因志其顛末，以告後之讀是書者。

己未季冬下旬，長洲吳梅書於斜街寓齋[二]。

（以上均《古本戲曲叢刊三集》影印明崇禎間金陵兩衡堂刻本《綠牡丹》卷末）

【箋】

[一]底本無題名。

[二]題署左側鈐陽文方章『霜厓』。

附　綠牡丹跋[一]

劉世珩

《綠牡丹傳奇》，題『粲花主人編』，李笠翁《閒情偶寄》言此爲吳石渠作。案石渠名炳，常州宜興人。國初殉桂王之難，乾隆時賜謚忠節。高晉音《傳奇品》，謂石渠箸《粲花館傳奇》五本，知粲花主人爲石渠，與笠翁言合。《石渠五種》，除此書外，有《西園記》、《情郵記》、《畫中人》、《療妒羹》四目。顧夢鶴題《小忽雷傳奇》云：『《石渠五種》，半屬塵霾。』余並先後訪得，已入《彙刻傳劇》。以此有復社構釁烏程，涉及黨禍在内，尤不可不亟傳之。

陸桴亭《復社紀略》言：『當天如之裒集《國表》，湖州孫孟樸淳實司郵，置扁舟，往來傳送無間。凡天如、介生遊迹所至，每爲前導，一時有「孫鋪司」之目。兩浙貴遊子弟與素封家兒，因孟樸拜張、周門下者無數。諸人執贄後，亦名流自負，趾高氣揚，目無前達。烏程溫育仁，首輔體仁弟也，箸《綠牡丹傳奇》誚之。（或云烏程有子，亦欲執贄，拒而不許，以致反脣。）杭俗好異，一時爭相搬演。諸門生飛書二張，求爲洗刷。西張言之學臣黎元寬，毀刊本，桁楊書賈，究作傳奇主名，執育仁家人下獄。育仁怒。族人在介生門下者，爲溫以介，求解於二張，不許。獄竟，而婁江、烏程顯開大釁矣。』張秋水《冬青館集·書綠牡丹傳奇後》略言：『此溫氏啓釁復社之始。書中以管色爲烏有亡是之詞，其實柳五柳、車尚公、范思訶，各有指斥，其於越人，疑亦王元趾、陳章侯一流。而吳興沈重者，以在朝則影黎愧庵、倪三蘭，在野則影張天如、楊子常、周介生輩。大致如《風箏誤》、《燕子箋》，亦明季文字風氣所趨。蓋育仁暨二子儼、伉，雇人爲之，謝英、顧粲直用自況，惜乎名氏湮沒。如以爲三百年國社所關，則一莖草見丈六金身，又焉得以宋元雜爨少之？』

據桴亭、秋水，皆未得撰者主名，幸笠翁、晉音言之，晉音又足證粲花之爲石渠。此等游戲筆墨，固不必爲石渠諱。若以其殉節，並名姓諱之，反致失實。余特以事涉朝局，雖詼諧所寄，而以結社傾動東南，延及弘光，禍猶未已，此可與史氏相參。秋水謂不得以雜爨少之，余之意固與秋水同也。

乙卯春暮〔二〕，劉世珩識於上海草鞋浜之楚園。

【箋】

〔一〕底本無題名。

〔二〕乙卯：民國四年（一九一五）。

附 綠牡丹跋〔一〕

吴梅

《粲花五種》，惟《綠牡丹》多譏刺崇禎間張天如、周介生輩，楚園先生前跋中已詳言之。石渠此作，雖不免喜事，而明季黨人至以院本爲戈矛，則又足爲詞場之談屑矣。今據牡丹花史評本，重刊此曲。余復取舊藏本，對勘一過，爲補錄眉批十數條，改易誤文十餘字，句讀圈點，間多校正。通本角目，有原本所誤者，亦急爲訂易。如《謝詠》折【海棠春】引子，沈婉娥沖場，當作小旦，原本誤刻『旦』字，則與後文車靜芳相混。書中本以靜芳爲旦，婉娥爲小旦，非敢妄易原刻也。至其詞采豔冶，音律諧美，又爲元明諸家所未逮。得玉茗之才藻，而復守詞隱之矩矱，案頭場上，交相稱美，詞至粲花，輒歎觀止矣。

乙卯立秋，長洲吴梅校畢並記。

（以上均民國間貴池劉氏《暖紅室彙刻傳劇》本《綠牡丹傳奇》卷末）

【箋】

〔一〕底本無題名。

療妒羹（吴炳）

《療妒羹》傳奇，沈自晉《南詞新譜·古今入譜詞曲傳劇總目》著録，現存崇禎間金陵兩衡堂刻《粲花齋新樂府》所收本，《古本戲曲叢刊三集》據以影印，民國初年劉世珩校刻《暖紅室匯刻傳劇》據以重刻，一九二八年吴梅校輯《奢摩他室曲叢》據以排印。

附　療妒羹跋

吴　梅

此記之作，石渠以朱京藩《風流院記》微傷冗雜，因作此掩之。結構謹嚴，確較朱作爲佳。第朱本亦有不可沒者。《稽籍》一齣，以湯顯祖爲風流院主，將西湖佳話襯託麗娘，隱作小青影子。如戴三娘、沈倩姬、楊六娘、俞二姑輩，一一付諸歌詠，文字又極瑰麗，此正荒唐可樂，較石渠似勝一籌矣。又《下第》折，以富、貴、湯、米四人，説盡科場之弊；《絮影》折，插入盲詞一段，大破魏閹之姦，皆淋漓痛快之文。世人未見此記者多，遂以吴作爲佳，亦無足怪也。

吴作佳處，以《梨夢》、《題曲》、《絮影》、《畫眞》、《哭柬》爲最。而以小青改嫁楊不器，與朱本改適舒潔郎，同一無謂。此由文人作劇，須當場團圓，不得不借一文墨之士，作爲收煞，實卽隱以自寓。唐人小說，如《周秦行紀》，已開此端矣。小青『冷雨幽窗』一詩，爲千古絕唱。楊不器和作，有『臨川劇譜人人讀，能讀臨川是小青』之句，亦可云勁敵。《得箋》一曲，摹寫狂奴故態，卻勝朱作十倍。吳鳳山出藍之譽，非無因也。小青事作傳者至多，以余所見，如徐野君之《春波影》，來集之之《挑燈》劇，皆是雜劇體格。《挑燈》劇中【十二紅】一支，尤爲神品。至傳奇，則惟朱、吳兩本耳。與張子虞之《梅花夢》，並吳作亦未見過，放膽填詞，實無可取處，而自負不淺，殊不可解。

此記傳唱止《題曲》、《澆墓》二折。惟通行《澆墓曲》，又與此記《吊蘇》折不同，未知出自誰手，而文頗幽豔，爲備錄之，以俟博雅者考焉。

霜厓。

附錄傳唱澆墓曲（略）。

（上海中華書局民國二十九年鉛印本《新曲苑》所收《霜厓曲跋》卷三）

附　療妒羹跋〔一〕

劉世珩

吾友況阮盦舍人《選巷叢談》載：小青，名玄玄，廣陵馮氏女，錢塘馮具區子雲將妾。載籍罕言其姓，爲同主人諱也。《西湖志餘》云姓喬，猶言喬裝，僞也。小青能詩善畫，大婦不容，屏之孤山。某夫人者，錢塘進士楊廷槐妻也，與馮有親。夫人頗知筆墨，故相憐愛，欲爲作脫身計，小青不可。夫人從官北去，小青貽書與訣，鬱鬱以終。蓋志節女子也，墓在孤山之麓。詩稿爲大婦所焚，僅存十餘篇。陸繁弨有《小青焚餘集序》。女弟名紫雲，會稽士人馬髦伯（文璧）姬，姿才絕世，既精書史，兼達禪宗，惜亦早卒。著有《妙山樓集》。見髦伯所譔《事略》及吴道新《紫雲歌》。《歌》中有云：『西湖烟水西泠樹，小桃花繞斜陽暮。寒食東風哭杜鵑，雙鴛冢傍蘇卿墓。』則亦葬孤山也。或云小青弟，名紫雲，卽冒辟疆歌童，則是附會之說。然小青《寄楊夫人書》云：『老母悌弟，天涯遠隔。』則固自有弟，但不知何名耳。參互諸家之說如此。或云：『小青本無其人，蓋析一「情」字耳。』無論其說與諸家蹠盭，試問『情』字是否從小？寧非固陋之尤云云？

余刻吴忠節（炳）譔《石渠五種傳奇》中，有《療妒羹》一種，卽傳小青事。言小青姓喬，揚州人，初爲褚大郎買之作妾，大婦苗氏不容，幽閉孤山。楊夫人顏氏以計得脱，乃爲楊不器妾。後舉一子，竟成美滿姻緣。特與阮盦筆記小異耳。

壬子七月〔二〕，蠶田劉世珩識於上海楚園。

（民國八年貴池劉氏《暖紅室彙刻傳劇》本《療妒羹》卷末）

【箋】

〔一〕底本無題名。

〔二〕壬子：民國元年（一九一二）。

畫中人（吴炳）

《畫中人》傳奇，沈自晉《南詞新譜·古今入譜詞曲傳劇總目》著録，現存崇禎間金陵兩衡堂刻《粲花齋新樂府》本（《古本戲曲叢刊三集》據以影印，民國初年劉世珩校刻《暖紅室彙刻傳劇》據以重刻，一九二八年吴梅校輯《奢摩他室曲叢》據以排印）、話山主人重訂精鈔《粲花齋傳奇》本。

畫中人跋

馬振伯〔一〕

《曲律》云作曲諸禁，凡四十條，在知音高手，自然不犯。如不能盡免，須檢點去其甚者，令不礙眼。不爾，終非法家之曲。粲花主人清詞豔曲，直繼玉茗（如笠翁、惺齋等輩尚未夢見），惜曲家所禁各條未能盡免。予誦讀之暇，酌爲更易，並將排場科諢之不協者細爲增删，上下場之鄙俚者集以唐句，使賓白文而不晦，俳諧雅而不俗，平仄調停，陰陽諧叶。非敢於好事矜奇，蓋連城之璧，不欲使有瑕玷耳。

己酉嘉平〔二〕，話山主人識。

（香港大學馮平山圖書館藏話山主人重訂精鈔

【箋】

〔一〕馬振伯（約一七四四—？）：字元益，一作元一，小字阿買，號話山，別署話山主人，以商號亦稱馬裕，江都（今屬江蘇揚州）人，祖籍祁門（今屬安徽黃山）。馬曰璐（一六九五—一七五五）。乾隆三十八年（一七七三），因四庫館開，恭進藏書七百七十六種。馬曰琯（一七〇一—一七七三後）子，承嗣馬曰琯（一六九五—一七五五）。工詩文，尤精於長短句。傳見李斗《揚州畫舫錄》卷四。參見明光《清代揚州『二馬』家世考》（《揚州大學學報〔人文社會科學版〕》二〇〇七第二期）；明光、王麗娟《揚州『二馬』生平續考》（《揚州文化研究論叢》第六輯，廣陵書社，二〇一一）；李慧《話山主人重訂〈吳石渠傳奇四種〉考述》（《溫故知新——中國古典戲曲與傳統文化國際學術研討會論文集》，二〇一九年四月）。

〔二〕己酉：乾隆五十四年（一七八九）。

〔三〕原本未見，據李慧《話山主人重訂〈吳石渠傳奇四種〉考述》迻錄。

畫中人跋

方　本〔一〕

吾友馬君話山，多才而博記，出其餘緒，講聲韻之學，恆足以正從前之訛而堅後來之信。昔嘗蓄家伶，每謂俗師誤子弟，取前人傳奇，手指口授，舉一切神情、關目、聲口、科白之類，靡弗畢肖。偶一登場，此中老輩輒改容動色，以爲非名師善教，不能各盡其妙若此。此已足以見一斑矣。

吾嘗謂傳奇之作，大抵皆才人之有托而爲之，或感觸於中懷，或憤激而難已，因率其情性之所到，以聽（？）其筆墨之所之。其中疏略恍惚之弊，往往而有。一眚之瑕，原不足以掩大瑜，然而究竟非完璧也。話山博觀元人《百種》以來，其不堪寓目者逸之，取其實可信今而傳後者，正其音韻之訛舛，序其次第之先後，芟其枝葉之蕪雜，節其語言之紕繆，而於登場、落場二詩，尤三致意焉。《粲花四種》，膾炙人口者非一日，不經明眼人正而訂之，供後人之咏歎者多，留後人之口實者亦不少。話山於每種略爲點竄，復撮每齣之大旨，集唐句以爲之殿，遂使通齣瞭如指掌。予每讀一齣，輒一擊節，詫爲異才。如話山者，眞有功於古人者矣！古人傳，而功於古人者弗傳，非公道也。用特援筆而爲之序。

姻愚弟方本拜題〔二〕。

（香港大學馮平山圖書館藏話山主人重訂精鈔本《粲花齋傳奇》四種之《畫中人》卷首）

【箋】

〔一〕方本：字立堂，一作笠塘，又作力唐，儀徵（今江蘇揚州儀徵區）人。方椿齡子。乾隆五十四年己酉（一七八九）（一說五十年），與弟谷同舉於鄉，時稱「二方」。能詩文，耽圖史，尤精音律。晚年修藉綠軒，吟咏其中。卒年六十八。著有《藉綠軒詩集》。傳見道光重修《儀徵縣志》卷三七、《皇清書史》卷一四、《揚州畫舫錄》卷五、《揚州歷史人物辭典》等。

〔二〕題署之後有陽文方章二枚：「方本」、「書能下酒」。

附　畫中人跋

吴　梅

此記以唐小説眞眞事爲藍本，今俗劇《斗牛宫》，卽從此演出。蓋因范文若《夢花酣》一記事實欠妥，別撰此本，意欲與臨川《還魂》爭勝。觀記中各下場詩，卽可知命意所在。十六齣後云：『不識爲情死，那識爲情生？』末齣後云：『河上三生留古寺，從今重説《牡丹亭》。』是卽臨川『生而可死，死而可生』之謂也。惟細繹詞意，有不僅摹效臨川者。《圖嬌》、《玩畫》、《呼畫》諸折，固是若士化身，可以無論。《拷僮》折絶似《西樓》之《庭譖》，《攝魂》折絶似《紅梅》之《鬼辨》，《再畫》折絶似《幽閨》之《走雨》，《魂遊》折又似《西樓》之《樓會》。余故謂此記爲集大成也。

石渠諸作，局度雖狹小，而結構頗謹嚴。記中以華陽眞人爲一部主腦，而以幻術點綴其間，蓋因戲情冷淡，借此妝點熱鬧，此正深悉劇情甘苦處。明季作家，皆用此法。如《牟尼合》之《賽馬》，《秣陵春》之《廟市》，《慎鸞交》之《花榜》，皆冷熱調劑法也。

至以塡詞之法施諸南北曲，亦惟粲花爲工。明初作曲，專尚本色。自《香囊》以姸雅爲宗，而中葉後，如《曇花》、《玉玦》、《水滸》等曲，專尚塗澤，去元人愈遠。粲花則雅而不巧，腴而不豔，字字從性靈中發，遂能於研鍊中別開生面，此眞剝膚存液之境。余最愛《攝魂①》一套，以爲不讓《南柯·圜釋》云。

霜厓。

（上海中華書局民國二十九年鉛印本《新曲苑》所收《霜厓曲跋》卷三）

【校】

①魂，底本作『鬼』，據《奢摩他室曲叢第二集》影印本改。

西園記（吴炳）

《西園記》傳奇，沈自晉《南詞新譜·古今入譜詞曲傳劇總目》著録，現存崇禎間金陵兩衡堂刻《粲花齋新樂府》本，《古本戲曲叢刊三集》據以影印，民國初年劉世珩校刻《暖紅室彙刻傳劇》據以重刻，一九二八年吴梅校輯《奢摩他室曲叢》據以排印。

附　西園記跋

吴梅

此記與《畫中人》故別蹊徑。《畫中人》摹寫離魂光景，自死之生，在一人上著想。此則玉眞、玉英，一生一死，就兩人上分寫，各極生動。又《畫中人》之胡圖，與此記之王伯寧，同一俗物。而寫胡圖處，語語絶倒；寫伯寧處，則語語爽快。《冥拒》一折，尤爲千古奇文，自有淨、丑以來，無此妙人妙語。【混江龍】一支，痛詈紈絝子弟；【寄生草】曲，又調侃文人。此等詞，宜擊唾壺歌之，豈料出諸淨角口吻。余故謂《五種》内淨、丑角，以此記爲最也。且明人傳奇，凡淨、丑諸色，皆不從身後著筆。此作直是創格，當與《緑牡丹·簾試》齣，同爲破天荒之作。劇曲中能注重淨、丑諸色，方稱名手矣。

亡友黄摩西（振元）謂此記影射葉小鸞事。余細讀之，殊無左證。西堂《鈞天樂》，確爲小鸞而發，石渠恐未必然。余謂詞曲中有寄託，最易賈禍。石渠《緑牡丹》一書，已幾興大獄，豈有作此記時，再不檢點乎？李笠翁《曲部誓詞》云：『加生、旦以美名，既非市恩於有託；抹淨、丑以花面，亦屬調笑於無心。』凡作傳奇，宜佩斯語。

霜厓。

（上海中華書局民國二十九年鉛印本《新曲苑》所收《霜厓曲跋》卷三）

情郵記（吴炳）

《情郵記》傳奇，祁理孫《祁氏讀書樓目録》著録，現存崇禎三年（一六三〇）序刻本（《古本戲曲叢刊三集》據以影印，民國初年劉世珩校刻《暖紅室彙刻傳劇》據以重刻，一九二八年吴梅校輯《奢摩他室曲叢》據以排印），另有精鈔本（《明清鈔本孤本戲曲叢刊》據以影印）。

情郵說

吴　炳

傳中載劉生遇王慧娘、賈紫簫事，偶在郵舍，而名曰『情郵』。有説乎？曰：有。夫郵以傳情也。人若無情，有塊處一室，老死不相往來已耳。莫險於海，而海可航，則海可郵也；莫峻於山，而山可梯，則山可郵也。乃至黄犬走旅邸之音，青鳥啣雲中之信，鴈足通忱，魚腸剖緘，情極其至，禽魚飛走，悉可郵使，又何待津吏來迎，而指雲生東海，驛人偶遇，始憶春滿江南哉？

蓋嘗論之，色以目郵，聲以耳郵，臭以鼻郵，言以口郵，手以書郵，足以走郵，人身皆郵也，而無一不本於情。有情，則伊人萬里，可憑夢寐以符招；往哲千秋，亦借詩書而檄致。非然者，有心不靈，有膽不苦，有腸不轉，即一身之耳目手足不爲之用，況禽魚飛走之族乎？信矣，夫情之不可已也，此情郵之説也。

孔子曰：『德之流行，速於置郵而傳命。』惟情亦然。若云人生傳舍，天地蘧廬，人知情之爲人郵，而不知人之爲情郵也，則又進之乎言郵者矣。

粲花齋主人題〔一〕。

【箋】

〔一〕題署之後有印章二枚：陽文方章『秋水仙郎』，陰文方章『粲花齋』。

情郵小引

無疾子〔一〕

無情則死，有情則生。宇宙間文人韻士，豔姬逸女，相求相望，倏聚倏散之緣，無情者都認作死煞底板，有情者從旁睨之，輒冷然曰：『此大塊之蘧廬，而人生之信宿也。』則郵之説也。

郵亭半宿，千古傳爲風流佳話，茲又曷爲乎傳爾？曰：傳則傳其奇者而已矣。凡見面成思，聞聲起慕，或倩魚覓耗，或假鳥尋蹤，皆出尋常情理之中，種種殊無奇處。此記，香閣中有兩能詩女子，一奇也；先後居停，一詩兩和，二奇也；郵亭何地，婚姻何事，咏於斯，夢於斯，證果於斯，三奇也；情深聯和，一而二，三而四，競秀爭妍，各極其至，四奇也；甚而樞府之金屋不克藏娃，運使之鐵腸不堪留息，婉轉作合，雙締良姻，五奇也。

至其曲白關目，無不遠駕元人而上。昔若士譜《牡丹亭》，東友人曰：『此案頭清供，非氍毹上生活也。』余以爲白香山作詩，必使老婢悉解，持此問若士，未免唐突。自此記出，而案頭畜之令人思，氍毹歌之令人豔。夫子曰：『興於詩，成於樂。』其是之謂夫！

庚午季冬〔二〕，無疾子書於崇雅齋中〔三〕。

（以上均《古本戲曲叢刊三集》影印明崇禎三年庚午序刻本《情郵傳奇》卷首）

【箋】

〔一〕無疾子：姓名、籍里、生平均未詳。

〔二〕庚午：崇禎三年（一六三〇）。

〔三〕題署之後有印章二枚：陽文方章『復生』，陰文方章『無疾子』。

（情郵記）總評

闕　名

王任庵古執到底，老夫人世事到底，蕭長公俠烈到底，慧娘、紫簫憐愛到底，何金吾奸猾到底。各人情性，標榜模寫，鬚眉畢肖，惟《水滸》有此手段。

（同上《情郵傳奇》卷末）

附　情郵記跋

吴　梅

此記就元劇《風光好》，變化張大之。石渠自題詩云：『曾聞一曲《風光好》，學士而今夢已醒。別譜揚州四酬和，須知不是舊郵亭。』其意頗顯。情節記劉乾初與蕭一陽至契也，蕭任青州太守，遣使邀劉。劉過黄河驛，題詩於壁而去。先是有王仁者，官揚州通判。適樞密何乃顔，差官至楊，選美妾自娱，勒令王仁刻期進送。王以時限緊促，商諸夫人，卽以愛婢紫簫，僞飾己女以進。於是樞密大喜，旬日間，擢仁長蘆都轉。是時黄河水溢，紫簫由陸路進京。而王仁挈眷赴長蘆新任，先過黄河東驛。驛丞趙愛軒，仁舊識也，苦邀一飯。仁不能卻，屬妻女謁愛軒内眷，少作勾留。

仁女慧娘，忽見劉所題詩，無端思慕，依韻和之，甫成四句，而仁已催迫上道矣。紫簫陸行甚遲，及至此驛，儀從煊赫，供應優渥。閒階小步，瞥見劉詩，已心服其佳。繼見和作，細審筆迹，酷類慧娘，則又疑怪莫釋。蓋紫簫行時，尚不知仁陞任長蘆也。因將慧娘詩續成，匆匆即去。時劉至青州，蕭已轉盧龍節度，留銀百兩，作劉路貲。劉怏怏而返，過舊驛，見二女和詩，不暇細詰，以爲樞密愛妾所題，即轉辔入京追之。蕭所賜金，亦遺失無存，困頓逆旅。幸遇青州舊役，偕上盧龍，故人慰藉，而劉已病矣。紫簫入樞密府，遭大婦奇妒，即遣出。蕭即以千金購歸，轉贈乾初。及樞密遣使相索，已定情矣。蕭坐此爲樞密誣奏免官。後劉應試及第，上書劾樞密，樞密遂敗。王仁以獻女得官，即著劉乾初勘問。於是劉上疏直陳，爲王仁辨雪。慧娘亦卒歸於劉。

通本載劉生遇王慧娘、賈紫簫事，俱在郵舍，故曰《情郵》。而其自序，又就『郵』字發揮，可云慧解。如云：『色以目郵，聲以耳郵，臭以鼻郵，言以口郵，手以書郵，足以走郵，人身皆郵也，而無一不本於情。』此等語，可知胷襟之闊大，非粉碎虚空，不能有此妙諦也。

呂藥庵讀此記，比諸武夷九曲，蓋就記中結構言之。余謂此劇用意，實似剝蕉抽繭，愈轉愈雋，不獨九曲而已。《賒許》、《夢因》二折，明人曲中罕有能及者。石渠他作，頭緒皆簡，獨此曲刻意經營，文心之細，絲絲入扣，有意與阮圓海爭勝也。兩衡堂刻《粲花齋曲》，僅及四種。此記最後出，故金陵各坊本皆無之。余嘗謂此記爲石渠之冠，亦爲明代各傳奇之冠，全書俱在，吾非阿好焉。

至就文字論，則《閨恨》折之【囀林鶯】、【黄鶯兒】，《題驛》折之【金絡索】，《卑冗》折之定場白，《補和》折之【豆葉黄】、【玉嬌枝】，《見和》折之【醉太師】，《問婢》折之【雁過聲】、【傾杯序】，《代聘》折之【長短拍】，《追寵》折之【三字令】，《賒許》折之【降黄龍】等曲，字字嘔心雕肝，達難達之意，言難言之情，使讀者莫知其用筆所在。自是君身有仙骨，非後人所能摹效矣。萬紅友爲石渠之甥，《風流棒》一劇，酷類此記，而出語雋永，尚不及舅氏，何論他人乎？曲中有石渠，吾歎觀止矣。

霜厓。

（上海中華書局民國二十九年鉛印本《新曲苑》所收《霜厓曲跋》卷三）

附　情郵記跋〔一〕

吴　梅

此記以劉乾初題驛一詩，遂致傾倒王氏主婢，文心如剝蕉抽繭，爲《粲花五種》之冠。劉與蕭一陽，至契也。蕭任青州太守，遣使邀劉。劉過黄河驛，題詩於壁而去。先是有王仁者，官揚州通判。適樞密何乃顔，差官至揚，選美妾自娱，勒令王仁，刻期進送。王以時限緊促，商諸夫人，即以愛婢紫簫，僞飾己女以進。於是樞密大喜，旬日間，擢仁長蘆都轉。是時黄河水溢，紫簫由陸路進京。而王仁挈眷赴長蘆新任，先過黄河東驛。驛丞趙愛軒，仁舊識也，苦邀一飯。仁不能卻，屬妻女謁愛軒內眷，少作勾留。仁女慧娘，忽見劉所題詩，無端思慕，依韻和之，甫成四句，而仁已催迫上道矣。紫簫陸行甚遲，及至此驛，儀從煊赫，供應優渥。閒階小步，瞥見劉詩，已心服其佳。繼見和作，細審筆迹，酷類慧娘，則又疑怪莫釋。蓋紫簫行時，尚不知仁陞任長蘆也。因將慧娘詩續成，匆匆卽去。時劉至青州，蕭已轉盧龍節度，留銀百兩，作劉路貲。劉怏怏而返。過舊驛，見二女和詩，不暇細詰，以爲樞密愛妾所題，卽轉轡入京追之。蕭所賜金，亦遺失無存，困頓逆旅。幸遇青州舊役，偕上盧龍，故人慰藉，而劉已病矣。紫簫入樞密府，遭大婦奇妒，卽遣出。蕭卽以千金購歸，轉贈乾初。及樞密遣使相索，已定情矣。蕭坐此爲樞密誣奏免官。後劉應試及第，上書劾樞密，樞密遂敗。王仁以獻女得官，卽著劉乾初勘問。於是劉上疏直陳，爲王仁辨雪。慧娘亦卒歸於劉。此全書之大略也。

昔人以此傳，比諸武夷九曲，謂文心之曲，爲明代所未有，而能爲此傳者，百中無一二也。粲花自序云：『莫險於海而海可航，則海可郵也；莫峻於山而山可梯，則山可郵也。』又云：『色以目郵，聲以耳郵，臭以鼻郵，言以口郵，足以走郵，人身皆郵也，而無一不本於情。有情則伊人萬里，可憑夢寐以符招；往哲千秋，亦借詩書而檄致。』是粉碎虛空，方有此慧解云。陽羨萬紅友，爲石渠之甥，其詞學卽得諸舅氏。所作《念八翻》、《空青石》、《風流棒》三種，世稱奇構，實皆石渠之緒餘耳。

霜崖。

（民國十九年上海商務印書館排印本吴梅《曲選》卷四）

【箋】

〔一〕底本無題名。

歸元鏡（釋智達）

釋智達（約一五九六—約一六五二），號心融，自稱懶融道人、休閒老衲，人稱心師。明末清初浙江杭州報恩寺僧。

撰傳奇《歸元鏡》，全名《異方便淨土傳燈歸元鏡三祖實錄》，別題《淨土傳燈歸元鏡》、《異方便淨土傳燈錄》，《傳奇彙考標目》、《曲海目》著錄，《曲海總目提要》卷一二有此本。現存順治九年壬辰（一六五二）序杭州昭慶寺刻本（日本東京大學東洋文化研究所倉石文庫藏，《日本所藏稀見中國戲曲文獻叢刊》第一輯據此影印）、康熙三十八年（一六九九）杭州雲棲寺刻本、康熙四十八年己丑（一七〇九）大善弘恩寺重刻本、乾隆四十九年甲辰（一七八四）北京西直門龍王廟重刻本（光緒十一年乙酉據以重訂、十八年壬辰據以補版重印）、乾隆間師林寺刻本、光緒二十三年（一八九七）揚州廣陵藏經禪院重刻本（民國十二年上海有正書局、民國十七年商務印書館均據以影印）、宣統二年（一九一〇）雲棲寺重刻本（藍吉富主編《大藏經補編》第一八册據以影印）。參見吴曉鈴《〈異方便淨土傳燈歸元鏡三祖實錄〉及其異本》（《吴曉鈴集》第五卷，河北教育出版社，二〇〇六）。

淨土傳燈歸元鏡序

嚴而和〔一〕

近日賢智者參禪習教，不暇念佛，愚拙者應名了事，不信西方。將迦文苦口叮嚀，幾成虛設，五濁難信，豈不然歟？心師悲之，欲使人人咸歸淨域，無計可爲筏渡。因思蓮社中主張淨土者，唯廬山、永明、雲棲三大老，其行願精確，而事實尤昭著人之耳目。爰是搜三祖本傳塔銘，一生實蹟，敷爲四十分，借諸伶人，當場搬演，音樂問答，出相露布，俾三祖公案一朝重新，淨土法門燈傳無盡。嗟乎！莊言玄旨，幾成睡夢久矣。唯此熱鬧場中，人兢觀聽，因是觸目警心，感人心肺，從此而茹齋戒殺，從此而念佛往生，豈非火宅中一劑清涼藥哉？黄葉止啼，莫此爲妙異哉。借幻人以傳眞諦，變瓦礫而作黄金，匪但遊戲閻浮，實迺循循善誘。雖然，噫嘻！可與悲心上智者道，難可與法執未化者言也。

壬辰孟春〔二〕，廣陵嚴而和序。

【箋】

〔一〕嚴而和：揚州（今屬江蘇）人，字號、生平均未詳。

〔二〕壬辰：當爲順治九年（一六五二）。

淨土傳燈歸元鏡序

孟良胤〔一〕

從來佛法卽世法，以世法具佛法，至理也。通乎此者，始知三界空花，本無定法。其中若親朋眷屬，富貴功名，離合悲歡，是非人我，不啻一場雜劇耳。予是以宦味蕭然，隨緣遣日，署中無事，每每作蒲團空觀。

予將解組，故人心融師以所構《淨土傳燈歸元鏡實錄》稿，乞予敍以冠篇首。予閱之，甚符予意。抗俗尚講經，喜設佛會，愚夫愚婦動輒千人，至詰其所得，則茫無所知。噫嘻！蟻聚終日，又何益於身心性命乎？今心師以悲濟之願，構茲《實錄》，俾三祖一生實行載之於紙上者，復演之於當場，音樂宣和，情景昭著，與淨土之水鳥林木，又何異哉？使人人觸於目，警於心，或發願往生，或專心念佛，或戒殺茹齋，或止惡皈善，較之於打閧茫然者，奚啻倍蓰！此眞以如幻法門，巧設方便。見聞者，當裂諸見網，勿隨情認戲，則法法歸眞，同生蓮域，庶不負作者之本懷云爾。

時維庚寅菊月哉生明日〔二〕，浙江右布政關西孟良胤識〔三〕。

【箋】

〔一〕孟良胤：後人避雍正諱，書作『良允』，字元芳，鎮番衛（今甘肅民勤）人。天啓元年辛酉（一六二一）舉人，官至戶、兵二部主事，昌平道尹。順治元年（一六四四），徵召敍用，辭不就。當道上疏舉薦，仍補昌平兵備道。次年（一六四五），遷河南按察使。四年（一六四七），遷浙江按察使司副使、兼參议、管右布政使事。八年（一六五一），丁母憂，歸里。年七十五，卒於家。著有《最樂篇》、《念貧吟》，編纂《鎮番衛志》。傳見道光《鎮番縣志》卷九。

〔二〕庚寅：順治七年（一六五〇）。

〔三〕題署之後有印章二枚：陽文方章『良胤之印』，陰文方章『豫臯越藩』。

歸元鏡規約

釋智達

一、此錄專修廬山、永明、雲棲三祖，在俗以至出家成道，傳燈實行，其本傳塔銘外，不敢虛誑世俗。

一、此錄本願，專在勸人念佛，戒殺茹齋，求生西方，以三祖作標榜，分分皆實義，切勿隨例認戲，但名演實錄。若不以戲視者，其功德無量。

一、此錄情求通俗，上而慧業文人，以至稚①童幼女，使無一不通曉，故一切深文奧義，不敢贅人。

一、此錄皆眞經眞呪，眞法眞理，眞祖實事，眞心發願，借人顯法，權巧化導，故曰『實錄』，隨喜者詳之。

一、此錄於祖師法諱，或俗名，皆不敢直呼，但曰某甲，尊法也。

一、此錄不曰傳奇而曰實錄，不曰齣而曰分者，以此中皆眞諦，非與世俗戲等，故別之。

一、此錄皆佛祖菩薩，萬勿使彼立演，觀古人爲尸之意，益當敬信。如勢有不可者，寧勿演可也。

一、觀聽諸善人，宜坐兩旁，當正心凝慮，靜念隨喜。觀畢，當效法先賢，一心念佛，求生西方。

一、搬演諸善人，當如親身說法，宜齋戒正念。此名以法布施，較之以財布施者，等無差別。

一、演法主人當誠心肅念，香燭列供，如說法等，不得設葷餚，茶食方可，清演無量功德。

一、此錄演完，不得找雜戲一齣，以亂正法勝心。在演法者，亦不得稍去一分，以失祖師眞蹟。

一、此錄分四十二分，取《華嚴經》四十二字母之義。其中曲白皆本藏經語錄。演法者切勿以私心臆見，攙入俗語，混亂佛法，後必遭報，慎之。

一、此錄皆大乘方便，絕不同《目連》、《王氏》等劇，故曲皆佛法，最喜雅調模寫。介白清楚，低昂激切，使人一見，感悟回心。不在事相奢華，跳舞繁冗，萬勿增入紙札火器，粧點醜局，反涉惡套也。

一、善男信女，歡喜助資，搬演流通者，現生福壽雙隆，沒世必生淨土。

一、此錄發願利生方便說法，仰報佛恩，併酬祖意，未嘗輕以臆見邪法，惑亂四衆。幸諸善人，勿生誹阻，有乖流通，自棄於淨土也，幸甚。

休閑老衲懶融道人識。

（以上均《日本所藏稀見中國戲曲文獻叢刊》第一輯影印清順治九年

【校】

①稚，底本作『雅』，據文義改。

壬辰序杭州昭慶寺刻本《異方便淨土傳燈歸元鏡三祖實錄》卷首)

(歸元鏡卷上)總評

闕名

一《方便》分，是卷《彌陀經》，説到持名不亂，卽得往生，這個『大方便』才出，得未曾有。人天凡聖，安得不踴躍驚喜？此處是傳燈眼目，不可忽過。

神運殿，係廬山勝蹟，非如世劇，隨意揑造也。

《結社》分，未結社前，不知念佛；及大師出此方便，衆人方大驚喜，各各深信，果到西方。傳燈正脈，全在於此。

貪、嗔、癡、睡，乃自心妄魔，非外魔也。輪迴六道，俱此輩造成，一離此魔，卽入聖位。此分語意，極醒豁人迷，須當體認爲妙。

第八分桓玄入山，意欲邀師，助己謀簒，及見師顔，謀不敢發，足見大師慈威懾姦處。

汰僧，是催人作祖的因地，正是因禍而得福，事不極不發也。如今人到極處，又不肯發出世大心，對此二僧，豈不愧死？

《受囑》分，是永明高麗最初往因，一發弘願，遂證祖果；一願護法，遂登王位。因果豈有忒哉？噫！今時留意惟在妙年英俊輩，而誰知聖賢反在老年殘疾之人！故知在心不在相也。今人何得以容貌取人乎？

《驗夢》分，是接下永明的肯綮，萬不可缺。

永明以國課放生時，已拚一死。其主意，全在以我一人之命，活億萬生靈之命，雖死亦快活。故當堂直認，臨斬顏色不變。意見之卓，眞不可及。高登祖位，非此而何？

許自新，卽蓮大師前身。其勘問時，被永明一席話，撥動眞如，從此而棄俗出家，累世來遂證雲棲之果，則人安可以小善因而忽之也哉？故永明、雲棲，其修證行願，若合一轍。

高麗王不得瘋憎一指，幾乎墮落，可見富貴迷人，一至於此。故修行人不願昇天，正慮此故。如今處富貴而迷卻者，十之八九矣。

永明於智者巖，七度拈鬮，得淨土，後於觀中，大士灌以甘露，遂獲辯才，作《宗鏡錄》百卷、《萬善同歸集》等，俱載於《蓮宗祖傳》。見者知之。

永明登座說法，說四科，揀主張，淨土壁立萬仞，直指還元，故口開權顯實。此一分，與佛說《彌陀經》，遠祖結蓮社，同一悲心，共一機用，內皆最上法乘，切莫當面放過。

（同上《異方便淨土傳燈歸元鏡三祖實錄》卷上末）

（歸元鏡卷下）總評

闕名

趙龍之殺，以積惡滅倫所致，非爲首舉殺也。至死猶不知罪，誣告反坐，其苦自招，宜哉。世人所畏惟閻王，而閻王頂禮，惟是莊嚴淨土之永明，則人豈可不勇猛回頭，一心念佛，求生西方乎？

許自新見地獄之苦，一回陽間，卽發出世大心，乃云：『我決意要了明生死大事。』卽便棄家。如此鐵漢，世所希有。

《道傳海外》分，不獨高麗王棄位出家，卽行人官亦非凡品，所爲善人俱會一處也。

許公一受遺囑，卽便立化，當是精進勇猛心所致，詢非諸人可及。

大勢至菩薩，是念佛領袖。其中言語，皆結上起下，要緊的接脈，切勿視爲緩局。

一切佛祖出家，各有時節因緣。今烹茶碗裂，是時節已到，就機觸發耳。

七筆勾，是大師親作，勾卻遂此出塵。今特拈出，以見祖師心腸，早已打掃乾淨。

《搜山》分中，從虎發諢『五種人該吃』，是諢中發勸；『怕老婆也該吃』，又是勸中發科。至於『父母也，不孝了』等語，又是科中發勸；『我見你跪在土地娘娘面前』，又是勸中發諢。下場正如陽羡書生，幻不可測，觀者莫作等閑看過。

《車昌發悟》分，是一則實案公據。其中魔佛互混，非到家人不能知得。大師病於白下，其事杭人皆知之。若不拈出，反失眞蹟，雖欲隱惡，不可得也。大師因緣，卻從祈雨而起。可見龍天推出，與强出頭者，大是不同。朱橋之建，太守啓請，每人施銀八分，每椿《大悲》一呪，皆是事實。至於潮神請旨，普陀護法，俱是眞理。何也？憨山云：錢王以萬弩射之而不卻，吾師以念佛呪之而息波。噫，異哉！大師以大悲故，發願普濟，救拔幽魂，故座上現滿月之相，以致大士稽首，與今之逐蠅頭而了故事者，天淵隔矣。何得以瑜珈鄙之？

《再頒遺囑》，是大師條理精密處。

《彌陀接引》，是大師不違本願處。此分内言言警發，極醒人意。

同生极樂，切勿視爲奇特。人人可生，只在一心不亂。

（同上《異方便淨土傳燈歸元鏡三祖實錄》卷下末）

淨土傳燈歸元鏡跋

闕　名〔一〕

諸法三昧，其名甚衆；功高易進，念佛爲先。故世尊圓機授道，直指西方。蓋淨土一門，豎超三界，横截五道，一得往生，不受後有，直臻無上菩提也。盡大藏中八萬四千法門，無如此簡要直捷。奈密織癡網，淺智之刃莫揮，故佛見是利，衆生若盲，良可痛悼。洎蓮宗諸祖現身說法，生彼者無量無數，而廬山、永明、雲棲三老，其最著者也。

吾師不避疑謗，設異方便，搜三祖傳記，演爲實綠。一時遠近見聞，翕然傾動，眞如時雨溥潤大地，諸人佛性，悉得發生。可謂擲出龍宮之寶，遍給羣生。匪宿緣之有幸，豈得遇於斯因？但當諦信，無恣口業。間有喜談理性，厭聞事相，豈知眞心圓裹太虛，一切依正報相，皆吾心現量所具。若眞理性洞明，當知事外無理，相外無性。苟諸緣放下，一念萬年，本性彌陀，復何遠哉？

或以眞實妙諦，不應開此如幻法門。《經》云：『但有言說，俱成戲論。』『一切幻相，悉皆空寂。』身從無相中受生，猶如幻出諸形像。假音聲作佛事，正是以幻覺幻，凡諸遊戲神通，總成一行三昧。從此發眞歸元，不爲幻相所惑，卽是觀第一義。就令下根見解，一句染神，早植淨因；甚或謗誹，一落識田，已含智種。矧茲五濁惡世，四面火焚，惟佛一人，力能救援。三根普攝，妙難思議。故羣經森列，偏讚西方，用宜深信，生大歡喜。佛說難信之法，洵能篤信勿疑，是人甚希，有過於優曇華。今我心大師，悲劫濁之方殷，傷邪見之刺謬，將醍醐上味，侑以清歌，如甘露灌頂，徹骨清涼。論事相，則懺六根，雪三業；究宗旨，則空萬法，了一心。聲聲演出無生忍，句句全談理事足。俾見聞隨喜，盡忻寶所，一切有情，偕臻壽域，共報佛恩。說如是法，名眞寔慈。正是：法音直指歸元路，慧鏡高懸照古今。

見聞諸仁者，畢發菩提心。

盡度一切衆，咸入蓮華藏。

虞邑旌教寺募刻《歸元鏡》全部。

壽西大師，印送壹洋。

諗西大師，印送壹洋。

定西大師，印送壹洋。

（同上《異方便淨土傳燈歸元鏡三祖實錄》卷末）

【箋】

〔一〕清順治九年壬辰序杭州昭慶寺刻本《異方便淨土傳燈歸元鏡三祖實錄》卷端題名後署『古杭報國嗣法沙門智達拈頌』、『弟子德日閲錄』。疑德日卽此跋作者，智達弟子，生平未詳。

問答因緣

闕名

問：『師何發心，構茲《實錄》？』答：『從悲心所構。一切有情，皆當成佛。因迷五欲，貪戀執著，流落他鄉，輪轉受苦。今就他聲色欲中，引其信文，正使就路還家，極爲省便，憫一切故。』問：『《歸元鏡》何門所攝？』答：『淨土門攝。以淨土中水鳥林木，皆演法音故。』問：『內中所屬何義？』答：『是權巧化導，屬乎方便。又係大乘了義，不類二乘有漏。以念佛必成佛故，放生具大悲心故。』

問：『《歸元鏡》畢竟名戲，何成祖録？』答：『妙理圓通，切莫擔板。若滯境守愚，亡失方便，終落二乘外道。所以祖師云：「盡十方界，是一戲場。諸佛出世，皆同影現。」總明無一實法與人，皆是黄葉止啼，權巧方便，遊戲三昧。如寒山、拾得、布袋、蜆子諸聖，皆截斷聖賢藤索，掀翻佛祖家私，打破虀甕，别開生面，是以機用方便而遊戲者。至於普門大士，或現男女僧尼，或現宰官妃后，或現餓鬼修羅，或現畜生地獄，隨類度生，不拘繩尺，是以大悲方便而遊戲者。種種方便，窮劫難述。故須識祖師機用，具普門手眼，方知《歸元鏡》消息。汝輩當求法、慧二眼，高枕虚空，正好看大地衆生，演雜劇也。』

問：『《歸元祖録》，是虚是實？』答：『非虚非實。何以故？若詮體，則纖塵不立，故非實；詮用，則萬法森羅，故非虚。今《歸元鏡》者，或顯理，或顯事，或事理互融，或眞妄兩顯，雙收無礙，不離體用，故云非虚非實。』

問：『用何三昧，得成歸元妙義？』答：『有五種因緣，和合成就：一佛法，二世諦，三文字，四音律，五通俗，缺一則不可。何以故？缺佛法，則不成祖録；缺世諦，則究成杜撰；缺文字，則語言乖舛；缺音律，則聲調不和；缺通俗，則流通不遠。故必須五緣和合，成此方便。』

問：『《歸元鏡》具幾許功德？』答：『其功德不可思議。譬人以大千七寶，持用布施，所得功德，不及萬一。何以故？世財布施，屬有漏因，念佛往生，證無漏果故。若論權巧弘法，方便利生，卽緣覺聲聞，亦當避地三舍。』

問：『能演之人，與所演之處，果能生福否？』答：『福利甚大。所演之地，即成道場；能演之人，究竟成佛。何以故？以如來威神，三祖願力故。又能存者獲長壽，增智慧，釋病苦故；亡者拔業障，出三塗，獲往生故。』

問：『《歸元鏡》有發心信受者，蒙幾許利益？』答：『發心皈向，根器不同，約其因地，略有五種：一者初地見聞，感動慈念，隨即戒殺者，得《歸元鏡》之毛；二者見聞發心，歡喜生信，隨即持齋，放諸生命者，得《歸元鏡》之皮；三者淨心隨喜，生難遭想，深信因果，朝夕念佛者，得《歸元鏡》之肉；四者深心淨信，脱離世緣，厭娑婆苦，一心念佛，求生西方者，得《歸元鏡》之骨；五者見無所見，聞無所聞，契自性彌陀，了唯心淨土，一腳踢開三祖燈光，一槌擊碎歸元鏡影，竿木隨身，逢場作戲，拖泥帶水，方便提攜，遊戲中現寶王刹，微塵内轉大法輪，若此者，得《歸元鏡》之髓。蓋惟得髓，方稱歸元之本懷耳。噫！微斯人，吾誰與歸？』

戲劇供通

闕名

嘗聞：祖師有聞舉輓歌而悟道者，有聞乞人行歌而悟道者，豈戲劇不足以悟道乎？吾以爲戲劇即道，第世人習焉而不覺耳。即今思之，父母妻子，親朋眷屬，豈不是同夥戲人？富貴功名，即是粧點的服色；田園屋宇，即是搬演的戲場。至於榮枯得失，聚散存亡，即是一場中悲歡離合。其中兇頑善類，君子小人，互相酬酢，卽是一班生旦淨丑。纔離母腹，卽是開場之期；蓋棺事定，便是散場之局。然則閻浮世界，有一而非戲乎？

猶未也。進而思乎其人。彼一人之身也，倏而男，倏而女，倏貴倏賤，倏文倏武，倏老倏幼，倏生倏死，倏人倏畜，變幻不常，苦樂莫定。較與苦海衆生，輪回六道，改頭易面，隨類受形者，寧有異乎？夫衆生因迷逐妄，隨業受報，枉淪苦趣，無有眞實。然則生死果報，無始至今，宛同一戲耳，又何疑於世劇也乎？

猶未也。更進而求乎其道。彼諸人苟一當場，笑也而無喜心，啼也而無悲心，惱怒也而無煩惱之念，求乞也而無貪得之懷，男女交歡而從無癡淫之想，打罵也而不嗔，殺戮也而不恨。極意拈弄，於自己主人，安然不動，鑼鼓一歇，便現本地風光，瀟灑天然，具大解脫風味。較與祖師之隨機應務，菩薩之隨類度生者，又何以異乎？

嗟嗟！戲場中日說妙法，而世人不知，止供壺觴笑謔。彼戲人日轉法輪，而自又不知，僅作糊口生涯。夫世人藉戲人以醒迷，而戲人復迷於所迷，是以迷人而復迷迷人也。茫茫長劫，無有出期，悲夫！

客問決疑

闕　名

有客問於懶翁曰：『師所作《歸元鏡》，誠足以悅目警心。然諸善士每每竊議，以爲大乘教典，曠代祖師，編入戲劇，暢演高歌，酒肆淫坊，壺觴笑謔，褻聖慢賢，莫此爲甚。予亦惑之。敢請，果爾否耶？』翁曰：『然。誠有是言也。然此輩初心起信，法執未融，但知奉佛，不知報恩，固守常法，不識方便，無怪其疑且毁也。而孰知弘法利生，正所以報佛恩故；巧設方便，正所以弘利生故。今拈爲排場者，正借彼幻人，顯諸實法，投其所好，引彼見聞，使其發心念佛，求生淨土耳。如《華嚴經》云：「先以欲鉤牽，次令入佛智。」正爲此也。故云：歸元無二路，方便有多門。』

客曰：『其如不信者多，而皈向者少，奈何？』翁曰：『《三藏》十二部，皆金口所宣，人人能奉持否？法華會中，尚有五千退席，安得使人人皈信？但於不信衆生，植其因，投其種耳。何以故？不信之人，大都耽於聲色名利，豪縱淫騁，流連一生。佛法名字，沒世不聞；三寶之地，足迹不至。亦不知孰爲彌陀，孰爲淨土，沉沒苦海，大可悲憐。故此《實録》者，正富貴場中之荻渡耳。假此方便，誘其見聞，一歷耳根，永爲道種。止如《彌陀疏鈔》云：「或信或疑，或讚或毁。知有彼佛，便成善根。多劫多生，俱蒙解脱。」今《歸元鏡》者，亦復如是。但使見聞者，知有彌陀可念，有淨土可生，無論信謗，已投種於土，雨露所滋，多劫多生，必蒙解脱。但不聞不知，則不成種。

嗟乎！闡揚淨土，十方聖賢，歡喜無量。即三祖復起，亦必歡喜無量，肯嫌爲褻慢耶？況佛法徧一切處，斷不遺於戲場，菩薩度一切人，決不揀於淨穢，此不嫌褻慢之明徵也。其以爲褻慢者，皆常人二乘之見，自心疑懼耳，於佛法何有？噫嘻！設使有褻慢之罪，予當其辜，使人人念《彌陀》而生樂土，予雖入地獄，亦歡喜無量矣，何懼之有？善男子莫生疑惑。如永嘉云：「若以妄語誑衆生，誓招拔舌塵沙劫。」予亦如是，若以邪法邪心，誑惑世者，亦墮拔舌泥犁。如不爾者，願如來加被，仗佛威神，當令世世流通，見者聞者，皆覲彌陀，讚者毁者，悉生安養。』

客乃大悟，稽顙而作偈曰：

『我初疑爲劇，不識爲方便。佛見與戲見，交構於胷中。罪業宛然生，都從自心起。今聞師所說，如夢方始覺。世出世間事，皆同戲幻等。但取救脱人，即成無上法。譬如醫病人，但取能愈病。遲速不同倫，不問藥貴賤。歸元亦如是，借幻而逗機。但植淨土因，何有法非法？我今深奉持，讚歎莫能盡。』

客踴躍歡喜，作禮而去。

（以上均同上《異方便淨土傳燈歸元鏡三祖實録》下卷卷首）

（歸元鏡）後跋〔一〕

丁立誠〔二〕

右《淨土傳燈歸元鏡三祖實録》二卷，智達上人手撰。雲棲寺舊有刊本，庚、辛之亂〔三〕，板燬於兵，住持宏憙屢欲復刊而未果。今歲二月初九日，爲憙公六旬冥慶，於是其徒隱權取舊本重刊，印行於世，以爲記念。

憶丁酉季春〔四〕，偕連沖叔、羅棨臣二君，同遊雲棲，宿寺中。午夜雨後，月色如晝，萬境寂然，余與棨臣詣憙師丈室，參證禪理。棨臣之言曰：『八識種子，人所同具。如上智者，不待轉勸，自依正道，然亦僅矣。吾觀由一鄉一村而積爲縣，縣積而爲府、爲省、爲國，愚昧之徒十百於上哲。毗盧花藏經文，將及萬卷，微論讀之不能遍，窮鄉僻壤，田夫村婦，縱日誦祕文，精深莫究。惜未有寓勸導於至淺之言，借音樂爲醒迷之具，使人人均皈向於淨土，邪見不生，善念咸足，不必密語祕偈，而啓其信心，同登彼岸，爲羣生之渡迷航，亦愚民之大願海也。』憙師因出以此書，示余二人。明日，天復微雨，遂別去。

今十四年矣，日月如駛，沖叔之墓久有宿草。棨臣撰《華嚴指迷》十卷、《淨土覺迷》一卷，雖已成書，遠在滬上，未得取而一讀。今隱公攜新刊此書見示，按譜安歌，梨園之箏笛無異鷲宮之晨鐘暮鼓也，梵門之曲本實卽如來之金科寶訓也。佛門多一皈依之人，卽世境少一造惡之人。隱公重刊是書之心，卽憙師勸人向道之心，亦卽蓮池大師普度衆生之心。

誠幼讀《彌陀疏鈔》，卽有志淨土。牽於世事，沈溺物欲，莫能專參禪理。倘得能仰邀佛力，得以炳燭之年，專修白業，普勸同人，俾斯世羣迷，咸登正覺，以繼憙師之志，一息尚存，願與隱公交相勉也。

宣統二年三月朔日，錢塘丁立誠謹跋。

（清宣統二年重刻武林雲棲禪寺藏板《異方便淨土傳燈歸元鏡三祖實錄》下卷卷末）

【箋】

〔一〕底本無題名，據版心題。

〔二〕丁立誠（一八五〇—一九一一）：字修甫，號慕清，晚號辛老，錢塘（今浙江杭州）人。光緒元年乙亥（一八七五）恩科舉人，屢應春試，不第。二十一年，官内閣中書。家富收藏，博覽羣書。著有《小槐簃吟稿》等。傳見繆荃孫《藝風堂文漫存辛壬稿》卷三《丁修甫中書傳》（《碑傳集三編》卷三三）。

〔三〕庚、辛：咸豐十年庚申（一八六〇）、十一年辛酉（一八六一）。

〔四〕丁酉：光緒二十三年（一八九七）。

附　淨土傳燈歸元鏡曲譜

《淨土傳燈歸元鏡曲譜》，民國二十四年（一九三五）石印本。卷首題『異方便淨土傳燈歸元鏡三祖實錄』，『古杭報國嗣法妙門智達拈頌、弟子德日閱錄』，『嶧縣張樹幟監印、榆社王之定校對』。

歸元鏡曲譜序

張樹幟〔一〕

《歸元鏡曲譜》，由明代迄今，二百有餘年，海內傳有其本，而社會上未嘗演諸事實也。有之，自客夏講經社同仁，敦請趙次龍夫子擔任社事始。

清光緒末，予以縣校學生，來省受高等教育，得識王素侯先生。素侯喜談革命，引予入同盟會。未幾，予考取警官。因素侯肄業測繪，亦改爲測繪生，意謂同堂聯席，更足以日夜討論革新事宜也。一日，予隨素侯謁次龍夫子，一見之下，卽作棒喝語曰：『汝來談革命，敢實行否耶？』予爲述夙志，夫子莞然而頷之。予至此過從請業無虛日。

辛亥光復，洎今二十餘載，予與夫子共生死患難久，其事皆紀入日記，兹不贅。夫子居恆寢饋儒教，然其醰思內典，恣耽禪淨，全由天性帶來。十數年前，素侯毅然挂冠，披鬀於終南山悟眞寺妙舫老人，法名力弘，作當代大和尚。二十年夏，夫子亦皈依三寶，在雙塔永祚寺，從力弘上人，受優婆塞戒。予侍師日深，稍窺佛學門徑。是年秋、冬季，祥瑞法師駐錫晉陽，講授《法華》，予亦頂禮祥公教下。自是旅省同人，聞風興起，歸祥師同參者，不下三十餘人。而講經說法之結集，亦卽於此肇其端矣。二十二年歲首，爰假軍人俱樂部，成立講經社。羣推夫子主講，《周易》、佛經，互資參證，聽者座爲之滿，皆得解脫。予迺備聞儒釋學術奥義，而於人生觀，亦漸知所歸宿焉。

晉時，有慧遠禪師者，本傳稱雁門樓煩籍，然考之《崞志》，實吾里茹野村人，淨土宗之初祖也。禪師具大願力，欲借人以顯法，邀陶淵明居士等多人，結合蓮社，專修淨業，垂爲規範。此誠接引四衆生西之慧命燈，而後進趨嚮廬山學之大法幢也。竊思鄉先正中有此大德，後世學人雖不克直承衣鉢，宏宗演教，獨不能闡揚遺典，爲凡俗撒播善種子耶？於是對西發誓，取《歸元鏡》詞曲，譜入管絃，流傳社會，使人人知有彌陀可念，有淨土可生。

志願既定，又得傅少芸、謝竹溪、李官亭、馮運青、楚溪春、張達三、曾望生、文熾昌、魏致南、侯伯猷、馮培基、楊子端、楊肖韓、張瑞符、李紫春、左子正、鄭平甫、尹光宇、韓楝才、馬笠伯諸子，相爲贊襄，特組蓮宗劇社，分股任事。併訪求精嫺音律專家，得北平大學曹心泉教授澐，撰製曲譜，閱七月而觀成。適崑曲名藝員侯煦村、韓世昌、白雲生諸君，由舊都來晉，發願表揚，隨卽按譜試演。開幕之日，聽衆踴躍歡呼，歎爲希有。惜其儘演數齣，未覩《三祖全錄》。同仁協議，將排演之事，完全責成韓、白二君，經費所需，由社酬助。如曹、侯、韓、白者，豈得謂非與佛有緣者哉？

顧或者曰：『以大乘教典，曠代祖師，扮爲戲劇，酒肆淫坊，暢舞高歌，壺觴笑謔，褻聖謾賢，不爲罪乎？』斯惑也，心融大師曾決其疑，謂佛法遍一切處，斷不遺於戲場；菩薩度一切人，決不揀於淨穢。今因不信佛法之人，溺於聲色名利，豪縱淫騁，波波一世，浮沈苦海，靡有出期，欲以此便宜方法，誘入正知正見，使之厭離五濁，敬禮三寶。其在十方賢聖，歷代宗師，聞茲雅音，方且歡喜無量，尚何有褻瀆之嫌，而唯開罪之是懼歟？斯則予暨本社諸君子，敢以當場之權巧方便，廣植永劫之純白淨因者，此物此志而已。

中華民國二十四年七月十五日，石城張樹幟識於省寓之退密亭。

【箋】

〔一〕張樹幟（一八八六—一九四六）：字漢捷，一作漢傑，崞縣（今山西原平）人。光緒三十四年（一九〇八），入山西測繪學堂，尋加入中國同盟會。後入晉軍服役。辛亥（一九一一），隨閻錫山起義。歷任晉北鎮守使、北路警備司令、第三集團軍軍法執行總監等職。抗日戰爭後，任第二戰區高級參議。傳見徐士瑚《張樹幟事略》（《山西文史資料》一九九一年第四、五期）。參見劉國明主編《中國國民黨百年人物全書》（團結出版社，二〇〇五）。

歸元鏡曲譜序

趙戴文〔一〕

余讀《妙法蓮華經·譬喻品第三》，其說娑婆世界云：『堂舍高危，柱根摧朽，梁棟傾斜，基陛頽毀，牆壁圮坼，泥塗褫落，覆苫亂墜，椽梠差脫，周障屈曲，雜穢充遍者，如此其朽腐也。』而自淨宗家言，以羅漢眼視之，實則皆是七重欄楯，七重羅網，七重行樹，最勝光輝，七寶莊嚴之所住處。《譬喻品》又云：『羣狗搏撮，飢羸求食，鬭諍櫨掣，啀喍嘷吠，狐狼野干，咀嚼踐蹋，𪘲齧死屍，骨肉狼藉，鴟梟鵰鷲，蚖蛇蝮蠍，蜈蚣蚰蜒，諸惡蟲輩，交横馳足，屎尿臭處，不淨流溢，蜣蜋諸蟲，而集其上者，如此其苦險也。』而自淨宗家言，以羅漢眼視之，其實皆是七寶池邊，微風吹動，諸寶行樹，及寶羅網，出微妙音，及彼種種奇妙雜色之鳥，白鶴、孔雀、鸚鵡、舍利、迦陵、頻迦，共命之鳥，晝夜交時，出和雅音，其音演暢，五根五力，七菩提分，八堅道分等。

《譬喻品》又云：『鳩槃茶鬼，蹲踞土埵，蹤逸嬉戲，捉狗兩足，撲令失聲，以腳加頸，怖狗自樂。復有諸鬼，裸形黑瘦，發大惡聲，叫呼求食。復有諸鬼，其咽如針，首如半頭，或食人肉，或復噉狗，頭髮蓬亂，殘害兇險。夜叉餓鬼，諸惡鳥獸，飢餓四向，闚看窗牖，如是諸難，恐畏無量者，如此其兇惡也。』而自淨宗家言，以羅漢眼視之，其實皆是長老、舍利、弗摩訶、目犍連等諸大弟子，及文殊、師利、阿逸多、乾陀訶提、常精進等諸大菩薩，顯大神通，莊嚴佛土，禮請諸佛，轉大法輪，爲一切眾生作無量福德利益，顧同一境界也。

凡夫視之則如彼，羅漢視之則如此，是西方極樂世界，非羅漢眼不能見。既非羅漢眼不能見，亦何貴乎有此極樂世界耶？即有之，亦何能使人信有此極樂世界也？有之，自《淨土傳燈歸元鏡》始。

《歸元鏡》者，專錄廬山、永明、雲棲三大禪師傳燈事迹，演爲戲劇，共四十二份，使依報莊嚴世界，現諸目前。其目有五初：一曰欄網行樹妙，二曰池閣蓮華妙，三曰華樂伸供妙，四曰化禽說法妙，五曰風樹叶韻妙。使凡夫、牧子，皆能一一見諸舞臺，則向之懷疑其無者，至此可確信其有矣。

或謂：『舞臺之地至小也，演劇之時至少也，安能普度此不可思議之眾生耶？』殊不知火始燃，泉始達，苟能充之，足以保四海。今日此舉，若能由此小舞臺化爲無量舞臺，由此小時間化爲無量時間，最後之結果，能至於此，又安可以始作之小與少而薄之哉？

去年夏，張君漢捷糾合諸同仁，集資延崑曲名家曹君心泉，將《歸元鏡》全書，譜成宫調。又與北平崑曲名藝員侯煦村、韓世昌、白雲生諸君，訂立合同，以一年爲期，將全書四十二份，按譜表演，誠爲無量功德。事既成，爰記數言於卷首，以志其始末云爾。

中華民國二十四年七月，清涼山人趙戴文序。

（以上均民國二十四年石印本《淨土傳燈歸元鏡曲譜》卷首）

【箋】

〔一〕趙戴文（一八六七—一九四三）：字次隴，别署清涼山人，五臺（今屬山西）人。光緒三十一年（一九〇五），留學日本。辛亥年（一九一一），與閻錫山等建立同盟會山西分會。民國間，歷任山西都督府祕書長、督軍公署參謀長，察哈爾省政府主席、國民政府内務部長、國民政府監察院長、山西省政府主席等。兼任民族革命同志會副會長、山西省佛教協會會長。著有《周易翼邵補正》、《周易序卦説》、《孟子學説》、《讀經偶筆》、《答問録存》、《唯識入門》、《禪淨初譚》、《讀藏録》、《清涼山人文稿》等。傳見《五臺山志》、《太原文史資料》第一六輯（一九九一）、《張家口文史資料》第二八—二九輯（一九九六）等。

博浪椎（張公琬）

張公琬，名未詳，山陰（今浙江紹興）人。張岱（一五九七—約一六八四）宗兄。生平未詳。

撰傳奇《博浪椎》，葉德均《戲曲小説叢考》卷上《曲目鈎沈録》著録，已佚。

博浪椎傳奇序

張　岱

老、莊之學，一變而爲申、韓，再變而爲孫、吴，三變而爲蘇、張，四變而爲荊、聶。太史公曰：『凡此輩雖極慘礉少恩，皆原於道德之意，而老子深遠矣。』『深遠』二字，乃老子一生藏身妙用。而無奈申、韓以後，其意漸趨漸薄，其術愈變愈淺，其於用世，日處危險，後且不可救①藥矣。

張子房從忠孝起家，其於申、韓之流，本欲自異，而博浪一椎，誤墮荊、聶，則其學問淺薄，如何克爲帝者之師？故黄石老人愛之惜之，乃向圯上教之也。余曾見軼書，張良爲老人納履，老人曰：『孺子可教。』良曰：『願聞也。』老人曰：『兩肩致其美於人，而人卒不以肩爲功，肩無事也。孺子居功，其以肩乎？兩手致其傷於人，而人卒不以手爲怨，手無心也。孺子處怨，其以手乎？』張良憮然爲問曰：『敬受教。』衹此數語，已將張子房一生之功業心術，傾囊道破。子房得此數語，眞如畫龍點睛，從此飛騰變化，莫可測識者矣。

余宗兄公琬深得此意，故以博浪椎譜爲傳奇，總以見子房用氣而卒能不爲氣用，取其深情遠識，以提醒英雄豪傑，爲功大矣。余向作怒蛙，純以氣性用事，遇越王或在所憑式，遇子房則必望之而卻走矣。余故留此一卷牀頭，以當黄石《素書》。

（中國國家圖書館藏清鈔王雨謙評、祁豸佳校本《瑯嬛文集》卷一）

【校】

①救，底本作『究』，據文義改。

喬坐衙（張岱）

張岱（一五九七—約一六八四），一名維城，字宗子，又字天孫、石公，號陶庵，別署六休居士、蝶庵居士、古劍老人等，山陰（今浙江紹興）人。明諸生，不求仕進，日以詩酒詞曲自娱。明亡後，入魯王府，任錦衣衛指揮。後避居山中，從事著述。著有《四書遇》、《石匱書》、《石匱書後集》、《古今義烈傳》、《史闕》、《快園道古》、《夜航船》、《陶庵夢憶》、《西湖夢尋》、《張子文粃》、《張子詩粃》、《瑯嬛文集》、《琯朗乞巧錄》等，撰雜劇《喬坐衙》，改編闕名《冰山記》傳奇。一九九一年上海古籍出版社出版夏咸淳輯校《張岱詩文集》（二〇一四年出版增訂本），二〇一六年浙江古籍出版社出版路偉、馬濤點校《沈復燦鈔本瑯嬛文集》。傳見張岱《瑯嬛文集》卷五《自爲墓志銘》、康熙《紹興府志》卷五八、雍正《浙江通志》卷一八〇、嘉慶《山陰縣志》卷一四等。參見夏咸淳《張岱生平考述》（《紹興師專學報》一九八九年第三期）、佘德余《張岱年譜簡編》（《紹興師專學報》一九九四年第一期至第三期）、胡益民《張岱年譜簡編》（《古籍研究》一九九七年第四期）、胡益民《張岱評傳》（南京大學出版社，二〇〇一、二〇一一）、佘德余《都市文人——張岱傳》（浙江人民出版社，二〇〇六）、張則桐《張岱探稿》（鳳凰出版社，二〇〇九）、張海新《張岱及其詩文研究》（復旦大學博士學位論文，二〇一一）、韓金佑《張岱年譜》（河北大學碩士學位論文，二〇一四）、周霄《張岱新考》（浙江工業大學碩士學位論文，二〇一六）。

《喬坐衙》，《遠山堂劇品》著録，已佚。

張宗子喬坐衙劇題辭

陳洪綬

吾友宗子，才大氣剛，志遠學博，不肯頫首牖下。天下有事，亦不得閒置。吾宗子不肯頫首，而今頫首之；不得閒置，而今閒置之。宗子能無言田畝乎？《喬坐衙》所以作也。

然吾則爲宗子何必如是也。古聖先賢，懷其寶玉，走四方不遇，則進學彌篤。即使宗子少年當事，未免學爲氣用，好事喜功。今日之阻，當進取聖賢，弗以才士能人自畫，損下其志氣。復溫經書，深究時政，三年間可上書天子，吾不爲宗子憂也。然吾竊觀明天子在上，使宗子其人得間而爲聲歌，得間而爲譏刺當局之語，新辭逸響，和媚心腸者，衆人方連手而讚之、美之，則爲天下憂也。

（《清代詩文集彙編》第一一冊影印清康熙三十年刻本陳洪綬《寶綸堂集》卷三『雜文』）

紅梨花記（王元壽）

王元壽（？—約一六四〇），字伯彭，又作百彭、百朋、伯朋，錢塘（今浙江杭州）人。王元功兄。明萬曆間錢塘縣學歲貢生。萬曆四十三年（一六一五）前後，任藍山縣知縣，輯《藍山縣志》。晚年閒居杭州西湖。撰傳奇二十四種，今存《紅梨花記》、《異夢記》、《石榴花》（一名《景園記》）三種。參見裴喆《明代戲曲家王元壽考》（《文學遺產》二〇一一年第二期）。

《紅梨花記》傳奇，一名《梨花記》，《遠山堂曲品》著録，現存萬曆間楊居寀刻本（題《紅梨花記》，《古本戲曲叢刊初集》據以影印）、明刻本（題《快活庵批評紅梨花記》）。

梨花記序

闕名

余見《梨花》傳奇兩種，一爲武林，一爲琴川，實一事也。第曲白似琴川者勝，而結構武林者勝之。武林曲白非不佳也，不如琴川者爲快心耳。若通篇結構，琴川以最後會合爲鬼，失之太奇，不如武林，只於賈園侍女見之，趙郎、謝女，沒後相逢，預先說破，更爲近情。奇快琴川有之，當行則讓武林也。予之評章如此，不知兩家以我爲知音否也？

（中國國家圖書館藏明刻本《快活庵批評紅梨花記》卷首）

梨花記總評

闕　名

《梨花》，曲有絕工之句，局無不盡之奇。

《梨花》結構，最爲奇幻，卻不假托鬼神，捏名妖怪，一歸之敦友誼，重交情，又何平實也。固知舍平實爲奇幻者，非奇幻也。

金蓮以一妓女，奏功於銀箏，立節於橫狄，亦丈夫也哉！

作者打罵朱文公，最爲可恨，然卻亦朱文公弟子，未足以厭其心也。倘今之講學者，有趙郎之才，復有謝女之操，劉太守之重故敦友，又何不厭其心也哉！

侍女假托金蓮，歸身相府，相府以之釋怨，復歸狀元，並胡公子、王嫣嫣，一時收拾，亦見結構苦心也。

（中國國家圖書館藏明刻本《快活庵批評紅梨花記》卷首）

（快活庵批評紅梨花記）總評

闕　名

制詞有『卻虜』、『從胡』一聯，方不爲主恩濫及。

一部從眞得幻，因拙成奇。拙者太守之謀，而奇者趙、謝之事也。吾祇怪趙生錯認王參軍女，而遂忘金蓮，一時病都好了，此處殊覺負心。此本傳奇妙在從不曾見，卽見亦錯認者，遂到頭不變，重重磨折，箇箇癡迷，所以爲佳。吾總斷之曰：謝女時時有，劉公世世無。

通部曲調雖有不協處，陰陽平仄，唤押轉點，及起調换頭，儘多可議，而時有佳句，足聳毛骨。介亦好，諢不惡俗，亦劇園之選矣。

（中國國家圖書館藏明刻本《快活庵批評紅梨花記》卷末）

異夢記（王元壽）

《異夢記》傳奇，《遠山堂曲品》著錄，現存萬曆四十六年（戊午，一六一八）序刻本（《古本戲曲叢刊二集》據以影印），明末徐肅穎删潤、陳繼儒批評本。

異夢記序

蘭畹居士〔一〕

人世一夢也，蟻柯、蕉鹿、黄粱、櫻桃，昔人已往往勘破。渭塘異夢，友人何猶認夢爲非夢也？嘗備覽終篇，不屈輂眞，類其强項；戀戀甸環，類其鍾情；西臺之周全成就，類其篤友誼。而其間所遇之非偶，亦間嘗值之。傳奇之幻境，實友人之眞境也。以故播弄婉轉，模寫逼眞，一片幻境，卻成眞境。即知者覩此，亦常若夢中說夢。偃師之技，恐亦未能若爾已。然須語王生奇俊，到夢驗時亦須識破，毋便認爲非夢也。

萬曆戊午孟春，蘭畹居士題〔二〕。

【箋】

〔一〕蘭畹居士：姓名、籍里、生平均未詳。

〔二〕題署後有陽文方章二枚：「情英」、「□□□」。

異夢記總評

闕　名〔一〕

從來劇園中說夢者，始於《西廂》「草橋」，「草橋」，夢之實者也；今世復有《牡丹亭》，《牡丹亭》，夢之幽者也；復有《南柯》、《黃粱》，《南柯》、《黃粱》，夢之大者也；復有《西樓》「錯夢」，錯夢，夢之似幻實眞、似奇實確者也。然而總未異也。既曰夢，則無不奇幻，何異之足云？乃若此傳之環佩詩箋，醒時俱燦然在手，斯足異矣。

事出《豔異編》，玆經作者敍次點綴，實妙有化工。雖張曳白拾環冒親，頗似《釵釧》，然境界又覺一新。曳白復向博平求配，似屬重贅，而有吳學士復送雲容於范夫人處，李中丞復向范夫人說瓊瓊親事，遂覺關目交錯，情致紆迴，而妙在千絲一縷，毫無零亂之病。至後又有《入宮》一折，如山盡處轉一坡巒，正與輦眞選女照應，又見雲容俠烈，雖愈出愈奇，不覺其多也。

花月外史曰〔二〕：叟白之頑鈍無恥，獸心賊行，無論矣。獨王生之目，其眸子安往，而與此等人交契，即欲資其路費，亦何至傾心吐膽於其前？且甸環及夢中詩句，乃鴛鴦牒也，宜剖腹藏之，緘脣毖之，即遇古押衙，亦可從容徐告，何疎虞之若是？其縲絏之禍，蓋自取之也。吾所不取者，其王生乎？若雲容之貞烈，瓊瓊之賢淑，范夫人之慈愛，吳學士之惻隱，李中丞之氣誼，種種使人動心豁目，則他傳之扭捏舊事，杜撰無出者，皆不足觀矣。是爲評。

（以上均《古本戲曲叢刊二集》影印明萬曆四十六年序刻本《玉茗堂批評異夢記》卷首）

【箋】

〔一〕此劇題名《玉茗堂批評異夢記》，《總評》實欲假託湯顯祖撰。

〔二〕花月外史：姓名、籍里、生平均未詳。

鶴釵夢（王元功）

王元功，字無功，錢塘（今浙江杭州）人。王元壽弟。或以爲即王異，當誤。撰傳奇《弄珠樓》、《靈犀佩》、《檢書記》、《看劍記》、《保主記》、《瑪瑙簪》、《鶴釵夢》等，僅存《弄珠樓》一種。另有《花亭》，係改訂明闕名《百花亭》；《水滸記》，係改訂許自昌同名之作；《種玉記》，係重訂許自昌改汪廷訥同名作；皆佚。

《鶴釵夢》傳奇，未見著録，已佚。

鶴釵夢傳奇序

來集之

文章至於傳奇，影中變相，空裏蜃樓，皆造端結構於弱管柔毫之内，可謂幻極者。顧古來擅場作手，不取其能幻，而取其能真，怨則酸風苦雨，歡則朗月祥雲，離則有劃海斷山之勢，合則具鏡圓劍配之情，使讀之者如身入其中而與之周旋宛轉，目擊其事而爲之咨嗟忭舞，斯至快耳。王子元功以驚雷掣電之才，寫花肉媚嚼之句，傳奇數種，流布已久，海内賞音之士，無不斂手讓步。今《鶴釵夢》又其另出一種，正其火候足而神明通之時，固不必多加讚賞之贅詞矣。

鶴之諸色，無有黄者，獨雙口翁以橘皮傳之，可謂幻極。至鶴而又幻爲釵，鶴釵又幻而爲夢，幾於鶴者爲鴛、爲鸞，黄者能紅、能白，使人心搖目閃，不可方物。然語語出自肺腸，節節皆歸本色，斯由積學深藴，性靈通發。若夫尋常摛詞之家，既不能仿佛其真，又何由而仿佛其幻哉？嗟乎！崔顥《黄鶴樓》詩成，後人卽有欲搥碎其樓者，幸勝蹟流傳不朽。此詞出，吾恐黄鶴樓又破壁飛去耳。

（清稿本來集之《倘湖遺稿》不分卷）

化人遊（丁耀亢）

丁耀亢（一五九九—一六六九），字西生，號野鶴，别署嘯臺、紫陽道人、野航居士、漆園遊鷃、華表人、西湖鷗吏、放鶴主人，六旬後病目，自署木雞道人，諸城（今屬山東）人。明末諸生，屢試不第。清順治五年（一六四八），由順天籍拔貢，先後任鑲白旗、鑲紅旗教習。十一年（一六五四），改任直隸容城教諭。十六年（一六五九），遷福建惠安知縣，以衰病及母老，罷去返鄉。著有《丁野鶴集十種》、《天史》、《出劫紀略》、《續金瓶梅》小説等。撰傳奇十三種，現存《化人遊》、《赤松遊》、《西湖扇》、《表忠記》四種。一九九九年中州古籍出版社出版李增波主編、張清吉校點《丁耀亢全集》，二〇一五年中州古籍出版社出版古今、闞增山、郝明朝編著《丁耀亢戲曲集（校注譯評本）》。參見張清吉《丁耀亢年譜》（南京大學出版社，一九九六）。

《化人遊》傳奇，全名《化人遊詞曲》，《曲海目》著録，誤入無名氏；《笠閣批評舊戲目》著録，作「野航居士」。現存順治五年（一六四八）序野鶴齋刻本（《古本戲曲叢刊五集》據以影印）、康熙間煮茗堂刻《丁野鶴集十種·丁野鶴先生詩詞稿》所收本。

化人遊詞序

龔鼎孳〔一〕

暑氣如蒸，忽作赤腳層冰想，使人意冷；客況如秋，忽讀《化遊詞》，使人意熱。胷中有此副本領，便是淵明乞食，眞卿借米，杜陵未到彭衙時，索盤飧不可得，不能禁吾游之不暢也。文詞奇幻，選豔徵豪，驚心動魄，遂令青鞵布韈，與十洲平分千古。眘道人李公子傳後，久不見此想頭矣。卓老云：『作《西廂》、《幽閨》者，必有大不得意於君臣朋友之間。』此語情至，殆索解人不得。舉似化遊人，當知其非悠悠之論耳。

丁亥夏日〔二〕，淮南芝麓主人龔鼎孳題於海陵寓園〔三〕。

【箋】

〔一〕龔鼎孳（一六一六—一六七三）：字孝升，號芝麓，祖籍臨川（今屬江西），後遷合肥（今屬安徽）。崇禎七年甲戌（一六三四）進士，官至兵科給事中。入清，歷官至刑部尚書、兵部尚書、禮部尚書。卒謚端毅。著有《定山堂全集》。傳見《清史稿》卷一八九、《清史列傳》卷七九、《碑傳集補》卷四四、《文獻徵存錄》卷一〇、《昭代名人尺牘小傳》卷二、《清代七百名人傳》等。參見董遷《龔芝庵年譜》（一九七一年臺灣廣文書局排印《中國歷代名人年譜彙編》本）。

〔二〕丁亥：順治四年（一六四七）。

〔三〕文末題署後有陽文方章二枚：『芝麓』、『龔鼎孳印』。

（化人遊）總評

宋琬〔一〕

《化人遊》，非詞曲也，吾友某渡世之寓言，而托之乎詞者也。世不可以莊言之，而托之於咏歌；詠歌又不可以莊言之，而托之於傳奇。以爲今之傳奇，無非士女風流，悲歡常態，不足以發我幽思幻想，故一托之於汗漫離奇、狂遊異變，而實非汗漫離奇、狂遊異變也。知者以爲漆園也，《離騷》也，禪宗、《道藏》語錄也，太史公自敍也，斯可與化人遊矣。

順治戊子，萊陽玉叔甫宋琬題〔二〕。

（以上均《古本戲曲叢刊五集》影印清順治五年序野鶴齋刻本《化人遊詞曲》卷首）

【箋】

〔一〕宋琬（一六一四—一六七四）：生平詳見本卷《祭皋陶》條解題。

〔二〕題署之後有陰文方章『宋琬之印』。

赤松遊（丁耀亢）

《赤松遊》傳奇，一名《赤松詞曲》，《傳奇彙考標目》、《曲海目》著錄，均誤入無名氏；《乾隆諸城縣志》卷一三《藝文志》著錄爲丁耀亢作。現存順治九年壬辰（一六五二）序刻本（《古本戲曲叢刊五集》據以影印）、康熙間煮茗堂刻《丁野鶴集十種·丁野鶴先生詩詞稿》本、舊鈔本（《綏中吳氏藏稿鈔本戲曲叢刊》據以影印）。

作赤松遊本末

丁耀亢

昔吾友王子房〔一〕，慕漢留侯之爲人，因自號子房。既通朝籍，見逆闖起於秦，乃抱椎秦之志。明癸未〔二〕，請兵滅闖而及於難。余悲子房之亡，欲作《赤松》以伸其志。

至甲申〔三〕，而中原淪於闖，我大清入而掃除秦寇，眞有漢高入關之遺風焉。因讀《史》至《留侯傳》，太史公摹擬椎秦授書大關節處，鬚眉衣摺，勃勃欲動，頰上三毛矣。千古傳奇之妙，安有如太史公者！何假別作注脚，登場扮演乎？

每念子房第一人品，第一事功，俠矣而不死，宦矣而不溺，勇矣而不武，仙矣而不詭。三代而下，惟鴟夷與留侯二人蹤迹略似。然彼攜姝載寶而去者，仍嫌其霸氣貫心，何如留侯之見首而不見尾也。

今來長安，遇西樓詞客、北嶽樵史〔四〕，傳余以音律之祕，共相倡和，續前數年未完之業。計作於明之癸未，成於今之己丑〔五〕，共得四十六齣，名曰《赤松遊》。可以勉忠孝，抒憤懣，作福基，長道力。名教樂地，詞曲勝場，安得使吾子房復起，浮白擊節乎！若夫工詞誇豔，則吾豈敢？

順治六年，華表人漫題。

【箋】

〔一〕王子房：　即王漢（？—一六四三），原名應駿，改名漢，字子房，掖縣（今山東萊州）人。崇禎十年丁丑（一六三七）進士，授高平縣知縣。累遷至右僉都御史，巡撫河南。十六年（一六四三）正月十九日，圍剿河南永城農民軍，戰死。參見計六奇《明季北略》卷一九《王漢戰死》。王去世後，丁耀亢有《癸未十月入東萊哭挽王子房大中丞》詩（《逍遥游·海游》卷一）。

〔二〕癸未：　崇禎十六年（一六四三）。

〔三〕甲申：　崇禎十七年、清順治元年（一六四四）。

〔四〕西樓詞客：　或即袁于令（一五九二—一六七四）。北嶽樵史：　姓名、籍里、生平均未詳。

〔五〕己丑：　順治六年（一六四九）。

赤松遊題辭

丁耀亢

唐稱樂府，宋稱詩餘，元稱詞曲，一漸而分，淺深各别。若使詩餘再用樂府，則仍涉唐音；若聽詞曲再拈詩餘，則不爲元調。故同一意也，詩餘必出以尖新；同一語也，元曲必求其穩貼。要使登場扮戲，原非取異工文。必令聲調諧和，俗雅感動，堂上之高客解頤，堂下之侍兒鼓掌，觀俠則雄心血動，話别則淚眼涕流，乃制曲之本意也。故《琵琶》以白描難效，優伶之丹朱易摹。古云：『丹青女易描，眞色人難學。』又曰：『畫鬼易，畫美人難。』豈非以眞人莫肖，而假態能工乎？

自元本久湮，《殺狗》、《荊釵》，既涉俗而無當於文人之觀；故時曲日競，越吹吳歈，僅纂組而止可爲案頭之賞。較之元本，大逕庭矣。愚謂凡作曲者，以音調爲正，妙在辭達其意；以粉飾爲次，勿使辭掩其情。既不傷詞之本色，又不背曲之元音，斯爲文質之平，可作名教之助。

近見自稱作者，妄擬臨川之《四夢》，遂使夢多於醒；因摹元海之『十錯』，又令錯亂其眞。不知自出機杼，總是寄人籬下。仙俠爲以人而補天，無非過脈；忠孝乃觀風以化俗，妙在不板。士女風流，久作離合套本；刀馬熱鬧，最忌清濁雜倫。

詞病多端，傷巧傷俚，同一病也；曲妙各種，用雅用俗，同一妙也。時曲既多，新聲爭豔。至有琢字鏤詞，截脂割粉，落韻不求穩而求生，立意不用平而用怪。故曲曰傳奇，乃人中之奇，非天外之事。五倫外豈有奇人？三昧中總完至性。若以李賀鬼才，何不以之作詩？柳七豔情，止可因爲散曲。不得已而用典襯題，無奈何而加青敷色，豈必以類書爲繪事，借客爲正主乎？至於句語關目，尤貴自然。近多開口即排，直至結尾，皆成四六者，尤爲不情。如能忽散忽整，方合古今；半雅半俗，乃諧觀聽。步元曲而困其範圍，愧成畫虎；摹時詞而流爲堆砌，未免雕猴。有好句而律苦難調，欲塡詞而語多傷弱。《語》曰：『何以聽？何以射？』必如馬上擊毬，庭中滚彈，巧不傷格，俗可入古。甚矣！詞家之難也。

予素不知曲，近取南北譜元人各種而觀之，略窺當年作者之心，方識後人趨文之弊。妄爲商確，以俟公瑾。

時大清順治己丑秋季，漆園遊鷃丁野鶴偶識。

赤松遊序

查繼佐〔一〕

紫陽曰：『張良始終爲韓。』野鶴子所爲寓言而心傷者哉！亡秦以韓，善耳。不然，亡秦不以韓，而秦亡即何必以韓？顧余以留侯之始終爲韓者，一在秦，一在楚。秦之有韓不可忘，楚之無韓不可忘。不忘秦，於是從漢王入武關，不忘楚，於是從漢王逼垓下，此留侯之所爲始終也。使楚不立韓王成，韓亦無責於楚，而韓仇專在秦。當時漢之爲韓報仇，不如楚之爲報仇烈也，嘉首事之功也。及楚立韓而又敗之，是楚以韓仇自予，而留侯之中，遂有兩必報。而漢王之爲留侯，亦遂兩獲報。烏江之役，不又大於博浪乎哉！野鶴子亦或以余言爲不謬矣。

壬辰之春〔二〕，遇野鶴子燕市，相把欷歔，爲余言亡匿故事，若有十日索不可得者也。其才肆足霸大東，而其骨氣軒爽，又足以仙末世，其始終吾不得而知之矣。從猶龍楊太史座〔三〕，示我《赤松遊》一本，因得想見登場子房。

嗟乎！古今苦傅粉丑淨多，而生旦獲全者寡。昔虞子以太白爲上下通場，生即何不以子房而太白副之？太白醉而仙，仙謫矣；子房餓而仙，仙成。一脫靴，一納履，平氣之與任氣大小懸，赤松、青蓮亦堅脆稍別矣。

猶龍曰：『釣史有《梅花讖》，又有《玉瑑緣》〔四〕。梅與松爲歲寒故友，今日相對非昨。而黃石可祠，劍玉欲化，俱有玄而上仙之情，兩人請弗以凡五官相拱揖也。』

野鶴子初有《化人遊》，情詞懸幻，龔芝麓已爲之敍，有曰：『知非悠悠之論也。』余得是意，而更爲《赤松遊》作贊如左。

時壬辰三月之望，東山釣史不省省、初名繼佐、姓查氏、初字伊璜題於燕之菜市。

（以上均《古本戲曲叢刊五集》影印清順治九年壬辰序刻本《赤松遊傳奇》卷首）

【箋】

〔一〕查繼佐（一六一〇—一六七六）：生平詳見本書卷十三《九宮譜定》條解題。

〔二〕壬辰：順治九年（一六五二）。

〔三〕猶龍楊太史：即楊思聖（一六二一—一六六三），字猶龍，號雪樵，鉅鹿（今屬河北）人。順治三年丙戌（一六四六）進士，入翰林，官至河南右布政使、四川左布政使。著有《且亭詩》。傳見申涵光《聰山集》卷二《傳》（又見清康熙間刻本《且亭詩》卷首）、魏裔介《兼濟堂文集》卷一二《墓志銘》、《清史列傳》卷七〇、《碑傳集》卷七一、《國朝耆獻類徵初編》卷一五一、《大清畿輔先哲傳》卷一九、《國朝詩人徵略初編》卷一、《國朝書人輯略》卷二、《皇清書史》卷一四等。

〔四〕《梅花讖》：傳奇劇本，今無傳本。據吳啓豐《東山七秩乞言啓》、沈起《查東山先生年譜》，此劇作於明崇禎十六年（一六四三），查繼佐四十三歲。《古典戲曲存目彙考》列此劇於清傳奇，誤。《玉瑑緣》：傳奇劇本，今無傳本。《曲海總目提要》卷一六著錄，云：『明末人所作，未知姓名。記鮮于同事。《今古奇觀》小說有《老門生三世報恩》及《鈍秀才一朝交泰》二段，劇采鮮于同以作正文，又借鈍秀才爲餘波，以相映帶。與《三報恩》同一事實，而變幻情節，與彼互異。』

赤松遊引

傅維麟〔一〕

十丈京塵，雙眸如困□霧，幾不辨青碧。俗緣汩汩，坐老兩鬢於羸馬脊骨上。嘻！回憶家居時，芒鞵破雲，蹇驢踏雪，竹香入夢，華落縈簾。與二三心知，呼濁醪，澆塊壘，感深今昔矣。蚌緘龜縮，日乏韻事。兼之餓鼯啼飢，不耐聞見。然高歌振林，唾壺擊碎，用□如也。余歌特天籟鳴耳，惜無佳調，更惜無同調，鹿鹿魚魚者久之。

偶遇北海畸人，自號漆園遊鷗。骯爽磊落，坐論如風雨驟來。敦古人誼，絕無妮妮世態。遂相與握斝談心，上下千古。偶及《史》、《漢》，謂從來豪傑行事，皆有歌曲，播其音徽，獨子房以千古奇人，曲不概見。近多豔稱情種，遂使英雄氣骨，全爲兒女子占據，銷鑠殆盡。忠孝俠烈，幾不得芬人頰舌，飽人眼孔。

乃共唱和而傳《赤松遊》，以當古人窮愁著書，彈劍相和之意。遇風日晴悅，意愉愉則歌；烟暖雲横，思憒憒則歌；感憤唏嘘，拔劍酒酣則歌；靜對悄然，如有所愁者，口不能言所愁則又歌。歷月白海嘯，菊黄籬落，不覺秋老蒹葭也。足四十餘段，五萬餘言。

兩人相視而笑，都無成心，隨市耳巷評，所弗計也。歌而樂之，卽不若昔年臥岫巢雲，批紅抹綠時，雅興翩翩，幸不若昔年漂搖毁室，花淚鳥驚時，孤懷黯黯也。聊爲敷此，以俟登場，與十丈塵中人，共作赤松遊觀。

（《四庫全書存目叢書》集部第二一三冊影印清康熙十七年刻本《四思堂文集》卷二）

【箋】

〔一〕傅維鱗（一六〇八—一六六七）：一作維鏻，原名維楨，字掌雷，一字飛覲，號歉齋，直隸靈壽（今屬河北）人。順治三年丙戌（一六四六）進士，選庶吉士，官至工部尚書。著有《明書》、《四思堂文集》等。傳見《碑傳集》卷九、《漢名臣傳》卷一五、《國朝耆獻類徵初編》卷四五、《大清畿輔先哲傳》卷二。參見吳秀華《靈壽傅氏遺稿文獻考述》（《文獻》二〇〇一年第四期）。

附　嘯臺偶著詞例數則

闕　名〔一〕

一、調有三難：一布局，繁簡合宜難；二宮調，緩急中拍難；三修詞，文質入情難。

一、詞有十忌：一忌死悶，畫葫蘆全無生面；二忌堆砌，假字面不近人情；三忌犯葛藤，客多主少；四忌直鋪敍，不生情態；五忌押韻，求尖得拗，不入宮商；六忌誇麗，對類塞白，聱牙難唱；七忌白語板整，不肖本腳；八忌關目太俗，難諧雅調；九忌做作有心，易涉酸澀；

十忌悲喜失窾，觀聽起厭。

一、詞有七要：一要曲折，有全部中之曲，有一齣中之曲，有一曲中之曲，有一句中之曲；二要安詳，生旦能安詳，丑淨亦有安詳，插科打諢，皆有安詳處；三要關係，布局修詞，皆有度世之音，方關名教，有助風化；四要聲律亮，去澀就圓，去纖就宏，如順水之溜，調舌之鶯；五要情景眞，凡可那借，卽爲泛涉，情景相貫，不在襯貼；六要串插奇，不奇不能動人，如《琵琶》『糟糠』卽接『賞夏』，『望月』又接『描容』等類；七要照應密，前後線索，冷語帶挑，水影相涵，方爲妙手。

一、詞有六反：清者以濁反，喜者以悲反，福者以禍反，君子以小人反，合者以離反，繁華者以淒涼反。

（《古本戲曲叢刊五集》影印清順治九年壬辰序刻本《赤松遊傳奇》卷首）

【箋】

〔一〕此文當爲丁耀亢撰。

西湖扇（丁耀亢）

《西湖扇》傳奇，一名《西湖傳奇》，《笠閣批評舊戲目》、《今樂考證》著錄，作『紫陽道人』撰。現存康熙十三年（一六七四）重刻本（《古本戲曲叢刊五集》據以影印）、康熙間煮茗堂刻《丁野鶴集十種·丁野鶴先生詩詞稿》本。

（西湖扇傳奇）敍

丁耀亢〔一〕

自古絕世才媛，不經流離播遷，其幽思不出，而其名必不傳。如明妃、文姬，皆有漢一代名姝，使當時者羈縻不行，烽烟淨息，則兩人且弱質老於宫中，摛詞不出牖下，顧安得聲施至今，令聞其事者感慨唏嘘，讀其詞者婉轉欲絶，如墨客詞人所云云哉！故曰：佳人薄命，非命薄也，夫固以命薄傳其佳也。

余昔走馬向長安道上，見所謂蕙湘詩者四首，清婉悲怨，使人感痛欲泣下，每思傳其事而未得。及來湖上，則放鶴主人已攜友人成本矣。主人事業文章炳宇内，所過甘霖霈四野。所著作篇章，皆成霹靂聲，何有於香奩數小詩而爲傳奇若此？然而爲此者，正如以宋廣平而賦梅花，欲使覽者知絶世才媛，遭時不偶，以播遷發其幽思，因淪落而傳其姓字，爲天下憐才者一澆塊壘也云爾。

湖上鷗吏識。

【箋】

〔一〕此《敍》署「湖上鷗吏識」，按順治十七年（一六六〇）序刻本《續金瓶梅》卷首有《太上感應篇陰陽無字解序》，署「時順治庚子孟秋，西湖鷗吏、惠安令瑯琊丁耀亢謹序」，則湖上鷗吏即丁氏别署。

重刻西湖扇傳奇始末

丁慎行〔一〕

《西湖扇》詞曲，浙中舊有刊本，蓋先惠安公羈迹燕京時筆也。紈扇離合，萍蹤聚散，往事已付之夢幻中矣。石渠先生〔二〕，天下有情人也。懇求先惠安公一喏，而借題説法，寓意寫生，遂使才子佳人，苦海離愁，一旦作登場歡笑，西湖之盟如舊，《胡拍》之調重逢。是不但爲石渠先生功臣，眞爲古今來怨曠作合慈筏矣。奈值蠹魚構禍，梨棗無存。

先惠安公壽逾古稀，竟赴修文之召。諸如所著《天史》、《陸舫》、《椒丘》、《江干》、《歸山》、《聽山亭》、《逍遥遊》、《漆園草》、《化人遊》、《赤松遊》、《表忠記》、《非非夢》、《星漢槎》等，久已流傳遠近，膾炙人口，惟《西湖扇》刊本失傳，四方大人君子，弔故人、求遺書者，每以爲憾。

甲寅春〔三〕，偶於友人案頭得之，如獲重珍。想筆墨有靈，鬼神呵護，不使斷編殘帙，零落於塵土榛莽中，未可知也。茲因搜集先惠安公遺詩，刻成，敬爲重梓，仰副海内名公探奇念舊雅懷，亦以見後人珍存遺墨之意。若云幹蠱貽羞，薦芰章陋，有任之，知我罪我已耳，小子行愧不敢辭。不肖男丁慎行敬識。

（以上均《古本戲曲叢刊五集》影印清康熙十三年重刻本《西湖扇傳奇》卷首）

【箋】

〔一〕丁慎行：號顒若。丁耀亢三子。候選州同知。

〔二〕石渠先生：即曹爾堪（一六一七—一六七九），别署石渠，生平詳見本卷《〈西堂樂府〉題詞》箋證。順治十年（一六五三）丁耀亢應曹爾堪之請，以宋惠湘及宋娟題壁詩爲藍本，撰作《西湖扇》傳奇。劇成，曹爾堪以三百緡爲潤筆，丁氏有《曹子顧太史寄草堂資三百緡，時爲子顧作〈西湖傳奇〉新成》詩紀此事（《陸舫詩草》卷五）。

〔三〕甲寅：清康熙十三年（一六七四）。

表忠記（丁耀亢）

《表忠記》傳奇，一名《蚺蛇膽》，全名《楊忠愍蚺蛇膽表忠記》，或作《楊椒山蚺蛇膽表忠記》，《乾隆諸城縣志》卷一三《藝文志》、《古典戲曲存目彙考》著錄。現存順治十六年己亥（一六五九）序刻本（《古本戲曲叢刊五集》據以影印）、康熙間煮茗堂刻《丁野鶴集十種·丁野鶴先生詩詞稿》本、同治十一年（一八六九）湖北崇文書局刻《楊忠愍公全集》附錄本、清鈔本等。

表忠記題識〔一〕

丁耀亢〔二〕

茲刻一脱《鳴鳳記》枝蔓，專用忠愍爲正腳，起孤忠於地下，留正氣於人間，全摹《年譜》，不襲吳趨。本奉命進呈，未敢自衒，姑公之海内，以補《忠經》云爾。

【箋】

〔一〕底本無題名。

〔二〕此文後有陽文方印『閒雲埜隺』，故此文當爲丁耀亢撰。內封背頁，復鈐此章，並附安陽張貞按語：『右丁野鶴章，□□□□所藏，今假鈐於頁首。原章有題款，特移錄如次：父執野鶴先生，國變後多艱，僅乃得免。康熙壬寅，解居青丘，歡若平生。追惟疇曩，相睽廿載。先生出白石曰：「此令先君物，幸未棄，其爲鐫之。」命以文。先生旋病歸，刻成，未及使寄，驚聞已歸道山矣。因詒仲郎顒若，留作遺念云。』此按語乃《古本戲曲叢刊五集》據成都李氏藏本鈔葉景印。按，『康熙壬寅』爲康熙元年（一六六二）。

（表忠記）弁言

郭　棻〔一〕

忠愍大節，如日星海嶽。弇州題碑，中郎之誄有道，無愧辭矣。後人敲音推律，被之管絃，以其腴而易傳，婉而多風也。曩如《鳴鳳》諸編，亦足勸忠斥佞，獨是以鄒、林爲主腦，以楊、夏爲鋪張，微失本旨。今上幾務之暇，覽觀興歎，思以正之。嗣以辭曲非本朝所尚，慮有旁啓，未涣綸音。相國馮公、司農傅公相顧而語曰〔二〕：『此非丁野鶴不能也。』於是札屬殷重。

野鶴受書，屏居靜室，整衣危坐，取公自著《年譜》，沉心肅誦，作十日思。時而濡毫迅灑，午夜呼燈；時而劌心斷鬚，經旬閣筆。閱數月而茲編成，曰《蚺蛇膽》，志實也，曰《表忠》，颺美也。繕寫裝演，質之二公〔三〕。

會有以《後疏》一折，借黃門口吻，指前代敝政、搢紳陋習，過於賈生之流涕，有如長孺之直戇，復屬筆竄。慎重入告，微詞著書，大臣體應如是。無如野鶴五十年來目擊時事，髮指眦裂者，非伊旦夕。嘗以不能躋要津，職諫議，忼慨敷陳，上規下戒，比於魏徵、陸贄，往往見之悲歌感嘆。茲幸從事編纂，得少抒積衷，方掀髯大叫，驩然以喜，乃欲令之引嫌避忌，頓焉自更，野鶴然乎哉？於是斂稿什襲，擬付名山。才人之志，亦復如是，是亦足以見出與處之難與易矣。

噫嘻！淩雲褒美，揚雄之賦以傳；枕祕藏書，王充之論未泯。立言不朽，要自有萬丈光芒在。矧表章忠義，非所埒於鞶繡之辭者乎！野鶴之文可傳，其不欲必傳之心尤可傳也。

順治己亥中秋，保陽謫史郭棻芝仙題。

【箋】

〔一〕郭棻（一六二三—一六九〇）：字芝仙，號快庵，一號快圃，別署保陽謫史、清苑夫子，直隸清苑（今屬河北）人。順治九年壬辰（一六五二）進士，授翰林檢討，歷官至內閣學士兼禮部侍郎。後罷官歸鄉。謚文清。工書，與華亭沈荃（一六二四—一六八四）齊名，有『南沈北郭』之號。著有《學源堂文集》、《詩集》（康熙間溯學軒刻本）、《甲申保定府殉難記》、《詩經膚衍講義》等。編輯《畿輔通志》。傳見《碑傳集》卷一八、《國朝耆獻類徵初編》卷一一五、《大清畿輔先哲傳》卷一九、《皇清書史》卷三一等。

〔二〕相國馮公：即馮溥（一六〇九—一六九二），字孔博，一作孔伯，號易齋，室名萬柳堂，益都（今屬山東）人。崇禎十二年己卯（一六三九）舉人。順治四年丁亥（一六四七）進士，選庶吉士，授翰林院編修，歷官至文華殿大學士，兼吏部尚書。謚文毅。著有《佳山堂詩集》等。傳見《清史稿》卷二五〇、《清史列傳》卷五、《漢名臣傳》卷

四、《碑傳集》卷一一、《國朝耆獻類徵初編》卷三、《國朝先正事略》卷三、《國朝詩人徵略初編》卷一、《顔氏家藏尺牘姓氏考》、《昭代名人尺牘小傳》卷三等。參見毛奇齡《馮易齋先生年譜》（清康熙間李塨等刻本《西河合集》）。司農傅公：即傅維麟（一六〇八—一六六七）。丁耀亢《聽山亭草》有《世祖欲作楊椒山樂府，公薦於涿鹿馮相國，奉旨作〈表忠記〉，書成未及上，而世祖賓天矣》詩。

〔三〕丁耀亢《椒丘詩》卷二有《〈楊忠愍蚺蛇膽〉劇成，傅掌雷總憲易名〈表忠〉，志謝》、《聞大内徵予〈表忠〉劇，副憲傅君遺索原本》詩。

詩次忠愍原韻

丁耀亢

青史徒傳烈骨香，未聞天筆贊曹郎。當年疏草留忠愍，隔代哀封賴聖王。按譜寫眞成感慨，因天勸世愧荒唐。漢朝誰薦《淩雲賦》？空嘆相如不遇揚。

末結歸重於表忠御序〔一〕，而頌美本朝者，既見盛典之不朽，亦以順天心，彰王道也。堂堂序論，皆忠愍之見徵於天者。彼嚴、趙諸子安在哉？灰飛烟滅，止見其愚横貪癡，供鐵檜之瓦擊耳。容城教諭丁耀亢拜紀。

（以上均《古本戲曲叢刊五集》影印清順治十六年己亥序刻本《楊忠愍蚺蛇膽表忠記》卷末）

【箋】

〔一〕表忠御序：即《世祖帝御製表忠録序》，撰於順治十四年（一六五七），見《景印文淵閣四庫全書》第一二七八册楊繼盛《楊忠愍集》卷首。

（表忠記）題辭

張炳堃 等

【滿江紅】扇底桃花，祇摹繪小朝廷事。又豈識姦諛柄國，早基禍始。夸父能翻西逝日，昌黎獨障東之水。痛孤臣丹憤欲回天，天如醉。　搵不盡，英雄淚；使不盡，僉壬伎。只當場搬演，猶令心悸。此志由來光日月，斯文亦自關元氣。算不應、隨例列稗官，《春秋》義。

平湖張炳堃鹿仙〔一〕

【前調】健筆淩雲，能寫出孤臣心事。直欲爲批鱗抗疏，鄒、林倡始。搔首能通天帝座，揮豪盡灑湘江水。拚一腔熱血染丹楓，楓林醉。　彈的是，興亡淚；寫的是，姦諛伎。讀《黄門》一折，閲之生悸。兩疏風霜昭大節，一編户牖驚眞氣。二百年、蠹簡喜重刊，標忠義。

日照丁守存心齋〔二〕

古風一章

同朝不同官，獨傷烈士披忠肝；同心不同地，獨爲孤臣寫忠義。琅琊廣文丁野鶴，目擊時事皆鑿鑿。匏繫容城年復年，一盤苜蓿甘淡泊。楊公死西市，丁公隱東山。義憤塡胷臆，老淚流潸潸。譜成一曲《蚺蛇膽》，（原序云：『名曰《蚺蛇膽》，志實也；曰《表忠》，揚美也。』）四顧風雲色慘澹。往事至今三百年，猶令頑懦生觀感。吁嗟乎！宣公奏議賈生策，淋漓同灑一腔血。此記莫作傳奇看，史筆森嚴闡貞烈。幸有周郎能顧曲，遺書搜出重校録。（心齋觀察①搜尋傳奇二卷，命余付梓，以公同好。）酒酣耳熱一悲歌，太息公亡明社屋。

永康胡鳳丹月樵〔三〕

（清同治十一年湖北崇文書局刻《楊忠愍公全集》附録本《表忠記》卷首）

【校】

①『察』字後，清同治十二年退補齋鄂州刻本《退補齋詩文存》卷一《題蚺蛇膽表忠記傳奇》有『俸滿引見後回里』七字。

【箋】

〔一〕張炳堃（一八一七—一八八四）：原名瀛皋，字鶴甫，號鹿仙，平湖（今浙江嘉興）人。道光二十七年丁未（一八四七）進士，選庶吉士，散館授編修，乞養歸。咸豐間，以道員分發湖北。同治十二年（一八六三）、光緒二年（一八七六），兩權督湖北糧道篆。旋告歸。著有《抱山樓詩録》、《抱山樓詞録》。傳見《道光二十七年丁未科會試庚戌拔貢覆試齒録》、《詞林輯略》卷六、《歷代兩浙詞人小傳》卷一一、光緒《平湖縣志》一六等。

〔二〕丁守存（一八一二—一八八三）：字心齋，號丙丁，別署竹溪、次海、竹石山人、竹石山樵、石濤釣叟，日照（今屬山東）人。丁耀亢七代姪孫。道光十一年辛卯（一八三一）舉人，十五年乙未（一八三五）進士，授戶部主事，官至湖北督糧道署按察使。光緒初，養疴歸，歷主大梁濼源書院。著有《竹石山樵六十自壽百韻》、《蘭言初集文集》、《曠視山房文集》、《曠視山房小題》、《曠世山房制藝》等。傳見趙華《青草堂三集》卷六《墓志銘》、俞樾《春在堂雜文六編》卷二《傳》、《清史稿》卷五〇五。參見丁守存《編年自紀》（光緒間家刻本）。

〔三〕胡鳳丹（一八二三—一八九〇）：字齊飛，號月樵，一號楓江，别署桃谿漁隱，永康（今屬浙江金華）人。屢試不第，捐光禄寺署正，遷兵部員外郎、湖北督糧道。同治六年（一八六七），應湖廣總督兼湖北巡撫李瀚章之邀，創辦湖北崇文書局。輯刻《金華叢書》。著有《退補齋詩存初編》《詩存二編》、《退補齋文存》《文存二編》、《雙竹山房合刻詩鈔》、《退補齋賦存》等。傳見胡宗廉等《顯考月樵府君行述》（清刻本）、《近世人物志》等。

表忠記傳奇書後

丁守存

東武同宗野鶴先生，爲存七世伯祖，生明季，以明經老，學問淵雅，箸作甚富。尤嫺音律，名著齊魯間。與先七世高祖副憲右海公，以昆季相過從。傳有所輯《天史》一書，歷采史乘所載因果實事，卷帙浩繁，以彰天道，勵人心。版已漫滅，印本尚有存者，未之見也。傳奇十三種，亦多散佚。其他詩古文詞，尤不多覯，惟沈歸愚先生所選《國朝詩别裁》，載七律一首而已。

先生生平多異蹟。有鐵色珊瑚一枝，長尺有咫，貽自海藏龍君，事尤奇詭。先生自撰《出劫記略》、《山鬼談》一篇紀其詳，曾見刻本。鐵珊在諸邑小天台山宗祠中，爲世守之珍，不誣也。

道光丁酉，存奉先君諱旋里，至宗姪孫汝楠家，得《蚺蛇膽表忠記傳奇》鈔本。讀之，知爲先生晚年之作。蓋諸邑爲楊忠愍公棠蔭所留，而先生又曾秉鐸容城，故言之尤親切。惜字多沿誤，殘蝕不完。

同治壬申，以俸滿，自鄂赴都。經里門，晤宗姪曾孫偉堂，得原刊《表忠記》本，檢入行篋。回楚，攜之任所，同人多先覩爲快。集貲付崇文書局，胡月樵、張鹿仙兩觀察加之校訂重刊，附《忠愍公全集》之後，以勵風教而廣流傳，盛舉也。刻既成，敬志其緣起如此。

同治十一年冬月，海曲宗裔七代姪孫丁守存敬識。

（清同治十一年湖北崇文書局刻《楊忠愍公全集》附録本《表忠記》卷末）

蝴蝶夢（陳一球）

陳一球（一六〇一—？），字非我，號蝶庵，別署非我道人，樂清（今屬浙江）人。南明福王時，官中書舍人，因上疏言時弊，罷官歸鄉。傳見錢仲聯主編《廣清碑傳集》卷一孫延釗《陳一球傳》。撰《蝴蝶夢》傳奇，一名《夢蝶記》，《古典戲曲存目彙考》著録，現存勁風閣藏清末鈔本。另有民國間用浙江省永嘉區徵輯鄉先哲遺書委員會綠格稿紙鈔本、民國間藍絲欄稿紙鈔本，皆據清末鈔本過録，藏溫州市圖書館。二〇一三年線裝書局出版沈不沉校注《蝴蝶夢傳奇》。

蝴蝶夢自序

陳一球

風塵如海，士論如風，人心如面。野馬逐①輓軏而偕飛，粃糠隨落江而俱盡。余垂髫遊歷山川，幾半天下，觸目時事，不禁長吁流涕，叩閽歸來②。恍③覺崇嘏詞華，都成燈前煨燼；文君琴調，竟作塞外琵琶。伏枕齋頭，風月一夢，與蝴蝶一夢大相符合。因構莊生蝴蝶夢至一場笑話，得之警世元書，非謬悠也。管窺蠡測，何得與諸大家爭馳海內？有觸則鳴，寧問天之高、地之下哉？鼾⿰鼻占驚④覺，一枕黃粱。留心⑤嘯旨，苦志歌元⑥。歌童⑦舞女，迴繞半生；宮隊商林，埋頭一世。而今渾如嚼蠟，已化⑧殘月⑨曉風。余既笑天地間多此一種人、一生事，余更多此《蝴蝶夢》一劇也。呵呵！

雁蕩非我道人題於龍湫忘歸亭。

【校】

①逐，底本殘，據文義補。綠格稿紙鈔本作『遂』，形誤。

②來，底本殘，綠格稿紙鈔本作『春』，書眉朱批改作『來』。

③恍，底本殘，據綠格稿紙鈔本補。

④驚，底本殘，據綠格稿紙鈔本補。

⑤心，底本殘，據綠格稿紙鈔本補。

⑥元，底本殘，據緑格稿紙鈔本補。
⑦童，底本殘，據緑格稿紙鈔本補。
⑧化，底本殘，據緑格稿紙鈔本補。
⑨月，底本殘，據緑格稿紙鈔本補。

蝴蝶夢傳奇又序〔一〕

闕　名〔二〕

春華幻泡，野馬塵埃，世事一空局也。悟空者，法法皆空；譚空者，咄咄書空。顔子屢空，釋氏色空，道家寂空，尼父則曰『空空』。空空者，所謂元之又元，衆妙之門乎？余作《夢蝶記》，悟空諸友，共相參閲，以成此帙。無亦以天下事，功名富貴，貧賤壽殀，皆當作如是觀。余亦不抱孤□□①幽芳也，是爲識參閲姓氏：

旡咎何　白　木叔陳　煒　屺瞻葛寅亮　椳公馮一第
台仙文士昂　旭崖何廷相　孚中沈②胤朱　汝闇谷光焰
玉堂③白其心　士楨梅大芳④　楚白章一勤⑤　任先林增志
環應何廷樞　四欽劉一鄰　翼宇王名世　石室周文胤
蔭昌李維樾　汝揚張展成　三友陳立政　爲玉王乾亨
玉伯王錫瑄　開先王欽瑞　日躋陳敬修　啓王陳□□⑥

【校】

①此二字，底本殘，綠格稿紙鈔本作『當於』，書眉朱批改『當』作『賞』，疑是。

②『沈』字，綠格稿紙鈔本書眉墨批『徐本作陳』。

③堂，底本殘，據綠格稿紙鈔本補。

④芳，底本殘，據綠格稿紙鈔本補。

⑤『勤』字，綠格稿紙鈔本書眉墨批『徐本作瑾』。

⑥此二字，底本闕，綠格稿紙鈔本亦闕。

【箋】

〔一〕底本無題名。

〔二〕此文當爲陳一球撰。

蝴蝶夢傳奇序〔一〕

林增志〔二〕

夢覺□□□□①之時，郡侯旭巖何公，試錄異等，梓刻文藝。越□□□□□□②庠生。賦資磊落，負材跅弛，徬徨逍遙，不以名利爲念。寄迹湖海，遍歷□□③成□□□④，閲三楚半載。與星沙文台仙、岳陽孫偃虹相狎，踏雪墅寺，聯句高山。醉倒則崖□浩歌，空潭一嘯⑤，臥⑥龍驚起，眼空今古，塵□⑦寰區。乃一旦悟因果了□⑧之説，編作《蝴蝶夢傳奇》、《悟空編》、《回生錄》，梓刻工成，行以傳世。唯《夢蝶》尤奇采，捧覽哦誦之餘，如覩瓊璧，不欲粉香。因□⑨殺青以從，用以告之⑩。參閲⑪諸友⑫，各識姓氏，並録嘉言，記行實，或爲首序，或爲跋辭。則參閲諸君，亦與南華老人並傳不朽，更以醒世之傀儡場中線索羈縻者。

時崇禎癸酉冬月，社弟夢戒居士林增志撰。

（以上均清末鈔本《蝴蝶夢傳奇》卷首）

【校】

①此四字，底本闕，綠格稿紙鈔本亦闕。
②此六字，底本闕，綠格稿紙鈔本亦闕。
③此二字，底本闕，綠格稿紙鈔本亦闕。
④此三字，底本闕，綠格稿紙鈔本亦闕。
⑤嘯，底本殘，據綠格稿紙鈔本補。
⑥臥，底本殘，據綠格稿紙鈔本補。
⑦此字，底本殘，綠格稿紙鈔本闕。
⑧此字，底本殘，綠格稿紙鈔本闕。
⑨此字，底本殘，綠格稿紙鈔本闕。
⑩之，底本殘，據綠格稿紙鈔本補。
⑪閲，底本無，綠格稿紙鈔本亦無，據下文補。

⑫友，底本殘，據綠格稿紙鈔本補。

【箋】

〔一〕底本無題名。

〔二〕林增志（一五九三—一六六七）：字任先，一字可任，號念庵，別署此山道人、夢戒居士，瑞安（今屬浙江）人。萬曆四十三年乙卯（一六一五）舉人，崇禎元年戊辰（一六二八）進士，官至文淵閣大學士、禮部尚書。明亡後出家，法號法幢，又稱二雪和尚。著作多散佚，惟《法幢禪師語録》、《任先自訂年譜》等尚傳世。傳見錢仲聯主編《廣清碑傳集》卷一孫延釗《林增志傳》。

（蝴蝶夢）傳奇總評

闕　名〔二〕

此記顯爲啞夫聾子說法，妙在近俗諧情，而布菽中饒有眞味，視炮炙綺紈，無救現前凍餒者，功相萬也。曲白搊奏，俱駕輕就熟，水到渠成，無復强牽硬捏。眞臺上鼓吹，非徒供學人案頭清①覽者比。曾記白居易作詩，必村嫗蒼頭盡解，乃爲合作。而至人②說法，即鈍如臧獲，狠如皂隸，亦知合手斂襟，生歡喜恭敬念。余於是編，亦復云爾。

【校】

①頭清，底本闕，據綠格稿紙鈔本補。

②至人，底本闕，據綠格稿紙鈔本補。

【箋】

〔一〕清末鈔本《蝴蝶夢傳奇》卷首署『鍾伯敬先生批評』，則此文當爲鍾惺撰。鍾惺（一五七四—一六二五），字伯敬，一作景伯，號退谷，別署止公居士、晚知居士，晚年受戒，自取法名斷殘，竟陵（今湖北天門）人。萬曆三十一年癸卯（一六〇三）舉人，三十八年庚戌（一六一〇）進士，授行人，官至福建提學僉事。與譚元春（一五八六—一六三七）編評《古詩歸》、《唐詩歸》，著有《詩經圖》、《詩合考》、《毛詩解》、《史懷》、《楞嚴如說》、《隱秀軒集》等。傳見譚友夏《新刻譚友夏合集》卷一二《墓志銘》、《明史》卷二八八等。

蝴蝶夢傳奇跋〔一〕

林啓亨〔二〕

《蝴蝶夢》者，陳非我先生感憤之作也。此書經□①陵鍾伯敬先生評定，謂『此記顯爲啞夫聾子說法』，似矣。第不知溺於酒色、囿於財氣者，果能以此藥其病否？其設想之奇，脱盡古今之窠臼。

如色大都男子也，而以屬之婦人，作者之意必深有慨乎？此惠氏欲取其夫之腦於死後，又何難殞其夫之命於生前，則以色屬之婦人，必有見矣。從來傳奇，其所豔稱，大率不離乎佳②人才子者，近是。生必才子，旦必淑女，自古塡詞家視之如重規疊矩③，不④可更易；而此之爲旦，則以淫蕩妒悍之惠氏當⑤之。傳奇收場⑥，生⑦旦團圓，確有成例；而此之於收場，則有旦而無生。

從來傳奇，不⑧過於『離合』二字，慘淡經營，此固文家一開一合之法；而此則耑取文家離字訣。如《鏡鸞羞舞》一折，離而合矣，而不知其反至終離。《苦海回頭》一折，合矣，而對面相識，其形雖合，其神仍離也。《妻死我埋⑨》一折，合矣，仍⑩不得不離也。至於篇終，正生旦會合之時，而莊生先去，終至永離。奇想天開，蹊徑迥別，豈⑪非傳奇中之奇而又奇者乎？

先生⑫誠千古之奇人，撰爲奇事，發爲奇文。其人則托之莊子，其憤鬱之意則祖乎屈子《離騷》，其警愚蒙，醒聾聵，垂戒勸世，則又不背於孔子、孟子，此又奇而不軌於正者也。如此奇文，焉得不傳？而反不得傳，讀其書者，不能無憾也。

邑後學林啓亨謹跋。

【校】

①此字，底本殘，綠格稿紙鈔本作『秉』，書眉朱批改作『茶』，疑當作『竟』。

②佳，底本殘，據綠格稿紙鈔本補。

③矩，底本闕，據綠格稿紙鈔本補。

④不，底本闕，據綠格稿紙鈔本補。

⑤氏當，底本闕，據綠格稿紙鈔本補。

⑥塲，底本闕，據綠格稿紙鈔本補。

⑦生，底本闕，據綠格稿紙鈔本補。

⑧不，底本闕，據綠格稿紙鈔本補。

⑨我埋，底本殘，綠格稿紙鈔本亦闕，據正文齣目補。

⑩仍，底本殘，據綠格稿紙鈔本補。

⑪豈，底本殘，據綠格稿紙鈔本補。

⑫生，底本殘，據綠格稿紙鈔本補。

【箋】

〔一〕底本無題名。

〔二〕林啓亨（一七七一—一八五六）：字剛中，號禮門，別署蒙軒、芝園，樂清（今屬浙江）人。嘉慶二十五年庚辰（一八二〇）恩貢。主講梅溪書院。家富藏書，著有《禮門遺稿》、《水田吟草》、《禮門文錄》、《樂清新志後議》、《燕石集》等。傳見光緒《樂清縣志》卷八。

蝴蝶夢傳奇跋〔一〕

劉之屏〔二〕

明季君臣泄沓，國事日非。非我先生本忠孝①之氣，發爲義憤，以一諸生，慷慨②陳詞，旋遭迸斥，哀哉！《蝴蝶夢》，猶屈子之《離騷》，賈生之《鵩賦》也，豈僅悲琴瑟失調而已哉？

讀《且盡金罍》一齣，可想見其大概矣。惠氏婦人淺陋，心豔勢利，日以高官厚祿望其夫，諒已。今天下乃有不得高官厚祿而甘爲高官者所驅使，不足足③供高官厚祿之驅使而甘爲鄉里小兒所戲弄，此尤惠氏所不齒也。酒色財氣，人情所不能無。然當今之世，更有甚④於酒色財⑤氣者。

江流日下，世變愈奇，安得莊子之胷懷空諸⑥一切，喚醒世⑦人夢夢邪？又安得非我先生之妙筆，寫盡一切痛苦天下⑧後世耶？嗚呼！明季之衰，吾⑨鄉猶有非我先生爲中流砥柱，而今則高風誰繼耶？噫，傷已！

光緒辛卯季春三日，邑後學劉之屏謹跋。

（以上均清末鈔本《蝴蝶夢傳奇》卷末）

【校】

①孝，底本殘，據綠格稿紙鈔本補。

②慨，底本殘，據綠格稿紙鈔本補。

③『足』字，疑衍。

④甚，底本殘，據綠格稿紙鈔本補。

⑤色財，底本殘，據綠格稿紙鈔本補。

⑥諸，底本殘，據綠格稿紙鈔本補。

⑦醒世，底本殘，據綠格稿紙鈔本補。

⑧下，底本殘，據綠格稿紙鈔本補。

⑨吾，底本闕，據綠格稿紙鈔本補。

【箋】

〔一〕底本無題名。

〔二〕劉之屏（一八五六—一九二三）：名恢，小名佩瑩，榜名之屏，字本徵，又字久安，或作吉安，别署復初老人、梅花太瘦生，樂清（今屬浙江）人。清廩生。秋闈七試不中。效命維新，襄辦《利濟學堂報》。光緒十八年（一九〇二）東遊日本，歸國後從事教育。著有《盜天廬文集》、《盜天廬楹聯》、《東遊述記》等。

附　蝴蝶夢傳奇識語〔一〕

梅冷生〔二〕

舊鈔本《蝴蝶夢傳奇》，樂清陳一球著。四十年前，余得之府前街冷攤。以後各鈔本，皆從此迻寫。

一九六四年十一月，勁風記。

（清末鈔本《蝴蝶夢傳奇》卷首）

【箋】

〔一〕底本無題名。

〔二〕梅冷生（一八九五—一九七六）：名雨清，字冷生，以字行，號勁風，溫州（今屬浙江）人。民國初年，畢業於浙江法政專科學堂。博學，善詩文。先後多次爲溫州圖書館收集古籍文獻，編《溫州圖書館館藏古書目録》，爲功甚鉅。另編有《溫州地方史資料》，有《勁風閣遺稿》存世。

附　蝴蝶夢傳奇跋〔一〕

高　誼〔二〕

《蝴蝶夢傳奇》，非我先生醒世之作也。先生抱救時之志，忠憤填胷，上『六誤九非』之疏，終不見用，而明社遂屋。當其灑血以爭，以一書生，驟躋顯要，至爲忌者所中，一再被譖。其苦志爲後世所共諒，屈之騷歟？遷之憤歟？賈之痛哭歟？所謂蝶夢、悟空，皆因寄托而作。世以謗書目之，先生不能自辨，而亦不屑與之辨。顧其所爲書，本爲啞夫聾子説法，而忌者故吹求之，遂以此賈禍，是則汨羅、蠶室、長沙，似專爲古今忠義之士設。嗚呼！老歟？莊歟？佛歟？皆悟得空境。而古今婦人之淺見，皆惠氏也，既墜地獄，而莊猶救之，如惠氏者，至此而始感悟。譬猶焦明已翔乎寥廓，而羅者猶視乎藪澤，悲夫！

民國丁丑一月二十九日，邑後學高誼跋。

（民國間浙江省永嘉區徵輯鄉先哲遺書委員會緑格稿紙鈔本《蝴蝶夢傳奇》卷末）

【箋】

〔一〕底本無題名。

〔二〕高誼（一八六八—一九五九）：字步雲，號心博，一作性樸，晚號薏園，樂清（今屬浙江）人。官費留學日本早稻田大學，於師範科肄業。編輯《樂清文徵》，著有《薏園文鈔》、《薏園續文鈔》、《嶺南吟草》等。二〇一三年線裝書局出版《高誼集》。

春波影（徐士俊）

徐士俊（一六〇二—一六八一），原名翽，字野君，更名士俊，又字三有、無雙，號野君，別署野客、西湖散人、紫珍道人、若耶野老，室名雁樓，仁和（今浙江杭州）人。諸生，屢試不第。入清，絕意仕進，放情山水，以著作爲娱。晚年歸鄉。與卓人月（一六〇六—一六三六）合編《古今詞統》（附《徐卓晤歌》），與汪淇合輯評《分類尺牘新語》。著有《雁樓集》。傳見《皇明遺民傳》卷六、黄蓉《明遺民録》卷七、《漁洋山人感舊集》卷二、《清畫宛詩史》甲下、光緒《唐棲志》卷一二等。

清吴顥《杭郡詩輯》稱其工雜劇，所撰多至六十餘種。現存《春波影》、《絡冰絲》二種。《春波影》雜劇，全名《小青娘情死春波影》，《遠山堂劇品》著録，現存崇禎間刻《盛明雜劇》初集本、康熙間刻《雁樓集》卷二五所收本。

春波影自序

徐士俊

慧業文人，應生天上，況名媛乎？彼偶現者，影耳。讀《小青傳》，諒庸奴妒婦，不堪朝夕作緣者，鬱鬱以死，豈顧問哉？余彷彿其人，大約是杜蘭香一輩。

友人卓珂月謂余曰：『何不倩君三寸青縷，傳諸不朽？千載下，小青即屬君矣。』余唯唯。遂刻絳蠟五分，移宫換羽，悉如傳中云云，以示天下傷心處，不獨杜陵花荒園一夢。

劇成，題以《春波影》，蓋取集中『瘦影自臨春水照，卿須憐我我憐卿』之句也。是夜，夢麗人攜兩袖青梅，贈余解渴。彼小青者，是邪非邪？

（《清代詩文集彙編》第一七册影印清康熙間刻本《雁樓集》卷一五）

小青雜劇序

卓人月

余嘗謂：人不獨生前有命，死後亦有命。有生前大著於時，而死卽消歇，且或暴其短矣；有生前殊不知名，而遲之死後，甚而遲之數百年之後矣。昔武才人高祖名居常者，遇一丐鬼云：『郎君骨法當刑，然有身後名。八十年後，一女起家暴貴，尋亦寢微。』然則五世六世之事，皆著於面，面旣有之，命亦宜然。今姑布、子平之説，縱測未來，不過畢此生而止，吾是以笑其説有未盡也。

天下女子有情，有如杜麗娘者乎？然則生於宋，宋人未之知也。元人以雜劇爲生活，亦未有譜其事也。入明又二百年，而始入湯若士之傳奇，而天下始知之。天下女子飲恨，有如小青者乎？小青之死未幾，天下無不知有小青者，而見之於聲歌，則有若徐野君之《春波影》、陳季方之《情生文》[一]，斯豈非命耶？

論其生前之命，麗娘艱於嫁而小青易，麗娘得所從而小青弗得，麗娘死而復生而小青不復生，其不同則又如此。雖然，命有不同，而其薄命則同矣。其所以同者，何也？蓋才人之才與女子之情，如燈相接，各有嫡派，非其族者不相及也。麗娘之後有小青，猶若士之後有野君、季方，此則傳燈之人耳，傳其燈而安得不同其命耶？雖麗娘絶色，小青亦絶色；麗娘善詩，小青亦善詩；麗娘善繪，小青亦善繪。然天下女子不乏兼此長者，而不得與於此燈，則麗娘、小青之相接，必有進乎此者矣。其同乎麗者而不足以爲同，則其不同乎麗者而亦不足以爲不同也。

且夫麗娘、小青之所以不同者，又何也？蓋女子之與文人，又常相依爲命。麗娘雖有絶奇之緣，要以獨得若士之筆爲無恨；若士雖負絶代之才，要以獨得麗娘而傳之爲無恨。乃小青之意，與夫傳小青者之意，又何獨不然？是故麗娘之殁也，小説中亦有記其事者，而出於無才之人，則孰從而覽之？麗娘之必得若士而後傳，猶之必得柳生而後活也。乃若傳小青之事者，始於戔戔居士。居士之文，淋漓宛轉，已屬妙手，而野君復從而塡北劇焉，季方復從而塡南劇焉。天下才人不可得，則女子與之同湮；才人輩出，則女子與之同著。夫人之才不才有命，故其得爲美人之知已、不得爲美人之知己亦有命。而美人之命，因而參差於其間也已。

至於麗娘之傳也，其姓氏、鄉里瞭然也，其夫之姓氏、鄉里瞭然也；小青則並其姓而亡之矣，並其人之姓名而亡之矣，並所謂楊夫人者而不可考矣，並所謂戔戔居士者而不可考矣。則夫或顯而晦，或晦而顯，或遠而可知，或近而不可知，又似有命焉。非女子之所能主，亦非文人之所能主者。嗟乎，豈不悲哉！

【箋】

〔一〕陳季方：名號、籍里、生平均未詳。撰雜劇《情生文》，《曲録》卷三著録，已佚。

花舫緣春波影二劇序

卓人月

曾見有以《莊》、《騷》合刻者，謂其一善笑，一善哭，莫知所端。夫人鮮不知『生於憂患，死於安樂』之説，及觀於《莊》、《騷》，而知哀者所以死也，樂者所以生也。蓋或爲聖狂之殊，或爲仙鬼之辨，言盡於此已。

友人有唐解元雜劇，易奴爲傭書，易婢爲養女，余爲反失英雄本色，戲爲改正。野君見獵心喜，遂作小青雜劇，以見幸不幸事，天地懸隔若此，不惟極哀樂之致，且可通死生之故焉。然解元故笑傲，亦不免暫費閒愁；小青可憐，卻被野君送入芙蓉城内。是又合於哀樂依倚、死生輪迴之説，比《莊》、《騷》又進一竿矣。若但作涵虛子評駁，於此二劇，未許夢見。

（以上均中國國家圖書館藏明崇禎間傳經堂刻本《蟾臺集》卷二）

題春波影雜劇

卓人月

余既和小青詩十首矣，友人徐野君遂擬元人體，塡詞四齣。因小青有《讀牡丹亭詩》，而臨川集中，又載婁江女子讀《牡丹亭》而死，遂並爲點染，作臨川一重冤案。且謂余曰：『《小青傳》中，所謂三易照者，今已無存，此劇不知可當第幾圖？』余笑而作詩答之：

臨川遺筆如針刺，《還魂》一聲天下肝腸絕。色鬼與情骨，夜夜疑來筆尖立。雙夢亭前梅影白，孤山頂上梅濡血。白者杜之魂，血者青娘恨淚隨風瀝。野君擣取梅花汁，紅冰隱隱凝爲墨。邀取芳魂自天末，揮毫代展喉間咽。夢裏臨川來獻筆，文成紙上微聞牡丹泣。莫恨兩家寫照不可得，只在湯生、徐生之妙舌。吁嗟乎！情根一點如燈接，添油傳火皆才客。古來書籍將心滅，經不及史史遜說，惟有歌曲能將心洗出。君不見婁江路、廣陵路，魂如織，魂兮不歸乃在亭之側。欲賦《招魂》正無策，野君又續銷魂集。

題春波影

張之鼎 等

雁樓一曲重春波，小影垂青入夢多。幾處香閨爭護惜，章臺曾有美人過。

張之鼐仲謀[一]。

歌扇風流鏤管傳，西湖端可匹臨川。著書已老香名在，好置菟裘鶯燕邊。

王晫丹麓[二]。

《春波影》一劇，作於天啓乙丑，刻於崇禎戊辰，據傳塡詞，略無增飾。乃後來作者紛紛，如《療妒羹》、《風流院》、《情生文》諸本，將小青强生配合，得無唐突西施耶？因記。

（以上均《清代詩文集彙編》第一七册影印清康熙間刻本徐士俊《雁樓集》卷二五《春波影》卷末）

【箋】

〔一〕張之鼒：字仲謀，號半庵，超微，仁和（今浙江杭州）人。清諸生。喜著述，日居臥癡樓、半庵齋，擁書萬卷。著有《棲里景物略》、《唐棲古今沿革考證》、《横潭草堂詩》、《遂初草堂集》、《神仙通紀》等。傳見光緒《唐棲志》卷一二。

〔二〕王晫（一六三六—一七一五）：初名棐，改名晫，字丹麓，號木庵，別署松溪子、松溪主人，書齋名霞舉堂，仁和（今浙江杭州）人。清諸生。性好博覽，多著述，有《霞舉堂集》、《幽光集》、《遂生集》、《今世説》、《南窗文略》、《牆東草堂詞》、《松溪漫興》、《峽流詞》、《木庵外編》、《雜著十種》等。與張潮輯刻《昭代叢書》、《檀几叢書》。傳見《清史列傳》卷七〇、《國朝耆獻類徵初編》卷四七五吳儀一《王晫傳》等。

春波影小引

徐旭旦〔一〕

余奔走長安街，面土尺許，未得一第，跋涉數千里。悲哉！余之遇也。乙丑之秋〔二〕，又將挂孤蓬，渡浙水而西。荻花蕭條，霜月慘澹。四顧童僕，依棲無色。野君將余水湄，余謂之曰：『吾於世味已嚼蠟，幸爲我求隙地於湖渚，行將與爾賦詠著述。何物五斗，能使人折腰耶？』野君戲曰：『予，冷人也，合受冷趣；爾，熱人也，應受熱業。爾若飄然歸來，我當分草堂半榻，容汝四大，何必買山而隱耶？』余笑曰：『子何居高而視下也？區區徐生，亦有心胷頭面者。斑衣捧檄，固知喜動顏色；乃山鬼移文，亦知愧人毛髮。此行余之不得已也。戊辰之役〔三〕，徜拾得青紫，則借一命，娱兩親；不然，則袖書歸田，爲老農畢世耳。」野君曰：「善。吾固知君非久於風塵者，吾將結茆花下以待。」

已而，閱余行裝，見余諸行卷，因曰：「吾亦有數首，欲乞子一言，以行於世。」開緘出之，則《春波影》也。豔句淋漓，藻色飛動。余捧讀良久，心花皆開，拍案歎曰：「嗟乎！余所行世，不過一時塵言，而子則千秋慧業，豈不仙凡霄壤，尚敢輕置一喙哉？」

雖然，惟野君知我，亦惟我知野君。野君詞章高妙，人人所知，然余以爲正非野君本色也。野君外服儒風，内宗梵行。其於世間色相，一切放下。高棲山谷，睥睨今古。視富貴如浮雲、功名若苴土。即至山水烟霞，文章句字，亦如夢幻泡影，過眼變滅。但其性靈穎慧，機鋒自然，不覺吐而爲詞，溢而爲曲。以故不雕琢而工，不磨滌而淨，不粉澤而豔，不穿鑿而奇，不拂拭而新，不揉摛而韻。蓋直出其緒餘，玩世弄物，彼其胷中寧有纖毫留滯者哉？即其命名《春波影》，而其意固已遠矣。

余之知野君者，殆得之文彩之外、章句之先。若區區語其藻豔而已，則名箋灑翰，路口成碑，俊舌歌鶯，青樓偷譜，誰不知之？安見余之爲知野君也？余惟是速了熱業，轉受冷趣。他時分得野君草堂半榻，當以性靈爲師，梵貝爲課，賦咏著述，亦多休卻。野君此時靡詞綺語，亦□一切報罷。我正恐其機鋒四出，技不勝癢，指尖毛孔，皆蒸蒸然不得太平也。

（《四庫未收書輯刊》第七輯第二九册影印）

清康熙四十六年刻本《世經堂初集》卷八）

【箋】

〔一〕徐旭旦（一六五九或一六五六—一七二〇）：字浴咸，號西泠，別署聖湖漁父，錢塘（今浙江杭州）人。清副貢生，充康親王尚善幕。康熙十八年己未（一六七九），舉鴻博。三十三年（一六九四），任興化縣丞；三十八年（一九六六），陞知縣。官至廣東連平知州，卒於任上。著有《世經堂初集》、《世經堂集唐詩詞刪》、《世經堂詩詞樂府鈔》等。撰雜劇《靈秋會》、傳奇《芙蓉樓》，均佚。按，徐士俊年長徐旭旦五十多歲，二人不可能有如此交情，此文當係鈔襲之作。至於鈔襲何人，俟考。參見黃強、申玲燕《徐旭旦〈世經堂初集〉鈔襲之作述考》（《文學遺產》二〇一二年第一期）、黃強《徐旭旦〈世經堂詞鈔〉中鈔襲之作考》（《文獻》二〇一五年第三期）。

〔二〕乙丑：康熙二十三年（一六八五）。

〔三〕戊辰：康熙二十六年（一六八八）。

全節記（祁彪佳）

祁彪佳（一六〇二—一六四五），字虎子，一字幼文，又字弘吉，號世培，別署遠山堂主人、寓山居士，山陰（今浙江紹興）人。萬曆四十六年戊午（一六一八）舉人，天啓二年壬戌（一六二二）進士，任福建興化府推官。崇禎四年（一六三一），陞任都察院右僉都御史。八年，引疾南歸，家居八年。十五年復官，掌河南道，巡視京畿道，遷大理寺丞。清兵入關，力主抗清，任蘇松總督。清兵攻佔杭州，自沉殉國，卒謚忠敏。著有《救荒全書》、《祁忠敏公日記》、《寓山注》等，編撰《遠山堂曲品》、《遠山堂劇品》。撰傳奇《全節記》、雜劇《牛秀才周秦行紀》，改編釋湛然《地獄昇天》雜劇爲《魚兒佛》雜劇。參見楊豔琪《祁彪佳及其〈遠山堂曲品·劇品〉研究》（中國文聯出版社，二〇一七）、曹淑娟《祁彪佳與寓山園林論述》（里仁書局，二〇〇五）、趙素文《祁彪佳研究》（中國社會科學出版社，二〇一一）、裴喆《祁彪佳與〈遠山堂曲品〉〈劇品〉考論》（河南大學出版社，二〇一五）。

《全節記》傳奇，一名《玉節傳奇》，《明代傳奇全目》著錄，原有明崇禎元年建陽刻本，已佚。

全節記序

闕　名〔一〕

蘇子卿十九年匈奴，從容全節，較逢、比尤難。至於嚙雪得生，羝羊得乳，人也而天矣。漢武時人物，滑稽如東方生，文章如司馬長卿，展土擒王如衛、霍輩，非不濟濟一時，而求之忠義如子卿者幾人？寥寥千古，止有一十五載陰山之洪皓，差堪映帶耳。子卿奇蹟，《史》、《漢》業有全傳矣。文人學士無不扼腕而想見其人，然婦豎不識也。於是譜之聲歌，借優孟衣冠，以開子卿之生面。舊本《牧羊記》，色亦近古，多有采入譜者，而填詞不文，闡境未暢，識者惜之。

吾友遠山主人，於樂府一道，夙有天巧，盡翻舊窠，譜爲新聲，不浹月而告竣。其構局必取境於新，故不入俗；其構詞必合法於古，故不傷雅。零金碎玉，化爲舌上青蓮。試一演之，窮愁蕭瑟之景，與慷慨激烈之概，歷歷如覩，令觀者若置身其間，爲之歌哭憑吊，不能自已。今而後，不特圖書記籍有子卿，卽村落市廛婦豎之胷中，亦有子卿矣。

嗟嗟！子卿固忠臣，李少卿亦人傑也。無論以五千殘兵，破方張强虜，力屈始俘，至今勃勃猶有生色。卽其與子卿一書，是西漢第一文字；而往復諸古詩，實開晉唐之派。世以武人目少卿，少卿且不受，而況以敗將目之乎？所惜少一死耳。記中狀義訣自刎一段，爲少卿速駕，自是補天手。

傳者因少卿書『胤子無恙』之語，遂有子卿娶胡婦事。丈夫立身，光明俊偉，此正見其行權濟經之處，不必爲之諱也。白雁上林，風人之致，又何妨以假作眞哉？夫當胡氛乍熾時，有一子卿者，仗節罵賊，賊氣自奪，豈不賢於十萬師？何必呼韓接踵，單于稽顙，乃在幕南無王庭之日乎？余且讀且歎，因染翰及之。余以主人爲作手，主人亦以余爲知音。爰述簡端而授之梓。

（《續修四庫全書》第一三八五冊影印
清初祁氏起元社鈔本《遠山堂文稿》）

【箋】

〔一〕此文當爲祁彪佳撰，原刊於明崇禎元年（一六二八）建陽刻本《全節記》卷首。參見趙素文《祁彪佳與他的〈全節記〉傳奇》（《戲劇藝術》二〇〇九年第三期）。

祁司李玉節傳奇序〔一〕

倪元璐

韻人管風絃月，莊士矩倫矱理，兩氏遇於塗，必捽頂交唾而去。今使兩手者，左執檀口，右執①鐵肝，兼寫並獻，所不能矣。夫文章之柔若媚狐、比於巧令者，莫甚元之曲子，而以爲由其道之可以教忠，世培則有取爾也。

世培心恫於時，起蘇、衛槁壤，爲當場之弄。其豔蘇意微，其醜衛恨切。岳氏之祠，泥範武穆，金鑄檜、卨，人之欲不朽檜、卨，甚於存武穆也。宮商鑄之，不愈於金乎？故是記，則祁氏之刑書也。名音曰律，名法亦曰律，故世培之能於司刑，於此可知也。

然世培之於古之爲詞者，則有異歸焉。宋廣平剛腸，而哦梅花則媚，歸於姿；世培妍面，而敷勁旨，協於銅琶鐵綽，歸於骨。王右丞奏鬱輪袍，領解登第，歸於藝；世培既登第，而聲忠影叛，發其思存，歸於道。柳耆卿調『桂子』、『荷香』，致金亮躍馬，歸於辠；世培拈一禿節子，近晶漢日，遠遏胡雲，歸於功。且夫譜事爲詞，使可歌舞，其中有靈也已。以世培之詞爲臠，享於諸氏，聰氏享諧，瞭氏享態，藻氏享華，俠氏享義。而用物以配之，逢花則豔，著酒則豪，當經則法，伍史則鯁，是固英怪，非其才莫能爲之也。

【校】

①執，《景印文淵閣四庫全書》第一二九七冊《倪文貞集》卷七作『操』。

【箋】

〔一〕此文又見《景印文淵閣四庫全書》第一二九七冊倪元璐《倪文貞集》卷七。按，祁彪佳《與倪鴻寶年兄》（《莆陽尺牘・甲子、乙丑年冊》，南京圖書館藏明鈔本）云：『弟客歲歲暮，雪窗無事，走筆作《玉節》一記。自顧不韻，所恃有年兄照鐵手，倘亦上碧胡眼乎？千乞年兄點數語於簡端，吉光片羽自足寶，不敢多求也。然曲有別調，弟非其人，今更非其時矣，萬勿示人爲禱。』此函作於明天啓四年（一六二四），然則《玉節記》撰成於前一年冬。而倪元璐此文亦當作於天啓四年。參見趙素文《祁彪佳與他的〈全節記〉傳奇》（《戲劇藝術》二〇〇九年第三期）。

賈閬仙（葉承宗）

葉承宗（一六〇二—一六四八），字奕繩，號濼湄，別署濼湄嘯史、稷門嘯史，歷城（今山東濟南）人。天啓七年丁卯（一六二八）舉人，屢試不第，曾與友人創歷山文社。清順治三年丙戌（一六四六）進士，授臨川知縣。五年十月，江西總兵金聲桓（？—一六四九）叛，被俘不屈，自盡而死。纂修《歷城縣志》、《葉氏族譜》、《少陵詩選》、《記珠》等。傳見乾隆《歷城縣志》卷四一、道光《濟南府志》卷五三等。

著有《濼函》十卷，現存順治十七年（一六六〇）葉承祧友聲堂刻本（《四庫未收書輯刊》第七輯第二一冊據以影印）。《濼函》卷一〇《樂府》，目錄凡北曲五套，雜劇二種，《四嘯》雜劇四種，《後四嘯》雜劇四種，北曲雜劇三種，南曲雜劇二種（注『續刻』），共二十種。參見王君《葉承宗〈濼函〉研究》（南京師範大學碩士學位論文，二〇一一）。

《賈閬仙除日祭詩文》雜劇，簡名《賈閬仙》，《清代雜劇全目》著錄，現存順治十七年（一六〇〇）葉承祧友聲堂刻《濼函》第一〇卷本（《清人雜劇二集》據以影印）。

賈閬仙跋〔一〕

葉承宗

濼湄嘯史曰：徐山陰所演〔二〕，南北間出，迺當時新樣錦機，在今殊成油調，頗爲選家所不貴。且韻腳層見疊出，又犯德清所譏。吳心臣〔三〕，慧人也，遂覺後來居上。余歲除酣飲，興會偶及，遂成此調。多演數韻，借山陰粉本而濫觴焉，得無康成入室操戈乎？然韻腳不重，宮調不奸，略有微長，焉得起文長老子，與之細論文耶？

嘯史又曰：此余乙酉除日戲筆也〔四〕，貯諸巾笥，攜之而南，將圖授梓。不意兵燹，竟失元編。禪榻宵永，緣韻憶句，尋調綴篇，復成完曲，以資寤歌。若夫後幅，迺效《四聲猿》體。按【太平令·煞尾】，原繫六字三韻，其上字必用去聲。自文長創爲八字四韻，衍爲長篇，遂成絕調。而後來竟無有屬而和之者，獨吳心臣太史襲而衍之。余不揣鄙陋，因其調法，益廣百韻，韻不複押，曲不南參，銳效郢音，違恤邯步。海内明眼人，當不以我爲西顰之效也。

【箋】

〔一〕底本無題名。

〔二〕徐山陰：即徐渭（一五二一—一五九三），撰《四聲猿》雜劇，詳見本書卷三《四聲猿》條解題。

〔三〕吳心臣：字號、籍里、生平均未詳。

〔四〕乙酉：順治二年。是年除日，公元已入一六四六年。

賈閬仙跋〔一〕

田御宿〔二〕

田御宿曰：詞旨風華，音節響亮，備極推敲，出以渾成。偉麗秀爽，情韻雙饒，允稱作手。至【太平令】一曲，博學宏才，熱腸傲骨，俱見筆端。其波瀾層遞處，轉起轉生，取象題中，拓境題外。窮思極想，又似一氣呵成。意不堆砌，字不重複，韻不扭捏，妙合天然。雜之元人名曲中，不知誰爲伯仲？欣賞，欣賞！

（以上均《清人雜劇二集》影印清順治十七年葉承桃友聲堂刻本《灤函》卷一〇《賈閬仙》卷末）

【箋】

〔一〕底本無題名。此文蔡毅《中國古典戲曲序跋彙編》卷八題爲《孔方兄序》（頁九三二），誤。

〔二〕田御宿：即田時震（？—一六四三），富平（今屬陝西）人。天啓二年壬戌（一六二二）進士，歷知光山、靈寶。崇禎二年（一六二九），入爲御史。官至江西右參議、山西左參政，罷歸。十六年冬，農民軍陷富平，不屈死。傳見《明史》卷一五二。

紅情言（王翃）

王翃（一六〇三—一六五三），字介人，一字翀父，號二槐，別署主弧者、秋槐老人，秀水（今浙江嘉興）人。少棄舉子業，以業染爲生，終身未仕。工詩詞，與里中諸子相倡和，有『梅里派』之稱。順治十年（一六五三），客死鎮江。著有《春秋二槐詩鈔》、《二槐草存》、《王介人集》、《秋槐堂詞存》等。傳見王庭《王介人傳》、朱一是《處士王君生傳》（均見《春秋二槐詩鈔》卷首）、《嘉興府志》卷五一、《檇李詩繫》卷二四等。撰傳奇《紈扇記》、《榴巾怨》、《紅情言》、《詞苑春秋》（一名《留生氣》）、《博浪沙》，雜劇《邢夫人》、《明妃》、《蕙娘》等。參見鄧長風《四位明末清初戲曲家生平考略·王翃》（《明清戲曲家考略三編》）。

《紅情言》傳奇，《笠閣批評舊戲目》、《曲海目》著錄，現存清初刻本（《古本戲曲叢刊三集》據以影印）。

（紅情言）自敘

王翃

會稽史氏作《唾紅傳奇》〔一〕，情事兼美，盛爲演者傳習。甲戌春日〔二〕，偶得之於友人齋頭，然詞甚潦草，不堪寓目。余竊嘆其不工。友人曰：『無傷，第因其事而易之以辭，則兩善矣。』余然其言。退而比協宮調，措詞聲韻，拾其情而變幻之，間出己意，以吐其未盡之奇。抽思三月，而始告成。余不忍去其原傳，因題之曰《紅情言》云。

介人〔三〕。

【箋】

〔一〕會稽史氏：即史槃（約一五三三—一六二九後），生平詳見本書卷四《夢磊記》條解題。《唾紅傳奇》，一名《唾絨記》，又名《吐絨記》，《遠山堂曲品》著錄，現存清鈔本，《古本戲曲叢刊三集》據以影印。

〔二〕甲戌：崇禎七年（一六三四）。

〔三〕題署之後有印章二枚：陰文方章『王翃之印』，陽文方章『介人』。

紅情言敘〔一〕

鄭士毅〔二〕

〔前闕二葉〕之者，所謂其歌有思，其哭有懷，嘻笑怒罵之間，大都有所激發而作。雖卑事儕俗，以全神及之，選韻發聲，必陳言之務去。風雲金石，心手天然。雕蟲小技，壯夫爲之，蓋亦大有不侔者也。介人之《紅情言》，吾得以一班窺之。

賁湖子題〔三〕。

（以上均《古本戲曲叢刊三集》影印清初刻本《紅情言》卷首）

【箋】

〔一〕底本文前闕二葉，未知有無題名。

〔二〕鄭士毅：字致遠，號賁湖子，籍里未詳。按，光緒《縉雲縣志》卷八載：『鄭士毅，字仲仁，以父功襲錦衣衛千戶，屢陞僉書。時魏璫專權，托酒不與其黨。及璫誅，特陞毅都督掌衛事……後因忤言官謝事，卒於京邸。著有《破萬自娱集》。』未詳是否卽其人。

〔三〕題署之後有陰文方章二枚：『鄭士毅』、『字致遠』。

兩紗（來集之）

來集之（一六〇四—一六八三），初名偉材，改名鎔，又改名集之，字元成，號元成子，别署倘湖、樵道人、倘湖樵人，蕭山（今浙江杭州市蕭山區）人。來宗道（一五七一—一六三八）子。崇禎十三年庚辰（一六四〇）進士。十五年，授安慶府推官。南明時官兵部給事中，進太常少卿。事敗，隱居倘湖之濱，潛心著述，幾三十年。康熙十七年戊午（一六七八），薦應博學鴻詞，辭不就。

著有《讀易偶通》、《易圖親見》、《卦義一得》、《春秋志在》、《四傳權衡》、《倘湖詩》、《倘湖遺稿》、《南行載筆》、《南行偶筆》、《倘湖樵書》（一名《博學彙書》）等。撰雜劇《兩紗》、《秋風三疊》、《小青挑燈閒看牡丹亭》，現存。傳見毛奇齡《西河合集·文集》卷三《墓志銘》、萬斯同《明史》卷一三三、康熙《安慶府志》卷一二、康熙《江南通志》卷五〇、康熙《紹興府志》卷五〇、雍正《浙江通志》卷一八〇、乾隆《紹興府志》卷五三、乾隆《蕭山縣志》卷二四等。參見鄧長風《十四位清代浙江戲曲家生平考略·來集之》（《明清戲曲家考略》）、周偉娟《來集之及其戲曲研究》（南京師範大學碩士學位論文，二〇一一）。

《兩紗》，包括《女紅紗塗抹試官》（簡名《紅紗》、《女紅紗》）、《禿碧紗炎涼秀士》（簡名《碧紗》、《禿碧紗》）二種雜劇，《遠山堂劇品》著錄，現存天啓、崇禎間燈語齋刻本，順治間倘湖小築刻本。

讀兩紗小引

朱永昌〔一〕等

世無聞琴而知音，讀賦而嘆想者，茂陵秋雨，端足病相如矣。龍泉夜鳴，燈花四燦，得毋吐字爲霆，驚天欲裂，刷毫如電，嚇人轉矬者乎？古今論辭，單推當行本色。讀《兩紗》而悟辭之本色者三焉：紗帽之眼而瞇昧，紗帽之本色也；塵埃之骨而炎涼，塵埃之本色也；至若情人之語，滴滴鮫淚，才人之語，娓娓蘭抽，茲激烈憤抗之響，不又具見本色也乎？落落寰中，有相馬骨之駿而腦不冬烘，識魚服之龍而眼先物色者，讀其言，當不至河漢而輕相柢已。

丁卯秋月圓時〔二〕，門下朱永昌茂伯氏拜手書。

脱筆斬快，文章之有鐵鋒者。董仲徽〔三〕。

令人無地閃腳，而亦復解頤。所謂『劉四罵人，人應不恨』者也。孫濟之〔四〕。

【箋】

〔一〕朱永昌：字茂伯。籍里、生平均未詳。來集之弟子。

〔二〕丁卯：天啓七年（一六二七）。

〔三〕董仲徽：字號、籍里、生平均未詳。

〔四〕孫濟之：字號、籍里、生平均未詳。

兩紗劇小引

朱永圖〔一〕等

夫才人咳唾風生，珠璣雲墮，凡一時調笑詘譎之語，散落如竹頭木屑，使貧兒拾去，猶足擁爲銅斗家私，稱百年受用。才之大小，相越如此。如檀板紅牙，移宫換羽，昔之虎視詞壇，若貫酸齋、馬東籬輩，未嘗不高聲賣弄，自侈銅斗家私，豈知吾夫子元成，悉取鐵如意碎之，而還以珊瑚枝且數十尺也。

古人有言：『羿之關弓，惟巴蛇九日，乃能盡其彀，而迴注燕雀，亦要中於尋常之間。』則兹雖筆戲墨禪，又孰非費短驢背上數點心血而爲之者？況五窮蒸骨，鬼亦魔人，一糝梗喉，髡能鑠我，有才如此，誰實甘之？猶憶昔年擔簦①載酒時，正課外每恨無奇可問，間取《兩紗劇》稿，及《杜陵花傳奇》〔二〕，伴珍祕篋，燈下以清豁纈眼，花前以縱送殘絲。意謂惟此傳奇，稍堪伯仲。一日子引筆書其卷首曰：『卽不知吾輩神魂，飛繞有情人之太湖石畔者何限也。疇昔之夜，是耶非耶？』又曰：『應是若士三生石上，種得豔根太深，故此生以舌業了龐居士債。不然，亦其星期月訂者，不淺淺耳。』叱叱數語，子其評若士者與，抑子之自喻者與？

門下朱永圖犖之拜言。

能作是言，在元成每謂世無解人，何也？楊叔祥〔三〕。

個個饒舌，不如悉付祖龍，大家清淨。式如〔四〕。

吾叔又欲去羊。是生〔五〕。

（以上明天啓、崇禎間燈語齋刻本《兩紗劇》卷首）

【校】

①簦，底本作『蹬』，據文意改。

【箋】

〔一〕朱永圖：字犖之，生平未詳。來集之弟子。

〔二〕《杜陵花傳奇》：作者未詳，《曲海目》、《今樂考證》著錄，已佚。

〔三〕楊叔祥：字號、籍里、生平均未詳。

〔四〕式如：　即來道程（一六〇〇—一六七三），字式如，號式如子，蕭山人。來集之宗兄。明諸生，入清不仕。

〔五〕是生：　即來是生，蕭山人。來集之姪。生平未詳。

跋紅紗碧紗

來道程　等

是役興而羣小之口鼎沸，式如曰：　天下本無事，才人擾之耳。夫使世盡著衣吃飯人，則聖賢可不語言，而君相亦莫須功令。無奈扶輿清淑，不肯祕藏。辟之三春桃柳，沉烟蕩雨，鏡水梳風，於是畫舫香輪，追歡行樂者，或唱《柳枝》，或歌《桃葉》。然而醜婦唐突，俗子攀援，亦不免焉。甚則不近人情之輩，且指爲輕薄顛狂，而無言自訴，即向之追歡行樂者，亦竟不肯置一喙，爲彼解嘲。嗚呼！草木無情，人奚堪此？庶幾作無聊之語，曰：『而今而後，亦償卻小人多少口舌債乎？』獨怪生前金鑠，死後泥犁，彼亦何快於是？正恐此時更不相饒，曰：『伊兩劇中，顛倒滑稽，綺言之罪，甚於萋菲。奈何彼則生天，偏令吾儕寃抑也？』仲氏倘更有竿頭進步，以預修功德者否耶？

應是前生誦得《法華》千遍，故咳唾處，舌有蓮香。樊楚衡〔一〕。

撤去鼓吹數部，獨攜雙柑斗酒，聽黃鸝風流誰似，亦幻亦禪。安生〔二〕。

（明天啓、崇禎間燈語齋刻本《兩紗劇》卷末）

【箋】

〔一〕樊楚衡：字號、籍里、生平均未詳。
〔二〕安生：即來安生，蕭山人。疑爲來集之兄弟行。

紅紗碧紗題辭

來道程〔一〕等

『才』之一字，富貴福澤之所避忌，而不敢昵就焉者也。故唐李宋蘇，以謫仙奎宿，不免放謫流移，幾見平章樞密中有絶代才人否？即我本朝三百年來，第一人及第者八十餘人，乃廷對萬言，或能邀聖主一日之知，而求其眞足膾炙千秋者，竟無有也。則富貴福澤眞第與庸庸者作緣哉？

吾弟元成，稟兼萬夫。偶爾遊戲，亦如獅王搏兔，神力自全。故雙劇中，高情孤韻，眞堪束取晦翁，置諸高閣；斥將若士，作我前驅。使青蓮、長公見之，亦當點頭微笑也。第詞傾妃子，燭徹金蓮，在兩人尚有一日之遇。而元成二十年來，腕舌之餘，更無長物，姓字之外，略無榮名，較之儋耳、夜郎，窮且十倍。豈非才人愈當困阨，愈不冷淡寂寥？彼造物不厭徵奇，自顧不得元成許多消受耳。使其蚤年奮發，將貴人文章，聲價矜重，止不過應制詩幾韻、詔誥幾通，及碑銘序志數十章而已，亦安能風流跌宕，撒漫使才如此哉？雖然，金榜無名，羅江東不爲人識。矧邇來面孔眼睛，若個不糊塗勢利？何須單搒卻紗帽毗盧也？元成今日，亦何處覓一眞知己，如賀老、歐陽者乎？

降得自己下，方是大才；不受世人憐，方是眞才。式如自記。

打破『才』、『命』兩字關頭，使羅江東一流人，不消得窮途痛哭。王中郎〔二〕。具二十分才，更具二十分憐才。若使俗人操觚，韓夫子豈長貧賤的話頭，定要來煞。朱聳之。掃盡達官貴人，全不顧紗帽一些體面，所以古來第一畏文士之筆端。姪賓日〔三〕。

【箋】

〔一〕文末首條評語署『式如自記』，則此文當爲來道程撰。此文未見於明天啓、崇禎間燈語齋刻本。

〔二〕王中郎：字號、籍里、生平均未詳。

〔三〕賓日：即來賓日，蕭山人。來集之宗姪。生平未詳。

兩紗例

闕　名〔一〕

【賞花時·么篇】，即次【賞花時】韻。

【賞花時】套下『淺也波深』，北曲之『波』，語助詞也；後白中『到如今寫不出沙』，『沙』字亦助語詞，皆與『呵』字一類。

【鵲踏枝】後【寄生草】，第二套爲【么篇】，無三套者，文境文情至此，不得不用其三耳。【清江引】亦無一、二、三、四之說，既不可用南之前腔，復不能拘北之【么篇】，故云云耳。

【上馬嬌】『求新穀滿車篝』，『求』字作一句讀，下五字另作一句讀。（以上《紅紗》）

【醉春風】『陡詩腸軟軟』，此疊字乃譜中當然。

【一半兒】原屬仙呂宫中調，非正宫宫中引也。元人愛作【一半兒】小令，極其纖巧，茲蓋取而代引焉。

【麻郎兒・么篇】『一章句兩行句未遑句』，分作三句讀，不可混作一句。與《西廂》『本宫、始終、不同』等。（以上《碧紗》）

（以上均清順治間倘湖小築刻本《兩紗劇》卷首）

【箋】

〔一〕此文當爲來集之撰。

女紅紗塗抹試官（來集之）

《女紅紗塗抹試官》雜劇，《遠山堂劇品》著録作《紅紗》，題來鎔撰，入『逸品』。現存天啓、崇禎間燈語齋刻本《兩紗劇》第一種本，順治間倘湖小築刻本《兩紗劇》第一種本。

紅紗自序

來集之 等

生斯世也，語必棘喉，行則躓步，草草勞勞，恍惚疑夢，如予者，抑莫可控説矣。夫按圖索驥、眼迷五色之日，爲李廌之失於蘇學士，可也； 張網待鴻，手遮千里之雲，爲李賀之擠於元才子，其可哉？於時帷燈之火不紅，匣劍之聲欲吼，我髮上指，而我筆之毫何如？其安能恕千古貴人，而不取快一時鋒穎乎？夫貴人業能是非黑白予，予又何敢是非黑白夫貴人？聊爲之解曰：『其中有鬼焉。』鬼也者，奉帝天命以顛倒才人，才人莫可誰何者也。如是，則有以代貴人分謗者不少，而亦足以差平吾輩恩重一飯、命輕睚眦之氣。則是釣鼇之客，短李不足餌；而窮羊之車，大阮無容慟也。然而香案之吏，謫居猶得蓬萊；掌書之仙，濃香尚薰膩骨。閬苑排空，頑仙不列；玉樓高架，才鬼見招。自古憐才，天帝爲甚，亦何得以謾語誣之？若曰：與其得罪貴人，毋寧得罪天帝；蓋以貴人多不憐才，而憐才惟天帝，或少原予云爾。

倘微之、長吉，同位上清，還憶生前相對，作如何面孔？弟元啓〔一〕。

文章罵鬼罵仙，自李唐以來，浸淫成套。顧其語冷必尖，詞酸乃憾，古今才士，當窮愁落魄中，卒所不免。『紅紗』之說，或亦宋時軋扎一流，不得乎主司，而蜚語爲之耳。夫百上不通，萬言無當，謂之有鬼，雖則云然。第如此文章，縱載鬼一車，裂繒空軸，亦當以軟毫尖作長勝軍，固不必以不識古戰場爲恨也。姪是生。

（清順治間倘湖小築刻本《兩紗劇》卷首）

【箋】

〔一〕元啓：即來榮（一六一六—一六五七），字元啓，蕭山（今浙江杭州市蕭山區）人。來集之弟。明諸生，入清不仕。

（女紅紗塗抹試官）總評

闕　名〔一〕

排調若雕龍繡虎，方駕士衡；敷詞如金谷桃園，連鑣實甫。豈徒米家之一巒，抑亦成都之三峽。

（清順治間倘湖小築刻本《兩紗劇》第一種《女紅紗塗抹試官》卷末）

【箋】

〔一〕《女紅紗塗抹試官》卷端署「胥江元成子塡詞／兄式如子評」，然則此文爲來道程撰。來道程（一六〇〇—一六七三），生平詳見本卷《兩紗劇小引》條箋證。

禿碧紗炎涼秀士（來集之）

《禿碧紗炎涼秀士》雜劇，《遠山堂劇品》著錄作《碧紗》，題來鎔撰，入「逸品」。現存天啓、崇禎間燈語齋刻本《兩紗劇》第二種本，順治間倘湖小築刻本《兩紗劇》第二種本。

碧紗自序

來集之 等

人才如面，人面如冰，稍稍向之，輒使人冷眼欲裂，熱腸幾枯。嗟乎！亦安能以昂藏骯髒之骨，而諢販市倀之爲伍乎？角吾知其爲牛，鬛吾知其爲馬，不角不鬛，牴之囓之，吾烏得而知哉？然且晨露未晞，小星欲落，金張之門，走者如鶩，一貴一賤，只今與昨耳。

歲丙寅〔一〕，予負笈古耶溪畔。月魄不歸，花魂無主，情魔既繞，才思亦抽。因取王明敭『碧紗籠』故事，稍爲譜之，以了前《紅紗》一案。蘸牛衣相對之淚，繪馬前匍匐之圖。至其拈花帶草，叩佛祈仙，予意固別有存焉。方構思而雲蒸墨氣，甫脱稿而桂散天香，豈偶然哉！

一齣如月鴻掠野，孤影自倚；二齣如霜鶴唳空，悽聲愈壯。此皆卽境寫境，我苦我知，所爲嘆卽有氣，哭卽有聲，淚卽有痕者，理或然也。三齣如鸜鵒窺牖，欲去頻呼，殷殷戀戀者，爲多情去後之思；四齣如應龍乘雲，蟄蟲咸俯，閃閃轟轟者，爲位高金多之慕。此卽予未來之所閱歷，而恣筆所之，不遺縷髮，旁見側出，如燈取影。

亦曰人情叵測，我想當然耳，又安知他日者，堤沙初軟，蓋皂方輕。感故人之非昔，夢想猶親者，伊爲何人？驚新官之遷次，笑啼不敢者，伊又爲何人？嘻！吾知其必某某也。

夫茗堂說夢，慣向癡人；青藤叫猿，不關嶺外。筆墨之暇，偶一爲之，安能盡追元人功令，字敲句勘？義仍先生曰：『任性所至，不妨拗折天下人嗓子。』吾鄉方諸生亦云：『世自不乏操戈者，原不爲此輩設也。』嗚呼！深於解矣。

冶子鎔合記。

是劇成，而彼髡無賴，遂不得同渭城老嫗，同享一飯之價。此亦必至之情，而非情中景也。夫明勳落魄三十年，而黄金横帶，白髪蕭騷。回視叩木蘭院門，借栝蕈稿時，何啻少年場一夢？則其間盛衰開落，伶仃斷滅者，又寧第一木蘭花也哉？富貴誤人，芳菲不再。將樹老無花之恨，又安知不與嶺南梅、章臺柳、玄都觀桃，共黯銷於去年人面？此或明勳意乎？亦或作者意乎？若以成敗論英雄，則後恭前倨者，抑即其至親如父母妻嫂者也，於彼髡何尤？人面如冰，行且人情若火矣。王中郎。

（清順治間倘湖小築刻本《兩紗劇》卷首）

【箋】

〔一〕丙寅：天啓六年（一六二六）。

小青娘挑燈閒看牡丹亭（來集之）

《小青娘挑燈閒看牡丹亭》雜劇，簡名《挑燈劇》，《遠山堂劇品》著録作《閒看牡丹亭》，題來鎔撰，入『逸品』。現存天啓、崇禎間燈語齋刻本《兩紗劇》附刻本，順治間倘湖小築刻《兩紗劇》附刻本。

（小青挑燈劇）評

來榮

道心佛骨，塵培俱空，小青可以死矣。山水空濛，呼之或出，小青殊未死也。死於情，生於文，文與情相與輪迴，而小青因之。弟元啓。

（清順治間倘湖小築刻本《兩紗劇》附《小青挑燈劇》卷末）

秋風三疊（來集之）

《秋風三疊》，《曲海總目》著録，包含三部雜劇：《藍采和長安鬧劇》（簡名《藍采和》，一名《冷眼》）、《阮步兵鄰廨啼紅》（一名《英雄淚》）、《鐵氏女花院全貞》（一名《俠女新聲》）。現存順治間倘湖小築原刻本、舊鈔本（據原刻本影鈔，《傅惜華藏古典戲曲珍本叢刊》第一七册據以影印）。

（秋風三疊）敍〔一〕

毛萬齡〔二〕

邢子以《秋風三疊》擬楚大夫辭，其音繆然中商聲之半。來子迺取金元樂章，譜古今人軼事，託所懷來，播諸十七宮調，而清音嘹嘹，遂獨得商聲之全。蓋秋風善變，其間焚輪戟角，激捷清聲，大抵得之威夷蜾蠃、朱滕管穀之間。故初而陶嘆，再而蕭揚，又再而嘶虛薄寒。蓋不啻登山涉水，游人野子，唱『陽關』數終，此絶調也。

間嘗較元人所著諸宮調譜，私嘆古人聲律，有未全者。即如按之人聲，而其所以應之，有協於某宮調者，而亦不可得而盡聞。彼大高平條拘，歇指急併，般涉坑塹，道宮清幽，夫亦孰得而辨之？來子以骯髒之懷，抉剔中駭，爾乃嬉笑怒罵，悲歌哭泣。取古人之或笑或罵，或歌或泣者，而笑之罵之，歌之泣之，而健捷，而激裊，而悽愴，而憤恨，謂有得於清商之遺，則其中之焚輪戟角，徼捷而變，誠有不得已於此焉。

或曰：『來子當斯世，踏歌東歸，日與潯陽商女青衫夜坐，雖復過黃公酒壚，悵念夙昔，亦當爲阿戎語，必不取幼時狂奴故情，而校之抒之。』甚矣！非來子之志也。

社弟毛萬齡題〔三〕。

（《傳惜華藏古典戲曲珍本叢刊》第一七冊影鈔）

清順治間倘湖小築原刻本《秋風三疊》卷首）

【箋】

〔一〕版心題『秋風三疊敍』。

〔二〕毛萬齡（一六四三—一六八五）：字大千，號東壺，蕭山（今浙江杭州市蕭山區）人。明諸生。順治七年庚寅（一六五〇）貢生，授推官，改仁和縣儒學教諭。與其兄奇齡（一六二三—一七一六）並稱『大小毛生』。善畫山水，畫風頗似董其昌（一五五五—一六三六）。著有《采衣堂詩文集》。傳見民國《蕭山縣志稿》卷一六。

〔三〕文末有印章二枚：陰文方章『毛萬齡印』，陽文方章『大千』。

（藍采和）總評

闕　名

洛陽三月，花迷杜宇，一聲春曉。

（同上《秋風三疊・藍采和》卷末）

（英雄淚）總評

闕　名

以彼驚才，寫此狂態，竹樹橫斜，烟雲萬里。

（同上《秋風三疊・英雄淚》卷末）

（俠女新聲）總評

闕　名

鐵馬金戈，烈肝壯膽，描之以翡翠之管、珊瑚之硯，故應千秋生氣，英英紙上。

（同上《秋風三疊·俠女新聲》卷末）

一瓣香（謝命倿）

謝命倿，字號、籍里、生平均未詳。撰雜劇《幽人夢》、《一瓣香》。《一瓣香》，未見著錄，已佚。

一瓣香序

來集之

每怪腐司馬爲渴司馬作傳，於琴挑一事，爲之低徊留之，豈兩司馬固有別因？陳壽爲韓壽譜狀，於分香一事，不啻婉轉再三，豈兩壽自標奇情哉？況韓壽之才，不逮相如；賈女①之才，復愧文君。即前倨後恭，卓王孫不過市販之氣盈面耳，豈若陰謀操刃如賈公閭，身坐不赦之條者乎？乃兩女子卒以鍾於情，越於禮，留作風流話柄，後世騷人墨士，樂得而推引之。彼夫采桑見郎，問諸河伯；保姆下堂，甘付祝融。至寧以高唐觀上之雲，作焉支②山下之血者，又何以稱焉？

嗟乎！文生於情者也，情又生於文者也。唐時博陵之崔，門閥高於一代，操觚染翰，虎視詩壇者，難可屈指，而鶯鶯獨以『待月』、『迎風』一小絕，雅俗共賞，反稱擅場。蓋其始也，以元才子之《傳》而傳；其繼也，以王實甫、關漢卿之塡詞而傳。名之永不永，亦幸不幸存焉。夫紅牙檀板，原與『曉風殘月』之句相宜；高髻雲鬟，自以翡翠珊瑚之粧鬬麗。其調合，其趣偕也。則夫騷人墨士，逸興遄飛，姑取豔冶流動者，歌之舞之，以供三萬六千場中一場之風雅。如必曰乃翁之遺臭爲眞臭，併乃壻之偷香爲不香，則又是酒醒人散後別一番公判，未可同年語耳。

余耕田抱犢，將是非雌黃，付之南軒駒𩨰之一覺。往讀謝命侯《幽人夢》一劇〔二〕，栩栩蝴蝶，實愜於懷。茲《一瓣香》全本出，深妒賈女之太占便宜，遂永與春日當罏者分道而揚鑣矣。然則賈女以情傳，賈女又以文傳，謝命侯者，其賈女之王實甫、關漢卿也歟？

賈午字南風〔三〕，惠帝后也。通韓壽者，乃午之妹。《世說》：『外國貢異香，帝賜賈充及陳騫，騫女竊以與韓壽。』然則通壽者乃陳氏，誤以爲賈氏耳。

匈奴歌：『奪我焉支山，使我婦女無顏色。奪我祁連山，使我六畜不得繁息。』

漢時，酒舍三十區爲一盧。盧者，酒舍之總名。本傳作『盧』字。又古詩：『胡姬年十五，春日獨當盧。』文中當盧而冠以春日，正兼用兩事也。俗作壚、鑪、鑪、爐者，並非。

（浙江圖書館藏清稿本來集之《倘湖遺稿》不分卷）

【校】

①女，底本作『午』，據朱筆改文改。

②焉支，底本作『臙脂』，據朱筆改文改。

【箋】

〔一〕《幽人夢》：當爲雜劇，謝命侯撰，未見著録。

〔二〕『賈午字南風』以下三段，底本爲朱筆書，當爲注釋。

柳毅傳書（毛遠公）

毛遠公，號季蓮，蕭山（今浙江杭州市蕭山區）人。萬曆四十五年丁巳（一六一七）舉人。撰《鬧揚州》雜劇，《今樂考證》著録；《柳毅傳書》傳奇，未見著録。二劇均佚。

柳毅傳書傳奇序

來集之

唐人作《柳毅傳書》始末，其丈夫以激於義而冒險以蹈於洪波，其女志感於恩而歸從以明其圖報。他人以發於情而止於理義，尚足供後之歎賞，若此兩人之發於理義而寄於情，更高一等耶？高則誠所謂『關風化之體』，太史公所謂『好色而不淫』，此傳足以當之矣。

同學毛季蓮，才情敏妙，異骨崢嶸。置之金華殿中，必當黼黻皇猷，報國恩以詩書，奏太平之雅頌。然猶臥困葫蘆，與諸子講經論藝。顧其如江如海之才，高滿四溢，時逗漏於紅牙檀板之間，以『枝頭紅杏』之句，寄其隴中抱膝之吟。則今所作《柳毅傳奇》，其一種也。

元人作《柳毅傳書》四劇，詞場推美，要未免排蕩震撼，有銅將軍、鐵綽板之氣。吾季蓮旬月而煅煉之，句字而推敲之，言言大雅，語語正鋒，並不作十七八女郎纖纖裊裊之態，鎔北風之剛勁，震南風之柔靡，讀罷而一唱三歎，令人有觀止之羨矣。異日者正襟堂皇之上，出文章而寔之以事業，化板腐而歸之於神①奇，其所以謝紛紛諸子者，當曰今夜止談風月，不當吹縐一池春水綠也②。

（浙江圖書館藏清稿本來集之《倘湖遺稿》不分卷）

【校】

①神，底本原闕，朱筆補。

②綠也，底本原闕，朱筆補。

鸚鵡記（李師婁）

李師婁，別署括蒼主人，籍里、生平均未詳。撰戲曲《鸚鵡記》、《三忠記》。《鸚鵡記》，未見著錄，已佚。

鸚鵡傳奇序

鄭賡唐〔一〕

花譜新翻，琵琶再續。蘭社稽古，錦車唱吟。既相胥而巾幗，亦何有乎鬚眉。況乃破鏡仍圓，匪高唐之巫雨；幻形立起，羡茅山之押衙。邂逅班荊，不期伉儷；游戲子墨，遂開藥籠。奇哉如許，此括蒼主人所爲寓言也。

主人性哲高騫，辭場擴落。罹人間之憂患，發物外之渺思。謂世局何常之有，男女悲歡，顛倒似關造物；死生倏忽，迪吉終異逆凶。以是達觀，演爲高調。托飛禽之解語，架騷管以情深。作者剝紙如蕉，讀者亦感懷自遠。牡丹亭夢，不專美於玉茗；明月夜香，且嗣响於《幽閨》矣。

【箋】

〔一〕鄭賡唐（一六〇七—一六七八）：原名孕唐，字而名，號竇水，縉雲（今浙江麗水）人。天啓七年丁卯（一六二七）舉人。南明時，官吏部員外郎、福寧兵備。入清不仕。著有《讀易搜》、《春秋引斷》、《古質疑》、《漢語林》、《空齋遺集》。黄虞稷（一六二九—一六九一）撰傳，見《國朝耆獻類徵初編》卷三九五。

三忠記（李師晏）

《三忠記》，未見著錄，已佚。

三忠記序

鄭賡唐

文人筆鋒，走奇蹤於腕下；壯夫熱血，雪公案於生前。蒼素既分，忠邪如鏡。見之者形語舞蹈，聞之者不禁怒嘻。此性情寄託，有攸備也。

李師夔先生才高績學，性癖耽佳，蹭蹬名場，放懷山水。晚年遇益窮，情益曠。著有《鸚鵡記》，爲女俠宣憾，幾令鬚眉愧死。乃讀史至土木之際，慨然有懷於人倫之際，欷歔往事，責備賢者。獎借批鱗，喜君子之類聚；誅殛權姦，信天道之好還。正氣昌言，腸深孤憤；微文冷語，淚濺感時。且掖一新進而爲肅愍救過，憾極罪弁而爲恭愍闡幽。眼光千古，深意孤騫。以爲雜劇，則登場之董狐；察其義類，殆《漢紀》之荀悅也。

嗟乎！先生記事，卽絕筆矣。故老諸君，悼亡念故，各爲表彰。余棘人也，何能讀此？以先生遺命，亦妄附數言，爲巫陽之《大招》。後有作者，追先生之志，干城名教，豈小補哉！

皖人傳奇（闕名）

《皖人傳奇》，作者未詳。當爲合集，包括《八寶箸》、《衲珠緣》等劇。

皖人傳奇序

鄭賡唐

慧業文人，縱筆騷雅。托聲歌以言志，叶宮徵而入神。羣夸《百種》之繁，孰識《九歌》之妙？迺者江南皖渚，鹿園異人，績學弘文，蒿時藏器。以嘻笑怒罵之筆，抒磊落英多之才。謂天地等戲棚，緣法皆前定。推崇節孝，則投畀僉壬；甲乙武文，則陰騭良善。《緇衣》、《巷伯》，人所同也；《流水》、《高山》，茲殆有異。愾濁流昧目，裙釵卻秋水垂青；皆醉貪癡，長老獨先機靜照。以是纏綿情種，舞雪迴風；點綴墨茵，落花依草。讀之者曠怡忘倦，歌之者悠永多姿。《八寶箸》既已行世，《衲珠緣》更出新裁。嗟乎！攟金拾翠之辭，不弦歌於廟瑟；倚馬馳檄之伎，徒聲振於排場。斯善笑之陸雲，豈度曲之賀鑄。聊窺豹采，志此篇端。

（以上均清康熙二十一年鄭惟飆等刻本鄭賡唐《空齋遺集》卷二）

擬尋夢（王鑨）

王鑨（一六〇七—一六七一），字子陶，號大愚，別署海棠峪長、嵩華嘯隱，孟津（今屬河南）人。明末大學士王鐸（一五九三—一六五二）三弟。崇禎十二年己卯（一六三九），以《禮經》擬魁，旋以詞賦見黜。順治元年（一六四四）降清，以恩貢爲崑山知縣。歷官至刑部河南司員外郎、刑部郎中。康熙三年(一六六四),調山東按察使司僉事,提調學政。著有《紅藥壇集》、《大愚集》等。撰傳奇五種,現存《雙蝶夢》、《秋虎丘》。改《牡丹亭·尋夢》爲《擬尋夢》。參見鄧長風《四位明末清初戲曲家生平考略·王鑨》(《明清戲曲家考略三編》)、梁帥《王鑨研究》(河南大學碩士學位論文,二〇一四)。

《擬尋夢》,全名《擬牡丹亭尋夢》,未見著録,現存順治十年(一六五三)王鑨刻《紅藥壇集》附刻本。

尋夢自序

王　鑨

余兀坐紅藥壇,焚香眡史。忽焉氣息如赤誦,假夢數晷,而若見造物有所,萬物吹累不已也。春方未歸,松風留耳,竹籟著窗,始瞿瞿然覺,曰:『松竹其具耳,非所以松竹也。』乃知語謂『熱焦火,寒凝冰』,受者與授者,同居其中,寂寞之照,則其獨也。

未幾,覺斯兄過齋〔一〕,談詩。閲及《牡丹亭·尋夢》,曰:『昔友人詡此爲絶響,予强項久之。今再寓目,載瑕而與理爲糅,是直,非曲,且字多棘喉。予仍曰:「逯然而來,不關骨本。」況《尋夢》一勺,是其死根生蔕。造化雌雄相嬗,如何夢,如何尋夢?生生死死,是夢歟,非夢歟?夢之名,是卽陰陽晝夜一轉景耳。大都作游園者,草薙花黰,玩物而情不實給,於夢之尋何紐?』

余於是瞿瞿然覺也,曰:『天下惟情眞者,精氣營慧,三世糾纏,其肫然常存者非形也。無無，蠕蠕，形有存亡，神無死生，包裹無鬲。殆如松風竹籟，皆其寫焉者也，皆有君形者抱不脫也。卽羹見、牆見，豈作牆、羹二觀？則夢之尋，夢非幻化，有不與化化者耳。假使杜姬認爲夢，雖甚癡頑，必不尋矣。余生平頗愛《還魂》，今聞兄言，所謂焦火、凝冰，神相與處。神之所總，凝而不轒，挺挏而無有遁。古今來，萬劫結爲揣丸，其根受相於一圈者，皆此禪代者也，何獨杜、柳營慧，風流小小一事而已哉？』

余於是唯唯而退，因擬《尋夢》一弓，寄意寄戴，不爲虛喻，以徵噱羽。效狐梁之歌，各鳴其情而已，非敢與臨川先生構構然較軒輊也。

洛汭王鑨子陶甫撰〔二〕。

【箋】

〔一〕覺斯兄：　卽王鐸（一五九三—一六五二），字覺斯，生平詳見本卷下條箋證。

〔二〕題署之後有陰文方章二枚：『王鑨之印』、『司寇之章』。

三弟擬尋夢曲序〔一〕

王　鐸〔二〕

庚寅三月〔三〕，坐三弟紅藥壇①，閱《牡丹還魂記》，多棘齒，不中九宮律呂。至《尋夢》，尤全文結穴處，若士②所作，則娓娓遊園也。予欲改作，三弟爲之。予觀而喜，曰：『有是夫！其轉折也，曲也，非如《灌園》、《竊符》、《春燈謎》、《燕子箋》、《綠牡丹》諸作，名謬章榮，直也，非曲也。』

夫③天地間皆情也。天地之情，乃若其情，則誠有誠，精有精，通於天水，木石可動，況於人乎？杜姬之夢柳生，人皆曰夢也，予曰非夢也，卽杜姬亦以爲非夢也。方杜姬之夢，羈神鎖魄，卽以夢爲歸，狠乎誠積，桀乎，就就乎？心心④相索，神先告之矣，非大惑，有大曉焉。心之機，動之微，有來有稽，蓋信有其有之者也。故生樂則生夢，死樂則死夢。安知死死生生，非生非死，精氣入門，骨骸返根。卽冥府怪駭，死者死其殼也，生生者何嘗死哉？三弟作，宛肖⑤層生，猶尋雲山高，無景谿肆，如何夢？如何尋夢？若士⑥憒憒，弟獨瞭瞭，有先夢夢，先尋尋焉者耳。

審其所以使杜姬、柳生無不有乎以，則何也？生也者，死也者，情也者，誠也者，有不見之見確，無狀之狀眞也。所由⑦入園尋夢，始非泛泛游園。彼嗚若謚隘，眞痛癢能相關歟？且物之然皆有故，全其天而不變。母燕子荊，精氣自往來，豈狂魄也？故知夢卽還魂之魂，結脈通竅，神合相告。《周禮·占夢》：『夢旦，夢蝶，夢說⑧，皆不過乎物也。』古聖人鑄天下，六賢十聖⑨，而四荒咸吸於仁，類萬物之情，先得其所愛也。人不載僞，情愨而天下治，豈非不愨於邪，愨於誠？生死相嬗⑩守，又何瑟縮自倒乎？忠臣、孝子、悌弟、信友，各得所樂，語人曰『非神合而大曉』，惡乎可耶？

予故曰：天地間皆情，盤古後皆夢，以示民究也。如此，可與言傳奇，可與言陰陽之化。君子亦慎乎其誠，振殷戴悅，適以之適，則『木石可動』之謂，況於人乎？三弟之⑪作，非野音，空竅厚均，有關感化之道也。予喜之，則非徒爲若士⑫杜、柳，呼醒舊夢矣。

嵩山㶏漁兄鐸覺斯父撰⑬〔四〕。

（以上均清順治十年王鑨刻《紅藥壇集》附刻本《擬尋夢》卷首）

【校】

①坐三弟紅藥壇，《擬山園選集》卷三六作「與三弟坐龍松齋」。

②若士，《擬山園選集》卷三六作「義仍」。

③「夫」字，《擬山園選集》卷三六無。

④心，《擬山園選集》卷三六作「口」。

⑤肖，《擬山園選集》卷三六作「轉」。

⑥若士，《擬山園選集》卷三六作「義仍」。

⑦由，《擬山園選集》卷三六作「繇」。

⑧夢蝶夢說，《擬山園選集》卷三六作「夢悅夢婕」。

⑨六賢十聖，《擬山園選集》卷三六作「十聖六賢」。

⑩嬗，《擬山園選集》卷三六無。

⑪「之」字，《擬山園選集》卷三六無。

⑫若士，《擬山園選集》卷三六作「義仍」。

⑬《擬山園選集》卷三六無題署。

【箋】

〔一〕此文又見《四庫禁燬書輯刊》集部第八七冊影印順治十年王鑨刻本王鐸《擬山園選集》卷三六。

〔二〕王鐸（一五九三—一六五二），字覺斯，一字覺之，號十樵、嵩樵，別署癡庵、㶏漁、耘斗山樵，孟津（今屬河南）人。明天啓元年辛酉（一六二一）舉人，二年壬戌（一六二二）進士，入翰林院庶吉士，累擢南京禮部尚書。崇禎十六年（一六四三），爲東閣大學士，加戶部尚書。入清，授禮部尚書，官弘文院學士，加太子少保，卒謚文安。著有《王覺斯初集》、《擬山園選集》等。傳見錢謙益《有學集》卷三〇《墓志銘》、《清史列傳》卷七九、《昭代名人尺牘小傳》卷一、《貳臣傳》卷八、《國朝畫徵錄》卷上、《國朝畫識》卷一、《國朝書畫家小傳》卷一、《皇清書史》卷一六等。

〔三〕庚寅：順治七年（一六五〇）。

〔四〕題署之後有陰文方章二枚：『王鐸之印』、『津浦（？）鷗（？）』。

擬尋夢總評

闕　名

竟不說出『夢』字，何如直作再尋幽會，就疑到底太癡了。

（同上《擬尋夢》卷末墨筆書）

雙蝶夢（王鑨）

《雙蝶夢》傳奇，《西諦所藏善本戲曲目錄》、《古典戲曲存目彙考》著錄，現存清初刻本（《古本戲曲叢刊三集》據以影印）、順治十年（一六五三）王鑨刻《紅藥壇集》附刻本。

雙蝶夢序〔一〕

王　鐸

《雙蝶夢》，予胞三弟子陶所撰也。弟名鑨，負奇博古，蹈繩孝悌，苦琢帖括家言，工詩賦，不第。噫！弟於一第猶之掇，而仍仍然未舒於一噲，豈非司文章命者，誤其權，亂其末，而旁仄英雄乃爾乎？蓋因秉國者，一遘弟於河壖，遂特達相知，奪其堅辭，授以鹿城令。兵氛，海上之民，沸然猶魚鼈，弟晝夜寢處城上，同苦含糗，潔己瘁劬，卒保孤城於攻躪之餘。英雄失志，故略於撥劇整亂，露其一班①耳。

或曰：『使子陶帶櫑具，佩環玦，如華龍、柳褒待詔金馬，陳湯、甘延壽策奇②勳於③邊圉，好古負奇氣，發攄以爲民救，不尤偉歟？』

予曰：非也。漏泉皆通，冬穗可以困十堯。今觀《雙蝶夢》，並④《華山緣》⑤數傳奇，非囂淫無關世教者。平寇殿邦，解組尋親⑥，是豈譃贈芍藥，爾荍握⑦椒，徒以蠱俗雕心，虱訟蚘齕，失《風》、《雅》之餘韻乎？顧坊刻叢說，陳氏、白氏、龍氏，本九宮十三調，不過陰陽啓閉已耳。而叶八風，調百度，郊廟燕饗，和神人，化夭癘，斯道之大，鳳⑧獸儀舞⑨，天地⑩昭而且官，媲《小雅》，寓《國風》，佗作譃浪莠言，寄愁埋憂，不處靖而紕放，得與蹈繩者，共牢同鬲也耶？然則英雄亦自⑪

有權，亦自⑫有末，非造物所能專其命者。得志爲天下濟，不得志逍遥自栩，隨地足以分慈，使人來求，正不必待詔金馬門，邴邴然行蹎眠瞑。農桑戶口，皆爲文章，何況山權海王，不可爲胷中之⑬轢軨⑭、之笙簧乎？

雖然，吾弟既作夢觀，千古涕笑，墨墨夜中也。語云：『性命粃糠』。爲⑮堯舜勳華，精治身，治天下國家⑯爲緒餘。有爲文章之君者，在闢世⑰教之先，雲龍天鬼，三教合爲一視，奚論莊語、非莊語，是夢、非夢？嗟乎！登日觀，睇滄海，紅紫蜿飛，光耀無極。消納有戶，收入芥子，坎離混沌，彼甘陳、華龍輩，又安足勦說⑱哉？至是而博⑲古奇才，又何有牢騷不平之有？

或曰：『唯唯。恢諧言笑也，即痛哭流涕也。風雅有瘠，英雄無不爲噲。司文章命者，肺風腎雨，別觡僕僕，其亦徒勞也夫！』

濦漁胞長兄覺斯鐸撰⑳。

（《古本戲曲叢刊三集》影印清順治十年王鑨刻《紅藥壇集》附刻本《雙蝶夢》卷首）

【校】

①班，《擬山園選集》卷三六《雙蝶夢傳奇序》作『斑』。

②奇，《擬山園選集》卷三六《雙蝶夢傳奇序》無。

③於，《擬山園選集》卷三六《雙蝶夢傳奇序》無。

④並，《擬山園選集》卷三六《雙蝶夢傳奇序》作『與』。

⑤華山緣，底本作『司馬衫』，據《擬山園選集》卷三六《雙蝶夢傳奇序》改。
⑥尋親，《擬山園選集》卷三六《雙蝶夢傳奇序》作『仙事』。
⑦握，《擬山園選集》卷三六《雙蝶夢傳奇序》作『據』。
⑧『鳳』字前，《擬山園選集》卷三六《雙蝶夢傳奇序》有『天地』二字。
⑨鳳獸儀舞，《擬山園選集》卷三六《雙蝶夢傳奇序》作『鳳儀獸舞』，疑是。
⑩天地，《擬山園選集》卷三六《雙蝶夢傳奇序》無。
⑪亦自，《擬山園選集》卷三六《雙蝶夢傳奇序》作『身內』。
⑫亦自，《擬山園選集》卷三六《雙蝶夢傳奇序》作『外與』。
⑬『之』字後，《擬山園選集》卷三六《雙蝶夢傳奇序》有『經曲』二字，疑是。
⑭軨，《擬山園選集》卷三六《雙蝶夢傳奇序》作『餘』。
⑮爲，《擬山園選集》卷三六《雙蝶夢傳奇序》無。
⑯國家，《擬山園選集》卷三六《雙蝶夢傳奇序》無。
⑰世，《擬山園選集》卷三六《雙蝶夢傳奇序》無。
⑱勸說，《擬山園選集》卷三六《雙蝶夢傳奇序》互乙。
⑲博，《擬山園選集》卷三六《雙蝶夢傳奇序》作『恃』。
⑳《擬山園選集》卷三六《雙蝶夢傳奇序》無題署。

【箋】

〔一〕《四庫禁燬書輯刊》集部第八七冊影印順治十年王鏞王鑨刻本王鐸《擬山園選集》卷三六有此文，題《雙蝶夢傳奇序》。

華山緣（王鑨）

《華山緣》傳奇，《古典戲曲存目彙考》著録，已佚。

華山緣傳奇序

王　鐸

予觀於《華山傳奇》，知吾弟意深悠然，有感於人爲寄生，而知貢禹乞歸疏爲達，李泌之修鍊尚晚也。夫實甫何人，而謂吏爲俗，宦爲夢也耶？周氏一女子，乃易毳洗髓之爲孜孜，又何以故也耶？顧仕宦者，三川朝市之壠，而人以之爲性命者也。恆見少壯豔羨，亦其常態。及至龍鐘鮐背，崦嵫告落，猶然蝚蝯不已，寧槁頂不肯舍禄之尸，蓋於三世中偏結此富貴淫僻乎？否則，曳尾之龜，斷尾之鷄，豈其不聞而罔知身寶，又毫無建樹，識見反出實甫、周氏下，不亦重爲天下之悲人乎？

予驚避於流寇之熸，虺蜴猛起。忽爾嵩山崩，黄河伊洛涸，地屍駭馬；夜鬼晝鵂，伏於蓬藋蒲稗之間。遯入山林，又跳江淮八九死，至今猶剩餘生。方恨仕宦爲我，魯皮之事，不早爲棲託。區區平生，疇信駿作，疇知其不早乞歸，不減長源也歟？悵望一華，車箱仙掌；空勞峭夢，眾綠松泉。天豈終不許寄生於其腹，必予爲蝚蝯淫僻則可？予非淫富貴也，吾不信山靈之拒而唾予也。今顛毛盡皎，病軀粥食，日夜陶陶盎盎，詎暇登壠，而尋山登嘯，轉令實甫輩笑人。予之意復爾不淺，予弟知予意，三世中亦偏結此幼輿丘壑也耶？行與弟問希夷峽、老君溝蹇嵯，不釋華山眞吾性吾命耳。廢朏胲，啜玄酒，鵬鷃忘祿之尸、夢之婕，直付一笑。斯非鞭霆乘龍，帝之縣解，薪火不窮者歟？知華山鍊之意，而寇孳陰譴，《眞誥》演道，皆羿、奡當然，具不贅。予所言，亦欲人各認其實焉而已矣！

（《四庫禁燬書輯刊》集部第八七册影印順治十年王鏞王鑨刻本王鐸《擬山園選集》卷三六）

司馬衫（王鑨）

《司馬衫》傳奇，《古典戲曲存目彙考》著録，已佚。

三弟撰司馬衫傳奇序

王　鐸

吾弟子陶，苦學下帷，鴻博多奇，視一第如掇，而奪於使仕。中間兵火，震索多跲，浮沉塞淙，亦不欲與天爭也。既作《華山緣》、《雙蝶夢》二傳奇，今又作《司馬衫》。無論律吕之諧，以文論嶔崎磊落，吾弟其有咽噱乎，其無咽噱乎？顧從來嬰仁義者，羞穴隙，陶用缺盆，匠處狹盧①。風欲敗蘭女，嫉蛾眉，載之古經，塈邪説殄行，寧但白司馬一人已也？吾弟恢諧，付之劇戲、石火、電光、幻夢觀，一盼卽虚空耳。噫嘻！古之鴻博負奇者，嶔崎抑塞，則恆拔劍斫地，以霸氣救之，處陽不處陰。惟不欲與天爭，一切嘯歌而自得，豈以和堇愈螋齒也哉？弟詩與古文，亦不爲淺近，甲菽杜莖，非鼻病者有曉心焉。英雄磊落，何咽何噱？海内不乏奇博，詎垂之空文歟！

（《四庫禁燬書輯刊》集部第八七冊影印順治十年王鏞王鑨刻本王鐸《擬山園選集》卷三六）

【校】

①盧，底本作『盧』，據文義改。

秋虎丘（王鑨）

《秋虎丘》傳奇，《古典戲曲存目彙考》著録，現存康熙十五年（一六七六）序刻本（《古本戲曲叢刊三集》據以影印）。

（秋虎丘）序

董　訥〔一〕

孟津王夫子，博學廣著述，海内傳誦久矣。其季郎王子夙夜〔二〕以夫子所作傳奇見貽，命爲言，弁簡端。余喟然曰：『此夫子日月之餘照，江海之細波，泰華之半麓也，何足爲夫子傳？夫子之學，窮乎身心之奧旨，極乎性命之微言，括乎乾坤之精義，賢聖之祕藴，所得者深，所見者大，所流者光。故其爲文，浩浩落落，萬象畢具，驅韓役柳，直追秦漢以上。而遇物感興，孤吟長嘯，又兼少陵、太白之長，而獨成一家。至塡詞小技，又升庵、稼軒所不敢望其津涯者，亦末事耳。若夫排場之文，宮商之調，雖工麗奇巧，不過翰墨游戲，何足爲夫子傳？』

王子曰：『否否。文章無分巨細，必關世道人心，乃爲可貴。《三百篇》中，清廟明堂之歌、思女勞人之什皆載焉，凡以激發人之忠孝，感動人之道義也。先大夫爲此，豈徒邂逅佳話，爲悲喜離合之狀，以悦耳目耶？子盍竟厥讀？』

余曰：『子言是也。傳奇中齊將軍服倭一節，爲朝廷靖邊疆，爲友朋完匹配，不遺擁兵縻餉，掠子女玉帛，利私圖師，老無成之譏，眞千古忠臣矣。夫子之言，不可傳乎？噫嘻！人生亦大戲局，爲忠臣義士，則觀者肅然敬之；爲姦人邪子，則觀者怫然惡之。又安得以排場之文，宮商之調，爲翰墨游戲，而不可與身心之奧旨，性命之微言，乾坤之精義，賢聖之祕藴，共傳夫子哉？』是爲序。

翰林院編修加一級，平原受業董訥頓首拜撰〔三〕。

【箋】

〔一〕董訥（一六三九—一七〇一）：字兹重，號俟翁、默庵，平原（今屬山東）人。康熙五年丙午（一六六六）舉人，六年丁未（一六六七）進士，選庶吉士，散館授編修。累擢江南漕運總督、都察院左都御史。著有《督漕疏草》、《西臺奏議》、《兩江疏草》、《華瑁集》、《柳村集》等。傳見《清史稿》卷二七〇、《國朝耆獻類徵初編》卷一六〇、道光《濟南府志》卷五六等。

〔二〕季郎王子：即王無忝（？—一六九二），字夙夜，號爾迪，孟津（今屬河南）人。清順治十四年丁酉（一六五七）舉人，康熙九年庚戌（一六七〇）進士，初任行人司，官至浙江金華知府。傳見康熙《孟津縣志》卷三、《國朝畫識》卷五等。

〔三〕題署之後有印章二枚：陽文方章『董訥號默庵』，陰文方章『丁未探花』。

秋虎丘序

薛奮生〔一〕

元人傳奇之妙，全是一派天機。情淡而眞，詞香而豔，變幻多端，不留痕迹，所以擅場千古。後有作者，莫敢望其肩頂。歷數百年，有湯若士《牡丹亭》、盧次楩《想當然》二冊，摹景塡詞，差足追美前人，餘皆碌碌未之數也。今讀大愚先生《秋虎丘》，淡眞香豔，筆筆化工，直造元人堂奧，又不僅與《牡丹亭》、《想當然》鼎峙爭奇已也。才大如先生，使臨川、梨陽有靈，能不妒殺耶？快誦數過，不禁頫首。

康熙歲次丙辰仲春月，同里後學薛奮生衛公僭評〔二〕。

（以上均《古本戲曲叢刊三集》影印清康熙十五年序刻本《秋虎丘》卷首）

【箋】

〔一〕薛奮生（一六三二—？）：字龍門，一字大武，號衛公，孟縣（今屬河南）人。清禮部右侍郎薛所蘊（一六〇〇—一六六七）子。順治八年辛卯（一六五一）舉人，十二年乙未（一六五五）進士，授戶部主事，官至大理寺丞。著有《牆東崥草》。傳見乾隆《孟縣志》卷五、《中州先哲傳》卷二三等。

〔二〕題署之後有印章二枚：陰文方章『薛奮生印』，陽文方章『給諫之臣』。

秋虎丘題識

嚴廷中〔一〕

不事雕飾，不尚辭藻。專以白描擅長，是得元人三昧者，可與《牡丹亭》、《長生殿》諸院本分壇樹幟。

咸豐辛酉三月廿九日，嚴秋槎手評。

（同上《秋虎丘》卷首卷上目錄後）

【箋】

〔一〕嚴廷中（一七九五—一八六四）：字秋槎，生平詳見本書卷八《秋聲譜》條解題。

想當然（王光魯）

王光魯（約一六〇五—一六五六），字漢恭，號款思居士，廣陵（今江蘇揚州）人。明末諸生，周亮工（一六一二—一六七二）門人。居瓜洲，潛心於學。著有《閱史約書》、《碧漸堂詩草》。參見鄧長風《九位明清江蘇、上海戲曲家考略·王光魯》（《明清戲曲家考略》）。

撰傳奇《想當然》，託晚明名士盧柟（一五〇七—一五六〇）之名以行，《遠山堂曲品》著録，《今樂考證》著録，作『王光魯』撰。現存明崇禎間刻本，民國十九年（一九三〇）北平圖書館據以石印，《古本戲曲叢刊初集》據以影印。

盧次楩本敍

王光魯

大江以南有一君子，城愁以居，啖字爲飽，淫淫於睡夢之鄉。則常嘆曰：『人生幾何？少冶難繫。功名事業，會須有時。獨此遲之不得，錯之不可者，死心一佳麗耳。』子牙垂老，猶發磻溪之夢。未聞會稽太守，綬纍纍後更遇佳人也。閑居抱此，似失一物。骨酸心痛，魂悸眼花。恍惚有人歌笑迎我，胷中枕上，結爲佳景；欲合欲離，驕我失意。歷數古人，盡謬師襄之所教。

一日偶閲稗乘，見劉一春覓蓮事，則拋書狂叫曰：『是矣！是矣！』人生有此一日，千劫後可無活也。煩卿作念，無用相酬，則酬之以歌。王龜齡、蔡伯喈，荒謬無味事，猶煩傳不朽，有情如此，與後世文人，毫無干涉者乎？

旣慨許之，此數人者，遂坐我喉間不去。於是花酣月大，濁酒自澆，則按其事歌一闋；或好思不來，窮鬼相搏，則歌一闋；或大堤游冶，鑽我心肺，見之則歌一闋；腹已負我，室尚關人，聞之則歌一闋。甚至鬼不助靈，筆與衆肖，忽不自得，則燭昏觸柱，面壁如死灰。或身在衆中，咿唔出字，如呻所痛。要期於避俗、避膚、避肉麻、避弋陽聲口。每成一歌，則裂原傳一紙，囑付鼠塵。總之情自我生，境由他轉，閲數月而盡矣。

然有納荼甕者，有書赫蹏者，有研①帛側理、楷書粘壁上者，雜舉子業稿中者，傳歌人板拍上者。一日纂匯成帙，潤以賓白，胷中數人，始出而拱揖，笑啼於紙上。仍覺有幾頃情波，貯我坳腸，汩汩欲作千百言，借乃公心血涌出，主人翁甚不耐煩，急用暖酒蕩去。

嗚呼！天下文人多矣。奇緣佳遇，未必是我；即是我，亦不能盡畫。要以心想取之，染作墨雲，繡爲聲譜，按拍觀場，嗚嗚作彌大王有驢耳爾。則此三十八折者，非劉郎、蓮姊、曹郎、許氏之詞，而予之想也。遂命曰《想當然》。

嘉靖丙子秋中〔二〕，款思居士漫筆。

【校】

①研，底本作『呀』，據文意改。

【箋】

〔一〕嘉靖丙子：明嘉靖朝無丙子紀年。此丙子或當爲崇禎九年（一六三六）。

批點想當然序

譚元春〔一〕

《想當然》者，相傳謂盧柟次楩所著〔二〕，爲傳奇而自異其名者也。吳人客遊於楚，篋中攜此，譚子見而賞之，乃爲竟讀。夫忠孝俠烈之事，散見於經史，而情麗獨歸之曲。忠孝俠烈，人所自爲，欲自言之則不可。無論名心淡泊，無能自舉，即欲極力自寫，反多扞隔不通之處。一經才人手筆，以文代辭，以理溯事，合衆人之喜怒、當日之情事，以觀其行徑，雖言談接湊，不必盡然，而要不可移之於他人者，則人之想專而味出也。六經之悠宕者，無如《詩》，則言情爲多。周秦以下，爲騷，爲賦，爲歌行，爲詩餘。三代詩體，簡勁質樸，亦其氣運留之，想固自雋。要之一涉悠宕，即不能不爲騷，爲賦，爲歌行、詩餘，以專爲情麗之所歸者，則勢使然，亦三代人所不禁也。

有名人女子，終身情性所結，覆匿昏迷，婉轉自度。不幸而遇俗子，以刀馬扁鼓傳之；或遇不讀書、不靜悟之人，加以惡詩俚句，演爲小說，述爲歌聲。遂使起居服飾，仍是前人，但易其姓氏，而謂之後人，可乎？即後人之行徑，誠是我不能出心想以迎之，則仍不如置之冥漠，聽後世有耳目，有情性者自爲之。正不必汲汲欲傳，令人痛惜徘徊，歸咎於作者之不善也。

且生、旦兩人，合爲一傳，則兩人有兩人之想。淨、丑、外、末，嬉笑怒罵，種種詛祝憐惜之人，則亦有淨、丑、外、末嬉笑怒罵之想。夫傳兩人，則兩人已耳。淨、丑、外、末，兩人深不願有此，然無之則不奇，不奇則不傳。世無才人併淨、丑、外、末，鬚眉如土木矣。況言詞轉動之外，有舉目不見，傾耳不聞，千變而不離者。半面乍覩，如見故人；避就遷延，如長癡木。當徑者爲情所使，忽忽不知自非。此中人孰能以一點豔根，化爲千百字句，不許一字不靈，一句不肖，令四時之氣，草木之情，意外不相干涉之人，盡爲佐使乎？

次梗磊落半生，竟以狂死。偶出而爲是編，其豪氣難除，用心不細，故多生處、硬處、疎處，不能盡爲次梗掩。至其意到神開，覺讀者有如或見之之意，總不肯一語落前人窠臼。揣摹之極，變爲天然，不獨他人不能代言，卽質之次梗，或亦非學問讀書之所至也。則併其生處、硬處、疎處，合而成一，次梗之作，正不必爲解嘲矣。

或曰：盧固濬人，其序稱大江以南，殆非盧作。余意盧散人也，足迹半天下，所至爲號。陸尚書爲吳人，始仕濬令，出次梗於嘉肺①中。陸歸，盧隨之客於吳。書成，而得吳名，不復自珍，旋又棄去。生平倚酒嫚罵，無故人知己。將死之歲，弇州先生復以家難，流離長安，故遺文散而不收，至今始傳流耶？

或曰：此本陸尚書少年所爲，以其宦久而官高，不便以詞曲傳，得意之文，又不忍廢，故託之門生後輩，以爲不朽，詭云次楩耳。嗟乎！鄭康成之《春秋》，亦名『服注』；許先生之草蹟，竟爲右軍。幸而傳之足矣，敢苛求其爲陸、爲盧耶？

次楩博識前哲，謂取所論著，而姑韻之以爲賦。今讀其《幽鞠》、《放招》之類，非取所論著，而姑韻之以爲騷者乎？塑面晝皮，影射往古，自是嘉、隆間習氣，何此編亭亭多新異耶？吾愛次楩，當削去《幽鞠》、《放招》諸篇，獨存《想當然》，則亦不知次楩爲嘉、隆間人也。

景②陵譚元春撰〔三〕。

【校】

①肺，蔡毅《中國古典戲曲序跋彙編》括注：『疑爲「府」字之誤』。

②景，蔡毅《中國古典戲曲序跋彙編》括注：『竟』。

【箋】

〔一〕譚元春（一五八五—一六三七）：字友夏，號鵠灣，別署蓑翁，竟陵（今湖北天門）人。天啓七年丁卯（一六二七）舉人，屢試不第。與同里鍾惺（一五七四—一六二五）選評《唐詩歸》、《古詩歸》，世稱『鍾譚』。著有《嶽歸堂稿》、《鵠灣集》等，現存《譚友夏合集》。傳見《明史》卷二八八。

〔二〕盧柟（一五〇七—一五六〇）：字次楩，一字少楩，又字子木，濬縣（今屬河南）人。屢赴鄉試不第，以貲爲國學生。負才忤縣令蔣宗魯，蔣誣以殺人，榜掠論死。繫獄十二年，終獲釋。後遍遊吳會，落魄病酒而卒。著有《蠛蠓集》。傳見王世貞《弇州山人四部稿》卷八三《傳》（《國朝獻徵錄》卷一一五）、《名山藏》卷九五、《明史》卷二八七等。

〔三〕題署之後有印章二枚：陰文方章『元春』，陽文方章『友夏氏』。

（想當然）成書雜記

藹室主人〔一〕

一、原傳舊有刻本，語頗雜惡，一經點綴，俱爲生動。藏聲石鼓，千年遇張茂先也。至人名事境，並無一字改易。惜文繁不能盡贅，博雅君子當並觀之。

一、前人因曲諡名，後人按名造曲者，以腔板既定，人不敢創易故也。然腔板不換，則其中或增字、或減字，皆隨人詞意筆勢所到，聯絡成文而已。近時歌人，或數字咯口，則謬爲裁補，甚至代爲删芟，文闕理荒。不知曲聖板師自有那借之法，先生間有增減，幸恕筆削。

一、俚詞膚曲，因場上雜白混唱，猶謂以曲代言，老餘姚雖有德色，不足齒也。吳人清唱，因其腔板熟落，窮力吟詠，或至奉爲終身首調。不知里巷鄙語，雖使二八好女歌之，終亦濕鼓啞缶而已。又有塡詞集事，雜白唱尚或可曉，一人清唱，如啖木屑者。是本合白卽記，拆白卽詞，縱使簫板間綴，高唱低咏於虎丘石上，千人叢中，當亦雅俗首肯，不至爲解人嘲也。

一、作曲俱依古調，名色標列極楚。又有如【六犯宮詞】、【九迴腸】，俱係眼前熟調，首尾過接，自有一定師傳。點板注名，所重似不在此。

一、元人詞曲，多配絲絃。況北調簡勁眞率，自①多寓於曲中也。以致苦面老優，妄加枝節。如『露滴牡丹開』，原難做作，不得不添『君瑞多丰采』矣。此本委蛇詳備，如謝點金之手。先生苦心也，亮之！亮之！

一、是本原無圖像，欲從無形色處想出作者本意，固是超乘。但雅俗不齊，具凡各境，未免有展卷之嘆。兹集本齋更加較讎鐫刻，不啻苦心，豈得不一煩名手，繪斯無字句之神情，以標其勝？故擇句皆取其言外有景者，題之於本圖之上，以便覽者一見，以想像其境其情，欣然神往，是由夫無形色者也，用是以補其缺陷。

一、時曲取事拗奇，多方淩駕；波瀾筍節，博設遠收。至於箇中情景，舌亂齒忙，本味未出，而心已爲關目促去。作者以此投時，演者以爲省事，不知終場急鼓繁聲，倉皇跪拜，有何意趣？獨先生兹本，取事未嘗不奇，而迴峯過峽，引水歸源，恣意横皴，歡腸衵②舌。更妙在嵌空著步，纏綿幽曲，必欲節節盡情。臺上案頭，共珍名作。

一、是集讎校獨精，告成不易，實亦先生精魄所在，愛玩不忍輕褻。公傳我輩，同藏斯寶。如有用心精校，紙板精瑩，圈點細膩，廣傳幽谷窮鄉，不佞正大有望於同志也。若不如公棨，或兼易陽虎之面，先生何以教我！

藹室主人手識。

（以上均《古本戲曲叢刊初集》影印明崇禎間刻本《譚友夏批點想當然傳奇》卷首）

【校】

①自，底本作『目』，據文義改。

②袍，蔡毅《中國古典戲曲序跋彙編》括注：『疑爲飽』。

【箋】

〔一〕藹室主人：　姓名、籍里、生平均未詳。或即王光魯化名。

想當然題識〔一〕

心印吟室主人〔二〕

玩此記，須看他一段關節。如劉生初一卜筮耳，如何遽生妄憶？蓮、匀始未面生耳，如何便動閨思？此便是幻中眞。再觀一梅遇本意中人，反爲仙游；再梅遇本急相熱，反苦相就，此又是眞中幻。春游耿生本妒，反使醉裏遇仙；假試窺探誠深，竟令眞處成僞，此又是眞中幻。文仙青樓一夢，遽害一場女相思，費一番閒綢繆；馬皋貽憾方深，乃竟一探花返旆，無意撮合，此又是幻中眞。眞眞幻幻，幻幻眞眞①，世情看破，原是如此。

道光十三年壬辰春王正月廿五日，心印吟室主人閱竟題〔三〕。

（同上《譚友夏批點想當然傳奇》卷首墨筆書）

【校】

①幻幻眞眞，底本作『幻眞』，據文義改。

【箋】

〔一〕底本無題名。此文爲墨筆題識。

〔二〕心印吟室主人：別署須彌山樵，姓名、籍里、生平均未詳。

〔三〕題署之後有印章二枚：陽文方章『心吟室印』，陰文方章『須彌山樵』。

紅羅鏡（傅山）

傅山（一六〇六—一六八五），初名鼎臣，後改名山，字青竹，後改青主，一字仁仲，號公之它，一作公他，別署嗇廬、隨厲、僑山、老蘗禪、丹崖翁、朱衣道人、松僑石道人等，陽曲（今屬山西）人。著有《霜紅龕集》、《性史》、《十三經字》、《易經音釋》、《春秋人名韻》等。撰雜劇三種，並傳於世。參見丁寶銓《傅青主先生年譜》（清宣統三年刻本）、鄧長風《〈霜紅龕集〉的版本與傅山的生卒年》（《明清戲曲家考略三編》）。

《紅羅鏡》雜劇，現存鉛印本，《古本戲曲叢刊三集》據以影印。

紅羅鏡序

傅　山

大戲場維摩曰：功當成好事業，不必假好人手；緣當合好風流，不必輒好人收；名當傳好文章，不必出好人口。用世大賢，看取《紅羅鏡》可也。

松僑石道人。

晉陽川方言

張赤幟（二）

抬掇　言偏心親愛如母護子也。

扢董　言不分好歹即收留也。

胡柴　言滿口胡說若柴之亂也。

廝拉　言二人之手相攜也。

勾搭　言撮合一處私相親愛也。

苗條　言女身細長輕便可愛也。

扢悠　言從容慢走不覺勞也。

麻繁　言煩瑣討厭妄求人也。

悠亞　言徐行緩步不急忙也。

話欛　言說即提起作證據也。

屋忽　言悶熱屋內不爽快也。

跋躐　言物有妨礙於我不便也。

冒忽天　言突如而來便啓口動手也。

呆答孩　言一直走動，不知有所妨害也。
歪剌古　言不端正之婦女也。
爬不跌　言恨不得如此也。
白故故　言無因而失敗也。
打骨都　言不擇好歹就幹也。
臧臧鬆人　言不成才也。

張赤幟釋

（以上均《古本戲曲叢刊三集》影印鉛印本《紅羅鏡》卷首）

【箋】

〔一〕張赤幟：字號、籍里、生平均未詳。

新西廂記（卓人月）

卓人月（一六〇六—一六三六），字珂月，號蕊淵，别署江南月中人，仁和（今浙江杭州）人。崇禎二年（一六二九）入復社。屢試不第，八年乙亥（一六三五）拔貢。次年（一六三六）禮部試、秋試，均落第，因病身亡。崇禎二年（一六二九），與徐士俊（一六〇二—一六八一）合編《古今詞統》（末附二人唱和之詞《徐卓晤歌》）。著有《蟾臺集》、《蕊淵集》、《卓子創調》、《卓珂月遺集》

等。撰雜劇《花舫緣》、傳奇《新西廂記》。傳見清陳作霖《金陵通傳》卷二二等。參見鄧長風《卓人月：一位文學奇才的生平及其與〈小青傳〉之關係》（《明清戲曲家考略》）、郎淨《卓人月年譜》（《古籍整理研究學刊》二〇一一年第四期）。

《新西廂記》傳奇，未見著錄，已佚。

新西廂記序〔一〕

卓人月

天下歡之日短而悲之日長，生之日短而死之日長，此定局也〔二〕。且也歡必居悲前，死必在生後。今演劇者，必始於窮愁泣別，而終於團圞宴笑，似乎悲極得歡而歡後更無悲也，死中得生，而生後更無死也，豈不大謬耶？夫劇以風世，風莫大乎使人超然於悲歡，而泊然於生死。生與歡，天之所以鴆人也；悲與死，天之所以玉人也。第如世之所演，當悲而猶不忘歡，處死而猶不忘生，是悲與死亦不足以玉人矣，又何風焉？又何風焉？

崔鶯鶯之事以悲終，霍小玉之事以死終，小說中如此者不可勝計，乃何以王實甫、湯若士之慧業，而猶不能脫傳奇之窠臼耶〔三〕？余讀其傳而慨然動世外之想，讀其劇而靡焉興俗內之懷，其爲風與否，可知也。《紫釵記》猶與傳合，其不合者，止復甦一段耳，然猶存其意。《西廂》全不合傳，若王實甫所作，猶存其意；至關漢卿續之，則本意全失矣〔四〕。余所以更作《新西廂》也，段落悉本《會眞》，而合之以崔、鄭墓碣，又旁證之以微之年譜。不敢與董、王、陸、李諸家爭衡，亦不敢蹈襲諸家片字。言之者無飾，聞之者足以嘆息。蓋崔之自言曰：『始亂之，終棄之，固其宜也。』而元之自言曰：『天之尤物，不妖其身，必妖於人。』合二語，可以蔽斯傳也。因其意而不失，則余之所爲風也。

（明崇禎間傳經堂刻本《蟾臺集》卷二）

【箋】

〔一〕卓人月卒於崇禎九年（一六三六）九月二十九日，卓發之《漉籬集》卷一一《人間可哀集序》云：『崇禎九年秋九月庚午，卓人月卒。』（《四庫禁燬書叢刊·集部》第一〇七册影印本）故此文當作於本年或稍前。

〔二〕此處眉批：『西銘云：即就歡場演出苦諦，苦惱煞人，慶快煞人。』

〔三〕此處眉批：『蓮旬云：此曲若成，翻盡諸名家窠臼，自有詞曲以來第一奇事。』

〔四〕此處眉批云：『薛諧孟云：若在他人爲之，便是學究考訂氣矣，在珂月正不妨。』

文犀櫃（張淑）

張淑（一六〇七—一六八〇後），字荀仲，號陸舟，山陰（今浙江紹興）人。少以諸生游太學。明末爲有力者推薦，得貴官，未赴任。善吹簫度曲，撰戲曲數十種，今僅知《文犀櫃》傳奇一種，葉德均《戲曲小說叢考》卷上《曲目鉤沉錄》著錄，已佚。參見程芸《清初戲曲作家張陸舟補考》（《文學遺産》二〇〇七年第六期）。

文犀櫃院本序

毛奇齡

往從吳人話文犀櫃事，且云有院本甚善。踰年至廣陵，得其本，讀之，始知爲吾鄉張陸舟先生作也。先生好遠游，朝帆暮車，然所習至者，則尤在秣陵、廣陵、吳閶之間。所至坊曲爭相迎，藉先生爲歡，其於娼樂屢矣。暇時爲詩歌，且雜爲塡詞、小令諸體，又爲傳奇、院本、雜劇、散弄，合不下數十本，《文犀櫃》其一也。

或曰：先生滑稽依隱以玩世，其爲文放浪嘲謔，不可爲法。而予曰：不然。稷下士爲雕龍炙轂之談，而東方先生不嘗騁諧文作據地歌乎？夫不得乎世，而至以文詞玩世，則必爲世所不敢道者，而世於是乎略其寓言，而師其正旨。然則先生之爲世法久矣，不然，當先生出門時，披緇負笠，與鄉里故人拱手告別，其中懷隱深，浩然長往之概，亦可哀矣！然猶流連狹斜，娛意歌曲，倘亦有不安於心者在耶？《文犀櫃》實事也。先生文雖奇，然先生豈櫃中人哉？

（《景印文淵閣四庫全書》第一三二〇冊《西河集》卷二九）

風流院（朱京藩）

朱京藩，字介人，一作价人，别署不可解人，籍里、生平均未詳。撰傳奇《風流院》、《半襦記》，雜劇《玉珍娘》。《風流院》傳奇，《遠山堂曲品》著録，現存崇禎間德聚堂刻本，《古本戲曲叢刊二集》據以影印。

風流院敍

朱京藩

余①生也晚，漢不能與曹、吴諸人弄文，唐不能與元、白諸人賦詩，宋不能與秦、蘇諸人敲詞，卽明亦不能與王、李諸人互相酬答。孑然一身，滄蕩於春風秋霧中而已。嗚呼，知我者其誰乎？抑天乎？抑木乎、石乎？抑鳥獸鬼魅乎？渺浩者天，天不可問；無言者木石，木石不可諧。蠢然者鳥獸，不測者鬼魅，鳥獸不可羣，鬼魅不可老。余果已哉！必窮神於四荒，搜思於六隱，上下古今，摭捃人物，有知我者，余從而誦之、拜之、哭之、欣之、生之、死之。

夫所謂知我者，不必其見我也。吴越而同堂也，冰炭而共覩也，存亡而一轍也。志以性通，氣以味合，倏忽遄來，莫知其故。是故阮籍②有窮車之哭，孫登有高山之嘯，李白有愛月之癡，杜甫有貪盃之雅。『雲從龍，風從虎。』『水流濕，火就燥。』『磁引鍼，雷起蟄。』投其所好，即赴湯蹈鑊，所不辭也。

余之於小青也，未知誰氏之家，一讀其詩，如形貫影，相契之妙，不在言表。即世人亦有契之者，而我契則別焉矣。故爲之設木主，置之齋几，名香好茶，朝朝暮暮。今又值下第之慘，爲之作記，以況其苦怨，名曰《風流院》。小青爲讀《牡丹亭》，一病而夭，迺湯若士害之。今特於記中，有所勞若士以報之。至於文章之工拙，關目之嫌好，原俟天下解人自辨。雖上不能與董解元、王實甫爭衡，而較之今日辭壇蛇腔馬調者，庶幾徑庭矣。

嗚呼！人苟有才，其知香識美，必爲上天所諱忌。男子有才，必蹇抑於功名；女子有才，必迍邅於遭際。即余記中，入院之後而復困厄者，亦不有才之故云？

己巳小雪後二日〔一〕，不可解人朱京藩題。

【校】

①余，底本原闕，據文義補。

②籍，底本作『藉』，據人名改。

【箋】

〔一〕己巳：崇禎二年（一六二九）。

(風流院)敍

柴紹然〔一〕

余讀《風流院》,而不禁唏嘘太息、感慨流連也。讀者然,而作者從可知矣。夫士抑鬱不得志,窮愁悲憤,迺始著書以自見。朱子懷才未偶,著述滿笥,至不得已而牢騷憤懣,復爲斯記,良足悲已。以彼其才而黼黻皇猷,光昭史冊,詎不成一代文章?迺俾之鬱鬱無聊,戲托諸生旦淨丑以見志也,悲夫!抑不足悲也。

古今來常理,窮而後變,變而後通。名山大川之靈,彙結爲□才,鮮不犯造物之忌。忌之深,則其虐之酷。迨至奇窮,歷盡萬死一生,始取生平所羨慕者,報之慰之。此古今之常理也。小青一女子尚然,大丈夫又可知矣。至如舒潔郎,曠世逸才,遭逢不偶,悲歌慷慨,以至移情花柳,死而復生,乃姑酬之以絕色,報之以功名。嗚呼!其初抑何蹇抑,而其後得於造物者又何豐也!則又古今之常理也。然則舒生非他,夫亦作者自爲寫照云爾。

是記成,囑余弁首。余唯是紀事之幻,寫景之眞,呼應之周,波瀾之巧,與夫賦句之奇豔、之自然,業已字櫛而句比之,又復何贅?獨其窮愁悲憤,記未成而惻惻然者,記已成而益不勝其悽悽然、悵悵然也,聊書數語以慰之云。

下元後二日,明道人柴紹然漫書於素堂〔二〕。

【箋】

〔一〕柴紹然：號素堂，別署明道人，籍里、生平均未詳。批評《風流院》傳奇。

〔二〕文末題署後有陰文方章三枚：『紹然之印』、『明道人』、『素堂』。

風流院敍

蟣衲牧幻〔一〕

不可解人，好讀奇書，深探禪穴。每於清夜焚香，跏趺靜坐，苦行踰於衲子。是以慧性靈虛，筆（?）作古秀。嘗謂余曰：『某宿世本一淨僧，祇緣名色二情不斷，生此贍部耳。稍或遂願，自能於此色香中了去。』當是時，座客咸爲撫掌。

因閲小青《焚餘》，蹙眉凝眥而嘆曰：『才子未成名，佳人不歡偶，蒼蒼似於若輩有意乎？』乃爲作傳奇，題曰《風流院》。一章大義，以風流爲宗，怨情爲本，義俠爲用，果報爲教。故湯若士之居院，南老人之弄奇，絮影尋青，冥拘鬼謔，通篇之面目也。兼以腔韻和，音律正，場戶清，關目密，科諢番新，收場脱套，是傳奇中一座南陽無縫塔也。

是以明道人輿（?）之於微，竟將不可解人意中之意，言外之言，輕挑低逗，盡情拈出。所作每日聯窗共靚之外，把臂絕倒，割腸相惜。或焚香煮茗，興歌於山凹；或枕糟呼麯，浪迹於湖濱。倏而峨冠博帶，爲山中之宰相；倏而蓬首垢面，作塵闤之散人。塵間（?）數地（?），身長無限，呼朋引類，石信可諧。若此者，乃不可解人之作《風流院》，而明道人之所以評《風流院》者也，余又烏足以知之哉！坐禪之隙，戲爲綴墨。

蟣衲牧幻書於栖霞嶺之澹庵〔二〕。

【箋】

〔一〕蟣衲牧幻：姓名、籍里、生平均未詳。

〔二〕題署之後有印章二枚：陰文方章『牧幻』，陽文方章『栖霞嶺上人』。

附　吊小青詩

聖　昭〔一〕

不爲琴心逐狡童，墮花飄絮任春風。一生知己呼清影，未了柔腸托畫工。幾向經臺香雨散，欲歸天上彩雲空。芳魂只在西泠路，零亂殘梅樹樹中。

聖昭。

（以上均《古本戲曲叢刊二集》影印明崇禎間德聚堂刻本《小青娘風流院傳奇》卷首）

【箋】

〔一〕聖昭：姓名、籍里、生平均未詳。

附　風流院題識〔一〕

吴　梅

此劇當是未見石渠《療妒羹》而作。朱京藩，字、里無考。末附《小青傳》、《焚餘》，一爲京藩自作，一即取子猶原傳中所附小青詩詞及《與楊夫人書》〔二〕，彙錄成卷也。《療妒》以小青改適楊生，此書又適舒生，使小青地下蒙詬，皆非正當。惟詞采則可取耳。明人詠小青者至多，吴、朱兩作外，如徐野君《春波影》之北詞，陳季方《情生文》之南詞，又有《梅花夢》一種，中以《春波影》爲最。此作以湯若士作風流院主，眞荒唐可樂矣。

己未又七月壬子〔三〕，長洲吴梅跋〔四〕。

又按里堂《劇談》云：『京藩，字价人。』

【箋】

〔一〕底本無題名。

〔二〕子猶原傳：指馮夢龍《情史類略》卷一四《小青傳》。明崇禎間德聚堂刻本《小青娘風流院傳奇》卷末附錄《小青傳》，署『不可解人朱京藩著』，末評云：『有此傳，而小青始在矣；有此傳，而小青始可無怨矣。僕聞風雲龍虎大，才人自有感會之妙，非可俗語而論。今以後小青死而生，朱君生而死，生死交情，神妙莫測。余當拍掌狂笑以賀之，知者會焉。』又附錄《小青焚餘》，含七律一首，七絕十首，詞【天仙子】一首，並《與楊夫人書》，末云：『余每於孤窗靜夜，焚香危坐，將此書句讀而哭，哭而讀，讀而復哭，痛快乃止。嗟乎！才人美女，憂所同根；痛肺惜腸，臭有别調。哭之而當，可以起死迴生，可以翻波蝕日，可以出没於不知所之。哭之，故妙矣哉！如有繼余哭者，余復改而爲笑已。不可解人嘵嘵。』評者當爲柴紹然。

〔三〕己未：民國八年（一九一九）。

〔四〕題署之後有陽文方章『瞿安』。

附　風流院又題識〔一〕

吴梅

前跋謂未見《療妒羹》而作，是余誤處。後讀方仰松《雷峯塔自序》〔二〕，乃知石渠之作，實不愜此種，爲之改頭换面也。小青事本文人寄託，與烏有、子虚同。余遊孤山，竟有小青墳墓，且陳文述立石紀事，亦可怪矣。吴人愛《療妒羹》最至，而苦於宫譜不全。余從婁縣俞粟廬宗海家，借鈔《澆墓》一折，文字至佳，而與《療妒・弔蘇》文大異，究不知是誰手筆。粟廬爲度曲家老輩，嘗持此爲問，顧亦不能知《療妒》之原委，他可知矣。余既得《粲花五種》，又藏紅友三劇，吴氏舅甥之作差備，而《療妒》之旨，則始終未明了也。倘遇通人，再當博詢。

己未十月十八日，長洲吴梅跋。時寓東斜街，癯庵。

（以上均《古本戲曲叢刊二集》影印明崇禎間德聚堂刻本《小青娘風流院傳奇》卷首墨筆題）

【箋】

〔一〕底本無題名。

〔二〕方仰松：即方成培（一七三二—一七八九），字仰松，生平詳見本書卷八《雷峯塔》條解題。

問霞閣山水情詞（魏方炌）

魏方炌（一六〇八—一六六八後），字大方，號直庵，山陰（今浙江紹興）人。明末諸生。入清，奉親入山，著書自娱，兼諳醫理。著有《問霞閣集》（含《溪香集》、《任懷集》、《桐月集》）。撰《問霞閣雜劇三種》，分題爲《問霞閣山水情詞》、《問霞閣天涯知己詞》、《問霞閣花約小詞》，現存清康熙間刻《問霞閣溪香集》本，上海圖書館藏，鄭志良據以校點整理（黄仕忠主編《戲曲與俗文學研究》第一輯，社會科學文獻出版社，二〇一六）。傳見嘉慶《山陰縣志》卷一四、《兩浙輶軒錄》卷二等。參見鄭志良《明末清初紹興曲家魏方炌所作雜劇考》（黄仕忠主編《戲曲與俗文學研究》第一輯）。

《問霞閣山水情詞》，現存清康熙間刻《問霞閣溪香集》本。

晉詞史序

孟稱舜

人莫不言情，而情之至者，不可以情言也。情有淺有深，有濃有澹，而深於情者，未有不極於澹者也。清遠道人之言情也，謂『不待薦枕而成歡，挂冠而爲密』，可謂深於言情矣。然曰『生者必死，而死者必生』，猶未免乎形骸之論也。

吾友魏大方，所傳王清君、朱韻子，清則眞清，韻則眞韻，意不在兒女子事，而在鍾情山水之間。至其合也以性，而通也以魂，較清遠所云愈淡而愈深矣。吾聞忉利天之上，其爲夫婦，不異人間，然情至則相視而笑而已。大方所言情者類之，是眞天也，而非人也。古有一女子，性嗜山水，每日靚粧倚閣而望。後女子死，胷結一物如鏡，山林川澤之形畢具。韻子豈卽其人耶？清君不思婚宦，放意山水，殆有類向平五嶽之志，大方蓋以自況也。兩人相視目成，脫形骸，超生死，而往來蒼山碧水、疏林淡月之下，情淡而深，今古莫能逾焉。

其詞刊落習套，不有臨川，何況諸子？予愛其事詞，爲點次之傳於世。讀此詞者，請以純灰三滌其魄焉，可乎？

會稽友弟孟稱舜書。

魂清史

闕　名〔一〕

晉曠士王俊流者，字清君，善詩賦。其先本江左都人，父言，任山陰令。時清君方十歲餘，見山川淨秀，人物娟雅，輒嘆曰：『明月山陰道，豈易得行耶？右軍輩是我家何物，獨擅勝名。』畢任，迺止父家焉，父亦奇而許之。讀書分夜，忽發長笑，或掩卷素泣。友人怪問之，曰：『我懷古人。』友曰：『子有至性，他日當爲情死。』年二十，應舉不第，笑曰：『余出余性中得，安在供人怒喜？』遂決志不應舉。

一日閒齋淒寂，秋意澹冶，曠懷欲狂，將有所寄。起行百步許，出東門數里，語鳥若呼，立松若待，引人忘倦。徐步過耶溪橋，野平烟鎖，翠靄撲人，似出於山，似出於天，似出於竹間，形影自洽，不知魂之何似也。慨然曰：『秋清如此，奈何斗室？自負琴書，弱冠既除，餘年有幾。』因復前至一所，排峯參錯，近者爲蓮花，爲劍戟，遠者爲蒼龍偃，爲碧雲孤飛。脩林相映，水沁滌顏，樓閣半出，仿佛香來，中似有蘊。清君行色漸靡，坐對流聲，起而嘯，溪山爭應之。仰而問天，天垂垂欲聽。清君曰：『快哉！余復安得去此？』

坐久之，吟聲出林內，飄揚入耳。吟曰：『昨日倚西樓，明日倚西樓。青山不可盡，惨冶五雲秋。』清君方大賞其俊逸，迴顧，乃一女郎，年可十五六，新倩溫文，既不驚逝，亦不脩容，漫視清君。清君異之，吟曰：『樓際看山好，山頭亦望樓。閨人清澈氣，化作此鄉秋。』女郎曰：『遊客亦竟能詩，卽舉目山水間，似了不屬。』清君曰：『卿山水性成，余得狎山水如狎卿，亦弗更顧。』偶坐，日且暮，女郎嘆息掩窗曰：『奈何遊客而竟與妾同性乎？』時蒼山茹色，水作絃哀，疏林人斷，月未舒眉。清君曰：『余將死於是鄉耶？』

投其友人止焉，夜獨秉燭，凝思欲絕。有女子從几前行，新韻映月，舉纖指圖畫山水。清君起就之，亡所得，返而席，躍如也。清君曰：『卿何來？』女郎曰：『妾朱家韻子也，從山水間來。』因問曰：『君何來？』清君曰：『僕王清君，從愛山水間來。』女郎曰：『妾旬紀之餘，四年於茲，朝烟夕月，未敢負春秋以貽恨佳山水也。君有至性，五雲之得，豈妾可私？月溪甚清，偕子談性，可乎？』清君曰：『諾。』

女郎前引清君至溪畔，畔際更幽，向天然石列坐，殊無所言。清君迺長歌曰：『暮雲靜兮，我同倦歸；溪夜寒兮，魂多慘悲。落容媚波不返兮，皓魄隨流兮尚能來。夾岸爲桐兮水爲絲，累石爲畛兮星爲徽。松潮拍空鳥影稀，朗然彈之而哀徹兮，濕曠士之衣。』韻子亦歌曰：『道古山長兮爲誰蒼，遊烟野合兮林色荒。鈎月睨人零清霜，高樓斜出兮魂莊。既至性之不隔兮，鬼見何妨？感燕鴻之相避，看青青兮萎黄。歸去來兮頑魄藏，安須及朝華兮爭嬌芳。寄大恨於人間兮，嗟與水長。』歌竟，俱淒淒掩袂。亡何，曉風高厲，星月無光。韻子撫手曰：『願君冥氣靜索，妾魂從此依矣。』言訖不見。

於是清君必選幽兀坐，以神求之，若偪處喧嘩，或參他想，遂不復得焉。如是者兩年許，而韻子死。清君追魂弗果，情思狂痛，聞空中云：『君毋遽也，相隔一期，會決永好。』清君未敢安之，日夜炊茗燃香，扃戶就枕，終無所見。及期之秋月，偶於溪畔夜行，見韻子翩然來，且笑曰：『妾魂幾不自主矣！將生於某地，湖山亦自好。恐兩魂穉壯，弗能相及，已訴之山川神，得賜魂清閒。君可放迹，以不負依君之意。』清君從之，自是蒼山碧泉，疏烟淡月之下，有見兩人行歌坐咏者。他日以問清君，清君笑不對也。

余讀《牡丹亭》，覺阿麗魂多一生爾。夫生則魂還，將不復生則魂滅歟？且必待生而爲密，安在非形骸之論耶？而觸緒花鳥與痼情山水抑異？五雲爲會稽佳山水，而晉人鬼見事亦奇，余合而新之。使天下子女，共知山水之樂；使天下子女之情，不在形交；使天下慕會稽山水，未得身至者，如履五雲而商其勝概，不止傳二人已也。雖然，如二人者，尚可以不傳乎哉？

【箋】

〔一〕此文當爲魏方炳撰。

（問霞閣山水情詞）題辭

魏方炳〔一〕

大方子曰：魂非夢也。夢之所成，昨日如此，今日不如此，是知魂非夢也。夫魂者，醒而更清，天下必無醒而夢者矣；死而更英，天下必無死而夢者矣。抑以知魂非夢也。

清君，曠魂也；韻子，幽魂也。兩人之魂，不依於形，而依於山水烟月蕭疏慘冶之中，魂從魂也，又何異乎水歸水、月照月也。故澮澮而遇，遇而仍澮也；相對無言而歌，歌竟而逝。不知秋山之爲兩魂，與兩魂之爲秋山水也。

故夫語鳥若呼也，立松若待也，鈎月若睨人也，起嘯而溪山爭應也，仰問而天垂垂欲聽也。清之至也，至性之不隔也。乃若祝君之仙游也，一琴一鶴以自隨也，則余想之偶結，以明清魂之必千古也。魂之千古也，爲夏雲，爲秋山，以出沒余問霞之前。舉是物也，而不清且韻者，未嘗見也。嗟夫！形之不若魂者，有迹無迹之分也；夢之不若魂者，無常有常之辨也。我故曰：魂非夢也。

甲戌秋月〔一〕，題於問霞閣中。

【箋】

〔一〕甲戌：崇禎七年（一六三四）。

（問霞閣山水情詞）凡例

闕　名〔一〕

一、去、平、上、入，悉遵《九宮》原譜，不敢輕假，每折中不過數字。

一、是曲用韻甚嚴，卽詩譜所收，尚費去取。如用十二『文』韻，寧擇『元』中數韻輔之，必不以『眞』混『文』。其本韻不穩者，亦去。

一、時曲中詩句，多用古人，兼雜俚語，是悉係新作。

一、作者每於曲中用白，一時便作，殊零碎可厭。今一白一曲或二曲，庶令白、曲分明。

一、調中襯字太多，最失眞。而且云南辭類北爲佳，總屬附會元人之過。是曲盡行鈎晝，示不敢濫用，以便謳者。

一、是曲已有全本，自惜秀冶類湯若士，遂屏棄不用。秋深之暇，又復爲此，似別開孤清一路也。

一、首折中【夜行船序】第二套，【黑蔴序】第一、第二套；二折中【傾杯序】第二套，再【雁過聲】【刷子序】【醉太平】本套；三折中【甘州歌】第二至第六套，四折中【二郎神】第二、第四套，悉係換頭。

（以上均上海圖書館藏清康熙間刻本《問霞閣溪香集》所收《問霞閣山水情詞》卷首）

【箋】

〔一〕此文當爲魏方焫撰。

雪庵小劇（李文生）

李文生，字號、籍里、生平均未詳。與魏方焫爲友。《雪庵小劇》，未見著録，已佚。當敍建文帝遜國事。參見鄭志良《明末清初紹興曲家魏方焫所作雜劇考》（黄仕忠主編《戲曲與俗文學研究》第一輯，社會科學文獻出版社，二〇一六）。

敍李文生雪庵小劇

魏方炳

昔人所嬉，舉從而笑；　昔人所唾，舉從而罵。笑罵卽不大謬，而喜怒之精神失矣。此如痛癢隔膚，雖善撫搔，究與自身無涉；　亦如臨摹古書畫本，縱位置極工，天趣難覓。然則古終不可傳乎？曰：否。是在素有騷情者，吾儕慷慨之氣，悲涼之懷，流連唱嘆之致，蓄之非一朝，感之非一事。余自喜矣，借古人以笑之；　自怒矣，借古人以罵之，卽傳古亦奚不可？

雖然，騷者憂也，有其情不必有其遇，有其遇不必有其才。嘗上下千載間，治亂若環，雖禍變不少，而清晏恆多。豈無遠慮之臣，愀然卻視，乃時會所遭，卒鮮大故，是謂無騷之遇。抑賢明不出世，而破亡相屬，猥以中材，悼世變之遷流，或天嗇其聰，不能有所著述，以表見於天下，是謂無騷之才。

以余所聞，賈生才至高，當漢文全盛時，輒流涕痛哭，及渡湘水，投文以吊屈原。後千五百年，而松柏灘中，有善讀《離騷》之雪庵，可云憂情一往，而文辭不少概見。然則有其情，有其才，而無其遇者，賈生也；　有其情，有其遇，而無其才者，雪庵也；　有其情，有其遇，而復有其才者，前得屈原，後得文生也。今試讀其詞，哀而不傷，怨而不亂，文生之騷也，尚亦《風》、《雅》之遺哉！

（上海圖書館藏清康熙間刻本魏方炳《問霞閣桐月集》）

天馬媒（劉方）

劉方，字晉充，號地如，吳縣（今江蘇蘇州）人。生平未詳。撰傳奇《天馬媒》、《羅衫合》、《女丈夫》、《小桃園》。《天馬媒》傳奇，高奕《新傳奇品》著錄，現存崇禎四年（一六三一）章慶堂刻本、民國間貴池劉氏《暖紅室彙刻傳劇》重刻本（《古本戲曲叢刊三集》據以影印）。

（天馬媒）自題

劉　方

嘗慨平臺詞賦，迄今生色，而繼響寥寥，蓋孝王賓客，已同衰草寒烟銷滅盡矣。余承先世清白之遺，貧無負郭，糊口四方者，數載於兹，求其好客如王孫，知己如遠山，憐才如漢令者，無有也。歲己巳〔一〕，始獲見雲間張方伯七澤先生〔二〕。先生高臥林泉，蕭然物外，性好舟居，所攜惟圖書數卷，酒鐺茶具。從一二勝引，徜徉於名山勝水間，涉三泖，泛五湖。遇詞臣與談詩，遇學士與談文，遇良將與談兵，遇僧侶與談禪，遇俠客與談劍術，遇羽衣與談黃老，遇美人與談歌舞，遇樵夫牧子、漁父谿翁與談郙居烟水之樂。耳目所收，觸境成趣。兼之長厚性成，絕不作軒冕氣。即以余之鄙陋，一見輒引爲忘年，亦與之縱談今古瑰異俠烈之事。

客歲春日〔三〕，先生挈公遠及余〔四〕，放舟虎谿。偶翻《情史》，見《玉馬墜》一則，甚異之，屬余爲傳奇。余雖雅嗜音律，顧何能爲役？然予謬承先生旨，又不敢以不敏辭。扁舟所至，復見烟嵐幻出，波縠恣生，山容水色，殊可人意，遂捉筆草成。

顔曰《天馬媒》，此曷以故？大凡姻緣作合，實有天意，夫豈人爲？緣之所許，死者可以復生，離者可以再合。如黄益叔一事，無天馬媒，裴玉娥必困於豪室，薛瓊瓊必終於長門。是以若淑之倫，天必假以奇緣；回遹之流，天必降以奇禍。則《天馬媒》一傳可鏡也。且從來豔稱撮合者，曰押衙，曰崑崙，曰黄衫客，未見有物類而能作人之合者。噫！今人類獸心，無論爲人撮合，凡見人稍有遇合，必思百計傾陷，亦有愧於物類實多。此予之作傳奇也，非傳詞也。

予明知片雲作雨，不增潤於江湖；五色爲絲，方能炫其藻采。是刻也，無乃廁瓦缶於大呂，資章甫而遊越耶？抑知孤芳在壑，不知金谷之春；獨鳥韻山，無藉《韶》、《英》之響。如或審音辨律者有所揶揄，予當謝之曰：『毁譽榮辱，各行其志，今日不借昨日，吾貿不貸彼貿。則是編原不與詞壇樹幟者爭好醜，又何必原其所始，究其所終哉？』

災木既成，是爲辛未之巧夕〔五〕，地如劉方。

【箋】

〔一〕歲己巳：崇禎二年（一六二九）。

〔二〕張方伯七澤先生：即張所望（一五五六—一六三五），字叔翹，一字叔子，號七澤，上海人。萬曆二十九年辛丑（一六〇一）進士，除刑部主事，轉員外郎中，出知衢州，遷廣西副使。官至湖廣按察使，督理漕政，因病解職歸鄉。後召爲山東布政使，固辭。著有《閱耕餘録》、《梧潯雜佩》、《嶺表遊記》、《龍華里志》、《寶穡堂雜記》、《文選集注辨疑》等。傳見陳子龍《安雅堂稿》卷一二《神道碑銘》、康熙《松江府志》卷二四、湯賓尹《睡庵文稿》卷一五《張公暨贈宜人沈氏墓志銘》、清李延昰《南吴話舊録》卷九。

〔三〕客歲：即崇禎三年庚午（一六三〇）。

〔四〕公遠：即周裕度（約一五六一—一六四二），字公遠，號晚山，華亭（今屬上海）人。周思謙（一五一九—一五六五）孫。清諸生。以書畫名聞松江。陳繼儒《閱耕餘録敍》（《四庫全書存目叢書·子部》第一一〇册影印明天啓元年刻本《閱耕餘録》卷首）爲其手書。傳見嘉慶《松江府志》卷五三、光緒《重修華亭縣志》卷一五、光緒《青浦縣志》卷一九、《明畫録》卷六等。

〔五〕辛未：崇禎四年（一六三一）。

題天馬媒

止園居士〔一〕

玉馬，一稱天馬。馬升於天，入帝廄也。馬媒者何？黄、裴其蹇修也。玉爲馬，馬能蹄齧人，爲奇玉，爲奇獸。一措大唱名御殿，得兩名姝，爲奇男子。一在曲中，一在賈人柁樓底，皆善調箏，大江不能沈，天子不能留，爲奇女子。有奇女子皆名姝，一節度使不敢奪眞瓊瓊，得假瓊瓊，卻爲人紿贈去，又爲一奇事。傳奇無奇於此者。晉充負奇才，解音律，傷積木之未踐，歎絶世之難得，輒借以發其奇。奇於本色，不奇於藻繪，故構造自然，暢俊可咏，此曲遂流膾吴中。

曲本詞，詞本古樂府，樂府本騷賦。晉充賈餘弩，爲南歌，非其志也。予嘗命黎園翻演終場，不第快耳，頗益風教。使天下無義氣丈夫，漁色而並漁貨，媒權而卒媒禍者，帝胥敕玉馬，踣而碎之。嘻，可畏也夫！

崇禎辛未中秋日，止園居士題。

【箋】

〔一〕止園居士：姓名、籍里、生平均未詳。

天馬媒題辭

周裕度

晉充，吳下韻士也。讀書譚詩，名誼俱馥。辯者不能與論才，博者不能與論學，任俠者不能與較肝膽。雖杖頭不挂一錢，瓶底不儲半粟，意豁如也。

歲己巳〔一〕，訪張叔翹先生，來遊雲間，予始獲與遊處，過從莫逆靡間。春秋每課一目，拈隻韻，一時同社面赤未就，而晉充已稿落几上，舒嘯自若矣〔二〕。其武庫之敏贍如此。

庚午〔三〕，偕予澄江之役，相與上下千古。偶拈稗史可作院本者，如黃損玉馬故事其一也。歸未浹月，而傳奇告成。予受而卒業，則見其紉事之密，繪詞之麗，意無不抒，而境無不暢，可謂巧手敏心，各盡其妙。

嘗謬論天下，有愈奇則愈傳者，有愈實則愈奇者。奇而傳者，不出之事是也；實而奇者，傳事之情是也。黄損以千金之良玉，浪投於素昧生平之羽客，而宿世嘉緣，藉以永締，可謂奇矣。而非有晉充萬斛詞源，從實地實情寫出，則玉娥一片冰心，瓊瓊千秋合調，奸雄銷鑠而善類明揚，一一公案，幾同寒雲俱散矣。

是編也行天下，必先賞晉充之餘技，而徐得晉充之人。夫晉充也，而以餘技鳴，悲矣！識晉充者不以人，而以餘技，愧矣！會有賞晉充者，欲付殺青氏，因序而歸之。

友弟周裕度。

【箋】

〔一〕己巳：崇禎二年（一六二九）。

〔二〕劉方參加之社，當即松江張所敬主持之詩社『雅社』。參見汪超《明清江南曲壇『松江曲派』質疑》（《江南大學學報》二〇一四年第四期）。

〔三〕庚午：崇禎三年（一六三〇）。

天馬媒引語

張積祥〔一〕

《抱朴子》云：眞玉女，鼻上有黄玉如黍。無此志者，鬼試人耳。持是法眼相世，咸識其眞。而小試之於詞曲，亦必有一縷天然之韻，如風行水、雲出岫，又如花獻笑、雪舞空，油然斐然，可以踵騷林而入元室，乃眞詞曲也。不則，老酸究餖飣囈語魅人，識者謂於眞韻無當矣。故論詞曲以韻爲主，韻以天然爲主。天然眞韻，正不容人力布置，亦未許俗眼便識。彼周太賓彈獨絃琴，以和八音絳樹，一聲兩曲，分聽各妙，豈非天然化境乎？

吾社劉子晉充，仙才俠骨，翩若行空天馬，殆不可羈。世無薛翁神鑒，猶然轅下局促耳。家從父方伯公，一見驚賞，引締忘年，雖昌黎之遇長吉，未或過之。向所云識其眞者，非耶？

爾迺臨風歎玉，吐沫成花，有慨①於玉馬舊事，譜作傳奇。無俟浹旬，殺青已就。率有天然韻致，漸近匪夷。題曰《天馬媒》，取類寄辭，端有在已。然而靈心妙應，則媒合繇天。今以苕發飆舉如晉充，卽屠龍若承蜩也。顧就雕蟲，見其穎末，才則眞而遇未展，能毋爲壯心扼腕也者！

予嘗贈之詩云：『微參商徵激爲音，仙譜新翻字字金。解得劉琨清嘯意，繞梁聲裏寄雄心。』儻以知言許我乎，異日金臺市駿，烏知是編不吐光怪以媒之？而謂龍友權奇〔二〕，不遂空一時馬羣者，余所未信。

社弟怡庵張積祥題。

（以上均《古本戲曲叢刊三集》影印民國間暖紅室據明崇禎四年章慶堂刻本重刻《天馬媒》卷首）

【校】

①慨，底本作『概』，據文義改。

【箋】

〔一〕張積祥：號怡庵，上海人。張所敬子，張所望（一五五六—一六三五）從姪。生平未詳。清順治八年（一六五一），撰《自慶庵常住助田碑記》。

〔二〕龍友權奇：即馬權奇（約一五八四—約一六四五），號龍友，參見本書卷二《（張深之正北西廂祕本）序》條箋證。

三社記（其滄）

其滄，或爲歙縣（今屬安徽）人，姓名、籍里、生平均未詳。撰傳奇《三社記》，第二十二齣《去染》及第二十九齣《逅驗》，小外扮孫浪，字其滄，或即作者自況。楊騹《明傳奇〈三社記〉作者考》（《中華戲曲》第五五輯，文化藝術出版社，二〇一七）稱其滄即潘之恒（一五五六—一六二二），可備一説。現存崇禎七年（一六三四）序必自堂刻本，《古本戲曲叢刊三集》據以影印。

三社記題辭

洪九疇〔一〕

夫傳記之作，蓋以信今而傳後也。其間或以人傳，或以事傳，而宮調之叶，律音之諧，則在作者之明腔識譜，以爲傳播之淺深。金元以旋，多稱引往事，托寓昔人，借他酒杯，澆我壘磈，自可隨意上下，任筆揮灑，以故劇曲勘諸史傳，往往不合。若今時，用當世手筆，譜當前情事，正如布帛菽粟，隨人辨識，稍一語非是、一毫非眞，便與其人其事相遠，羣起而攻其僞且謏，宜矣。故傳近事與傳昔人，其難易相去，政不啻十倍也。

四游外史栖心黄海〔二〕，濳蹤五嶽，俠骨高風，詩才藝致，聲名半寰宇，知交盈海内。如湯臨川、屠東海諸君，序其詩歌諸刻，既頗盡致矣。唯是脱周姬於垂死，而以爲死不爲生，爲心，此其深衷别韻，豈尋常泛浪牽情者同日語哉？

其滄氏乃取而爲傳奇，因實之以嶽游臺社、湖詠樓盟、騷友名姝，益以遇之幽奇、家之慈孝，而推廣之。所謂以當世手筆，寫當前情事，正復與其人其事不甚相遠，洵足以信今而傳後矣。至宫調律音之微，則余鄉王仲房山人有云〔三〕：『務頭未暇，尚昧三聲，一二三作者，足稱庶幾。』乃茲記之屬辭比事，人人切當，處處迴旋，盡騷壇吟弄之款曲，作泰、華游覽之津梁。卽不必直追古昔，亦當與時流相頡頏矣。

抑余聞其滄之譜是記也，曾不月而成，成不逾年而逝，今始爲梓而傳播之。豈特外史之外傳，藉其滄以傳，而其滄之遺韻，還藉後死者以不亡也耶？

閼逢閹茂辜月〔四〕，醒枉洪九疇題於竹浪亭〔五〕。

（《古本戲曲叢刊三集》影印明崇禎七年序必自堂刻本《三社記》卷首）

【箋】

〔一〕洪九疇：字非勇，號醒枉，歙縣（今屬安徽）人。生平未詳。

〔二〕四游外史： 即孫湛，字子真，號雷溪山人，四遊外史，休寧（今屬安徽）人。好遊歷，善書畫，工詩曲。傳見清康熙《休寧縣志》卷七。此劇所敘孫湛與周文娟情事，見潘之恒《亘史鈔·外紀》卷八莊持節《周姬傳》。參見汪超宏《〈三社記〉的刊刻時間與本事來源》（《戲曲藝術》二〇一八年第二期）。

〔三〕余鄉王仲房山人： 即王寅（一五〇六前—一五八八後），字亮卿，一字仲房，别署十嶽山人，歙縣（今屬安徽）人。明諸生。耽於詩，不喜舉子業。嘉靖二十一年（一五四二），曾舉天都詩社。後棄諸生籍，周遊吴楚閩越名山。中年後，喜談禪禮佛。著有《十嶽山人詩集》、《王十嶽樂府》。汪道昆有《王仲房傳》（明萬曆間程開泰等刻本《十嶽山人詩集》卷首）。參見清閔辟嗣《黄山志》卷二《王寅傳》。王寅曾與高應冕、祝時泰等人組織西湖八社。

〔四〕閼逢閹茂： 即甲戌，崇禎七年（一六三四）。

〔五〕文末題署後有印章二枚： 陽文圓章『洪九疇印』，陰文方章『醒枉印』。

蘇門嘯（傅一臣）

傅一臣，字青眘，號無技，别署西泠野史，杭州（今屬浙江）人。金堡（一六一四—一六八〇）稱其爲内姑丈，崇禎元年（一六二八）進士胡麒生爲其劇作撰序，則其生活於明天啓、崇禎間。

崇禎五年（一六三二）至十五年（一六四二）間，於蘇州撰雜劇十二種：《買笑局金》、《賣情紮囤》、《沒頭疑案》、《截舌公招》、《智賺還珠》、《錯調合璧》、《賢翁激壻》、《義妾存孤》、《人鬼夫妻》、《死生寃報》、《蟾蜍佳偶》、《鈿盒奇姻》，皆取材於淩濛初《初刻拍案驚奇》與《二刻拍案驚奇》，總題《蘇門嘯雜劇》。《曲海總目》著録《鈿盒奇緣》、《蟾蜍佳偶》、《義妾存孤》、《人鬼夫妻》四種，誤入清人雜劇内，且誤題『西泠野史、無技甫合作』；《明人雜劇全目》著録。現存崇禎十五年壬午杭州敲月齋刻本（《傅惜華藏古典戲曲珍本叢刊》第一三一一四册據以影印）、民國三十一年（一九四二）董氏誦芬室據日本東京大學文學部藏本覆刻本（一九七九年臺灣鼎文書局版《全明雜劇》據以影印）。

蘇門嘯小引

胡麒生〔一〕

大塊之噫氣爲風，嘘而爲寒則觱發，嘘而爲燠則解愠。而習習之谷風，南來之凱風，其涼之北風，且暴之終風，詩人托興寄詠，《國風》所繇作焉。箕子衍之以時風、恆風，莊生著之以調風、刁風，而尼父總之以德風，爲其能鼓時動物，風之時義大矣哉！詩人寓其旨於美刺，而蔽以『思無邪』之一言。青甞氏風刺嘯歌十二劇，亦卽《詩》人之意。

詩婉約多風，而雋永得於性情；詞伶倫敷演，而勸懲疾於觀感。詞又詩之功臣也。其中可風者少，而刺居多端，以醇風漸遠，古道日漓，變詐叢生，險巇百出，無非箴末流而砭頹俗，爲狂瀾之一柱耳。乃有存孤之義妾，而可無風乎？如奸僧以募化而伏殺機，孽尼以齋醮而設網罟，呼盧爲攫金之穽，拏姦爲贖命之囮，世路風波，窮奇極怪。聊摘數款，俾觀者一爲心創，而以身蹈者，瞞然慙負，無地自容。安在其刺之非風，則亦刪詩存逸之遺意歟？

而命名爲《蘇門嘯》，以作成於姑蘇云爾。昔孫登不答阮籍之問，而爲蘇門長嘯，豈無所慨①於衷？茲青眉劃然之嘯，大概使人可涕可歌，可興可羡，可唾可罵，可擊漸離之筑而悲，可擊祖逖之楫而壯，可擊王敦之唾壺而缺。其辭章之諧雅，音節之鏗鏘，恍《鈞天》九奏，《簫韶》九成，不減鸞音鳳吹，從空而下矣。

壬午新秋〔二〕，德水雪田胡麒生題於西湖之盟鷗墅〔三〕。

【校】

①慨，底本作『概』，據文義改。

【箋】

〔一〕胡麒生（？—一六五一後）：字聖由，號雪田，德清（今屬浙江）人。天啓七年丁卯（一六二七）舉人，崇禎元年戊辰（一六二八）進士，官至兵部主事。入清不仕。著有《秋筠集》。傳見康熙《德清縣志》卷七。

〔二〕壬午：明崇禎十五年（一六四二）。

〔三〕題署之後有印章二枚：陰文方章『胡麒生印』，陽文方章『雪田』。

（蘇門嘯）序

金　堡

青眉所作《蘇門嘯》十二種，種種殊觀。時在吳中數日耳，天下稱異敏，無出其上者。異敏與不異敏異，不勞而異與勞而異者又異，敏而不竭與敏而竭者尤異。青䏌以不竭之敏，抒不勞之異，無以似之。其似之，一在人，二在夢也。

生人之形，不可數計，必無絲毫無不相肖之當形，是奇變於權範者。顧人人而權範之，則未窮於造人形，先窮於造人具。夫疆然而成，有萬不齊，而巧於造物者盡智索能，不足詰其變，造物者未嘗稱勞焉。

造物以其不勞而異者造人，人亦以其不勞而異者造夢。一夕之間有數夢，一夢之間有數事。人不能以夢少而節其事，復不能以事多而禁其夢。且無今夕之夢，異日有可蹈襲之時；亦無異夕之夢，今日有可預擬之理。夢，天下之至變也：夢之終始，天下之至速也。一刻而百年，一人而數事，世造夢者亦未嘗稱竭焉。

夫以青䏌之才，亞於造物，使一日而成數劇，等於生人之形；一日而生一劇，等於成夢之境。則觀者方將擻耳目，而作者特無所動其心思。以不竭之敏，抒不勞之異，是誠若絕不可得而似也。青䏌爲予內姑丈行，其著述亦不僅此，此不具論。議賢急者議親緩，先以是徵其概云。

壬午中秋〔一〕，道隱金堡書於夢蝶庵中〔二〕。

【箋】

〔一〕壬午：崇禎十五年（一六四二）。

〔二〕題署之後有印章二枚：陽文方章『道隱』，陰文方章『金堡印』。

（蘇門嘯）又序

茹□禧〔一〕

青眉氏誦讀之餘，撰有《蘇門嘯》十二劇，夢鹿未足喻幻，擊筑未足志感，聞雞未足形舞，眞振狂泉之鍾乳也。

或曰：聖人應世以經，儒者鳴世以文。野史外紀，亦奚以爲？

曰：經之興也以《詩》，寐之囈也以呼，此固翊鐸婆心耳。鑄鼎象形，令民知神姦。《易》之假象，《詩》之比興，《春秋》之竊義，諸子之寓言，統是寫實。如必曰史傳信不傳疑，鼎問眞不問贋，則公劉之貨，亶父之色，播間之乞，壟斷之登，山之挾而海之超，父之攘而子之證，豈皆信耶？皆眞耶？

愈疾不以草木根，而以《輞川圖》，以子美詩，以陳琳檄，理固有之，毋足怪者。固哉高叟之爲詩，則亦未解其嘯之爲義也。望斗北以無疑，指車南而自覺，觀者當作如是嘯。劍舞得書聖，琴焦辨火聲，觀者當作如是嘯。生意窗前草，文章野外春，觀者當作如是嘯。

壬午秋杪，古越而延子于野漫書〔二〕。

【箋】

〔一〕茹□禧：字于野，號而延子，會稽（今浙江紹興）人。生平未詳。

〔二〕題署之後有印章二枚：陽文方章『茹□禧印』，陰文方章『而（？）延甫』。

蘇門嘯序

汪大年〔一〕

稗官家曼延不已，幾以莊子休爲其濫觴。傳無技取十二則，依之附之，且部之署之，且生之動之，曰《蘇門嘯》，似稗官之注腳也，而非注腳也。注腳或往往極於趣之所訖，反往往謝於筆之所畛，《蘇門嘯》則否。覺粉墨之疲，別有塗點；音響之冷，另爲滲發。大類子玄之於子休不迹，豈有踐哉？

考子休多稱《列圄寇》。《列圄寇》，恍惚之書也。其言孫叔敖寢丘甚創，司馬子長之創又過之，優孟之生面於茲乎出。使其迴翔變滅於楚莊之前，一時而倏孟倏敖，一時而非敖非孟，假降而眞交，鬼橫與人競。蓋天機所蕩，倪緒悉縫，子長豈注腳《圄寇》耶？《蘇門嘯》應如是耳。藉遺無技而覆子長之局，其力可使楚莊信，而亦可使楚莊疑；其力可使叔敖生，而並可使優孟死，非嚼稗官之殘絨也。

友人王伯良作《男皇后》，云：『我則愁黃金殿上，眞珠簾下，嬌滴滴拜。』時差頗賞其句以爲工，然猶之秋蛩細語，敢望數部鼓吹哉？若曰以此嘯今世之歡然領與瞿然戒，予意中所未曾有，儻無技有之也。

崇禎壬午花朝前一日，山東老布衣汪大年撰〔二〕。

【箋】

〔一〕汪大年：字未央，臨清（今屬山東）人。歲貢生，布衣終生。與陳繼儒（一五五八—一六三九）、范景文（一五八七—一六四四）友善。著有《類雋》、《半林堂集》、《茗柯堂集》、《然否集》。傳見康熙《臨清州志》卷三。

〔二〕題署之後有陽文方章二枚：『汪大年印』、『未央』。

（蘇門嘯）小引

汪漸鴻〔一〕

青眉兄，予聲氣交也。其偉抱玄襟，每以驚風泣鬼之才，雕龍吐鳳之技，作經生藝古文辭，暢其胷中所欲言，每心折之。今秋山左返，予方二豎爲祟，伏枕北窗，因過訪，出呷唔之餘所撰十二劇，標之曰《蘇門嘯》。

古人嘻笑怒罵，皆成文章。茲曷爲獨以嘯？嘯曷爲獨以蘇門？嘗逖覽畸人，有乘月登樓而清嘯退賊者矣，有客荊而抱膝長嘯者矣，有登東山而舒嘯者矣，有守南陽坐嘯而理者矣，有峨嵋羽客善嘯作霹靂聲者矣，有承風而嘯、泠然成曲爲嘯賦者矣，非不誇爲一時高致。然如阮步兵遇孫登於蘇門山，嶺畔一嘯，作鸞鳳音，逸情曠度，更橫絕千古，世遂傳爲『蘇門嘯』云。予友抱璞見刖，歷落風塵，幾同步兵，想借蘇門一嘯以破之耳。

夫嘯，有所寄也；十二劇，又嘯之寄所寄者也。曷爲必寄之十二劇也？閻浮世界，一大戲場，生老病死，離合悲歡，人於其間皆戲耳。迎機說法，借幻顯眞，游戲神通，直證本來面目，安見劇場中，不足以觸忠孝節義之性，風流灑脱之致乎？劇中似砭似箴，似嘲似諷，寫照描情，標指見月，蘇門一嘯，聊當宗門一喝，唤醒人世黄粱①耳。吾代前有《四聲》，又有《四夢》，得此可以並駕寰中，振響千秋矣。予覽既，病骨欲蘇，不覺大嘯，二人相視，莫逆於心。因捉筆作記。

壬午年秋重九日，友弟汪漸鴻于儀甫題於湖南淨業堂〔二〕。

（以上均日本東京大學文學部藏明崇禎十五年杭州敲月齋刻本《蘇門嘯雜劇》卷首）

【校】

①粱，底本作『梁』，據文義改。

【箋】

〔一〕汪漸鴻（一五九三—？）：字于儀，號石公，休寧（今屬安徽）人。府學生，治書經。嘗爲潘之恒（一五五六—一六二二）校閲《合刻三志》。傳見民國《歙縣志》卷一〇。

〔二〕題署之後有印章二枚：陽文方章『汪漸鴻印』，陰文方章『于儀甫』。

買笑局金跋

傅一臣

己金不可以授人，授則人必有所竊；人金不可令伺己，伺則己必有所輸。秉聲下氣，諂笑脅肩以逢我者，將有所利於我也。逢之得則從而佞之，佞之行則從而盜之。今夫獵之於獸也，設爲羅落以陷之；釣之於魚也，設爲罾笱以餌之。獸罹於羅，魚中於餌，豈非魚與獸之欲，先爲釣獵所伺耶？將仕好賭溺色，爲鄭、李所窺，究以青樓一擲，而白鏹三千付之子虛矣。故曰：『擿玉毀珠，小盜不起；棄聖絕智，大盜乃止。』卽不可授人之謂歟？

青甾〔一〕。

（同上《蘇門嘯雜劇》卷一《買笑局金》卷首）

【箋】

〔一〕題署之後有陰文方章『青甾』。

賣情紮囤跋

傅一臣

財、色兩者，並持其重，此溺心薰志，而位亦時互易。溺財者謂：『難得者財，易得者色，而色爲財賣。』溺色者謂：『難得者色，易得者財，而財爲色傾。』魏參軍貪宣教橐中金，甘賣妻以易，可謂非財重於色乎？吳宣教豔參軍閨中婦，而捐橐以徇，豈非色重於財乎？絜多者而輊之，百參軍不易一宣教也。財畢竟是長物，妻之色可賣耶？作此傳者，參軍不足刺，爲宣教輩一提寐中之鐸耳。

青甾題於凝香齋〔一〕。

（同上《蘇門嘯雜劇》卷二《賣情紮囤》卷首）

【箋】

〔一〕題署之後有陰文方章『青𦬆』。

沒頭疑案跋

傅一臣

當壚非文君，滌器非相如。婦雖小有色，淫貞俱不足論。而冶容誨淫，啓侮召禍，殊可爲世俗大創。婦本無情，徽賈懷金爲餌，致婦心不能持，月下麗粧相待。淫僧見而戲侮，不從，殺死。不從，其本心也；麗粧相待，其轉念也。而誰令奪其念者？非程式與李方乎？假令見金不誘，安啓操戈？財爲色媒，色爲財死。故曰：青蛾皓齒，伐生之鴆毒；白鏹黄金，殺身之利刃也。

青𦬆題於姑蘇署之退思室〔一〕。

（同上《蘇門嘯雜劇》卷三《沒頭疑案》卷首）

【箋】

〔一〕題署之後有印章二枚：陰文方章『傅弌臣印』，陽文方章『青𦬆』。

截舌公招跋

傅一臣

尼奸說法誘良，以鹿苑雞園，爲楚臺巫岫。今少年婦女，亦爲迷惑，借佛會齋壇，而且爭妍獻媚，爲誰容耶？ 庾瑤枝，烈婦人也。 度不可以語言誘，爲蒙汗之計，至借力於伽藍，假手於獨孤，皆幻識之色相耳。 不爾，瑤枝卽貞烈，污辱其何以自免？ 嘆夫藉力於神護而完貞，世間其有幾瑤枝？ 淫蕩而狂逞，奸姣而肆謀，世又不知幾儔之、幾蘊空也。 佛原幻相，安得眞空？ 神亦假形，難邀雷同。 諦觀茲傳，眞須菩提狻猊座上說法耳。

青谿。

（同上《蘇門嘯雜劇》卷四《截舌公招》卷首）

智賺還珠跋

傅一臣

將領之符，卽文吏之印。 印不可須臾離，符可片刻假乎？ 昔信陵救趙，非符不得行。 如姬竊而與之，亦度其救之必濟耳。 設債事，而姬與信陵能自全耶？ 而鵬舉假符於汪俠仙，亦素諒俠仙之沉於謀、裕於智，足以折柯陳之膽，返秦庭之璧耳。 『取迴風只費紙半張』，終不脫秀才伎倆。 雖然，其智其膽，果易幾及哉？ 殆又與於擐甲操戈，崑崙之盜紅綃，虞侯之劫章臺矣。

青谿題於姑蘇署之學堂〔一〕。

（同上《蘇門嘯雜劇》卷五《智賺還珠》卷首）

【箋】

〔一〕題署之後有印章三枚： 陰陽文方章『一臣青谿』，陰文方章『嬾魔傲癖』，陽文方章『灌嘯』。

錯調合璧跋

傅一臣

人非木石，誰能無情？所以吉士有懷春之誘，貞女興梅摽之思。調不足奇，奇於錯；錯不足奇，奇於因錯而得合。此一事也，有三可傳焉：賈母疑女之移，而逼迫不欲其生；賈女受母之詈，而憤激竟至於死；眞郎罹晏之羈，而慷慨寧甘九死，婉轉以求一生。女貞、士仁、母節，兼有之矣。其曰『未禱三星，終爲野合』，是不然已；死而重生，疇之功歟？自分百年姻契，一與不更，雖曰正偶可也。大段與王瑞蘭招商店相似，故不得以淫奔律之。

青詹題於百花洲〔一〕。

（同上《蘇門嘯雜劇》卷六《錯調合璧》卷末）

【箋】

〔一〕題署之後有陰文方章二枚：『傅一臣印』、『青詹』。

賢翁激壻跋

傅一臣

天下有癡於姚公子者哉？生於豢養，不知艱難，況又有逢機導欲，左慫右慂，如清夫、能武者。玉堦之敗蕩，殊不足異。而爲乞爲傭，備嘗不堪之挫辱，則於玉堦僅見者。司馬雖亡，周卿尚在，何不蚤爲禁止？曰：『水不歸海，堤而終潰；火不遼原，遏而愈熾。』去一清夫、能武易，絕百清夫、能武難。待其窮戴，悔悟創艾，而靡室有室，靡家有家，夫然後知上官翁之沉，幾晦而玉成，至也，不可謂非子房一擊之力。

青齣題於天祿閣〔一〕。

（同上《蘇門嘯雜劇》卷七《賢翁激壻》卷首）

【箋】

〔一〕題署之後有陰文方章『放情□煩』。

義妾存孤跋

傅一臣

蘄若敖氏之血食者，咸爲入室見妒。而范蕣英，故賢嫡也。景先第知惜子，不爲孫謀，卒之哀然悲號，悔朝陽之別院，嘆何及矣。福妹一蓬蓽女，當韶年，又爲阿翁見擯於八千里外，反能茹苦捋荼，漂風冷雨，堅守三尺之孤，以綿一線之脈，與泛中河而楚柏舟者何異？賢出於義妾則更難。急表而傳之，兼足爲匹偶之棄藐孤、吹棘心者，下一箴砭，亦狂瀾之砥也。

青齣題於消夏灣〔一〕。

（同上《蘇門嘯雜劇》卷八《義妾存孤》卷首）

【箋】

〔一〕題署之後有陰文方章『無技氏』。

人鬼夫妻跋

傅一臣

杜麗娘幽媾，事絕韻。至瘞青冢三年，猶能返魂，白骨居然出地窟，偎翠鄉，爲人世之偶，嘗訝其不經。然則吳興娘之事，不宜傳而傳，何也？興娘借生魂而不以死魄，全屬水月鏡花；崔生認小姨而罔揣故妻，故是眞情實愛。歸告説明，崔生如寐方覺；營娘霍起，而興娘之魂仍長逝矣，是可傳也。想念之堅，貞女望夫而化石；情緣不斷，玉簫隔世而重婚。理固有之，無足奇者，奇則奇於人與鬼耳。

青豸題於虎丘山塘〔一〕。

（同上《蘇門嘯雜劇》卷九《人鬼夫妻》卷首）

【箋】

〔一〕題署之後有陰文方章二枚：『傅一臣印』、『無技甫』。

死生冤報跋

傅一臣

報施不得其平，人情痛憤，如食之有鯁，甚有髮爲指而眥爲裂者。然三魂既渺，百恨俱休，付之冥冥長夢矣。天下負心固多，既死而銜報者有幾？天有缺陷，女媧補之；人有遺漏，閻羅輔之。誰曰神道非所以設教也？火甑冰山，無非取炎涼翻覆之義。報復至此，不第女流切齒平消，即血性男子，亦扼腕頓釋，舉座應擊節稱快。傳者，傳其憤，亦傳其快也。設不贅此一重公案，不幾爲蛾眉聚訟之場乎？

青眉題於虞山署〔一〕。

（同上《蘇門嘯雜劇》卷十《死生冤報》卷末）

【箋】

〔一〕題署之後有陽文方章「青眉」。

蟾蜍佳偶跋

傅一臣

花間邂逅，蟾蜍訂盟，嫌於太易，賴有竇氏伯昆一段風波間阻。其妙在於金、馮易姓，兩外家聯姻，而壽粧、來儀，兩俱不知，兩俱堅守。斯爲女貞士德，不當作私情密約觀也。婆爲女而易楊以馮，舅撫甥而改金去鳳，串插鬭筍，有神工鬼斧之妙。至云有才無情，單爲『文人薄倖』一語誤之耳。千古負心稱王魁，以一王魁，概疑才人，毋乃懲噎而廢食乎？壽粧謂『達不如貞』，誠女子之蓍鑒，内則之格言也，宜其傳。

青韹題於燕寢〔一〕。

（同上《蘇門嘯雜劇》卷十一《蟾蜍佳偶》卷首）

【箋】

〔一〕題署之後有印章二枚：陽文方章『弌臣』，陰文方章『青韹』。

鈿盒奇姻跋

傅一臣

鈿盒爲留哥之聘，而卒以作文長之合，風馬不及，一奇也。又奇於廟市得盒，悉多姓姻盟；又奇於月波巧遘，冒一家姑姪。蘭閨驀入，儼然仙客之闖房；繡榻潛偎，竟遂王郎之坦腹。曰：文長何不徑語以留哥始末，夙約已寒，更語以玉堂風韻，良緣別締，不●（？）直捷了當？而乃微服冒姑，費如許周折。煢煢母女，方落莫無依。設自揣分緣慳涉，疑小星之在東，柔條緊護，不容折取，將奈之何？尺蠖之屈以求伸，故文長之委蛇，妙於間道出奇也。

青韹〔一〕。

（同上《蘇門嘯雜劇》卷十二《鈿盒奇姻》卷首）

【箋】

〔一〕題署之後有陽文方章『青酳』。

磨忠記（范世彥）

范世彥，字君澂，號闇甫，秀水（今浙江嘉興）人。撰傳奇《磨忠記》，《遠山堂曲品》著録，現存崇禎間刻本，民國二十一年（一九三二）上海傳眞社、《古本戲曲叢刊二集》均據以影印。

磨忠記序

范世彥

嘗見里中父老，言及魏監事，便刺刺不啻欲啖其肉。皆緣日前之勢焰熏灼，稍有片言隻字，忤其旨者，禍且立至，不下當年腹誹之誅。於是道路以目，人思傾之久矣。所最慘者，肆毒縉紳，方見削奪，旋見拿問，磨滅殆盡。傍徨錯愕，幾成鉤黨之世。且穢惡萬狀，載於諸名公奏疏者，覩之令人毛髮都豎。今幸數年盤踞之姦，一朝摧折，諸忠公盡蒙恤典，書之史冊，萬古知聖天子雨露雷霆，運於不測。當今幽遐奥堞，華封之祝，擊壤之歌，氣象復見矣。

是編也，舉忠賢之惡，一一暴白。豈能盡罄其概，不過欲令天下村夫嫠婦、白叟黄童，覩其事，極口痛罵忠賢，愈以顯揚聖德。如曰爲善究竟得芳，爲惡究竟得臭，一言一動，皆有鬼神糾察，借以防範人心，又其剩意，則是編未必無益於世云。

繡水范世彥君澂父題於噓霞館。

（磨忠記）序

范玠

當世魏監一案，視忠良如仇讎，桎梏相尋，兀兀然朝夕不能自保。嗟乎！搢紳輩竟坐磨蝎宮也。大抵媚臣目中有火，見雕輪炙轂則鑽之；忠臣心中有火，見指鹿竊鈎則彈之。於是矯矯嶽立者，勿肯效駑馬局促轅下，禍斯慘矣。幸遇聖天子當陽，殲罪之魁，復降璽書，起溝中瘠，堪與唐虞誅兇闢門並隆焉。是傳出，聊碑於夫婦之口，俾吐冤死諸公之憤，令世世知聖政明斷交至云。

鴛上范玠書〔一〕。

（以上均《古本戲曲叢刊二集》影印明崇禎間刻本《新鐫磨忠記》卷首）

【箋】

〔一〕鴛上：嘉興（今屬浙江）有南湖，別名鴛鴦湖，故以『鴛上』代稱嘉興。范玠：字號、生平均未詳。

磨忠記跋〔一〕

闕　名〔二〕

是編也，俱係魏監實錄。縱有粧點其間，前後相爲照應，無非共抒天下公憤之氣。如落一齣，便覺脈絡不相關合。演者勿以尋常視之。

（同上《新鐫磨忠記》目錄後）

【箋】

〔一〕底本無題名。

〔二〕此文或當爲范世彥撰。

附 磨忠記跋

陳乃乾

有明萬曆之季，邊氛日亟，時政日非。而朝臣意氣是尚，務爲名高，結黨相傾，曾不少恤。會泰昌奄忽、童騃、當寧三案踵作，忮機緣發，遂有天啓客魏之禍，兇鋒所及，善類爲空。剛正之士，方沈冤於地下，而姦佞獻媚，且競爲閹豎建生祠矣。迨信邸纘統，巨憝伏法，人心固已大快，鉤黨因而愈烈。十七年間，易相甚於置碁。使崇禎之政，終莫挽明祚之潛移者，意氣之流毒實爲之也。魏閹叢惡府怨，本爲下流之所歸，一時修復之言，宜其並作。故閭巷瑣說，亦多取資。如無名氏之《魏忠賢斥姦書》，朱長祚之《玉鏡新譚》等，皆粧點敷演，盡情刻畫。下逮清初，猶復有《檮杌閒評》諸書，用爲談柄。惟據此題材，以演爲劇本者，僅見此帙。

此帙爲上海王培孫先生舊藏〔一〕。卷首題『檇李闇甫編次，子翔校正』，書末署『憲葵、羽垣同訂』。前有『繡水范世彥』及『鴛上范玠』兩序，玩索語意，此編似出世彥手，闇甫殆即世彥之別署歟？憲葵，爲范玠之字；羽垣，其卽翔之字歟？遍稽《嘉興府志》、《曲錄》諸書，皆不著其姓名，蓋湮沒久矣。書凡上、下二卷，都三十八齣。於褒忠斥姦之外，獨推崇毛文龍。其第三十七齣，標目爲《聖明平虜》，所記卽文龍鎮邊、奴酋降順事。是成書尚在袁崇煥督師關外之前，與《玉鏡新譚》大略相同。豈意十數年後，冀望降順之虜之子若孫，竟斬關直入，代明以有中國乎？嗚呼！予既悲夫意氣相高之滋姦而誤國，復不忍僅存奇籍之終祕以無聞，爰亟付之影印，並識其崖略如此。

海寧陳乃乾記。時在壬申仲春〔二〕，正滬北被寇，舉目劫灰之候也。

（民國二十一年上海傳眞社影印明崇禎間刻本《新鐫磨忠記》卷末）

【箋】

〔一〕王培孫：卽王植善（一八七一——一九五二），字培孫，乳名大寶，嘉定（今屬上海）人。光緒二十六年（一九〇〇），開辦育才書塾，後改稱育才學堂、南洋中學堂、南洋中學，任堂長、校長。參見曹仲淵編《王培孫年譜》（上海圖書館藏一九六二年稿本）、上海市南洋中學編《王培孫紀念文集》（二〇〇五）。

〔二〕壬申：民國二十一年（一九三二）。

回春記（朱葵心）

朱葵心，字號、生平均未詳，吴縣（今江蘇蘇州）人。撰傳奇《回春記》，《古典戲曲存目彙考》

著錄，現存崇禎十七年甲申（一六四四）序刻本（《古本戲曲叢刊三集》據以影印）。

回春記敘

朱葵向〔一〕

靖康中，方臘、宋江輩起，羅貫中、關漢卿作《水滸傳》。夫羅、關二公作傳大意，非爲宋公明也，非爲李阿三也，非爲魯家胖和尚也。大抵宋季風習波靡，有幾個姦太尉、狠都巡、惡衙內、刁押衙，又有幾個獻媚請間的鄉紳，喜聽分上的守令，狼吞虎噬，嚼善欺良，宋公明不平，羅、關二公代爲之不平。故傳中抑揚諷刺，披覽自見。且持此數莖禿毫，將鼠輩鬚毛眉髮、聲音笑咳，描繪不漏些子，而宋與羅若關之心事慰矣，是其不得不傳者也。

余嘗過西子湖，拜岳王廟，見範武穆像，祇土木爲之，迺以鐵範秦檜、万俟卨、長舌婦於岳墳之前。豈愛檜、卨哉？蓋人之不欲朽檜、卨，更甚於不欲朽武穆也，是其不得不範者也。吾兄苦心，大類此乎？閱茲記者，宜作是觀。

崇禎甲申中秋日，弟朱葵向書於梧竹溪頭。

（《古本戲曲叢刊三集》影印明崇禎十七年甲申序刻本《新刻回春記》卷首）

【箋】

〔一〕朱葵向：吳縣人。字號、生平均未詳。當與朱葵心爲伯仲。

回春記題識〔一〕

闕　名〔二〕

茲記齣齣俱商調、越調、雙調、中吕、仙吕、正宫，其實皆北音也。恐贅，不及書於牌名之上。嗟嗟！南人而北其音，欲當事者平秦復燕，是則草野一念之孤忠云爾。

（同上《新刻回春記》目録後）

【箋】

〔一〕底本無題名。

〔二〕此文當爲朱葵心撰。

梅村樂府二種（吴偉業）

吴偉業（一六〇九—一六七二），字駿公，號梅村，别署鹿樵生、灌隱主人、大雲居士，太倉（今屬江蘇）人。崇禎四年辛未（一六三一）進士，選庶吉士，散館授編修，充東宫講讀官，遷左庶子。福王時，拜少詹事，乞假歸里。入清不仕。順治十年癸巳（一六五三），應詔赴京。次年（一六五四），授祕書監侍講，遷國子監祭酒。十四年（一六五七），以母病辭歸，家居以老。著有《梅村家藏稿》、《綏寇紀略》等。撰雜劇《臨春閣》、《通天臺》，合稱《梅村樂府二種》，另有傳奇《秣陵春》，均存。參見馮其庸、葉君遠《吴梅村年譜》（文化藝術出版社，二〇〇七）、孫利平《吴偉業戲曲研究》（南京大學博士學位論文，二〇〇二）。

梅村樂府二種跋〔一〕

吴梅

梅村樂府，嗣響臨川，南部夢華，託諸幻影，豔思哀韻，感人深矣。傳本絶少，又掩於詩名，幾與碣石幽蘭，同此淪隱。考《秣陵》一劇，有集中《金人捧露盤》詞，足資談屑；而《臨春閣》、《通天臺》，則西堂《梅村詞序》、《古夫于亭雜錄》僅述其目，知者益鮮。江山劉君子庚〔二〕，眎梅振古齋刻本，則三種完具。豐城劍氣，忽焉騰霄，文字有靈，洵不誣也。而墨色黯淡，縑素欲裂，讀之益增淒感。

先生考終，命以『詩人』表墓。俯仰身世，不殊《枯樹》、《江南》，發爲聲歌，復瓌姿妍骨，一以悲哀爲主。蓋所遇爲之，先生實不能自止。高涼冼氏，或感忠州義師，而隱刺寧南輩歟？初明一表，當卽敬通自序。石頭車駕，修陵松槓，《臨春》妙曲，益寓憑弔之懷爾。左氏之書，義深君父，若先生者，詞人云乎哉！

吾鄉藏書之富，首推藝芸、佞宋。劫灰伊後，經籍蕩然，而劉氏古紅梅閣巋然尚存〔三〕。梅與子庚交且十年，乃得此帙，亟爲重刊，海內知音，定符玄賞。《秣陵春》卷帙較富，尚俟他日云。

宣統庚戌，長洲吳梅。

（清宣統二年輯刻《奢摩他室曲叢》第一集《臨春閣》卷首）

【箋】

〔一〕底本無題名。

〔二〕江山劉君子庚：即劉毓盤（一八六七—一九二八），字子庚，號椒禽，祖籍江山（今屬浙江），後隨父居蘇州（今屬江蘇）。光緒二十八年壬寅（一九〇二）拔貢，授雲陽知縣。民國八年（一九一九），任北京大學國文系教授。平生精於史學，尤擅填詞。著有《中國文學史》、《詞史》、《唐五代宋遼金元詞輯》、《濯絳宦存稿》等。

〔三〕劉氏古紅梅閣：古紅梅閣乃劉毓盤父劉履芬（一八二七—一八七九）藏書樓。履芬，字彥清，一字泖生，號漚夢。道光二十六年（一八四六），入國子監爲太學生。咸豐七年（一八五七），捐戶部主事。光緒五年（一八七九），代理嘉定知縣，卒於任上。著有《古紅梅閣集》。

附　梅村樂府二種跋〔一〕

鄭振鐸

右《臨春閣》、《通天臺》雜劇二種，吳偉業撰。偉業，字駿公，號梅村，別署灌隱主人，江蘇太倉人。崇禎四年進士，授翰林院編修，遷南京國子監司業。福王時，拜少詹事，與馬士英、阮大鋮等不合，辭官歸里。入清家居，杜門不出。後清廷嚴促其出仕，不得已赴京，授國子監祭酒。不久，辭歸。康熙十年卒，年六十三。偉業詩文，負一時重望，詩與錢謙益、龔鼎孳並稱『江左三大家』。

所作於詩文集外，有《秣陵春》傳奇一種，及《臨春閣》等雜劇二種。諸劇皆作於國亡之後，故幽憤慷慨，寄寓極深。

《臨春閣》，本於《隋書·譙國夫人傳》，以譙國夫人冼氏爲主，而寫江南亡國之恨。陳氏之亡，論者每歸咎於張麗華諸女寵，偉業力翻舊案，深爲麗華鳴不平。此劇或卽爲福王亡國之寫照歟？以『畢竟婦人家難決雌雄，則願你決雌雄的放出個男兒勇』云云爲結語，蓋罵盡當時見敵則退之諸悍將怯兵矣。

《通天臺》，本於《陳書·沈炯傳》，敍炯流寓長安，鬱鬱寡歡。一日郊遊，偶遇漢武帝通天臺，乃登臺痛哭，草表奉於武帝之靈。醉臥間，夢武帝召宴，並欲起用之。炯力辭，帝乃送之出函谷關外。醒時，卻見自身仍在通天臺下一酒店中。或謂炯卽作者自況，故炯之痛哭，卽爲作者之痛哭。蓋偉業身經亡國之痛，無所洩其幽憤，不得已，乃借古人之酒杯，澆自己之塊壘，其心苦矣。《通天臺》第一折炯之獨唱，悲壯憤懣，字字若杜鵑之啼血，其感人蓋有過於《桃花扇·餘韻》中之【哀江南】一曲也。

中華民國二十年二月二十八日，鄭振鐸。

（《清人雜劇初集》影印清順治間原刻本《通天臺》卷末）

【箋】

〔一〕底本無題名。

臨春閣（吳偉業）

《臨春閣》雜劇，高奕《新傳奇品》著錄，現存順治間原刻本（《清人雜劇初集》據以影印）、康熙間刻《雜劇新編》第二卷本、清初振古齋重刻本、清姚燮《今樂府選》稿本第二九冊本、宣統二年（一九一〇）吳梅輯刻《奢摩他室曲叢》第一集本、民國間貴池劉氏《暖紅室彙刻傳劇》本等。

臨春閣題辭

沈　修〔一〕

樂府三種，成繇駿公。吳君靈媯，聿録其二：靖節自祭，《通天臺》焉；莊生寓言，《臨春閣》焉。血罄遺耇，節旌玄妃，初明麗華，斯襲幻影。文隱誼賾，厥惟《臨春》，繹思頻仍，乃鏡厓略，用白修蘊，序之云云。

孝慈端型，爰逮國勝；內壼操潔，夙崇前明。甲申之春，莊烈矢蓋，從者牣皕，椒風穆馨。弘光肅明，斃難京雒；隆武孝毅，宅貞龍潭。軍熸桂林，永曆遯緬；王后耿節，粵芳滇雲。然於麗華，祊牒異也。天啓正適，懿安徽稱；魯王雙嬪，越郡令族。先後徇烈，朔南偕榮，昆岡鬱攸，燼璞肯滓。璧月靈魄，姓同常娥，亦三人焉，寧不謂盛？曰隱熹后，將嫌黜尊；曰甄前妃，病尚存國；吳氏命筆，則元妃乎！蛟鬭阨兵，長垣困仇，琅琦陻家，健跳阽身。蠣風鯨濤，尺組嬰脰，妃也命嗇，甚前嬪焉。小君笄珈，國蹙沈井；姪娣云挈，晥增張星。令光甍徂，伯緒文悼。齊嫣崩札，臨沂策哀。先生託音，情益幻矣。

南朝六闈，陰漸朔邦。獻容、令嬴，遺羞晉粱；妙登、婧英，巇行齊宋。奄宅江表，陳宮夙貞。皇英昔風，遹導昆軌；慈訓弘範，德芬椒衢。妙容、婺華，躬協蕙問；龔、孔、張、薛，狎客矢詠。信若蠱蠱，冥節韌只。麗華命字，宮庭四焉。陰、劉聿隆，張、楊聿陵。碩人其頎，寧任吉悔。鬒髮富韠，妙神嫺華。毓胚前星，齡始十算。有仍玄妻，西京上官。夔昭弗任，矧曰元秀。姊月馨媚，膝端瑩如。物之珍尤，靈亦碁也。譽樂既甚，眚患攸弔。令質婉嫕，能遂億逞。靚飾妙采，云足寓道；玉樹瓊蕊，爰可詠德。陳后苟哲，曷兆亡釁？夏喜、殷妲，徇尚寵國。況靡虐行，天實孕美。象服溟嶼，炯戒耽逸。若元妃者，斯更淑已。循測妙恉，麗華應尸。

今其曲文，蓋適誠敬。賓主易類，正名爰訛。青谿昔祠，靈媛肅饗。負劍嬰妭，側焉嬪從。文心斡旋，位著仍穆。譙國聖母，聿旌忠州。陳亡翼隨，秦實洗病。事不史吻，勳紅崖焉。麗華亭亭，棲影結綺。業用比興，曷標臨春？懷宗弗閎，作者冥諷，社稷之徇，甸侯云然。陪敦失馮，寧是藎職；野井辱唁，卒稱主君。次睢作牲，虐弄鄫子；效節旌皜，榮加寄公。若夫天王，分則無外。叔帶犯順，襄邑鄭氾。儈翩不賓，敬宮姑獮。《春秋》律嚴，曾莫貶議。遯出自竇，后縉且然。漢京參移，宋鼎再卜；唐葉廟寢，亦恆淪夷。昆陽碩猷，天祖盛責；尹室潛斃，國君愚誠。

思陵炪謀，經瀆諒爾。臙井媚雪，六朝春荒；煤丘仄曛，九縣姓革。後主衡德，奚朋烈皇；孝陵言勳，實汰永定。名傑富穰，績戡興王。淫威脅從，域易反正。朱繩伐軀，俊碩涼志。桂、福、唐、魯，曷羈人心。瓊臺寶衣，失慮孰甚？闕觀敬節，女貞攸宜。《辯亡》成篇，魏武託愍。既慶妃烈，冥招帝魂。

先生此文，信匪虛作。薊訓銅狄，牧之庭華。臨川、鉛山，言遜有物。振古舊鍥，憖遺蟫餘。劉君子庚，昔以君贈。爰更授槧，傳諸人焉。

庚戌花朝〔二〕，長洲沈修。

（清宣統二年吳梅輯刻《奢摩他室曲叢》第一集《臨春閣》卷首）

【箋】

〔一〕沈修（一八六四—一九二三）：字綏成，一字休穆，室名未園，長洲（今江蘇蘇州）人。清末曾任蘇州存古學堂教授，與葉昌熾、唐文治、孫德謙等爲同事。精於小學，著有《說文訂許》。吳梅整理印行《未園著藪》五種，含《原書》、《未園集選》、《未園集略》、《寶書堂詩集》、《冷雅》。傳見金天翮《天放樓續文言》卷四《蘇州五奇人傳·沈修傳》（《民國人物碑傳集》）。

〔二〕庚戌：宣統二年（一九一〇）。

通天臺（吳偉業）

《通天臺》雜劇，高奕《新傳奇品》著錄，現存順治間原刻本（《清人雜劇初集》據以影印）、康熙間刻《雜劇新編》第一卷本、清初振古齋重刻本、清姚燮《今樂府選》稿本第二九冊本、宣統二年（一九一〇）吳梅輯刻《奢摩他室曲叢》第一集本、民國間貴池劉氏《暖紅室彙刻傳劇》本等。

通天臺題辭

沈修

彼稷冥惋，溢情豪綈。梅邨詩詞，聲涕雜標。降格音曲，婉而成章。續徽承雲，嗇性房露。獎飾文媛，闡揚貞妃。《臨春》、《秣陵》，操尚敻逸。科第雪忿，展成《鈞天》；謳歈溺心，圓海《春謎》。浩唱烈韻，恧先生焉。

節以名寇，壬微悼衷。修家左丞，冥與儷轍。往昔劉峻，方規敬通，作文攄憂，敏析同異。陵谷貿徙，夙宵夌訛。鼎湖龍亡，奩鏡鸞泣。旨薺辛檗，暄春廩秋。宅憂終身，蔑更忘弭。因藉故實，默自旌爾。

名碩黯遇，昔寧無之。天於初明，肆逞荼酷。纆棘洵恥，曷加俘臣；珪裳匪榮，矧宦讐國。冥謁曩帝，表噉通天。漢臺苕亭，煒亙霄極。被識英主，旅人聆言。羨思仁親，天子獲印。篤念靈誶，叶休徵歟。幽明路悠，妙應斯捷。世競底惑，修心不慆。陰陽家亡，周職蓋寢。祛魅情狀，易誰鉤深。靈威赤熛，云實炎昊。於蝸慶忌，或馮山谿。仁加伯元，卒藩荊州。敬執項羽，爰任僕射。冀土臣炯，武皇矜諸。柏臺荒雲，柞寢瀟雨。甚矣騷瑟，茂陵茲辰。

方、徐、嚴、枚，比席園令；　邢、趙、衛、尹，變班陳嬌。宅娛琴觥，析奧文賦。區夏柄失，甲幃遑勤。膠西鏗鏗，諍息災厲；　平津謬謬，策湮賢良。足音寥聞，五百春矣。蝨賊侯景，不庭蕭梁。身丁亂離，矜是碩彥。昆弟息胤，虐逢鯨鯢。妻虞泣刑，貞血漬脰。聖善素馘，職饔卬煁。孑焉相存，僅一娣婦。南望愍惻，百荼嬰心。異朝君臣，分薄誼厚。軫念庸德，力拯宜也。矧帝綏極，務植名行。瑩飾孝治，建元綸音；　篤扶人綱，元朔令誥。敦乂七教，甄明五書。賦褒陵雲，爵進髦士。太主董偃，寧誅直言；　長卿、文君，憚析珍儷。嚴助伏刃，實熒張湯。表稱東歸，增昔愧已。

昔代園寢，喪威林烝。牧芻行吟，莫更蹡舞。拜手頓首，溫顏錫章。涼暄宅心，孰肯斯若。往訓映牒，寧其食言。纍臣復家，懼或寢事。存愛著慭，神明聿交。精多物宏，靈爽自結。膺兆獲返，理之恆乎？　宙夏云一，先生曷歸？　尋君遂初，復我邦族。蹙靡攸騁，戚誠無驩。陽岑擷薇，勿審誰菜；　栗里扃竇，強旃吾廬。同時逸民，實與鈞愾。恭子入覲，國仍梁都。君親之間，豈不兩勝？

樂府箋恨，信曰自悼。命恉鍾律，結言冥寥。修今籀詞，輒悟文表。運筆斯巧，人謀鬼謀。生能徙關，死莫徵隸。函谷姓改，元封則那。將哀孝陵，粵假梁武。王氣業盡，謂鍾山何！　伶人南冠，帝子北降。曲者曲也，情之壹焉。《離騷》美人，豈繄淫惑。孝武招隱，稱貽麗娟。華予昔門，氣勝蘭澤。既謬貞一，姝寧樂聞？　先生愛姬，曰倩扶氏，色藻雙婧，疑相匹倫。羞同巨君，聘諱原碧；　矧事安石，妾兼文青。岱神光明，輕小節也。吾黨秀傑，畢能斐然。

靈鴉茂年，學邃音呂。粵國盛操，風山矢音；如須閒情，香閣吐韻。行世二帙，馥聲詞林。駿公靈編，聿久湮曖。《通天》、《臨春》，儷若笙磬。暐曜英舉，尤榮素宗。遑辭不文，序如前云。

浴佛之夕，沈修后齊。

（清宣統二年吴梅輯刻《奢摩他室曲叢》第一集《通天臺》卷首）

秣陵春（吴偉業）

《秣陵春》傳奇，一名《雙影記》，高奕《新傳奇品》著錄，現存順治間振古齋刻本（《古本戲曲叢刊三集》據以影印）、清初半竹居藏板本、清初刻乾隆五十九年（一七四九）重修本、宣統三年（一九一一）武進董氏誦芬室刻《梅村先生樂府三種》本、民國五年（一九一六）《誦芬室叢刊初編》本、民國間貴池劉氏《暖紅室彙刻傳劇》本。

（秣陵春）序〔一〕

吴偉業

客有問於余曰：『《秣陵春》何爲而作也？自《華山畿》紀於樂府，而幽婚冥媾，歷見稗官，後世猶疑其事。今子之說，非形非影，爲有爲無。此恢諧滑稽所不談，而《虞初》、《諾臯》所不載者也，得毋迺誕之乎？』

余笑曰：是所謂夏蟲不可語冰，知宋人之刻楮葉，而不識木鳶能飛者也。今夫阿房閣道，鉅麗之極觀也，咸陽三月，劫灰具燼；而海中有三神山，以金銀爲宮闕，二者，吾不能定天下之居處。鄭女曼姬，嫺都嫽冶，章華宮中，十年不能望幸；而巫山之神女，高唐入夢，得薦寢於君王，二者，吾不能定天下之美麗。魚龍曼衍之戲，西域幻人，吞刀吐火；而月中天樂，《紫雲》一曲，唐玄宗以玉笛吹之，名曰《霓裳羽衣》，二者，吾又安能定天下之聲音哉？

彼夫文人才士，放誕窮愁；怨女貞姬，憂思鬱結。惝兮若有所亡，怳兮若有所見。杳矣冥矣，縹緲無所不之矣。況乎侯王則陵廟丘墟，妃主既容華消歇。蕭條乎原野，滲栗乎悲風。魑魅之與鄰，魍魎之與游。其平生圖書玩好，歌舞戰鬭之娛，雖化爲飄塵，灌莽不能有以磨滅也。於是神僧異人，從而取之，以出其變化。李少君之帳中，佛圖澄之掌上，皆是物也。而又何疑於余之說乎？

余端居無憀，中心煩懣，有所徬徨，感慕髣髴，庶幾而目將遇之，而足將從之，若眞有其事者，一唱三嘆，於是乎作焉。是編也，果有託而然耶？果無託而然耶？卽余亦不得而知也。客迺听然而笑曰：『善！』

灌隱主人漫題〔二〕。

（《古本戲曲叢刊三集》影印清順治間振古齋刻本《秣陵春傳奇》卷首）

【箋】

〔一〕《四部叢刊初集》影印本《吳梅村家藏稿》卷三二有此文，題《秣陵春序》。

〔二〕題署之後有陽文方章『灌隱主人』。

秣陵春序

李宜之〔一〕

南詞以《拜月》、《琵琶》爲二絶，《荊釵》、《繡襦》以下皆不及也。嗣後，騷人遊戲多以散套小令特傳，竟無院本可與二傳相頡頏者。學士家以《牡丹亭》爲異書，然才情橫放，不能拴縛，遂有清眞音譜未諧之病，殊不爲行家所賞，而戾家尤苦之。《錦箋》輕圓而味稍薄，《曇花》富贍而機不靈。《西樓》有雋語而失之佻，《燕子箋》有新趣而失之俗。《鸞鴦棒》等，則浪子不已，幾於娼夫，大非風流儒雅之體矣。

灌隱之爲《雙影記》也，審節宮羽，穩協陰陽，不騁才情，並不用學問，而字字敲打，如出鶯喉燕吭間，無不歌誦妥溜，妙會諧絲竹者。此眞詞林老手，與《拜月》、《琵琶》分鼎立於三百年之上者也。卓吾以《拜月》爲化工，《琵琶》爲畫工。記中有天匠自成，不見痕迹，如化工之生物者；有芳鮮縟麗，五采爛然，如畫工之繪物者，兼長固奇於獨妙矣。《琵琶》無北詞，《拜月》僅《議遷》一齣。灌隱此記，北詞六七見，又別有雜劇幾種，其本色中出色，不獨與實甫、漢卿並驅，幾欲追董學士而先之，不更奇乎？宋之工詞者，輒不工詩。元四大家及君美，則成之徒，俱不見他著述。灌隱五古，直逼漢魏；歌行近體，上下初盛；敍記之文，不愧唐宋大家；而寄興詞曲，復推宗匠，又一奇也。

余弱冠時，嘗爲《步非烟》雜劇〔二〕，頗有一二本色語，兵燹中失去其本。與草衣道人往來吳越間，多以南詞散套及小令紀其事，亦頗協律。一生蹭蹬，並不得爲元詞人路吏山長之官。窮老閉門，無所發憤，意欲借古人奇情韻事，譜爲烟花粉黛、神頭鬼面之詞。及見此記，不覺小巫氣盡。因戲語灌隱：『初成績不欲曲子詞布汴雒，曷不若香奩並嫁致堯乎？』灌隱笑曰：『曲子果流布，則世皆知爲放言自廢之人。花月填詞，正自有日。老兄若肯學君家浪子，綴一小語爲詞，固當爲人爭傳。我決不學曲子相公，專託人收拾焚毀之不暇也。』

癸巳秋七日〔三〕，寓園居士書於尹綴樓。

（民國八年貴池劉世珩《暖紅室彙刻傳劇》第三三冊《秣陵春》卷首）

【箋】

〔一〕李宜之（一五九〇—一六五六前）：字緇仲，號寓園，別署寓園居士，嘉定（今屬上海）人。明庶吉士李名芳（一五六五—一五九三）子。明諸生。著有《猗園詩集》、《寓園文集》、《辨毀》等。撰雜劇《步非烟》。傳見光緒《嘉定縣志》卷一九、楊鍾羲《雪橋詩話·餘集》卷一等。參見鄧長風《七位明清上海戲曲作家生平鉤沈》（《明清戲曲家考略》）、《十位明清上海戲曲家生年史料拾補》（《明清戲曲家考略續編》）。

〔二〕《步非烟》雜劇：葉德均《戲曲小說叢考》卷上《曲目鉤沈錄》、《古典戲曲存目彙考》著錄，已佚。

〔三〕癸巳：順治十年（一六五三）。

五倫鏡（雪龕道人）

雪龕道人，《古典戲曲存目彙考》云卽張三異。按張三異（一六〇九—一六九一），字魯如，號禹木、癡龍，别署雪龕道人，漢陽（今屬湖北）人。順治五年戊子（一六四八）舉人，六年己丑（一六四九）進士。九年，任陝西延長知縣。歷任南陽郡丞、福建邵武府丞。康熙七年（一六六八），擢浙江紹興知府。致仕後居杭州。修《紹興府志》，輯刊《雪史》三編。晚年與其子張仲璜合注楊慎《廿一史彈詞》，並補撰《明紀彈詞》。著有《癡龍集》、《詩家全體》、《來青園詩集》等。傳見乾隆《漢陽縣志》卷二一、嘉慶《漢陽縣志》卷一三等。參見鄧長風《四位湖北、四川清代戲曲家的生平材料》（《明清戲曲家考略》）、《關於〈明清戲曲家考略〉的若干補正》（《明清戲曲家考略續編》）。

或以爲雪龕道人卽孫宗彝，見王漢民《〈五倫鏡傳奇〉作者考》（《江漢論壇》二〇一五年第六期）。按孫宗彝（一六一二—一六八三），字孝則，號虞橋，别署眘休居士，高郵（今屬江蘇）人。明諸生。順治三年丙戌（一六四六）舉人，四年丁亥（一六四七）進士，授中書舍人。官至吏部文選司員外郎。十四年丁酉（一六五七），因順天鄉試科場案，牽連及之。十六年告歸，營愛日堂。康熙二十年（一六八一），因觸怒河道官員，被誣下獄。二十二年，病死獄中。著有《愛日堂全集》、《易宗集注》、《治水要議》、《高郵州志》等。參見孫弓安編《先府君年譜》（卽《孫宗彝年譜》，清同治九年刻《愛日堂全集》附刻本）。中云：『九年庚戌五十九歲……爲紹人謝孝子立傳，作

《五倫鏡傳奇》，紀孝子賣妻葬親事。』按，《愛日堂全集·文集》卷六有《謝孝子傳》。當以孫宗彝爲是。

《五倫鏡》傳奇，《曲考》、《曲海目》、《今樂考證》均著錄，作雪龕道人撰，現存清初愛日堂原刻本（《傳惜華藏古典戲曲珍本叢刊》第二二冊據以影印）。

五倫鏡小引

張三異

逢場搬演戲局也，做得眞切，直令觀者毛髮俱悚，所謂以菩薩身得度者，卽現菩薩身而爲說法也。其義云：何如讀忠孝記到傷心處，個個揮淚；閱姦雄譜至陰險時，人人切齒。誰謂善善惡惡，刻刻不在人胷臆間？第不觸則不靈耳。誠能以現在因，具智慧力，伸廣長舌，說普度法，金針一撥，瞳仁俱轉，那有喝不醒的癡呆，擊不動的木偶？古云：『聲音之道，感人最深。』戲之時義，大矣哉！

黃鵠磯頭可漁老人嗚〔一〕。

【箋】

〔一〕序題下有陽文方章一枚：『柏泉一叟』。題署之後有印章二枚：陰文方章『三楚狂客』，陽文方章『癡龍』。『癡龍』爲張三異號，可知可漁老人卽三異別署。

五倫鏡引

思孺子〔一〕

盡天地在一圓鏡中，逢場搬演，獻嚬呈笑，姸情媸態，顛倒供招。蚤被造化小兒一眼覷破，大來大現，小往小現，一一還他箇傳神寫照，何曾錯付分毫。自家不察，尚私爲枕中祕戲，昏夜金鎞，可以瞞過一切世間，且令天公目睞五色。嗟乎！誰知有箇手握靈蛇、眼光似火的那吒女脩羅，不肯讓人躱過一著。仍或不信，試聽霹靂一聲，所謂耳根圓通，百有二十。戲場上嘻的、笑的、號的、跳的、喧的、鬧的，拍板的、吹簫的、敲鑼的、擊鼓的，轟轟烈烈的，都是蚤夜清鐘。仔細看來，那里有一樁不明的公案也。

思孺子題。

【箋】

〔一〕思孺子：姓名、籍里、生平均未詳。

（五倫鏡）凡例

闕　名〔一〕

一、音律以《九宮譜》爲正。而昔人或以黄鐘爲宫，或以林鐘爲宫，或以中吕爲宫，卽宫調之難辨若此，况其他乎？不知十二律有環相爲宫之義，要以包涵萬有，纏綿閃賺，便是宫之正體。歌者須作此意，便叶正音，他可類推。

一、四聲乃元音也，孩提之童，矢口便成，其中節奏，隱然與天氣合，如四德之始終，倒置不得。近人但以上、去、入作仄聲，牽溷填鋪，多不合調。不知音律關鍵，全在上聲，五音得之，以純以和。觀古名劇如《琵琶記》，妙處不傳，全在於此。甚矣，歌之爲妙在於和，和之爲妙在於上聲，識者辨之，歌者辨之。

一、是本事事皆是實錄，有直書姓名者，如謝萬程、李氏、王全、王大有是也〔二〕；有不便直書姓名者，如田洪、孔文孫是也。祇是《入鏡》、《圓鏡》發明理說，仿古神道設教之旨；六狀元出自新裁，兼皆古史，爲思皇多士之徵，然亦情理當然，不涉荒蕪。況大有雷擊復生，得半面黑，李氏去來完節，俱七月旬，更是實事。明明有箇鬼神做主，寧不觸目動心！

一、北曲如古詩體，放歌明志，不限字眼，是本中前後兩折及《栖林》【混江龍】一調，皆用此意。至於南調宫譜，引商刻羽，字字推敲，頗有精心，實以《琵琶》爲藍本，而嚴核過之，識者自辨。

一、是本二十六齣，絲連藕貫，關目閒整，無一折可以刪除，亦無一曲可以裁省。演者須是一唱三歎，乃盡其妙，無徒摭拾纂撰，排場塞白可也。

（以上均《傅惜華藏古典戲曲珍本叢刊》第二二册影印清初愛日堂原刻本《五倫鏡》卷首）

【箋】

〔一〕此文當爲雪龕道人撰。

〔二〕謝萬程、李氏、王全、王大有：均見《清史稿》卷五〇九『謝萬程妻李氏』條，此條係本孫宗彝《愛日堂全集·文集》（清乾隆三十五年刻本）卷六《謝孝子傳》（《國朝耆獻類徵初編》卷三八二，又見《南陽名宦錄》）。判此案者卽南陽同知張三異，順治十二年（一六五五）赴任，康熙二年（一六六三）轉任福建邵武同知。《國朝先正事略》卷五七《謝孝子事略》云：『好事者至演之爲傳奇。』然未云撰傳奇者何人。《古典戲曲存目彙考》或據此，以此劇作者爲張三異。

鴛鴦縧（路迪）

路迪（約一六一〇—約一六八六），字惠期，號海來道人，宜興（今屬江蘇）人。明末浙江副使路文範（崇禎元年進士）子，山東左布政使路進（崇禎元年進士）弟。善騎射舞槊，能萬人敵。入清不仕，隱居鄉里四十餘年。撰傳奇《鴛鴦縧》。傳見光緒《重刊宜興縣舊志》卷八。參見鄧長風《十二位明清戲曲作家的生平材料》（《明清戲曲家考略續編》）。

《鴛鴦縧》，《傳奇彙考標目》著錄，現存崇禎八年（一六三五）序刻本，民國十五年丙寅（一九二六）武進陶湘涉園輯印《喜詠軒叢書》乙編據以石印，《古本戲曲叢刊二集》據以影印。

鴛鴦縧記敍

朱敬一〔一〕

詞曲非小道也。溯所繇來，《賡歌》、《五子》寔爲鼻祖。漸變而之《三百》，之《騷》、《辯》，之

《河西》，之《十九首》，之《郊祀》、《鐃歌》諸曲，又變而之唐之近體，《竹枝》、《楊枝》、《清平》諸詞。夫凡此猶詩也，而業已曰曲、曰詞矣。於是又變而之宋之塡詞，元之劇曲。至於今，而操觚之士，舉漢魏以降、勝國以往，諸歌、詩、詞、曲之可以被絃索者，而總謂之曰樂府。蓋誠有見於上下數千年間，同一人物，同一性情，同一音聲，而其變也，調變而體不變，體變而意未始變也。而世有訾詞曲爲風雅罪人，聞曼聲而掩耳，望俳場而卻步者，吁，可悲已！

國朝名儒之詞曲行世者，曰用修、曰緯眞、曰義仍諸家，而說者謂案頭之書，與場上之曲不無差別，或格不行。若夫伯起、伯龍、禹金①諸君行矣，而說者又謂與勝國之關、鄭、馬、白猶爭毫釐。或者其中妙解，有比於雅俗、工拙、濃淡之外者乎？

不穀魯鈍，弗嫺於詞。然遍覽古今傳奇，有愜有不愜。今覩《鴛央緣記》，而獨覺其愜於耳，且愜於心也。蓋路惠期氏以英齡敏質，父子荀、陳，兄弟軾、轍，淵源薰染之餘，飫經籍而涵泓穎。其性風情雅之所旁寄，偶逗筆歌墨舞，有不知其所以合而合者焉。記中微詞冷語，似諧似讔，若教若誡，最後一偈，婆子心切，則惠期氏救時憫亡之微意，概可覩矣。

惠期計日驤首名都，執耳詞苑，且淩用修諸君而上之。其調益新，其體益備，而其意不盭於古。於以鼓吹休明，載賡喜起，彼世之訾者，抑將謂詞曲小道乎哉？不穀獲從靜因先生爲水乳交〔二〕，而阿戎不我夷鄙，時時度曲稱詩，貽之珠玉，遂樂爲弁其首以傳。

時崇禎乙亥上巳，楚澧愛蓮道人敬一子書於姑射山房〔三〕。

（《古本戲曲叢刊二集》影印明崇禎八年序刻本《鴛鴦縧傳奇》卷首）

【校】

①金，底本作『含』，據人名改。

【箋】

〔一〕朱敬一（？—一六四七）：明安惠王朱奉銃（又名崇一）嫡子，萬曆四十年（一六一二）襲封華陽王，即至惠王，别署敬一子、愛蓮道人、愛蓮人，居澧州（今湖南澧縣）。據潘相《澧志舉要》：順治四年丁亥（一六四七），『崇儒奉旨赴李元亮家，催敬一父子赴京。敬一至武昌府卒，有僧葬之鸚鵡洲。』

〔二〕静因先生：即路文範，字先卿，宜興（今屬江蘇）人。路迪父。天啟四年甲子（一六二四）舉人，崇禎元年戊辰（一六二八）進士。官至浙江副使。傳見光緒《重刊宜興縣舊志》卷八。

〔三〕題署之後有印章二枚：陰文方章『華陽王章』，陽文方章『愛蓮人』。

（鴛鴦縧）偈言〔一〕

路迪

時海來道人作是傳已，而作偈言：

衆生當末劫，而我在其中。如以一瞳子，欲救百盲人。種種黑業隨，不能見天日。反云是瞳子，何以無所覩？盲人百且然，而況恆沙衆。不如歸深山，修此無漏因。山雖非化城，頗與紅塵遠。水非八功德，淡焉有至味。春日摘新茶，夏日啜蔬菓，秋日栗垂垂，冬日尋稚子。泉音海潮音，音音自成侶。普告現身衆，宰官長者等。觀彼虛空華，實茲大戲海。人生彈指頃，不如歸深山。

【箋】

〔一〕底本無題名。

附　鴛鴦絛記跋〔一〕

王立承

右《鴛鴦絛》傳奇，上下兩卷，明崇禎原刻有像本，見《焚燬書目》。涉園陶氏得於滬上〔二〕，傳沅叔丈告余〔三〕，盛稱其圖畫精工，撫刻靈巧，余心志之。厥後，陶氏付之景印，以一本贈余。在津，特詣涉園，始見原本。摩挲愛玩，迄難忘懷。涉園素喜閔刻，尤愛有圖。以余藏有《還魂》、《紅梨》二記，曾欲以此交換。余以精刊殊難再覯，遂未允許。然此書往來心中，終未去懷。會尋閔刻《豔異編》，前有摹刻仇十洲圖六頁，益萌互易之心。今夏大病初起，老友尹石公屢來慰視〔四〕。尹與陶亦諗，因乞爲介。昨將書來，急以《豔異編》歸之涉園。結想八年，竟得插架，何幸如之！茲志其前後於此。

民國廿二年，嗚晦廬主人識，九月十八日〔五〕。

《喜逢春》與《廣爰書》，同被亡秦付燼餘。（《喜逢春》、《廣爰書》，皆明季人所撰傳奇，與此曲同見《焚燬書目》，此曲亦見《焚燬書目》）。獨愛惠期詞雋爽，玉籤插架壯吾廬。

鳴晦又題。

（以上均《古本戲曲叢刊二集》影印明崇禎八年序刻本《鴛鴦縧傳奇》卷末）

【箋】

〔一〕底本無題名。

〔二〕涉園陶氏：即陶湘（一八七〇—一九三九），字蘭泉，號涉園，武進（今江蘇常州）人。清末以縣學生保送鴻臚寺序班，後累擢至道員。著名藏書家、刻書家。編纂《武進涉園陶氏鑒藏明版書目》、《涉園所藏宋版書影》、《故宫殿本書庫現存目》、《清代殿版書始末記》、《毛氏汲古閣刻書目錄》、《明吳興閔版書目》、《明内府經廠書目》、《涉園明本書志》等。

〔三〕傅沅叔丈：即傅增湘（一八七二—一九四九），字沅叔，别署雙鑒樓主人、藏園居士、藏園老人、清泉逸叟、長春室主人等，江安（今屬四川）人。光緒二十四年戊戌（一八九八）進士，選庶吉士，散館授編修。民國初，曾入内閣任教育總長。著名藏書家、刻書家、校勘家，著有《藏園羣書題記》、《雙鑒樓善本書目》、《藏園羣書經眼錄》等。

〔四〕尹石公（一八八八—一九七一）：一名文，又名炎武，號石公、碩公，又號蒜山，丹徒（今屬江蘇）人。早年畢業於中國公學，曾在北京大學、輔仁大學、河南大學、貴陽師範學院等校任職。

〔五〕題署之後有陽文長方章『鳴晦祕寶』。

李氏五種（李漁）

李漁（一六一一—一六八〇），原名仙侶，字謫凡，改名漁，字笠鴻，後字笠翁，别署笠道人、隨庵主人、新亭客樵、湖上笠翁、覺世稗官等，蘭溪（今屬浙江）人。出生於雉皋（今江蘇如皋），後回原籍。崇禎十年（一六三七）入金華府庠，後屢應鄉試，皆不第。入清，即不復應考。順治五年（一六四八），自蘭溪移家杭州。十四年始，流寓金陵二十年，居芥子園。康熙十六年（一六七七），再遷杭州，歷四年卒。著有《笠翁一家言全集》，長篇小說《回文錦》（又名《合錦回文傳》），短篇小說集《十二樓》、《無聲戲》（又名《連城璧》），編輯《名詞選勝》、《尺牘選》、《詩韻》、《資治新書》、《芥子園畫譜》等。傳見《國朝耆獻類徵初編》卷四二六。參見單錦珩《李漁年譜》（《李漁全集》第十九卷，浙江古籍出版社，一九九一）。

撰傳奇《憐香伴》、《風箏誤》、《意中緣》、《奈何天》、《玉搔頭》、《蜃中樓》、《比目魚》、《凰求鳳》、《慎鸞交》、《巧團圓》，前五種總名《李氏五種》（或《李笠翁傳奇》），十種總名《笠翁傳奇十種》（或《笠翁十種曲》），現存康熙間翼聖堂刻本、康熙間世德堂刻本等。另有清經術堂刻袖珍本、大知堂刻巾箱本《笠翁十二種曲》，含湯顯祖《邯鄲夢》、《南柯記》二種傳奇。

李氏五種總序

孫　治〔一〕

自古賢臣志士，多有感慨無聊之意，寓之於騷賦，以寄其懷抱，若屈原、相如之流，其斌斌者矣。唐宋以下，降爲新聲，辭曲遞起，雖體製不同，亦不可爲非風雅之遺矣。

余往觀優，見有《憐香伴》者，雅爲擊節已。又得《風箏誤》本，讀而善之。客有識李生者，曰：

『是乃笠翁李生所爲作也。』余以爲其人必嵚崎歷落，不可一世。與之周旋，又胡溫然善下，退讓君子。乃發其藏，前後共得五種。

余既卒業而嘆曰：嗟乎！子其以周、柳之製，寫屈、馬之蘊者耶？若使子高步承明之上，蹀足石渠之間，與人主朝夕諷議，卒安得發憤從事於戔戔者爲？余有以知子之不得已也。然即就五種而論之，其壯者如天馬之鳴霹靂，其幽者如纖林之響落葉。其恢諧如東方舍人射覆於萬乘之前，其莊雅如魏邴丞相謀謨於議堂之上。而總以寄其牢愁之感，寫其抑鬱之思。挂玉釵於東牆，贈荊珠於洛浦。離合變化，出鬼入神。於乎！豈獨詞翰之飛黃，才思之神皋哉！

昔子淵《洞簫》，宮人能誦之；龍標《渭陽》，美人能歌之。是書行，非獨何戡舊人，北里名部已也。天下後世之才人碩女，必有讀是書而詠嘆感泣者矣。雖以顓愚如余者，亦將鎔金爲賈島像，而拜之贊之也。然則，李子又安謂之不得已也。

（《四庫禁燬書叢刊》集部第一四八冊影印清康熙二十三年孫孝貞刻本《孫宇台集》卷七）

【箋】

〔一〕孫治（一六一九—一六八四）：字宇台，一字鑒庵，號雲齋，別署壘庵居士、西山樵者，仁和（今浙江杭州）人。明末諸生，名列『西泠十子』。入清不仕。著有《壘庵集》、《孫宇台集》、《靈隱寺志》。傳見《文獻徵存錄》卷六『陸圻』條附傳、《國朝先正事略》卷三七《丁藥園先生事略》附事略、民國《杭州府志》卷一四五等。

李笠翁傳奇敍[一]

錢謙益

古今文章之變，至於宋詞、元曲而極矣。詞話之作，起於南宋。於時中原板蕩，逸豫偏安。遺民舊老，流滯行都，刺取牙人駔儈、都街行院、方俗閭巷慠美猥褻之語，作爲演義之書。若羅貫中之《水滸》，恢詭譎怪，大放厥詞。悲憤諷刺，與龔聖予三十六人之贊，相爲表裏。昔①人謂司馬子長降體而爲之，亦不過是非激贊也。籌殺六更，讖符四廣。西臺之哭聲久湮，智井之沉書未啓。才人志士，沈抑下僚，志氣怫鬱，發而爲場上之曲。識者謂元有曲而無詩。非無詩也，文學侍從之臣，如虞伯生、袁伯長輩，以春山秋水之篇章，當《上林》、《長楊》之著作，視散②曹罷吏，旗亭酒樓，嘻笑唾駡，曼聲而度曲者，不有餘愧乎？故曰：元有曲而無詩也。

神聖開元，文明奕世，高文典冊，炳耀廊廟。二百餘年，詞曲寥寥絕響。嘉靖之季，有倡爲淫詞瞽說，譏切權倖者，俚鄙穢惡，君子所不道。然宋詞之變態極矣。萬曆中，臨川以蓋代之才，衰晚無聊，而託寄於《四夢》。死死生生，情種流傳，染神尅骨，道人有諷③一勸④百之說。然元曲之變態極，而文章之能事亦盡矣。

世運而往，生才不盡。於斯時也，而笠翁之傳奇，横見側出，徵材於《水滸》，按節於《雍熙》，《金瓶》無所鬭其淫哇，而《玉茗》不能窮其繆巧。宋耶元耶？詞耶曲耶？吾無得而論之矣。

有讀笠翁傳奇，始而疑，既而眩，終而狂易卻走。余爲解之曰：『子未讀《山海經》乎？「東海之外，大荒之中，有山名曰大言，有大人之市，名曰大人之堂。」郭弘農曰：「山形如堂宇，大人時集會其上，作市肆也。」《經》又曰：「有一人踆其上，張其兩耳。」由今觀之，大言之國，不知其所言何事，要必非蹄涔之游、蘙薈之集也。有大人者，張耳以爲市，又有一大人，若張兩耳而聽之。言者與聽者，斯可謂兩相當矣。今子聽笠翁之傳奇，在此圜土中，以爲大言，驚而相告。不知笠翁之兩耳可以爲市，而子以徑寸之耳輪，傾側而聽之，雖欲不駭眩卻走，烏乎可？』

笠翁聞而笑曰：『漁也誠無辭於大言矣。踆於大人之堂，張耳而聽之者，非夫子其誰？請書之，以告於世之爲耳市者。』

辛⑤丑夏日〔二〕，書於杭城之適軒⑥。

（上海古籍出版社二〇〇七年版錢謙益著、錢曾箋注、錢仲聯標校《牧齋雜著·有學集文集補遺》卷上）

【校】

①昔，底本作『者』，據《牧齋外集》卷六改。

②散，底本作『教』，據《牧齋外集》卷六改。

③諷，底本作『譏』，據《牧齋外集》卷六改。

④勸，底本作『諷』，據《牧齋外集》卷六改。

⑤『辛』字前，《牧齋外集》卷六闕二字。

⑥『書於杭城之適軒』七字，《牧齋外集》卷六闕。

【箋】

〔一〕此文亦收於清乾隆間手鈔本《牧齋外集》卷六。

〔二〕辛丑：順治十八年（一六六一）。

憐香伴（李漁）

《憐香伴》傳奇，一名《美人香》，高奕《新傳奇品》著錄，現存康熙間翼聖堂刻《笠翁十種傳奇》本、康熙間世德堂刻《笠翁十種傳奇》本等。

憐香伴序

虞巍〔一〕

蛾眉不肯讓人，天下男子且盡效顰，乃欲使巾幗中承乏緇衣縞帶之風，非特兩賢不相厄，甚至相見輒相悦，相思不相舍，卒至相下以相從，此非情之所必無，而我笠翁文中之所僅有乎？笠翁才大數奇，所如寡遇，以相應求、相汲引而寓言閨閣，此亦『禮失求野』之意，感慨繫之矣。

嗟乎！自龍蛇懼深，鶬羹效寡，尹夫人之待邢，桓南郡之待李，幾爲名姝韻事。不知桓南郡之我見猶憐，其憐之甚，正妒之甚也；尹夫人之自痛不如，其痛之深，亦妒之深也。即趙家姊妹，雙飛紫宮，且以寵時之比肩，遂忘微時之擁背，歌罷鳳來，詈如鼠嚙。然則同氣分形，且不樂婕妤之體自香矣，況陌路相逢，以美人而憐美人之香，誰則覯之？

雖然，當場者莫竟作亡是公看也。笠翁攜家避地，窮途欲哭。余勉主館粲，因得從伯通廡下，竊窺伯鸞。見其妻妾和喈，皆幸得御夫子，雖長貧賤無怨，不作《白頭吟》，另具紅拂眼。是兩賢不但相憐，而直相與憐李郎者也。嗟乎！天下之解憐李郎者，可多得乎哉！

句吳社弟虞巍玄洲氏題。

（清康熙間翼聖堂刻本《笠翁傳奇十種》所收《憐香伴傳奇》卷首）

【箋】

〔一〕虞巍：字君哉，號玄洲，別署玄洲逸叟，金壇（今屬江蘇）人。李漁《一家言全集》卷五有《虞君哉待詔數數招飲，不欲稍卻，賦此言謝，並志豆觴之盛》詩，序云：『君哉爲來初大參之子，興間使君之父，豪縱不羈。性喜晝眠夜飲，開尊遲客，無夕不然。食味之精，甲於天下。』虞來初，即虞大復（一五八〇—？），明萬曆三十五年丁未（一六〇七）進士，授崇安縣令，官至江西參政。錢謙益《牧齋有學集》卷三七有《祭虞來初文》。虞興間，名寧，順治四年丁亥（一六四七）進士，授福建侯官知縣，後補掖縣知縣，未赴。

風箏誤（李漁）

《風箏誤》傳奇，高奕《新傳奇品》著錄，現存康熙間翼聖堂刻《笠翁十種傳奇》本、康熙間世德堂刻本《笠翁十種傳奇》本等。

風箏誤敍

虞　鏤〔一〕

屈子曰：『衆人嫉余之蛾眉，謠諑謂余以善淫。』憂讒畏譏，《離騷》所由作也。然三閭、九畹，並馨千載。貞者不得誤爲淫，亦猶好者不得誤爲醜，所從來久矣。

我笠鴻行惇曾、史，才妙機、雲。芳體錦心，幾於遺世獨立。顧以負俗之累，悴遊澤畔。嗟乎！天地間黑白固無殊觀，妍媸殆將奪面乎？因思極媸冒妍、極妍混媸者，往事有二：里婦顰偷越豔，畫工態掩漢娃是也。既而思浣紗溪上，瓊姿孤映清漪；響屧廊邊，珊韻祗聞獨步。顰者自顰，效終誰效？況乎紅顏雖薄，白璧難緇。平日按圖索瘢，棄予如遺者，一旦和親辭陛，光動左右。乍轉秋水之眸，始識春風之面。慷慨兮胡塞晨征，懊喪兮漢宮秋思。美人塵土何代無，惟青冢黄昏，至今詠焉。則知丹青黝黑，不能有誤王嬙，而反以不朽王嬙。凡爲嬙者，俱可浩然自信於天地之間。此笠鴻《風箏誤》一編寫照寓言，或在有意無意間乎？

讀是編，而知媸冒妍者，徒工刻畫；妍混媸者，必表清揚。同此一人之身，昔駭無鹽、宿瘤，如鬼如魅；今稱玉環、飛燕，胡帝胡天。人顧蛾眉信否耳，謠諑誰能誤之？笠鴻之才，妖冶已極，余不才，亦妒婦也，今且與老奴爭憐之矣！

句吳社小弟虞鏤以嗣氏題〔二〕。

（《鄭振鐸藏珍本戲曲叢刊》影印清康熙間翼聖堂刻本《笠翁傳奇十種》所收《風箏誤傳奇》卷首）

【箋】

〔一〕虞鏤：字以嗣，疑與虞巍同爲金壇（今屬江蘇）人。生平未詳。室名書聯屋，曾刻印李漁《笠翁傳奇十種》。

〔二〕題署後有印章二枚：陰文方章『劍膽琴心』，陽文方章『以嗣』。

（風箏誤）總評

闕名〔一〕

是劇結構離奇，鎔鑄工鍊，掃除一切窠臼，向從來作者搜尋不到處，另闢一境，可謂奇之極、新之至矣。然其所謂奇者，皆理之極平；新者，皆事之常有。近來牛鬼蛇神之劇充塞宇內，使慶賀讌集之家，終日見鬼遇怪，謂非此不足悚人觀聽。詎知家常事中，儘有絕好戲文，未經做到耶？是劇一出，鬼怪遁形矣。

（同上《風箏誤傳奇》卷末）

【箋】

〔一〕此劇正文卷端署『湖上笠翁編次』、『樸齋主人批評』，故此總評當爲樸齋主人撰。樸齋主人，姓名、籍里、生平均未詳。李漁好友吳百朋號樸齋，清順治初在杭州，評者或即其人。吳百朋（一六一六—一六七〇），字我百，一字錦雯，號樸齋、石霜，錢塘（今浙江杭州）人。明崇禎十五年壬午（一六四二）舉人。清順治十六年（一六五九）任蘇州推官，康熙間任南和知縣。名列『西陵十子』，著有《樸庵集》、《娛暉堂集》。傳見孫治《孫宇台集》卷二四《亡友吳錦雯行狀》。

意中緣（李漁）

《意中緣》傳奇，高奕《新傳奇品》著錄，現存順治間刻本、康熙間翼聖堂刻《笠翁十種傳奇》本、康熙間世德堂刻《笠翁十種傳奇》本等。

意中緣序〔一〕

范　驤〔二〕

唐人詩譜入樂府者，往往問價於優伶。如李龜年江潭筵上，每唱王摩詰『清風』、『紅豆』之歌，而李君虞受降城詩，教坊樂人取爲聲樂度曲是也。唐時梨園歌者，又往往倚詩人爲聲價。如劉采春能唱元微之『望夫歌』，便稱言詞雅措，而長安妓能唱白樂天《長恨歌》，便云不同他妓是也。

予自吳閶過丹陽道中，旅食鳳凰臺下，凡遇芳筵雅集，多唱吾友李笠翁傳奇，如《憐香伴》、《風箏誤》諸曲。而梨園子弟，凡聲容雋逸、舉止便雅者，輒能歌《意中緣》，爲董、陳二公，復開生面。

夫唐人不作而小説家窮，元曲掇①音而傳奇道盡。笠翁天才騷眉，觸手則《齊諧》、《諾臯》比肩，搖筆則王實父、貫酸齋接迹。近自湯臨川《牡丹亭》、徐文長《四聲猿》以來，斯爲絕唱矣。當事諸公購得之，如見異書，所至無不虚左前席。

或疑李子雪驢風馬，屢空不給，何至名動公卿乃爾？彼《清平樂》詞，李龜年持金花箋，梨園子弟撫絲竹，至尊親調玉笛以倚曲，手持頗梨七寶杯，酌西涼蒲萄酒者，更何人哉！

時順治己亥中春〔三〕，東海社弟范驤文白氏漫題於連山草堂。

【校】

①掇，疑當作『輟』。

【箋】

〔一〕清康熙間世德堂刻本《笠翁傳奇十種》無此序。

〔二〕范驤（一六〇八—一六七五）：字文白，號默庵，别署愛日老人、庵摩羅庵，海寧（今屬浙江）人。明貢生。清順治初，舉賢良方正，堅辭不就。曾與朱一是（一六一〇—一六七一）主辦新昌觀社。與陸圻（一六一四—？）等同受『莊氏史案』牽連，已而獲釋。卒後門人私謚清獻先生。著有《默庵集》、《愛日堂集》、《十三經手注》、《古韻通補》等，今存《范文白遺詩》。傳見《紫硤文獻録》卷上、《皇清書史》卷二六、《國朝書人輯略》卷一等。參見柯愈春《清人詩文集總目提要》卷四《范文白遺詩》條提要。

〔三〕順治己亥：順治十六年（一六五九）。

（意中緣）又序

黃媛介〔一〕

不慧自長水浮家西湖，垂十年所矣。湖曲一椽，日與落照晚峯相狎，飢思煮字，閒或看雲。每嘆許大西湖，不能生活一擔簦女士，豈西子不能讓人耶？

然而三十年前，有林天素、楊雲友其人者，亦擔簦女士也，先後寓湖上，藉丹青博錢刀。好事者時踵其門，即董玄宰宗伯、陳仲醇徵君，亦迴車過之，讚服不去口，求爲捉刀人而不得。今兩人佩歸月下，身化彩雲久矣。

笠翁先生性好奇服，雅善塡詞，聞其已事，手腕栩栩欲動。謂邯鄲寧耦廝養，新婦必配參軍。鼓憐才之熱腸，信鍾情之冷眼。招四人芳魂靈氣，而各使之唱隨焉。奮筆絺章，平增院本家一段風流新話，使才子佳人，良願遂於身後。

嗟夫！孽海黑風，茫無岸畔，從來巾幗中抱才負藝者，多失足於此。苟不幸而失足，斯亦已矣。何至形銷骨毁之後，尚乞靈於三寸不律，爲翻月籍而開生面耶？抑造物者亦有悔心，特倩文人補過耶？此不慧之所以心悲重憐，而欲倩巫陽，問之湖水也。

鴛水①黃媛介皆令氏題。

（以上均清康熙間翼聖堂刻本《笠翁傳奇十種》所收《意中緣傳奇》卷首）

【校】

①水，康熙間世德堂刻《笠翁傳奇十種》所收《意中緣》作『湖』。

【箋】

〔一〕黃媛介（約一六二〇—約一六六九）：字皆令，別署禾中女史、無瑕詞史，秀水（今浙江嘉興）人。同郡楊元勛（字世功）室。通文史，工詩畫書法。清初播流吳越間，晚年家杭州，曾充任閨塾師。著有《越游草》、《湖上草》、《離隱詞》、《如石閣漫草》等。評點李漁《意中緣》傳奇。傳見施閏章《施愚山集》卷一七《黃氏皆令小傳》（閔爾昌《碑傳集補》卷五九）、《無聲詩史》卷五、《清代閨閣詩人徵略》卷一等。

（意中緣）跋

徐林鴻〔一〕

同誰學圃，栽河陽未盡之花；約伴登樓，度都尉可憐之曲。『僕本恨人』，曾經樂隨事起；『卿須憐我』，未免傷遂心生。一日，笠翁惠讀《意中緣》本，驚心是豔，信手皆奇。佳人本難再，喜得其宜；才子自堪銷，巧作之合。光分釵錟，訝羅帳之開時；影迴鏡波，想珠簾之垂處。相思地就，離恨天完。請問笠翁，那時置身，是何法界？

東海弟徐林鴻謹跋。

（同上《意中緣傳奇》卷末）

【箋】

〔一〕徐林鴻：字大文，一字寶名，海寧（今屬浙江）人，錢塘（今浙江杭州）籍。明諸生。清康熙間，與吳農祥、王嗣槐、吳任臣、毛奇齡、陳維崧同客大學士馮溥家，稱爲『佳山堂六子』。康熙十八年己未（一六七九），試博學鴻儒，罷歸。學通今古，工詞翰。卒年六十九。著有《兩閒草堂詩文集》。傳見《鶴徵前録》、《己未詞科録》卷七、《國朝耆獻類徵初編》卷四二六、《皇清書史》卷三、《初見樓聞見録》卷三、《歷代兩浙詞人小傳》卷七、《儒林集傳録存》等。

蜃中樓（李漁）

《蜃中樓》傳奇，高奕《新傳奇品》著録，現存康熙間翼聖堂刻《笠翁十種傳奇》本、康熙間世德堂刻《笠翁十種傳奇》本等。

蜃中樓序

孫　治

古今以來，恍惚瑰異之事，何所不有？《齊諧》志怪，流傳人間，非盡誣也。而亦有賢人君子，好爲寓言者，如江妃佚女之辭，要皆感憤之所作。

至如唐人所傳柳毅事甚奇，人豔稱之。但涇河小龍，夫也，一旦而誅殛之；妄一男子，無故而爲伉儷，要於大道，不可謂执於正也。李子以雕龍之才，鼓風化之鐸，幻爲蜃樓，預結絲羅狀，而後錢唐之喑嗚睚眦，柳生之離奇變化，皆不背馳於正義，又合張生煮海事附焉，於乎，亦奇觀矣！

昔漢武之時，文成、欒大之屬，以爲祀竈而黄金可成，河決可治。今天下財用日匱，黄河之變，又甚於宣房時。世儻有其人乎，又不止爲交甫贈珮，作一段奇緣觀矣！

西泠社弟孫治宇台氏拜題〔一〕。

（清康熙翼聖堂刻本《笠翁傳奇十種》所收《蜃中樓傳奇》卷首）

【箋】

〔一〕題署後有印章二枚：陰文方章『孫治之印』，陽文方章『雲齋』。

《蜃中樓》總評

孫　治〔一〕

傳書、煮海，本二事也，惟龍女同，龍宫亦同，故笠翁先生合其奇而傳之。侈賦海㜸龍之才，寫橘潭沙島之勝。情文相生，亹亹來逼。試拍而歌焉，可以砥淫柔暴，敦友誼而堅盟言。吾知笠翁泚筆時，慘澹經營，實有一段披瞽振聵之意，鬱勃欲出，不僅嘲風弄月，欲頡頏於馬、關已也。世有公瑾，決以余爲知言。

（同上《蜃中樓傳奇》卷末）

【箋】

〔一〕《蜃中樓》正文卷端署『湖上笠翁編次』、『壘庵居士批評』，故此總評當爲壘庵居士（即孫治）撰。

奈何天（李漁）

《奈何天》傳奇，一名《奇福報》（或《奇福記》），高奕《新傳奇品》著録，現存康熙間翼聖堂刻《笠翁十種傳奇》本、康熙間世德堂刻《笠翁十種傳奇》本等。

奈何天序

胡　介〔一〕

泛觀宇内，飲啄融融，峙流浩浩，天顧安所得奈何哉？ 奈何有天，即才色者爲之也，即自見其才色者爲之也。 唯自見其才色，始有輕其匹敵之意。『天壤乃有王郎』，『新婦得配參軍』，吾嘗薄其語，爲有無君之心，不可以訓也。 他如傳奇所載，執拂女棄越公而奔，崔氏委鄭恒而自鬻，蔡姬、卓女相爲美談，律以人臣不貳之義，皆操、莽之流亞也。 善乎子輿氏曰『聞誅一夫』，伯夷則曰『以暴易暴』。 史遷作傳，首伯夷於繇光，文辭不少概見，獨於《采薇》一歌，備書而三致意焉。 作書者其有憂乎？ 是足以繫君臣之重已。

笠翁豔才拔俗①，藻思難羈。 所著稗官家言，及填詞楔曲，皆喧傳都下，價重旗亭，率憐才好色者十之六七。唯傳闕里侯事，壹去陳言，盡翻場面，唯才色者是厄焉，何也？吾知笠翁，其有憂乎？亦曰爲闕也婦者，不當自見其才色也。自見其才色，爲之闕者難全已，況闕又不全者乎！故闕忠之於主僕，可訓也；三婦之於夫婦，不可訓也。卒之吴氏羞承覆水，三婦恪奉衾裯，而後夫婦之重以全。讀是傳者，止以觀夫婦之重乎？

雖然，玉石雜陳，蕭蘭並種，卽妍媸何定哉？人亦徒爭一尺之面耳。以吾觀世之擁高貲、挾重勢者，雖銖錢匹練，恡情去留，父子兄弟，動見猜忌，眾畔親離，緩急不收一人之用。其人雖美冠玉乎，吾彌見其齷齪也。以視闕生，得闕忠而任之，聽其焚馮驩之券，輸卜式之財，知人善任，卒以成功名。雖齊小白任堂阜之囚，而抱婦人以興霸業，何以異此？豈世間守財虜所得望其項背乎？吾見城北徐公，美不過是矣。

錢唐弟胡介題於旅堂之秋水閣〔一〕。

（清康熙間翼聖堂刻本《笠翁傳奇十種》所收《奈何天傳奇》卷首）

【校】

①俗，康熙間世德堂刻本《笠翁傳奇十種》所收《奈何天》作「世」。

【箋】

〔一〕胡介（一六一六—一六六四）：原名士登，改名介，字彦遠，號旅堂，錢塘（今浙江杭州）人。明諸生。入清不仕，清貧自甘，與妻隱於山水間。晚逃於禪。著有《旅堂詩集》、《旅堂文集》、《河渚集》等。傳見陸嘉淑《胡介傳》（康熙間刻本《旅堂詩集》卷首）、《皇明遺民傳》卷五、《文獻徵存錄》卷六、《漁洋山人感舊集》卷七、《昭代名人尺牘小傳》卷一二、《兩浙輶軒録》卷三、《初見樓聞見録》卷一〇、《皇清書史》卷五等。

〔二〕題署之後有印章二枚： 陽文方章『江左胡介』，陰文方章『彥遠』。

（奈何天）總評

徐士俊〔一〕

世間百千萬億，止靠一天。而天自盤古至今，春秋高矣，不無龍鍾暮景，設施布置，大都不合時宜。故今日之天，舍卻『奈何』二字，別無名號可呼。開闢之初，男女無心，忽然湊合。彼時『妍醜』二字，料無分別，即妍者未必甚妍，醜者亦未必奇醜。變化至今，鑪錘改樣，遂令美惡太殊，以致愛憎紛起，詎非造物者之過歟！

簇簇閨英，令其五官完具足矣，奈何夷光其貌，道蘊其才？既令才貌相兼，則當予以佳匹。即云至美難全，好物鮮並，亦當配一尋常男子，奈何以籧篨、戚施之人，令人見而思避？如闕不全其人者，溺其珠而糞其玉，一之已甚，況復至再至三。顛倒若此，安得不以『奈何』二字加之？

非特此也。袁經略負命世之才，具掀天之手，即使佳麗成行，溫柔作隊，爲風流侈靡之郭令公，亦未爲已甚，奈何天絕坐失，擁嫫姆以終身？韓解元抱憐香之素志，具冠玉之清標，使之永有麗娟，常餐秀色，爲琴心獨注之相如，亦未爲不可，奈何覿面難逢，致王嬙之別嫁？闕忠貌鄰潘、宋，心並許、張，使之生於貴族，早歷宦途，暢所欲爲，更不知作何豎立，奈何屈作人奴？『胷前瑞雪』忽紛飛，『眼底桃花』終墮落。鵬鶚乘風上碧霄，蛟龍獲雨歸丘壑。嗟乎！子見奈何天上，英雄蹐蹐，才子蹌蹌，爲袁、爲韓、爲闞忠者，不知凡幾，豈特三女同居，爲淚雨愁雲之世界乎？

湖上翁不知決幾許西江之淚，噴多少南嶽之雲，濡墨寫嗔，揮毫洩痛。於無可奈何處，忽以奈何問天，天亦不能自解，笠翁又代爲解之。此紅顔薄命之注腳所由來也。世人不知，翻怪笠翁蹂香躪玉，蝕月摧花，演此殺風景之傳奇，爲燒琴煮鶴者作俑。不知作俑者天，非人所能與也；天之作俑已久，亦非自今日始也。然使他人搦管，勢必奮極思改，不顧倫常，斥冰人而翻月籍，擲琴瑟而抱琵琶。其所復風紀，不亦多乎？以憤世之心，轉爲風世之事，此種奇才，此種大力，非笠翁不能有。至於文詞之奇麗，關目之神巧，總非人工可到。若使人工可到，便非奈何天上鍊石手矣。

（同上《奈何天傳奇》卷末）

【箋】

〔一〕《奈何天》正文卷端署『湖上笠翁編次』、『紫珍道人批評』，故此總評當爲紫珍道人撰。紫珍道人，即徐士俊（一六〇二—一六八一），生平詳見本卷《春波影》條解題。

玉搔頭（李漁）

《玉搔頭》傳奇，一名《萬年歡》，高奕《新傳奇品》著録，現存康熙間翼聖堂刻《笠翁十種傳奇》本、康熙間世德堂刻《笠翁十種傳奇》本等。

（玉搔頭）序

黃鶴山農〔一〕

昔人之作傳奇也，事取凡近，而義廢勸懲，不過借伶倫之脣齒，醒蒙昧之耳目，使觀者津津焉，互相傳述足矣。自屠緯真《曇花》、湯義仍《牡丹》以後，莫不家按譜而人塡詞，遂謂事不誕妄則不幻，境不錯誤乖張則不衒惑人。於是六尺氍毹，現種種變相，而世之嘉筵良會，勢不得不問途於庸瑣之劇，豈非宴衎①中一大恨事乎？此余所以讀《玉搔頭》而擊節不置也。

《玉搔頭》者，隨庵主人李笠翁所作。其事則武宗西狩，載在太倉王長公《逸史》中。其時則有逆藩之窺覬，羣邪之盜弄，王新建之精忠，許靈寶父子之正直，及劉娥之凜凜貞操，無一不可以傳，而惜未有傳之者。乙未冬〔二〕，笠翁過蕭齋。酒酣耳熱，偶及此，笠翁卽掀髯②聳袂，不數日譜成之。觀其調御律呂，區畫宮商，集《花間》、《草堂》於毫間，坐鄭德③輝、喬孟符於紙上，有風有刺，駸駸乎金元之遺響矣。

笠翁何以得此哉？蓋笠翁髫歲卽著神穎之稱，於詩賦古文詞，罔不優贍，每一振筆，瀰漫風雨，倏忽千言。當塗貴游，與四方名碩，咸以得交笠翁爲快。家素④饒，其園亭羅綺甲邑內。久之中落，始挾策走吳越間，賣賦以餬其口，吮毫揮灑，怡如也。嗟乎！笠翁有才若此，豈自知瓠落至今日哉？余因序次其所爲傳奇而并及之，且令天下知笠翁不僅以傳奇著也。

戊戌仲春〔三〕，黄鶴山農題於緑梅深處〔四〕。

（清康熙間翼聖堂刻本《笠翁傳奇十種》所收《玉搔頭傳奇》卷首）

【校】

①衎，康熙間世德堂刻本《笠翁傳奇十種》所收《玉搔頭》作『享』

②髩，康熙間世德堂刻本作『⿱髟开』。

③德，底本作『虔』，據人名改。

④素，康熙間世德堂刻本『數』。

【箋】

〔一〕黄鶴山農：一説即陸夢熊，見朱亮潔《李漁新論——遺民觀點的考察》（臺灣『中央大學』中文所碩士學位論文，二〇〇六）。按，陸夢熊，字瑩若，號古漁，別署黄鶴山農，錢塘（今浙江杭州）人。著有《黄鶴山農集》。一説即杜濬，見黄强《李漁研究》（浙江古籍出版社，一九九六，頁三四八—三五二）。按，杜濬（一六一一—一六八七），原名紹先，字于皇，號茶村，別署半翁、睡鄉祭酒、鍾離濬水、楚漁父、兩蘘鄉人、清涼賜履、金陵山傭、黄鶴山樵、秦淮醉侯等，黄岡（今屬湖北）人。崇禎十二年己卯（一六三九），中鄉試副榜，貢入太學。十五年壬午（一六四二）再試，仍中副榜，授推官。入清不仕，僑寓江寧（今江蘇南京）四十年。曾爲李漁《無聲戲》（即《連城璧》）、《十二樓》等小説集作序。著有《變雅堂文集》、《變雅堂詩鈔》、《變雅堂遺集》、《茶村詩》、《掃花詞》等。傳見《清史稿》卷五〇六、《清史列傳》卷七〇、《國朝耆獻類徵初編》卷四七五、《國朝先正事略》卷四八、《文獻徵存錄》卷一〇、《皇明遺民傳》卷五、《明遺民録》卷一九、《漁洋山人感舊集》卷六、《國朝詩人徵略二編》卷四、《顔氏家藏尺牘姓氏考》、《昭代名人尺牘小傳》卷八、《皇清書史》卷二四等。參見汪士瀹、王葆心《杜茶村先生年譜》（民國二十四年黄岡汪氏排印《黄岡二處士集》本《變雅堂集》卷首)、廖宏春《杜濬年譜》(廣西師範大學碩士學位論文,二〇一〇)等。

〔二〕乙未: 順治十二年(一六五五)。

〔三〕戊戌: 順治十五年(一六五八)。

〔四〕題署之後有印章二枚: 陽文方章『黄鶴山農』,陰文方章『緑梅深處』。

(玉搔頭)總評

杜　濬〔一〕

明朝三百年間,許靈寶家門最盛,而事業復有可觀; 王山陰理學稱尊,而功烈尤爲丕著。二公之事,雖登載籍,未播管絃,使婦女孩童,不盡識其面目,亦缺陷事也。至於武宗之面目,久現於優孟衣冠,『嫖院』一事,可謂家喻而戶曉者矣。但屈帝王之尊,而爲蕩子無賴之事,此必亡之勢也。其所以不亡者何故? 豈非輔弼之有人,而彌縫之多術耶? 若不揭出此義,昭示於人,則天子浪遊而國事無恙,幾爲可幸之事矣。

是劇合一君二臣之事,而聯絡成文,使孩童婦女,皆知二公有匡君之實。二公既有匡君之實,則武宗亦與有知人之明。由是觀之,其徼幸不至失國,亦理之所當無,而事之所合有者也。以此示勸於臣,則臣責愈重; 以此示誡於君,則君體不愈嚴乎? 作是劇者,原具此一片深心,非漫然以風流文采見長也。有責其以袞冕登場,近於褻嫚者。吾不知《嫖院》一劇,始自何年? 徒暴其短者，不聞見罪於世；而代文其過者，反蒙指謫於人。亦何幸於前，而不幸於後歟！

（清康熙間世德堂刻本《笠翁傳奇十種》所收《玉搔頭》卷末）

【箋】

〔一〕《奈何天》正文卷端署「湖上笠翁編次」、「睡鄉祭酒批評」，故此總評當爲睡鄉祭酒（即杜濬）撰。

比目魚（李漁）

《比目魚》傳奇，高奕《新傳奇品》著錄，現存康熙間翼聖堂刻《笠翁十種傳奇》本、康熙間世德堂刻《笠翁十種傳奇》本等。

比目魚傳奇敘

王端淑〔一〕

有萬物然後有男女，此有天地來第一義也。君臣朋友，從夫婦中以續以似。笠翁以忠臣信友之志，寄之男女夫婦之間，而更以貞夫烈婦之思，寄之優伶雜伎之流，稱名也小，事肆而隱。《老子》曰：「聖人爲腹不爲目。」旨哉！宋督見孔父之妻，目逆而迎之，曰：「美而豔。」王使史巫①監謗者，而道路以目。譚楚玉、劉藐姑，初以目成，繼以目語，而終以目比，目之足以生死人，如此其甚也。

《莊子》曰：『子非魚，安知魚之樂？』安知魚之足以寄人死生，如此其神也？考諸物化，自無情而之有情，老楓爲羽人，朽麥爲蝴蝶也；自有情而之無情，賢女爲貞石，山蚯爲百合也。兩人情至，忽然忘窈窕之儀，而得圉圉之質，彼倏然失儒雅之規，而適悠然之逝。『中孚，豚魚吉』，《易》辭豈欺我哉！笠翁以神道設教，歸之慕容介，其實皆自道也。

說者謂文章至元曲而亡，笠翁獨以聲音之道與性情通，情之至即性之至。藐姑生長於伶人，楚玉不羞爲鄙事，不過男女私情。然情至而性見，造夫婦之端，定朋友之交，至以國事滅恩，漪蘭招隱，事君信友，直當作《典》《謨》《訓》《誥》觀。吾鄉徐文長先哲爲《四聲猿》，千古絕唱，《比目魚》其後先于喁也哉！

辛丑閏秋〔二〕，山陰映然女史②王端淑題〔三〕。

（清康熙間翼聖堂刻本《笠翁傳奇十種》所收《比目魚傳奇》卷首）

【校】

①巫，康熙世德堂刻本《笠翁傳奇十種》所收《比目魚》作『臣』。

②史，康熙世德堂刻本作『子』。

【箋】

〔一〕王端淑（一六二二—一七〇二後）：字玉映，號映然子，別署青蕪子、吟紅主人，山陰（今浙江紹興）人。王思任（一五七四—一六四六）次女，錢塘（今浙江杭州）貢士丁肇聖（字睿子）室。工詩畫，長於史學。順治中，欲延入禁中教諸王妃，力辭之。卒年八十餘。曾輯《名媛詩緯初編》、《名媛文緯》、《歷代帝王后妃考》、《史愚》等。

著有《映然子吟紅集》。傳見《清代閨閣詩人徵略》卷一、《初月樓續聞見錄》卷一、《國朝畫徵錄》卷下、《國朝畫識》卷一六、《清畫家詩史》癸上、《清代畫史增編》卷一八、《國朝書畫家筆錄》卷四、《國朝書人輯略》卷一一等。

〔二〕辛丑：順治十八年（一六六一）。

〔三〕題署之後有印章二枚：陰文方章『王端淑印』，陽文方章『玉映』。

凰求鳳（李漁）

《凰求鳳》傳奇，一名《鴛鴦賺》，高奕《新傳奇品》著錄，現存康熙間翼聖堂刻《笠翁十種傳奇》本、康熙間世德堂刻《笠翁十種傳奇》本等。

凰求鳳序

杜濬

生人之大患有三：一曰淫，一曰妒，一曰詐。淫者，不顧身而遑顧名；妒者，不容己而遑容人；詐者，不恤死而遑恤生。吾友笠道人深憂之，以爲此非莊語所能入，法拂所能爭也。必也以竹肉①爲針砭，以俳優爲直諒，則機圓而用捷矣，其惟傳奇乎？於是《凰求鳳》之書又出焉。

問：『何以止淫？』曰：『請觀呂哉生。』夫世之之無僅識，形骸略具，而自以爲宋玉者多矣，挑兮達兮，不自知其醜也。大抵造業耳，佳人安在哉？而哉生者，男子中之夷光也。向令稍示目成，可使世無貞婦。而乃防溫柔如暴客，指門限爲死關，卒至感動文星，掇上第之榮，而擁三婦之豔，哉生之志亦得矣。然則哉生非不慕色也，惟知夫非不淫則色不可得而好也，其識高耳，則淫與不淫之得失明矣。

問：『何以已妒？』曰：『請觀喬氏。』夫許仙儔歸心呂郎，代求正室，無他腸也。而喬氏妒心一起，遂生無限之戈矛。其才又非許敵，遭折辱焉。龐涓死於孫臏，喬氏之不死於許，幸耳。曹氏清淨無爲，獨坐而享其成。喬氏之妒，曹氏之資也，則妒與不妒之得失又明矣。

問：『何以息詐？』曰：『請觀何嫗。』當許仙儔之弄喬氏，何異張儀之欺懷王？殷四娘之說呂郎，何異陸賈之調平、勃？乃好勝者必遇其敵，專利者必喪其本。而何嫗本②彊人也，尋行數墨，規規媒妁中，不使一智，不畫一策，起而收功集事，朱提之賞，直搤殷四娘之喉而奪之，殷雖梟，無如之何也，則詐與不詐之得失又明矣。

且夫三婦始而參差，終歸一致者，何也？豈非繇其起見，俱從愛惜呂生一人故耶？眞愛呂生，自不得不各蠲私忿，理勢固然哉。向使東漢諸君子有此，則可無甘陵之禍；北宋諸君子有此，則可無元祐之禍。奈何傾軥覆轍，前後相尋，勇私鬬而怯公戰，以至於糜爛不可收拾者，蓋其智曾不若此數婦人耳。此又余所以觀樂而泣也。

楚弟杜濬于皇氏題〔一〕。

（清康熙間翼聖堂刻本《笠翁傳奇十種》所收《凰求鳳傳奇》卷首）

【校】

①肉，康熙世德堂刻本《笠翁傳奇十種》所收《凰求鳳》作『版』。

②本，底本作『木』，據康熙世德堂刻本《笠翁傳奇十種》所收《鳳求凰》改。

【箋】

〔一〕題署之後有印章二枚：陰文方章『杜濬之印』，陽文方章『于皇氏』。

（凰求鳳）總評

張貴孫〔一〕

張繡虎曰：吾少時讀傳奇，數十本耳。今則家翻新譜，曲換新聲，驟增數百十本，其實不脱古人窠臼。《琵琶》、《荊釵》、《西廂》、《幽閨》等名曲，或竊其文辭，或仿其情節，改頭換面，別是一班傀儡登場。不得已牛鬼蛇神，衒奇飾怪，按實求之，了無意味。譬之傖父擬古詩，一則曰李、杜，一則曰元、白。即使字字酷肖，李、杜、元、白已死，那得腐屍復生？夫在天爲雲，今日之雲，必不同昨日之雲；在樹爲花，今年之花，或即是舊年之花，卻不竟是舊年之花。文心百變，那得倒成印板乾坤？都被一二措大，咬文嚼字，完得個依樣葫蘆，便號絕世才子、當代大家。今觀笠翁所著傳奇，未嘗立意翻新，有一字經人道過，笠翁唾之矣。

又曰：市井兒著新鞋襪，臨風顧影，便自謂宋玉、衛玠，扭揑出許多輕薄，何如左太沖亂石一車？世間美男子，又具才情，千古所無，若使有之，三女奔焉可也。讀《凰求鳳》者，作如是觀。

（同上《凰求鳳傳奇》卷末）

【箋】

〔一〕張賁孫（一六二〇—一六八〇後）：一名賁，字祖明，號繡虎，亦作繡武，別署泠西梅客、白雲道人，錢塘（今浙江杭州）人。明末諸生，貢入太學。與從兄張綱孫（一六一九—?）並有文名，稱『西陵二張子』。順治十四年丁酉（一六五七）舉人，因北闈科場案牽連，入刑部獄，經斡旋得釋。康熙九年（一六七〇），因舊案重翻，流放至寧古塔。三年後，移戍烏剌，終卒於戍所。著有《白雲集》。按方文（一六一二—一六六九）《嵞山續集·西江遊草》有《喜張繡虎卜居相近贈此》七律一首，《西江遊草》作於順治十八年（一六六一）至康熙元年（一六六二）。故知張賁孫此時居金陵。參見黄强《李漁研究》。

慎鸞交（李漁）

《慎鸞交》傳奇，高奕《新傳奇品》著録，現存康熙間翼聖堂刻《笠翁十種傳奇》本、康熙間世德堂刻《笠翁十種傳奇》本等。

慎鸞交傳奇序

郭傳芳〔一〕

秦漢近古既久，文章一脈，遂移任於唐宋八家。秦漢宜古，八家宜今，雖君子才人不能越其規轂。有明幾三百年，不察秦漢所以渾異之故，又不察八家所以昌明之故，負今人之胷臆，襲古人之毛膚，渾異之氣不一見，而昌明之言已盡失。滿世糶巧，不分工拙，西施再起，反詫其捧心之謬。此屠、湯諸前輩所以寧謝文名，而必爲傳奇以表異也。屠、湯既往，襲取屠、湯者，又掩伏於《曇》、《夢》之間，犬吠驢鳴，莫知所底，亦如前人之襲取秦漢。此笠翁所以按劍當世，而爲前後八種之不足，再爲内外八種以矯之。

予小子，性不嗜奇，然遇《蔡》、《崔》、《曇》、《夢》、《四聲》等作，未嘗不擊節流連者，才之驅人使然也。予家寓①於燕，十年來，京都人士大噪前後八種，予購而讀之，心神飛越，恨不疾②覯其人。

歲丁未〔二〕，予丞於咸寧，笠翁適入關。名士對小吏，其聲價相懸，豈止銖鎰？然笠翁自恥作吏，而不恥人作小吏。且數數移趾爲玉屑談，盡示生平著述。予閱《資治新書》之首卷，遽拍案狂叫曰：『笠翁，當今良吏也！抱實際而躬虚務，無心當世也，明矣。』笠翁曰：『予能言之，未必能行之。姑舍此而商風雅。』遂出《慎鸞交》劇本，屬予③評。以斯劇也，介乎風流道學之間，予爲人頗近之，故取以相質。

予快讀數過，不覺掀髯起舞。乃知前後八種，猶爲笠翁傳奇之貌，而今始見其心也。由是鍵戶熟評，寧詳④無略。華、王、侯、鄧四片心肝，已爲作者提出；而作者一片心肝，又似爲予提出。笠翁視之，不覺撫膺稱快。由是貢予爲有道，美予爲知言，説項之私噪耳於名公大人。而在上諸公之覆予者，向以腐儒恤之，後以才士憐之，於是咸丞廳壁，犖犖乎非俗吏已。

嗟乎！笠翁不矜報負，惟解憐人，人苟鮮惡，而即稱爲善，斯名士之心乎？抑大吏之心乎？予固⑤謂笠翁爲當今良吏，惜乎有蘊莫展，而徒使建幟於風雅之壇。笠翁之以傳奇著，猶予小子之以咸丞著耳。或謂：『子不臚指詞藴之所在，但瑣述交誼云何？』曰：『評已載矣。評敍詞之所由作，此敍評之所由起也。』

匡廬居士雲中郭傳芳拜手撰〔二〕。

（清康熙間翼聖堂刻本《笠翁傳奇十種》所收《慎鸞交傳奇》卷首）

【校】

①寓，底本作『密』，據文義改。

②疾，康熙間世德堂刻本《笠翁傳奇十種》所收《慎鸞交》作『卽』。

③予，康熙間世德堂刻本作『一』。

④詳，康熙間世德堂刻本作『評』。

⑤固，康熙間世德堂刻本作『因』。

【箋】

〔一〕郭傳芳（？—一六八〇）：字九芝，别署匡廬居士，大同（今屬山西）人，一曰威遠衛人。清康熙初，以明經選貢，任陝西咸寧縣丞，歷署郃陽、澄城、長安，遷富平知縣。康熙十九年（一六八〇），改牧達州，未幾病卒。入《陝西通志·名宦》。傳見李容《墓碑》（《國朝耆獻類徵初編》卷二一九）、乾隆《大同府志》卷二三、咸豐《同州府志》卷二七、光緒《富平縣志稿》卷七等。

〔二〕歲丁未： 康熙六年（一六六七）。

〔三〕題署之後有印章二枚： 陰文方章『郭傳芳印』，陽文方章『※※』。

巧團圓（李漁）

《巧團圓》傳奇，一名《夢中樓》，又名《巧會合》，高奕《新傳奇品》著録，現存康熙間翼聖堂刻《笠翁十種傳奇》本、康熙間世德堂刻《笠翁十種傳奇》本等。

巧團圓序

樗道人〔一〕

笠翁之著述，愈出而愈奇； 笠翁之心思，愈變而愈巧。讀至《巧團圓》一劇，而事之奇觀止矣，文章之巧亦觀止矣。筆筆性靈，言言精髓。吐人不能吐之句，用人不敢用之字，摹人欲摹而摹不出之情，繪人爭繪而繪不工之態。然此非自笠翁始也。古來文章，不貴因而貴創。自六經以至《南華》、《離騷》、盲《傳》、腐《史》，無不由創而傳，從前無是格也。若僅依樣沿襲，陳陳相因，作者乏嘔心雕腎之功，讀者亦無驚目動魄之趣，覆瓿之外，烏所用之？ 今日詩文之病坐是也。故生面忽開，即院本俳詞，儘堪膾炙； 臼窠①再見，即高文典冊，亦屬唾餘。知此而後可讀古人之書矣，知此而後可讀笠翁之傳奇矣。

然世儘有好爲新奇，無奈牛鬼蛇神，幻而不根，鑿空羽化，妄而鮮實，自爲捧心之妍，而徒令觀者掩鼻。非不務創，以其有創之心，無創之具也。笠翁則誠有其具矣。錦心爛焉，繡口燦焉，生花之筆又復滋而蔓焉。不必陳言之務去，而鮮葩競發，秀蕚怒生，一切朽籜殘苞，望而卻走。是天固縱之使創，彼腐般迂倕，烏得而繩墨之？是劇於倫常日用之間，忽現變化離奇之相，無後者鬻身爲父，失慈者購嫗作母，鑿空至此，可謂牛鬼蛇神之至矣。及至看到收場，悉是至性使然，人情必有，初非奇幻，特飲食日用之波瀾耳。

至觀其結想摛詞，段段出人意表，又語語仍在人意中。陳者出之而新，腐者經之而豔，平者遇之而險，板者觸之而活。不獨此也，事之眞者能變之使僞，僞者又能反而使之卽眞；情之信者能聳之使疑，疑者又能使之帖然而歸於信。神乎，神乎！文章三昧，遽至此乎！由爛熳以造恬雅，自鑪錘而臻渾化。上搴元人之旗，下奪臨川之席。吾不意天壤間，竟有此等異人，著此等異書，供人快讀。今而後，吾不敢復以烟火文人目笠翁。

康熙戊申之上巳日〔二〕，樗道人書於瑁湖僧舍。

（清康熙間翼聖堂刻本《笠翁傳奇十種》所收《巧團圓傳奇》卷首）

【校】

①窠，底本作『巢』，據文意改。

【箋】

〔一〕樗道人：姓名、籍里、生平均未詳。或以爲即杜濬，見黄强《李漁研究》。瑁湖僧舍，當在華亭（今屬上海）。李漁有好友沈賁園，詩詞相互賞評，有《樗亭稿》，或即其人。又以樗道人爲號者，有任眞，長洲人；莊寶澍，字甘來，武進人。錄以備考。

〔二〕康熙戊申：康熙七年（一六六八）。

（巧團圓）總評

闕　名〔一〕

從來院本，千奇百詫，其間情事，總不越五種人倫。大率摹繪夫婦之情者，十之七八，其餘四種，合計不過二三。以末世人情，厭正而趨奇，嗜淫而惡慤。夫婦可奇，而君臣、父子、兄弟、朋友不能奇也；幃箔易淫，而家庭、殿陛、壎篪、縞帶不得淫也。奏古樂而令人忘倦，即起師曠不能。予嘗語同人曰：『上下千古，能摹繪君臣、父子、兄弟、朋友之情，而與夫婦無間，令人忘倦起舞者，惟湖上笠翁乎？』是劇一出，其稿本先剞劂而傳，遠近同人，無不服予之先見。賣身爲父，購婦爲母，奇莫奇於此矣；題帕委身，捐軀贖美，淫莫淫於此矣。究之敦孝敦慈，率由天性，矢節矢義，迴別閒情，一軌於至正至慤。人詫笠翁之能作怪，吾服笠翁諸劇似怪而絕不怪也。至塡詞賓白，字字化工，不復有墨痕楮迹。笠翁之自信若是，吾儕之信笠翁者，亦若是耳。

（同上《巧團圓傳奇》卷末）

【箋】

〔一〕《巧團圓》正文卷上署『湖上笠翁編次』、『莫愁釣客、睡鄉祭酒合評』，卷下署『湖上笠翁編次』、『新亭牧子、華嶽居民合評』。故此總評撰者未詳。

人天樂（黄周星）

黄周星（一六一一—一六八〇或一六八三），字九烟，又字景明，改字景虞，號圃庵、而庵，别署笑蒼子、笑蒼道人、汰沃主人、將就主人等。晚年變名黄人，字略似，别署半非道人。金陵上元（今江蘇南京）人。少育於湘潭周氏，名星。崇禎六年癸酉（一六三三）舉人，十三年庚辰（一六四〇）進士。十六年，授户部主事，疏請復姓，以周星爲名。明亡不仕，以坐館鬻文爲生。晚好神仙。年七十，忽感愴於懷，絶食而亡。編纂《唐詩快》、《選夢》等，批改《西遊證道書》，著有《夏爲堂詩略刻》、《夏爲堂别集》、《九烟先生遺集》等。傳見歸莊《歸莊集》卷七《書黄周星事》、陳軾《道山堂前集·文四·黄九烟傳》、陳鼎《留溪外傳》卷五《笑蒼老子傳》、《小腆紀傳》卷五八、黄容《明遺民錄》卷三、《皇明遺民傳》卷二、《明遺民錄》卷四一、《前明忠義别傳》卷三〇、《國朝耆獻類徵初編》卷四七三、《静志居詩話》卷二一、乾隆《上元縣志》卷五三等。參見胡正偉《黄周星研究》（南京師範大學碩士學位論文，二〇〇三）、陸勇强《黄周星生平史料的新發現》（《暨南學報》二〇〇七年第五期）、張瑜玲《黄周星及其戲曲著作研究》（臺灣『中央大學』碩士學位論文，二〇〇八）、王漢民《黄周星行實繫年》（《浙江藝術職業學院學報》二〇〇九年第一期）、趙興勤《黄周星之死及其他》（《古典文學知識》二〇〇九年第五期）等。

撰雜劇《試官述懷》、《惜花報》，傳奇《人天樂》，均存。《人天樂》傳奇，一名《北俱廬》，《今樂考證》著錄，現存康熙間刻本（《古本戲曲叢刊三集》據以影印），康熙二十七年（一六八八）刻黄周星《夏爲堂别集》本。

（人天樂）自序

黄周星

嗟乎！士君子豈樂以詞曲見哉？蓋宇宙之中，不朽有三，儒者孰不以此自期？顧窮達有命，彼碩德豐功，豈在下者所敢望？於是不得已而競出於立言之一途，此庾子山所謂『窮者欲達其言，勞者須歌其事』也。然上下數千年，立言之士，莽莽如塵沙，泎泎如烟海，其纂組鞶帨，駢闐狼藉，殆不啻高齊熊耳，去天一握。而吾欲以詹詹譏譏者，離跂攘臂於其間，豈非太倉之稊米，大澤之礨空？而且小得意則人小怪，大得意則人大怪，乃欲求子雲於千百世之下。吁！其亦可哀也已。

僕生來有文字之癖，卽八股功令，少時皆唾棄不顧，而獨酷嗜詩詞古文。迨倖邀鹵莽之獲，則益性命以之。約計五十年中，其所撰著不下數十種，不幸洊罹鋒燹，燔溺剽敚，所存不過千百之一二，未免有見少之憾。然昔人池草燕泥、雲漢雨桐之句，雖少亦傳，而萬首詩窖，乃有不憖遺一字者，則不獨身之窮達有命，卽文之顯晦亦有命矣。

且僕久處賤貧，備嘗艱險，自喪亂以來，萬念俱灰，獨著作之志不衰。邇來此念亦灰，獨神仙之志不衰耳。然天上無凡俗神仙，必欲蛻凡祛俗，則又非文字不可。於是不得已而出於詞曲之一途。少陵云：『文章一小技，於道未爲尊。』況詞曲又文章中之卑卑不足數者。然果出文人之手，則傳者十常八九。試觀王實甫、高東嘉之戲劇，婦孺輩皆能言之，而名公鉅卿之鴻編大集，或畢世不入經生之目，則其他可知矣。雖詞曲一道，其難十倍於詩文，而欲求流傳近遠，斷斷非此不可。此僕之傳奇所爲作也。

但苦懷抱惡劣，萬事傷心，而又多俗累窮愁，喧卑冗雜。每一搦管，則米鹽瑣聒於斯，兒女叫號於斯，彼觀者所謂可歌可舞者，皆作者所謂可憤可涕也。昔湯若士作《四夢》，自謂『人知其樂，不知其悲』〔一〕。楊升庵讀《西廂》，謂其人必大不得意於君臣父子之間〔二〕。以古準今，何獨不然？

茲僕所作《人天樂》，蓋一爲吾生哀窮悼屈，一爲世人勸善醒迷，事理本自顯淺，不煩詮譯。若置之案頭，演之場上，人人皆當生歡喜之心，動修省之念，其於世道人心，或亦不無小補。

雖然，是豈僕之得已哉！夫思德、功而不可得，乃降而爲立言；思立言而又不可得，乃降而爲詞曲。蓋每下愈況，以庶幾一傳於後世。後之覽者，或因詞曲而知其人，因其人而并及其詩文，未可知也。嗚呼！人之稱斯文也，豈不重可悲也哉？

笑蒼道人題。

【箋】

〔一〕『昔湯若士』三句：《湯顯祖集》卷四八《答李乃始》云：『詞家四種，里巷兒童之技。人知其樂，不知其悲！』

〔二〕『楊升庵』二句：此語非楊慎（一四八八—一五五九）所云，而爲李贄（一五二七—一六〇二）之說，見其《焚書》卷三《雜說》：『予覽斯記（按，指《西廂記》），想見其爲人。當其時，必有大不得意於君臣、朋友之間者，故借夫婦離合因緣以發其端。於是焉喜佳人之難得，羨張生之奇遇，比雲雨之翻覆，嘆今人之如土。』

附 製曲枝語

黃周星

詩降而詞，詞降而曲，名爲愈趨愈下，實則愈趨愈難。何也？詩律寬而詞律嚴，若曲則倍嚴矣。按格填詞，通身束縛。蓋無一字不由湊泊，無一語不由扭捏而能成者。故愚謂曲之難有三：叶律，一也；合調，二也；字句天然，三也。嘗爲之語曰：『三仄更須分上去，兩平還要辨陰陽。』詩與詞曾有是乎？

詞壇之推服魁奇者，必曰神童才子。夫神童之奇，奇在出口成章；才子之奇，奇在立掃千言也。然僅可施之於詩文耳。設或命之製曲，出口可以成章乎？千言可以立掃乎？故才者至此無所騁其才，學者至此無所用其學。此所謂最下之文字，實最上之工力也。以此思難，難可知矣。

愚謂曲有三難，亦有三易。三易者，可用襯字襯語，一也；一折之中，韻可重押，二也；方言俚語，皆可驅使，三也。是三者，皆詩文所無而曲所有也。然亦顧其用之何如，未可草草。即如賓白，何嘗不易，亦須順理成章，方可動聽。豈皆市井游談乎？

余最恨今之製曲者，每折之中，一調或雜數調，一韻或雜數韻，不問而陋劣可知。即東嘉《琵琶》，正自不免。至於次曲換頭，無端增減數字，亦復何奇？余於此類，皆一概禁絕之。

余尤恨今之割湊曲名，以求新異者。或割二爲一，或湊三爲一，如【朱奴插芙蓉】、【梁溪劉大娘】之類。夫曲名雖不等於聖經賢傳，然既已相尚數百年，即遵之可矣。所貴乎才人者，於規矩準繩之中，未始不可見長，何必以跳越穿鑿爲奇乎？且曲之優劣，豈係於曲名之新舊乎？故余於此類，皆深惡而痛絕之。至於二犯、三犯、六犯、七犯諸調，雖從來有之，亦皆不取。

有一老友語余云：『製曲之難，無才學者不能爲，然才學卻又用不著。』旨哉斯言。余見新舊傳奇中，多有塡砌彙書，堆垛典故，及琢鍊四六句，以示博麗精工者，望之如餖飣牲筵，觸目可憎。夫文各有體，曲雖小技，亦復有曲之體。若典彙四六，原自各成一家，何必活剝生吞，强施之於曲乎？若此者，余甚不取。

愚嘗謂：曲之體無他，不過八字盡之，曰『少引聖籍，多發天然』而已。製曲之訣無他，不過四字盡之，曰『雅俗共賞』而已。論曲之妙無他，不過三字盡之，曰『能感人』而已。感人者，喜則欲歌欲舞，悲則欲泣欲訴，怒則欲殺欲割，生趣勃勃，生氣凜凜之謂也。噫！興觀羣怨，盡在於斯，豈獨詞曲爲然耶？

製曲之訣，雖盡於『雅俗共賞』四字，仍可以一字括之，曰『趣』。古云『詩有別趣』，曲爲詩之流派，且被之絃歌，自當專以趣勝。今人遇情境之可喜者，輒曰『有趣，有趣』，則一切語言文字，未有無趣而可以感人者。趣非獨於詩酒花月中見之，凡屬有情，如聖賢豪傑之人，無非趣人；忠孝廉節之事，無非趣事。知此者可與論曲。

曲至元人尚矣。若近代傳奇，余惟取湯臨川《四夢》。而《四夢》之中，《邯鄲》第一，《南柯》次之，《牡丹亭》又次之。若《紫釵》，不過與《曇華》、《玉合》相伯仲，要非臨川得意之筆也。近日如李笠翁十種，情文俱妙，允稱當行。此外儘有才調可觀而全不依韻，將眞文、庚青、侵尋，一概混押者，無異彈唱盲詞，殊爲可惜。愚見如此，附識以質周郎。

余自就傳時，卽喜拈弄筆墨，大抵皆詩詞古文耳。忽忽至六旬，始思作傳奇。然頗厭其拘苦，屢作屢輟，如是者又數年。今始毅然成此一種，蓋由生得熟，駸駸乎漸入佳境，乃深悔從事之晚，將來尚欲續成數種。因思六十年前，安得有此？王法護曰：『人固不可以無年。』每誦斯言，爲之三嘆。

笑蒼道人漫識〔一〕。

【箋】

〔一〕題署後有陽文方章『未免有情』。

純陽呂祖命序

馭雲仙子〔一〕

旨哉《人天樂》，誠濟世之慈航也。夫以濟世之心，運如椽之筆，不啻舌上蓮花、空中樓閣，眞堪覺悟一世，豈徒作文字觀而已哉？蓋嘗思之，不可見者心也，可見者文字也。使非以可見之文字，寫不可見之心，則心終隱於寂滅之境，而濟世之術窮矣。此《人天樂》之所以作也。

夫《人天樂》何言也？曰：善言也。一言之不足而長言之，長言之不足而又詳言之。曷言乎長言之？即《述懷》以至《淨口》等齣是也。曷言乎詳言之？即《不盜》、《不淫》、《不貪》、《不嗔》等齣是也，要皆救世婆心，發爲津梁文字耳。

至於《天殿》、《天食》等齣，極言單越洲之勝妙，皆因前生修十善而得。此《阿含》、《太乙》諸經所備載，而觀者或以爲寓言。夫寓言莫精於《南華》，而《南華》實玄門之妙諦也。惟善讀《南華》者，方許讀《人天樂》；亦惟善解作《南華》之心者，方許解作《人天樂》者之心。倘不曙乎此，而徒曰『斯曲也，是舌上蓮花；彼曲也，是空中樓閣』，則猶隔一塵劫矣，又何足語《人天樂》也哉？

況乎阿修羅，魔心也；支天大士，道心也。道堅而魔始退，魔馘而道始全。豈徒恃夫搏砂鍊汞、黃芽白雪之爲事哉？以故帝君愛其才，祖師欽其道，名登紫府，位列仙班。此人天福報之理所必然耳，又何疑乎？

噫！吾與笑蒼子周旋之日久矣。笑蒼子愍人世之勞苦，汩沒於聲色貨利中，無有已時。因假軒轅生之名，現身說法，演爲《人天樂》一書，以略述夫力善之概，非徒自覺，欲以覺人也。吾故曰：『《人天樂》誠濟世之慈航也。』茲偶過清虛，謹識數言於首。願讀斯傳奇者，毋視爲泛常戲劇，當尊之爲《道德經》也可，當尊之爲《太上篇》也可。頌曰：

傳此《人天樂》，覺世發道心。效是行持者，可證法王身。善哉！善哉！

馭雲仙子題於雙眞樓中〔二〕。

【箋】

〔一〕馭雲仙子：姓名、籍里、生平均未詳。

〔二〕題署之後有印章二枚：陽文方章『烟霞弌侶』，陰文方章『超出六塵』。

書呂祖序後〔一〕

梅華外臣〔二〕

《論語》載桀溺之言曰：『滔滔者天下皆是也，而誰與易之？』其言是也。吾夫子不聽，又西之郢，見沮於子西，見機於接輿，卒老於行而世莫能用。豈其先幾之哲，竟不如沮溺耶？非也。吾嘗以佛氏之果位譬之。有小乘禪者，自了之外，不復度人，而人又難度，則益棄去不顧，沮溺猶是矣。有大乘禪者，弘法度人，不以治亂爲辭，不以難易自解，吾夫子猶是矣。此豈沮溺輩所知乎？

今吾與笑蒼道人，頗類於是。吾絕意斯人，噤不道隻字，沮溺之流耳。道人著書等身，世弗覺悟，然後知斯人不可與莊語，於是不得已而託之詞曲，以曲行其勸善之心，始終不倦，洵不愧爲仲尼之高弟歟！吾滋愧矣。此《人天樂》一書，所以上感呂祖，從九天灑藻而爲之序也。豈偶然哉？觀是劇者，思之毋忽。

梅華外臣謹識。

【箋】

〔一〕題名下有印章二枚：陰文方章『節』，陽文方章『帝』。

〔二〕梅華外臣：姓名、籍里、生平均未詳。

《人天樂》題詞

磨崖漫士〔一〕

立於四大海之中，超乎三聖人之外，世有其書乎？曰：有之，屈原《離騷》是也。原之《離騷》，琦瑋僑佹，窮高極深，然言言悉本於忠孝。則知一切神仙詞曲，未有不本於忠孝者。今讀笑蒼子《人天樂》，有原之心焉。

《人天樂》何爲作耶？曰：軒轅生，忠孝人也。軒轅生産於鍾阜，遊於江潭，似《騷》鄉里；制科青瑣，似《騷》芊姓；修十善，似《騷》規矩；值滄桑，似《騷》澤畔；急朋友，似《騷》香草君子；偕隱妻癡僕，似《騷》女嬃、蹇脩。宜笑蒼子之借以自況也。

而俗人聞單越洲之說，或有疑其荒誕者。夫豎亥量五億十萬九千八百步，不似單越之運肘乎？三桑在削船東，高百仞，女子跪樹歐絲，不曲躬鉅野乎？岐舌不死之國，金膏燭銀之寶，不自然宮殿、衣食夫婦乎？《國策》一經兩海，莊周藐姑神人，穆天子之所巡，西王母之所歗，鄒衍主運之談，相如《子虛》之賦，不恢譎溟涬乎？彼北人疑饜，越人駭毳，無足怪也。

戊午秋〔二〕，笑蒼子與余別二十五年，一旦返金陵，出《人天樂》示余。如立四大海，超三聖人，巴渝天池，於遮若士，爲之拊節不能已已。雖然，其大指亡他，要之勸人爲善，歸於忠孝而已。太史公推《離騷》之志，謂『可與日月爭光』，於《人天樂》何獨不然？

浯溪磨崖漫士題。

（以上均《古本戲曲叢刊三集》影印清康熙間刻本《夏爲堂人天樂傳奇》卷首）

【箋】

〔一〕磨崖漫士：姓名、生平均未詳。浯溪，在今湖南祁陽縣。

〔二〕戊午：康熙十七年（一六七八）。

人天樂跋〔一〕

闕　名〔二〕

此曲製成，持詣仙壇，上呈文昌元皇鑒定。有桂殿左卿周公（諱道明）降壇，命善書童子錄就，賫送南宫挂號。隨奉法旨云：『此曲字句通仙，文情秀美，甚妙甚妙！雖係戲談，大有省世之論，亦有關乎造化。此曲可與智者喜賞，不必入俗人觀。命天妃戲女，置在崑崙園中，以供遊樂可也。』〔三〕

（同上《夏爲堂人天樂傳奇》卷末）

【箋】

〔一〕底本無題名。

〔二〕此文或爲黄周星自撰。或爲藏書者印。

〔三〕文末有陰陽文方章『顧蹔私印』。

附 人天樂跋〔一〕

吴梅

此書求之二十年不可得。曩曾假王培孫藏本讀之，亦忘矣。庚午九月〔二〕，得於金陵聚文堂，竭晝夜重讀，始知皆九烟先生自傳也。尚有《试官述懷》、《惜花報》二種，及《復姓紀事》一卷，更不可多得云。

霜崖。

（清康熙二十七年刻黄周星《夏爲堂别集》本《人天樂》卷末墨筆批語）

【箋】

〔一〕底本無題名。

〔二〕庚午：民國十九年（一九三九）。

錦纏玉（方以智）

方以智（一六一一—一六七一），字密之，號曼公，又號鹿起、龍眠愚者等，桐城（今屬安徽）人。崇禎十二年己卯（一六三九）舉人，十三年庚辰（一六四〇）進士，選庶吉士，散館授工部觀政，遷翰林院檢討。南明永曆時，擢翰林院侍講，拜禮部侍郎、東閣大學士，旋辭去。清兵入粵，順治七年（一六五〇）於梧州披緇爲僧，後於江西吉安，開法於青原山，更名弘智，字無可，别號藥地、大智、愚者大師等。康熙十年（一六七一），因『粵難』案被捕，卒於江西萬安惶恐灘舟中。著有《通雅》、《物理小識》、《藥地炮莊》、《東西均》、《博依集》、《浮山文集》等。傳見《清史稿》卷五〇〇、《清史列傳》卷六八、《小腆紀傳》卷二四、黄容《明遺民録》卷三、孫靜庵《明遺民録》卷五、陳鼎《留溪外傳》卷一八、《桐城耆舊傳》卷六、《皖志列傳稿》卷一等。參見任道斌《方以智年譜》（安徽教育出版社，一九八三）。

撰《錦纏玉》傳奇，未見著録，已佚。

錦纏玉跋

方中通〔一〕

《三百篇》皆可歌者也，不獨樂府也。唐人詩句皆可歌者也，不獨詩餘也。至詞曲發響，而樂府、詩餘遂絶響矣，矧唐人詩句及《三百篇》乎？究自三代以降，訖於宋元，皆詞曲也，不過代易其體耳。惟是體易而名殊，名殊而節奏亦變。古法不傳，而後之好異者每多穿鑿，拘執者復不融通，求其克諧，安可得乎？

卽以詞曲論，務頭，其機軸也，人皆未明其故。楊升庵以爲『部頭』，《嘯餘譜》又謂『成對處，施語其上』，妄爲擬議，貽誤後人，亦曷故歟？先君文忠公嘗云：《牡丹亭》差見才情，而不合務頭關戾；《西樓》極遵《嘯餘譜》，而不知《嘯餘》之宫譜，皆臆説也。

以故度曲之高下疾徐，各有授受，不惟北曲迥然懸絶，卽南曲亦多互異。顧所謂換壓轉點，佩之管弦，初無甲乙耳。此蓋不知正宫梅花之七調爲直，黄鐘中吕之十三調爲横，旋相爲宫，中聲時在。調叶而音未有不叶者，出之自然，毫無矯强，樵夫牧豎之歌，可與古樂并奏。是故聲音之道，有定而無定，無定而有定也。不此是求，乃譜者譜而作者作，傳者傳而歌者歌，及評其故，茫然莫解而已，何樂之可云哉？

且夫詩當大雅而反尖巧，詞曲當尖巧而更庸滯。王實父而外，元人可喜之句覺少。徐文長

《四聲猿》，雖務頭稍違，而撒潑快利，令人擊節。今之詞家沿習已久，而又乖於曲名之多犯，亂於梨園之教師。填詞至今日，愈盛而愈衰，固其宜也。

昔者先君主青原時，一日通與方乘六隨侍出祖關〔二〕，入傳心堂深室。乘六請示詞曲，先君爲歌《錦纏玉》一曲，命通以簫度之。歌畢，乃教之曰：『律呂本乎數度，能達斯旨，樂府、詩餘皆可自我作古而不背古。惟詞曲可以逞才。余有《錦纏玉傳奇》，亂中所作，亂中旋亡。惜夫今無矣。』

逮先君棄世後，忽於兄倩孫大蘇案頭見此本〔三〕，爲才子、爲佳人、爲英雄、爲高士，爲風流蘊藉，爲慷慨悲歌。借此不由人之筆墨，以寫不世出之胷懷。務頭犯曲，靡不合宜；穿插安排，人情是近。即冷處亦生趣，用陳語亦爭新。讀之，知出先君手也，鈔錄藏之。通聞朱文公《家禮》稿成遺失，莫知所在，文公沒後始出。是書之傳，固有其時，非偶然也。

通抑有說焉。《中原韻》之閉口，止『侵尋』、『監咸』、『廉纖』；《九宮譜》之合調，止仙呂入雙調，此不可解者。夫一韻中自備五音，原未嘗以五音分五韻也。何獨『侵尋』三韻之外，盡皆有開無閉乎？即有音無字，亦宜存位，況非盡無字者乎？夫十三調之中，有二調可合者，更有三調可合者。蓋分五音爲十三，是一音中本有二三調也。音既同矣，調何不可合乎？況羽徵角商，皆有宮音乎？即沈西來增商黃調〔四〕，謂商調合黃鐘，亦未盡調之變也。且《三百篇》，有詩而後有韻，有韻而後有調。彼細民賤隸，天然合拍，豈必講明何調何韻而始作哉？事不師古，泥古不化，其弊一也。請以質之學者。

不肖男中通拜跋於南畝之隨寓。

(《清代詩文集彙編》第一三三册影印清康熙間刻本《陪書·陪古》卷二)

【箋】

〔一〕方中通(一六三四—一六九八):字位白,一作位伯,號陪翁,桐城(今屬安徽)人。方以智次子。明諸生。入清,教書廣東恩平十數年。兼通天文、律算、音韻、六書之學,著有《數度衍》、《音切衍》、《音韻切衍》、《篆隸辯從》、《陪書》、《心學宗續編》、《易經深淺說》等。傳見《清史稿》卷五〇六、《清史列傳》卷六八、《國朝耆獻類徵初編》卷四一七、《碑傳集》卷一三二、《皇明遺民傳》卷一、《國朝先正事略》卷三二、《文獻徵存錄》卷六、《桐城耆舊傳》卷七、《清儒學案小傳》卷四、《清代樸學大師列傳》卷二三、《清代疇人傳》卷三、《皇清書史》卷一四、康熙《安慶府志》卷一九、方傳理輯《桐城桂林方氏家譜》卷一四等。

〔二〕方乘六:即方兆袞,字乘六,歙縣(今屬安徽)人。早年客居西江,師事青原藥地大師(即方以智),參與編修《青原志略》。

〔三〕方大蘇:字倩孫,生平未詳。

〔四〕沈西來:即沈自晉(一五八三—一六六五),生平詳見本書卷十三《南詞新譜》條解題。

拈花笑(徐石麒)

徐石麒(約一六一二—一六七〇後),或誤作石麟,字又陵,號坦庵,別署坦庵道人,書齋名享書堂，江都（今江蘇揚州）人。入清後不應科舉，著述甚富。現存《坦庵詩餘甕吟》、《坦庵樂府黍香集》、《蝸亭雜訂》、《客齋餘話》、《坦庵枕函待問編》、《古今青白眼》、《花傭月令》、《三憶草》等。撰雜劇《買花錢》、《大轉輪》、《拈花笑》、《浮西施》四種，與詞集《甕吟》、《黍香集》，合刻爲《坦庵詞曲六種》，現存清順治間南湖享書堂原刻本。另撰傳奇四種，僅存《珊瑚鞭》。參見李豔輝《徐石麒及其戲曲創作研究》（南京師範大學碩士學位論文，二〇一二）。

《拈花笑》，《重訂曲海目》著録，現存順治間南湖享堂原刻《坦庵詞曲六種》第三種本（《清人雜劇二集》據以影印）、姚燮《今樂府選》稿本第三十二册所收本。

拈花笑引

闕　名〔一〕

女子最弱，到妒時，扛金鼎，舉石臼，丈二將軍不能過也。女子最愚，到妒時，放大光明，無幽不察，可謂極巧窮工。女子最愛修潔，到妒時，雖污池在前，溷廁在後，舉身投之，略無所恤。凡此種種，雖天性使然，亦童而習之也。姑姨姊妹，竟日喋喋，惟此一義。正如商賈學算法，子弟讀孄經，日增益其所不能，故探奇盡變乃爾。

吾向集古今妒婦事，成一帙，命曰《指木遺編》。然其事隱，其詞文，恐不堪入閨閣耳。夏日無事，又爲拈作歌曲，只取通俗，不顧鄙俚。蓋欲入懞懂隊中，說現身法也。倘市兒傳誦，得一二語爲臙脂虎解頤，或可以發其廉恥羞惡之心，卻勝啜倉庚膾一碗耳。

癸巳夏杪〔二〕，自題於湖上草亭。

（《清人雜劇二集》影印清順治間南湖享堂原刻本《坦庵詞曲六種》第三種《拈花笑》卷首）

【箋】

〔一〕此文當爲徐石麒撰。

〔二〕癸巳：順治十年（一六五三）。

鴛鴦夢（葉小紈）

葉小紈（一六一三—一六五七），字蕙綢，别署吴江女史，吴江（今江蘇蘇州）人。紹袁（一五八九—一六四八）次女，同鄉諸生沈永楨室。工詩詞，著有《存餘草》。傳見乾隆《吴江縣志》卷三七。

撰雜劇《鴛鴦夢》，《曲海總目》著録，現存崇禎九年（一六三六）序刻本、崇禎間原刻《午夢堂集》本、乾隆二十三年（一七五八）重刻《午夢堂集》本（《傅惜華藏珍本戲曲叢刊》據以影印）、清鈔本、清姚燮編《今樂府選》稿本第二九册所收本、咸豐六年（一八五六）刻《硯緣集録》第四册所收本等。

（鴛鴦夢）小序

沈自徵〔一〕

《鴛鴦夢》，余甥蕙綢所作也。諸甥姬皆具逸才，謝庭咏絮，璧月聯輝，洵爲盛矣。迨夫瓊摧昭折，人琴痛深。本蘇子卿『昔爲鴛與鴦』之句，既以感悼在原，而瓊章殞珠又當于飛之候，故寓言匹鳥，托情夢幻，良可悲哉！

若夫詞曲一派，最盛於金元，未聞有擅能閨秀者。卽國朝楊升庵亦多諸劇，然其夫人第有《黄鶯》數闋，未見染指北詞。綢甥獨出俊才，補從來閨秀所未有，其意欲於無佛處稱尊耳。

吾家詞隱先生爲詞壇宗匠，其北詞亦未多概見。余伯道無兒，育瓊章爲猶女，愛其絶世靈識，欲與較論宫商，揣桃花扇底之風，一證詞家三昧，傷辨絃往矣。今綢甥作其俊語韻腳，不讓酸齋、夢符諸君，卽其下里，尚猶是周憲王『金粱橋下』之聲，實可與語此道者。將以陰陽務頭，從來詞家所昧，行與商之。（蕙綢，卽詞隱先生孫婦。）

崇禎丙子秋日，舅氏沈君庸甫識。

（明崇禎間原刻本《午夢堂集》所收《鴛鴦夢》卷首）

【箋】

〔一〕沈自徵（一五九一—一六四一）：字君庸，吴江（今江蘇蘇州）人。明國子監生。天啓末入京師，歷遊西北邊塞。崇禎三年（一六三〇），永平副使張椿延爲幕府。十三年（一六四〇），以賢良方正科辟，辭不就。次年，卒於家。著有《沈君庸先生集》、《贈殘編》等。撰雜劇《霸亭秋》、《鞭歌妓》、《簪花髻》三種，合稱《漁陽三弄》，今存於世。又有《冬青樹》，已佚。傳見鄒漪《啓禎野乘》一集卷六《沈文學傳》（明崇禎刻、清康熙重修本）、朱彝尊《明詩綜》卷七九、乾隆《吳江縣志》卷三二、同治重刻本《沈氏家傳·君庸公傳》、《沈氏家譜》卷五等。參見李真瑜《明清吳江沈氏世家百位詩人傳略》第六章《吳江沈氏世家第六代詩人》『六、沈自徵』（安徽教育出版社，二〇一四）。

白玉樓記（陳子升）

陳子升（一六一四—一六九二），字喬生，號中洲，又號南雪、智山，別署中洲居士、智山道人，南海（今廣東廣州）人。明諸生，屢試不中。南明隆武時，謁唐王於邕州，官吏科給事中，遷兵科右給事中。後入廬山受僧函昰戒，歸鄉隱居。工詩善琴，擅書法、篆刻、繪畫。著有《四子義》、《易義疏》、《中洲草堂遺集》、《大江吟稿》等。撰傳奇《金瑯玕》、《白玉樓記》。散曲集《嶺歈》，現存《中洲草堂遺集》卷二〇本。傳見薛始亨《傳》（康熙間刻本《中洲草堂遺集》卷首）、九龍真逸輯《勝朝粵東遺民錄》卷一、《清史列傳》卷七〇、《國朝耆獻類徵初編》卷四六九及補錄、《國朝詩人徵略初編》卷五、《漁洋山人感舊集》卷一三、《文獻徵存錄》卷二、《嶺南畫徵略》卷二等。

《白玉樓記》，未見著錄，已佚。

白玉樓記序

張萱

嶺南故未有以塡詞度曲爲傳奇行家者，輓近韓孟郁始爲《青蓮記》〔一〕，夫聞其語也。鄧玄度觀察繼爲《竹林記》〔二〕，余嘗序之以行世矣。二君宏博，自命風雅，皆足以領袖時流。惟塡詞差可分元人半席，而度曲以授盧綱、李良辰、蔣康之諸人，於華林戲中，徽腔按譜，字或捩語，語或捩聲，聲或捩調。若苦心偏至，則玄度塡詞爲長。數語玄度：『銅將軍、鐵綽板唱「大江東去」，終不如「楊柳渡曉風殘月」。』玄度低首。

歲壬戌〔三〕，宛陵梨園以余友湯嘉賓太史書至〔四〕，曰：『此崑調也，西園幸以《北雅》按之〔五〕。』《北雅》，余所梓行元人小令以悼亡，馮開之太史序而繫節者也。余嘉其意，亟爲開場，則四平調中，稍知抗墜掩抑，頂疊關轉者，余因胡盧以報嘉賓。夫崑調且非南北兩九宮之正始，欲以十一調出於四平之嗓，其部頭板眼，於九宮有不捩乎？是江以南且不可數得，趙宗藩『紅梅驛使』，楊邃庵『寂寞過花朝』，陳石亭『梅花序』，余嶺以南，又何必以良工示拙也？夫絲不如竹，竹不如肉，此行家語。然肉不能比於竹，竹不能比於絲，即遏雲繞梁，亦魁蛤吠村而已。余所梓行《北雅》，無論長篇短什，每令囀春鶯度之，未有不可比絲竹者。今耄及之矣，有情不癡，無弦可續，不能以黛玉軒行家生活，付囑【乾荷葉】。即王十六秀才見貽拍板一串，亦陪傅大士唱《金剛經》耳。

一日，陳集生太史以《白玉樓記》屬余爲序〔六〕，曰：『此友哉，季喬生以悼友哉！仲文止所爲賦鶺鴒而悲終鮮者。黛玉軒主人能按《北雅》，作周郎顧乎？』余爲展卷三嘆。屏後無人，且花似霧中看，不能迴環諷詠。第數行甫下，瑰詞麗語，擲玉迸珠，綽態柔情，溢於毫楮。咄咄！喬生尚未勝冠，而遊戲翰墨輒如此，安得起玄度於九原，令舒雅輩拍板分場而角乎？

園公鑿壞久矣。太史寫葉齋頭，時以孔李之好，歲一至焉。文止與瑩兒皆舉恩選，蓋世講也，遙聞聲而相思。文止未嘗爲余一賦高軒，過余，亦不獲如權璩、楊敬之、王恭元一探古錦囊，覓文止嘔心物，往往有當前不御之嘆，嗟哉！文止薰以香，自僥膏以明自煎，便覺風流頓盡，亟爲掩卷。河山雖邈，風影不殊，聞笛披帷，蘭摧玉折。惟此記時在案頭，神理綿綿，寄我冥契，何必撫塵而游，以犀柄麈尾著棺中也。第不知鬼詩王孫，地下能承當否？曹文姬何物，亦幸而著籍《鬱輪袍》乎？余故攬筆攝目者久之。

君家笏已滿牀，戟皆列戶。集生太史不愧科名，爲文壇宗匠。喬生後發先至，欲令貫酸齋、喬夢符、鄭德輝諸公，無處生活。是千秋大業，皆已占斷一時，卽雲韶仙樂，亦都將去。又不知往日潁陰德星聚時，君家潁川將車者、持杖者、載著後車者，有文止，復有喬生否？請以詢之韓吏部。

壬申初夏〔七〕，西園公題於品花軒。時紅渠粧就，鶯錦淩波；綠樹帷成，鶯簧出谷。珠槽忽沸，華夢初醒；歡伯登場，潁生噴案。

（明末刻清康熙四年重修本《西園存稿》卷一六）

【箋】

〔一〕韓孟郁：即韓上桂（一五七二—一六四四），字孟郁。

〔二〕鄧玄度：即鄧雲霄（一五六六—一六三二）。

〔三〕壬戌：天啓二年（一六二二）。

〔四〕湯嘉賓太史：即湯賓尹（一五六八—一六二八後），字嘉賓，號睡庵、霍林，宣城（今屬安徽）人。萬曆二十二年甲午（一五九四）舉人，二十三年乙未（一五九五）進士，選庶吉士，散館授編修。累官至南國子監祭酒。爲『宣黨』黨魁，人稱『湯宣城』。編選評刻《陸宣公集》等書籍。著有《四書衍明集注》、《睡庵稿》等。傳見嘉慶《寧國府志》卷二九、光緒《宣城縣志》卷一八等。

〔五〕《北雅》：張萱改訂《太和正音譜》爲《北雅》，詳見本書卷十三《北雅題詞》條。

〔六〕陳集生太史：即陳子壯（一五九六—一六四七），字集生，號秋濤，南海（今廣東廣州）人。萬曆四十七年己未（一六一九）進士，授翰林院編修，歷官至禮部右侍郎。南明弘光時，官禮部尚書；桂王時，官東閣大學士兼兵部尚書。清兵入粵，兵敗被執，不屈死。謚文忠。著有《雲淙集》、《練要堂稿》、《南宮集》。後人編有《陳文忠公遺集》。傳見《明史》卷二七八、《勝朝粵東遺民録》卷一等。

〔七〕壬申：當爲崇禎五年（一六三二）。

祭皋陶（宋琬）

宋琬（一六一四—一六七三），字玉叔，號荔裳，別署二鄉亭主人，萊陽（今屬山東）人。順治四年丁亥(一六四七)進士,官至浙江寧紹台道。因登州亂,被誣下獄,康熙三年(一六六四)赦免放歸。十一年,起爲四川按察使。著有《安雅堂集》、《二鄉亭詞》等。傳見《清史稿》卷四八四、《清史列傳》卷七〇、《國朝耆獻類徵初編》卷一五二、《國朝先正事略》卷三七、《國朝詩人徵略初編》卷一、《文獻徵存錄》卷二、《昭代名人尺牘小傳》卷三、《清代七百名人傳》等。

撰雜劇《祭皋陶》,《重訂曲海目》著錄,現存康熙十二年(一六七三)序原刻本、乾隆十一年(一七四六)重刻本、道光十九年(一八三九)鈔本、順治間至乾隆間續刻《安雅堂全集》本。

(祭皋陶)弁語〔一〕

杜濬

雜劇、院本,詞家之支流也。然出之有道,要不爲無益於世。蓋古之忠臣孝子、義人烈士,事在正史,不但愚氓無由知,即淺學儒生,至有不能舉其姓字者。惟一列之俳場,節以樂句,則流通傳播,雖婦人孺子,皆知稱道之。故雜劇之效,能使草野閭巷之民,亦知慕君子而惡小人,此莊士之所不廢也。

余家藏書不備,嘗就余所見,輯成《史泣》、《史笑》二書。若以傳奇家例論,則《史笑》多淨、丑,《史泣》多苦生。其間尤痛心酸鼻,不能已已者,莫如東京之范孟博,南渡之岳鵬舉。鵬舉之事,既已廣被樂府,獨恨孟博未遇奇筆。

一日,客有授余《祭皋陶》四齣者,余驚喜讀之。大約以辛辣之才,構義激之調,呼天擊地,涕泗横流，而光焰萬丈，未嘗少減。作者其有憂患乎？其有憂患而無患乎①？夫無孟博之憂患，決不能形容孟博之直②氣，使千載之上，宛在目前，至於如此也，亦足見雜劇之功偉矣。

或曰：『吳導、郭楫，事在建寧二年，不祭皋陶，與抗辯，王甫案可考也。漢帝赫然誅牢修節甫，而大赦黨人，孟博歸田養道，庸得若是乎？』余曰：不然。夫正史能紀實，而不能翻空；雜劇能翻空，而不能翻人心之所本無。彼誼辟神靈，而忠良得蒙湔雪③，此所謂翻空，而非人心之所本無者。夫古今之人心，即古今之實事，空云乎哉？彼正史所載妄語耳④。

康熙十一年春仲，杜陵睿水生題〔二〕。

【校】

①『其有憂患而無患乎』八字，《變雅堂文集》本無。

②直，《變雅堂文集》本作『眞』。

③忠良得蒙湔雪，《變雅堂文集》本作『忠邪莫逃刑賞』。

④『夫古今』至『載妄語耳』，《變雅堂文集》本作『第恐人心漸失，而翻空者亦復絕響，則吾末如之何也矣』。

【箋】

〔一〕此文又見《續修四庫全書》第一三九四冊影印清康熙間刻《變雅堂遺集·文集》卷四，題《宋荔裳雜劇題詞》。

〔二〕題署後有印章二枚：陽文方章『杜睿』，陰文方章『菜仙人』。

（祭皋陶）題詞

隨緣居士〔一〕

每疑『祭皋陶』一段公案，强作解事小兒，便道：皋陶爲古來第一明允刑官，今日建牙若盧堂上，冤民朝夕膜拜泣禱，决不負人香火。請看范孟博，爲東漢奇男子，冥遭牢修媒蘖奇禍事。孟博慷慨不數語，卽爲奏聞帝，立見平反，爲後世沒，人理人非，萬軍來觀，載之祀典，徼以百牢，詎踰與！

予聞而嘻曰：此是上碧翁索性培護善類，渠何與事，輒妄獵人間酒肉乎？若值上帝醉，得百皋陶無濟耳。不見秦之圜土，歷百餘歲，尚化爲丐酒之蟲邪？

或曰：唯唯否否。九閽高，一言提救者誰？苟非虞廷士師，惡不可爲。我不爲惡者，烏得而免諸？由此觀之，若有能不祭皋陶者，方許他祭皋陶。

康熙癸丑暮春之初，凡鳥山鄉隨緣居士題於繡林草堂〔二〕。

（以上均《四庫存目叢書補編》第二册影印清康熙間刻本《祭皋陶》卷首）

【箋】

〔一〕隨緣居士：姓名、籍里、生平均未詳。

〔二〕題署後有印章二枚：陽文方章『爲善最樂守約堂印』，陰文方章『隨緣居士』。版心題『元里書』。

寄愁軒（宋徵璧）

宋徵璧（一六一五—一六七二），初名存楠，字尚木，又字讓木，別署幽谷朽生、江左老布衣、歇浦村人等，華亭（今屬上海）人。宋懋澄（一五六九—一六二二）子，宋徵輿（一六一七—一六六七）兄。天啓七年丁卯（一六二七）舉人，崇禎十六年癸未（一六四三）進士。入清，以薦授祕書院撰文中書舍人，官至潮州知府、禮部員外郎。著有《抱眞堂詩稿》、《含眞堂詩稿》、《三秋詞》。傳見《崇禎十六年癸未科進士三代履歷》、《皇明遺民傳》卷五、《漁洋山人感舊集》卷四、嘉慶《松江府志》卷五六等。

撰《寄愁軒》雜劇，包括《蒙莊放誕》、《蟠桃靈核》、《虎溪明月》、《旗亭慕想》四折，未見著錄，已佚。

寄愁軒雜劇小序

宋徵輿〔一〕

家仲兄撰雜劇四折，一曰《蒙莊放誕》，爲南華眞人作也。昔眞人長於寓言，其書博洽，其持論深激，其所引或有或無，似與儒墨有間，而卒與猶龍公五千言並著。或尊而神焉，以爲兩公化去不死，今方翱翔上清之區，握靈籙而撫列仙，貴若天帝，詎可優俳瀆哉？然名其名也，言其言也，無勿肖也，使兩公降觀，其亦鼓琴據梧之倫已耳，而又何瀆焉？　一曰《蟠桃靈核》，爲希夷先生作也。先生之出終南也，哂藝祖而墜蹇驢，儼乎讓王之風。今乃一眷子登，遂有忍辱國之謫，豈已忘天下而猶有未忘者乎？　苟非東方之□辯，呂祖之捷機，幾何不與長卿、奉倩等也？　匡救其失，列仙猶假友生，而矧人間世也？　一曰《虎溪明月》，爲中唐詩人劉夢得作也。伾文之黨，夢得與焉，然謂之躁進可也，非小人也。匪獨夢得，盡伾文之十六子，豈皆小人乎哉？　玄都觀兩詩，至今誦之，有餘慨焉。一旦挾韋娘而揮白練，又何恨於薄宦哉？　斯亦文人快意之遇矣。一曰《旗亭慕想》，爲盛唐詩人王之渙作也。之渙在開、寶，不能與達夫、少伯齊名，而『黄河遠上』一絕，自足抗衡兩君，若旗亭所歌，豈足爲定論哉？　而一時豔稱之，百世而後，因而爲之殿最焉。夫文人學士不能自定高下，而聽之伶工女子，世豈無王公貴人，顧反若不屑，何也？　唐以詩取士，而赫然有盛名者，多在不遇，則又何怪伶工女子之先於王公貴人也。吁！　可感也。

蓋人之不得志也，無所不思，時而聖賢，時而列仙，時而婦女，時而詩人、酒人，方思之至，目若見之，而耳若聞之。於是爲之言以序其事，則有賓白、介白；爲之詞以暢其意，則有南曲、北曲。未幾而良家少年歌之，梨園弟子演之，則目果見之而耳果聞之矣。此雜劇之所繇作也，要亦不得志於時者所爲也。若夫情之婉也，才之麗也，辭之綺也，律之協也，特吾兄風雅之緒餘，然而元之王、關，我明之高、湯，蔑以加矣。

（《四庫全書存目叢書·集部》第二一五册影印清康熙九籥樓刻本宋徵輿《林屋文稿》卷二）

【箋】

〔一〕宋徵輿（一六一七—一六六七）：字直方，一字轅文，號林屋，華亭（今屬上海）人。宋懋澄（一五七〇—一六二二）子，宋徵璧（一六一五—一六七二）弟。順治四年丁亥（一六四七）進士，授刑部主事，歷官至都察院左副都御史。著有《林屋文稿》、《林屋詩稿》、《瑣聞錄》、《瑣聞別錄》等。撰雜劇《集翠裘》，傳奇《鴛鴦湖》、《封髮記》。傳見《國朝耆獻類徵初編》卷四六、《國朝詩人徵略初編》卷一、《漁洋山人感舊集》卷三、《昭代名人尺牘小傳》卷三、嘉慶《松江府志》卷五六等。

鴛鴦湖（余懷）

余懷（一六一六—一六九六），字澹心，一字無懷，號廣霞、曼翁，別署壺山外史、寒鐵道人，晚年自號鬘持老人，莆田（今屬福建）人。僑寓南京（今屬江蘇），遊學南雍，明崇禎間入范景文（一五八七—一六四四）幕府。入清不仕，浪迹江湖。晚年退隱蘇州（今屬江蘇），終寓居下邳（今江蘇邳州）。著有《余子說史》、《東山談苑》、《汗青餘語》、《板橋雜記》、《南朝金粉》、《三吳遊覽志》、《四蓮花齋雜錄》、《甲申集》、《江山集》、《楓江酒船詩》、《五湖遊稿》、《味外軒稿》、《研山堂集》、《玉琴齋詞》等。撰雜劇《集翠裘》，傳奇《鴛鴦湖》、《封髮記》。傳見《清史列傳》卷七〇、《皇明遺民傳》卷五、黃容《明遺民錄》卷九、《國朝耆獻類徵初編》卷四二八、《昭代名人尺牘小傳》卷八、《顏氏家藏尺牘姓氏考》、《漁洋山人感舊集》卷七、《文獻徵存錄》卷一等。參見朱志遠《余懷研究》（南京師範大學碩士學位論文，二〇〇八）。

《鴛鴦湖》傳奇，《古典戲曲存目彙考》著録，已佚。

余澹心鴛鴦湖傳奇序

陳維崧〔一〕

原夫《玉樹》歌殘，心傷後主；《霓裳》曲冷，魂斷明皇。紅顔沉戎馬之中，皓齒遭亂離之會。怨夫人於花蕊，三千歌舞空歸；贈妃子以金鐶，十二管絃安在？才人結帶，應有恨於當年；公主梳頭，復何心於今日。帳爲玄蛤，夜夜多愁；席號緑熊，年年是淚。加以幼住青樓，長家朱雀。趙家姊妹，皆擅傾城；秦國弟兄，俱推巧笑。西曲以紅珠代夜，南方多白玉爲人。翡翠簾開，時招紫燕；眞珠船上，慣戲文鴛。曲瓊以繡線爲蕤，綵管用文椒作櫬。爐添寶獸，偏燒荀令之香；瑟隱銀蟬，解作韓娥之曲。於是油車雜沓，寶馬駢闐。明鏡爭開，對照芙蓉之面；紫毹並坐，爭歌楊柳之腰。十五霍家，難倚將軍之勢；三千楚館，不知夫壻之名。

本期雲雨長行，常依巫嶺；豈料烽烟不斷，頓隔蓬山。釵除卻月，已爲馬上之人；袖散回風，便作軍前之客。懷中玉笛，誰忘舊日之寧王；枕底丹鞋，暗泣前朝之李后。遇龜年於劍外，無非故人紅豆之悲；逢白傅於江州，大有知己青衫之感。西宮秦曲，猶尋故伎於平康；北寺鳴箏，尚作新聲於長樂。蛾眉失路，原同庾信之哀；螓首離家，大似江淹之賦。固知蠲愁有術，難蠲弱女之愁；斷恨有方，莫斷降王之恨。

然而星或謫乎瑤臺，珠自還夫合浦。乘龍覓壻，即值征人得意之年；躍馬封侯，亦自少婦爲歡之日。五銖羅袂，依然畫閣之旁；百子步搖，宛矣玉釵之側。人憐嬌鳥，重入金籠；客訝名花，還歸寶砌。誠太平之盛事，亦離亂之良緣。

則有江東才子，河內名家，譜以箜篌，度之宮徵。何戡在座，知是舊人；杜牧登筵，驚其故態。紅粧薄命，祗寓其飄零花月之傷；錦瑟芳詞，亦寫其潦倒風塵之色。既已鍾情於蘇州刺史，因之屬序於陽羨書生。

僕也粉染玄英，亦有蘼蕪之約；香煎蘭葉，殊愆豆蔻之期。心如蠟淚，徹夜長流；情擬蠶絲，終朝不竭。贈陳王之枕，已誤今生；窺賈午之牆，還思再世。痛踰死別，何煩方士之少君；哀甚和親，莫怨畫圖之延壽。庶幾墳名紫玉，永依幼女之魂；酒伴青娥，尚感步兵之哭。冀君彤管，寫我香奩。

（《四部叢刊初集》影印清患立堂本《陳迦陵儷體文集》卷七）

【箋】

〔一〕陳維崧（一六二五—一六八二）：字其年，號迦陵，宜興（今屬江蘇）人。陳貞慧（一六〇四—一六五六）子。清諸生。康熙十八年（一六七九）舉博學鴻詞科，授翰林院檢討，參與修纂《明史》。《清史稿》卷四八四有傳。著有《湖海樓詞集》、《湖海樓詩集》、《陳迦陵儷體文集》等，總名《湖海樓全集》。傳見尤侗《艮齋倦稿》卷六《傳》、儲欣《在陸草堂文集》卷三《傳》、徐乾學《憺園全集》卷二九《墓志銘》、《清史列傳》卷七一、

《國朝耆獻類徵初編》卷一一七、《國朝先正事略》卷三九、《文獻徵存録》卷一〇、《國史文苑傳稿》卷二、《清代七百名人傳》等。參見陸勇强《陳維崧年譜》（中國社會科學出版社，二〇〇六）、周絢隆《陳維崧年譜》（人民出版社，二〇一二）。

續牡丹亭（陳軾）

陳軾（一六一七［一説一六一三］—一六九四），字静機，號静庵，侯官（今屬福建福州）人。崇禎十三年庚辰（一六四〇）進士，授南海知縣，遷番禺。南明隆武朝擢御史，永歷時官蒼梧道參議。入清未仕。順治八年（一六五一）歸鄉，築道山堂，教育子孫，讀書其中，時或赴里社文酒之會。晚年流寓江、浙。與鄭開極等編纂《福建通志》（現存康熙二十三年刻本）。著有《道山堂集》（現存康熙間刻本）。撰傳奇《續牡丹亭》，今存。傳見乾隆《福建通志》卷五一、道光《福建通志》卷二一三、郭柏蒼《全閩明詩傳》卷四七。參見鄧長風《五位清代福建戲曲家暨林昌彝生平考略·陳軾》（《明清戲曲家考略續編》）及《四位明末清初戲曲家生平考略·陳軾》（《明清戲曲家考略三編》）、張小琴《陳軾生平考》（《集美大學學報》哲社版二〇一五年第一期）。

《續牡丹亭》，一名《續還魂》。《傳奇彙考》著録，《曲海總目提要補編》輯本謂『陳軾撰』。《笠閣批評舊戲目》、《今樂考證》均著録，題『静庵作』。現存清三槐堂刻本（南京圖書館藏）、民國綠絲欄鈔本（《傅惜華藏古典戲曲珍本叢刊》第一五冊據以影印）、古吴蓮勺廬鈔本（中國國家圖書館藏）。二〇一二年海峽文藝出版社出版王漢民輯校《福建文人戲曲集・元明清卷》收録。

（續牡丹亭傳奇）題詞

陳于侯　等

吾家著集多矣，其旁及傳奇雜劇，則自先大夫始也。元曲首推《西廂》，續者或病其不稱。明曲首推《牡丹亭》，而先大夫續之，黄九烟獨加鑒賞，此豈私阿所好哉！侯少遵庭訓，攻舉子業，竊志古文詞而未逮。至若《嘯餘》、《九宫》諸譜，則茫未有得。捧此，益抱徒讀父書，不知通變之愧焉。

五男于侯謹識〔一〕。

臨川復其師云：『師言性，弟子言情。』旨哉言乎！俞寧世先生嘗惜臨川之才未竟其用，『四夢』蓋自寫其生平。此定論矣。先王父由縣令起家，陟諫垣，晉卿貳，方將大有可爲。亡何遭時不偶，飄泊歸隱五十餘年。則茲編之續，毋亦奪酒杯以澆魂礧者歟？

第七孫漢謹識〔二〕。

先大王父歷官中外，及林下五十餘年，手不釋卷，非深有得於仕學兼資之理者，不能也。至今著作如林，堪垂不朽。茲游戲剩技，見推風雅若此。小子賢去春幸捷，備員粉署，而腹笥空空，覆餗是懼。未能努力以繩武，聊效抗懷，以述德云爾。

第十二曾孫世賢謹識〔三〕。

（南京圖書館藏清三槐堂刻本《續牡丹亭傳奇》卷首，轉錄自王漢民輯校《福建文人戲曲集·元明清卷》，頁一一二六）

【箋】

〔一〕陳于侯：字西侯，侯官（今屬福建福州）人。陳軾五子。康熙四十四年乙酉（一七〇五）舉人。子濤，國學生，授州倅。傳見鄭祖庚《侯官鄉土志》卷三《耆舊録·内編一·德行》。

〔二〕陳漢：字廣生，福清（今屬福建）人。康熙四十四年乙酉（一七〇五）舉人。官至山東霑化知縣。

〔三〕陳世賢：字卓人，陳漢子。雍正七年己酉（一七二九）舉人，八年庚戌（一七三〇）進士。任戶部貴州司員外郎。工於書法。見徐景熹主修《福州府志》卷四二《選舉七》。按世賢《題詞》云：『小子賢去春幸捷，備員粉署』，然則此本當刻於雍正八年之後。

鴛鴦夢（薛旦）

薛旦（約一六一七—一七〇二後），字既揚，一字季央，號听然子，一作訢然子，別署采芝客、繡霞堂主人，原籍長洲（今江蘇蘇州），清初遷居無錫（今屬江蘇）。順治十一年（一六五四），以鄒忠倚（一六二三—一六五五，無錫鄒兌金子，順治六年進士）之招，赴昌平童子試。康熙年間卒，終年八十七歲。著有《燕遊草》等。撰雜劇《昭君夢》、《龍女書》；傳奇二十種，今存《鴛鴦夢》、《續情燈》、《醉月緣》、《齊天樂》、《九龍池》、《喜聯登》六種。參見鄧長風《十四位明清戲曲家生平著作拾補——美國國會圖書館讀書札記之十五·薛旦》（《明清戲曲家考略》）。

《鴛鴦夢》傳奇，《曲海總目提要》卷一二著錄，謂：『明末蘇州人作，自稱采芝客，未詳姓氏。』現存清初介壽堂刻本，《古本戲曲叢刊三集》據以影印。

（鴛鴦夢）敍

蹄涔子〔一〕

傳奇之與塡詞家有異乎？曰：有。詞以摹情，傳奇以諭俗，意亦頗主勸懲，固《三百篇》之支裔也。自忠孝節烈，一變而爲柔情曼聲，而俠骨剛腸，化同繞指，議者不無誨淫之慮。而銅將軍、鐵綽板，唱『大江東去』，蘇學士亦以貽譏。二者聚訟，余有以平之曰：『發乎情，止乎禮義。好色不淫，怨誹不亂。兼《風》、《雅》而爲騷，卽仿遺騷而爲歌曲，斯莫尚矣。』

昔人以《西廂》化工，《琵琶》畫工。二書至今，幾與貝葉同珍，蘭臺同壽，而命意各殊，俱臻絕頂。如《琵琶》之繪貞婦孝子固已，崔、張會眞，妖豔絕世，而李禿翁讀之，以爲『是必有大不得意於君臣朋友之際，乃始奪他人之酒盃，澆自己之塊壘』。信斯言也，是將與香草懷君、笙醴悟主同一思致。噫！安在柔情曼聲，而不足以揚忠孝、旌節烈也哉？

余友采芝客，江左人豪，留心騷雅，豹隱詞壇，愴懷時事，悲歌慷慨。乃假幽香至性，發爲纏綿激楚之音，以攄寫鬚眉之俠腸傲骨。如集中金閨弱質，翠館名娃，矢志靡他，斷金化石，友誼既篤，女貞不渝。眞所謂發乎情，止乎禮義，慈航作筏，金針度人，雖奴僕命騷可也。至於詞芬蘭茝，調協宮商，覽者自具手眼，余復何多贅乎？其著述頗富，先以是編行世，嗣出者爲《喜聯登》。

姑蘇蹄涔子題於廣德堂中〔二〕。

（《古本戲曲叢刊三集》影印清初介壽堂刻本《采芝客初編鴛鴦夢傳奇》卷首）

【箋】

〔一〕蹄涔子：字天腴，蘇州（今屬江蘇）人，姓名、生平均未詳。

〔二〕題署之後有印章二枚：陽文方章「蹄涔子印」，陰文方章「天腴氏」。

續情燈（薛旦）

《續情燈》傳奇，《曲海總目提要》卷一九著録，謂：「吴人听然子編。」現存崇禎十六年（一六四三）序繡霞堂刻本，上海圖書館藏。

續情燈敍〔一〕

薛　旦

〔前闕〕①右旋娟，左提嫫，香膚玉面，清歌而纖舞者，環列前後，不爲過也。而有不盡然者，或終身捧一黃臉婆子，或日夕御一垢首侍兒，啜糟餍糠，謀生之不暇，何佳麗□②肯婦者？或從而强買娉婷，妄羅豔質，是何異芳花當齒，俗物爲折？致使斂怨縮眥，幽思約帶，委志不遂，而多飲恨。天地間有情之憾，莫有甚於此者。

余《續情燈》之作，乃所以平天地間有情之憾乎？請觀景韶之遇尹停霞，秦堅之遇馮娟娘，彼此相投，如鎡石之引鐵，琥珀之吸草，抑何其用情之至，而作合之奇耶？作者之意，蓋謂情不至則連者可斷，情一至則斷者可續。燈者，光之生於情者也，有情卽現，無情則滅，讀者須會此意。若云天地間眞有是燈，則癡人説夢矣。

時崇禎癸未中秋望日，繡霞堂主人听然子撰〔二〕。

【校】

①底本前闕二頁。

②此字底本漫漶，餘偏旁『言』，疑爲『誰』。

【箋】

〔一〕底本無題名，據版心題。

〔二〕題署之後有印章二枚：陰文方章『听然子』，陽文方章『繡霞堂』。

《續情燈》題詞[一]

薛　旦

曉吹吟桐，如聽別離之奏；飄花點竹，似驚搖落之情。不茶不飯，誰嘗芍藥之羹；如醉如癡，疑中釀花之酒。風襟月況，徜徉於沙渚烟島之間；豔意綺思，馳想於舞榭歌筵之地。懷佳人兮我也，思公子兮誰哉？空懷握裹餘香，寧覩帳前微笑。因念芳馨麗女，錯配襟裾馬牛；酒肉村夫，消受朱門香玉。遂使新箏不弄，坐握春纖；長笛羞含，似聞嬌嘆。衣香方歇，將彩袖欲捐；妝影乍澄，覺玉顔委頓。漸見細腰將折，堪憐界粉成痕。聞鶯花底，於中之牽志難忘；落月屋梁，此際之淒其幾絶。余是以作爲聲歌，用平憤恨。並唱新詞二闋，以贈天下情人。

無題詞

春花春草，引得紅裙繞。燕子避人復進，柳花貼地還高。有箇人兒，香膚雪面，逗出秋波明妙。怪無端回頭一笑，端的爲書生年少。

其二

浪酒狂茶，總是相思滋味。恨閣雨擔雲，昨夜東風惡。記得當年，春纖玉腕，佯整金釵落。容容易易，低語呼郎，郎情休要薄。听然子漫題[二]。

（以上均明崇禎十六年序繡霞堂刻本《續情燈》卷首）

【箋】

〔一〕版心題『續情燈題詞』。

〔二〕題署之後有陰文方章二枚：『＊＊＊＊』(漫漶難辨)、『江左風流』。

醉月緣(薛旦)

《醉月緣》傳奇，沈自晉《南詞新譜·古今入譜詞曲傳劇總目》、高奕《新傳奇品》著録，現存清初繡霞堂刻本，上海圖書館藏。

醉月緣序

餐英主人〔一〕

[前闕]起優孟之骨，一一呵活，叔□□□□□□□。是眞騷雅領袖，風月主盟也。顧可復祕之枕中，不加堅棗，以公海内耶？

客有聞而讓余者，曰：『听然子博學宏才，其著述多有功名教，不當以傳奇游戲之詞，表著於天下。』

余應之曰：否否。客亦聞洪陽先生之於義仍《四夢》乎？謂：『君有此妙才，何不講學？』義仍答以『此正是講學，公所講者是性，吾所講者是情』。抑又聞季重先生之敍《西廂》也，謂：

『盡性之書，木鐸當世，而聾瞶者茫然不醒；導情之書，挑逗吾儕，而頑冥者亦將點頭。』繇斯以譚，《醉月緣》之作，即□□□□□□有功焉，亦無不可，而安得□□□□□□之？然則付諸剞劂氏，其詞傳，其事傳，其文心亦傳。即余碌碌無奇，漫弁一言簡端，且得藉听然子以偕傳也，不其厚幸乎哉！

餐英主人題〔二〕。

（清初繡霞堂刻本《醉月緣》卷首）

【箋】

〔一〕餐英主人：姓名、籍里、生平均未詳。

〔二〕題署之後有陽文方章『致遠堂』。

龍女書（薛旦）

《龍女書》雜劇，未見著錄，已佚。參見鄧長風《十四位明清戲曲家生平著作拾補·薛旦》（《明清戲曲家考略》）。

題薛既揚龍女書雜劇

嚴繩孫〔一〕

余昔與薛公子既揚遊，晨夕燕笑，相過從甚暱。其後無端不見者四十年。中間雖余浪迹日久，然莫或阻之，而隔別若此，人生幾何？去年秋，遇於西神之麓〔二〕，審之良是，乃握手相揖，則皓然兩老翁矣。

余比嬰多病，方閉門持梵夾，掃除餘習，皆灰滅無餘。而既揚近十年，以長然一往精鋭之氣，猶時見於言語筆墨之間。讀其《龍女書》一編，舉一切功名富貴、男女之合，所不能得之當世者，一旦荒忽誕妄之境，非天非人，以一念相許，卒無所不酬其志。既揚其中有所感發，而托之是言者耶？

夫天下功名富貴、男女之合，快意亦復何限？自達者觀之，其荒忽誕妄，不同於《龍女書》之所云者幾何？吾聞君山洞庭之墟，柳生之井猶在，而向之所遇，已與燕麥兔葵同其寂寞。既揚白首詞場，晚益聞道，當筵一曲，等之空山魚唄，洗人心地，而豈向舞闋歌終，重滋慧業？余也覓舊游，按新曲，雖心同古井，無復微瀾，猶爲之撫迹而三嘆也。

（民國三十三年上海中華書局版《錫山先哲叢刊》第一輯第五册嚴繩孫《秋水文集》卷二）

【箋】

〔一〕嚴繩孫（一六二三—一七〇二）：字蓀友，號藕漁、秋水，別署句吳嚴四、藕蕩漁人，無錫（今屬江蘇）人。明諸生。入清，棄舉子業，優遊林泉，爲『江南三布衣』之一。順治六年（一六四九），入慎交社。十一年，與邑中顧貞觀（一六三七—一七一四）、秦松齡（一六三七—一七一四）等結雲門社，時稱『雲門十子』。康熙十八年己未（一六七九），薦試博學鴻詞，授翰林院檢討，編纂《明史》。歷官至右中允兼翰林院編修、承德郎。二十四年，歸鄉隱居。工詩畫。著有《秋水集》、《秋水文集》，與秦松齡合纂《無錫縣志》。傳見朱彝尊《曝書亭集》卷七六《墓志銘》、秦松齡《蒼峴山人文集·嚴中允傳》、陸楣《鐵莊文集》卷五、《清史稿》卷四八九、《清史列傳》卷七〇等。

〔二〕遇於西神之麓：康熙二十四年（一六八五）春，嚴繩孫卸職離京，歸無錫隱居。此文當作於是年之後。

西堂樂府（尤侗）

尤侗（一六一八—一七〇四），字同人，後改字展成，號悔庵，別署艮齋、艮翁、西堂、西堂老人、敦艮子、梅花道人、萬峯山長等，長洲（今江蘇蘇州）人。明諸生，屢試不第。順治六年己丑（一六四九）貢生，九年以貢謁選，授永平府（治設今河北盧龍）推官。十三年，坐撻旗丁鐫級，不赴補而歸。康熙十八年己未（一六七九），舉博學鴻詞科，授翰林院檢討，纂修《明史》。二十二年告歸，家居二十餘年而卒。著有《尤太史西堂全集》、《鶴棲堂稿》等。參見徐坤《尤侗年譜長編》（花木蘭文化出版社，二〇一三）。

撰雜劇《讀離騷》、《弔琵琶》、《桃花源》、《黑白衛》、《清平調》五種，傳奇《鈞天樂》，總題《西堂樂府》，《重訂曲海目》著錄，現存康熙間聚秀堂原刻《尤太史西堂全集》本、民國間上海文瑞樓石印《西堂全集》本。

（西堂樂府）自序

尤侗

元人雜劇，睢景臣有《屈原投江》，尚仲賢有《歸去來兮》，關漢卿有《哭昭君》，張時起有《昭君出塞》、吳昌齡有《夜月走昭君》，俱未及見。世所傳者，獨馬東籬《漢宮秋》耳。顧漢元孱夫，妻子被人奪去，何處更施靦面？東籬四折，全用駕唱，大覺無色。明妃千秋悲怨，未爲寫照，亦是闕事。故予力爲更之。

近見西神鄭瑜著《汨羅江》一劇〔一〕，殊佳，但隱括《騷經》入曲，未免聱牙之病。餘子寥寥，自鄶無譏矣。予所作《讀離騷》，曾進御覽，命教坊内人裝演供奉。此自先帝表忠微意，非洞簫玉笛之比也。

王阮亭最喜《黑白衛》〔二〕，攜至雉皋，付冒辟疆家伶〔三〕，親爲顧曲。吳中士大夫家，往往購得鈔本，輒授教師，而宮譜失傳，雖梨園父老，不能爲樂句，可慨也。然古調自愛，雅不欲使潦倒樂工，斟酌吾輩，袛藏篋中，與二三知己，浮白歌呼，可消塊壘。亦惟作者各有深意，在秦箏趙瑟之外。屈原，楚之才子；王嬙，漢之佳人。懷沙之痛，亂以招魂；出塞之愁，續以弔墓。情事悽愴，使人不忍卒業。陶潛之隱而參禪，隱娘之俠而游仙，則庶幾焉。後之君子讀其文，因之有感，或者垂涕想見其爲人。

【箋】

〔一〕鄭瑜：字無瑜，無錫（今屬江蘇）人。因無錫惠山一稱西神山，故稱『西神鄭瑜』。傳見黄蛟起（一六五四—？）《西神叢語》『朋友』條。或據顧光旭輯《梁溪詩鈔》（清嘉慶元年刻本）卷一八鄭正誼小傳，云其一名若羲，字玉粟，號夕可、正誼，享年五十六歲，著有《正誼堂詩詞稿》、《西神叢話》。見陸蕚庭《〈梁溪詩鈔〉中所見曲家傳略·鄭若曦》（《清代戲曲家叢考》）。但似未能確定鄭若曦與劇作家鄭瑜是否爲一人。撰雜劇《汨羅江》、《黄鶴樓》、《滕王閣》、《鸚鵡洲》，均存，合稱《郢中四雪》，收入鄒式金等編《雜劇三集》。《汨羅江》雜劇，《重訂曲海目》著録，現存清順治十八年（一六六一）刻《雜劇三集》本。參見何光濤《清初戲曲家鄭瑜生平及其著述獻疑》（《古籍整理研究學刊》二〇一三年第五期）、吴秀明《清初戲曲家鄭瑜家世、生平、著述考》（《浙江藝術職業學院學報》二〇一六年第四期）。

〔二〕王阮亭：即王士禛（一六三四—一七一一），後世避雍正皇帝胤禛諱，作士正，乾隆改作士禎，字貽上，一字子眞，號阮亭、漁洋，别署香祖、蕭亭、蠶尾、漁洋山人、詩亭逸老、羼提居士、詩亭遺老、文游臺主人等，新城（今屬山東）人。順治十五年戊戌（一六五八）進士，授揚州府推官。官至刑部尚書，謚文簡。著有《漁洋山人詩集》《續集》、《漁洋山人文略》、《蠶尾集》《續集》《後集》、《南海集》、《雍益集》等，合編爲《帶經堂全集》；又有《衍波詞》、《池北偶談》、《居易録》、《香祖筆記》、《帶經堂詩話》等。傳見《清史稿》卷二六六、《清史列傳》卷九、《國朝耆獻類徵初編》卷五一、《漢名臣傳》卷八、《碑傳集》卷一八、《文獻徵存録》卷二、《國朝先正事略》卷六、《清代七百名人傳》等。參見王士禛編、惠棟注補《漁洋山人自撰年譜》（清乾隆間惠氏紅豆齋刻本），伊丕聰編著、高連欣審校《王漁洋先生年譜》（山東大學出版社，一九八九），蔣寅《王漁洋事迹徵略》（人民文學出版社，二〇〇一）。

〔三〕冒辟疆：即冒襄（一六一一——一六九三），字辟疆，號巢民，別署樸庵、樸巢，如皋（今屬江蘇）人。崇禎十五年壬午（一六四二）副榜，入清不仕。私謚潛孝先生。著有《巢民詩集》、《巢民文集》、《影梅庵憶語》，輯錄《同人集》。傳見韓菼《有懷堂文稿》卷一六《墓志銘》、《清史稿》卷五〇一、《清史列傳》卷七〇、《國朝耆獻類徵初編》卷四七八、《碑傳集》卷一二六、《皇明遺民傳》卷三、黃容《明遺民錄》卷八、《漁洋山人感舊集》卷六、《昭代名人尺牘小傳》卷一、《清代七百名人傳》等。參見冒廣生輯《冒巢民先生年譜》（《北京圖書館藏珍本年譜叢刊》第七〇冊影印清光緒至民國間如皋冒氏刻《如皋冒氏叢書》本）。

（西堂樂府）序

吴偉業

余讀《漢史》，至孝章於崔駰之事，未嘗不廢書興感也。駰以布衣獻頌，受知人主，謂其才過於班固。既遇之於竇憲第，有詔召見，而憲以白衣阻之，待命授官，會值上賓，不果。嗟乎！此其與吾友尤展成，何相類也。展成司李北平，政成報績，遭遇視亭伯勝之，而雕龍之才，淩雲之氣，經乙夜之所賞歎，緣鼎湖陟格，不得一望承明之庭。相如被詔於上林，浩然哀吟於雲夢，上有好文之主，下受不世之知，而時會適然，遇與不遇之不同若此。士君子之牢落於斯世者，可勝道哉！

展成既退歸吳門，修閒居養親之樂，詩文爲當代所稱。以其餘暇，操爲北音，清壯佚宕，聽者無不以爲合節。予十年前喜爲小詞，晉江黄東崖貽之以詩曰：『徵書鄭重眠餐損，法曲淒涼涕淚横。』〔一〕今讀展成之詞而有感於余心也。後之人有追論其世者，可以慨然而嘆矣。

婁東吴偉業梅村撰。

【箋】

〔一〕黄東崖：即黄景昉（一五九六—一六六二），字太稚，號東崖，晉江（今屬福建）人。萬曆四十三年乙卯（一六一五）舉人，天啓五年乙丑（一六二五）進士，授翰林院編修。官至太子少保、户部尚書、文淵閣大學士。入清不仕，以著述爲事。著有《館閣舊事》、《讀史唯疑》、《宦夢録》、《經史要論》、《經史彙對》、《國史唯疑》、《館寮十志》、《東崖詩稿》、《鹿鳩詠》、《燕楚遊詠》、《讀諸家詩評》等。傳見《明史》卷二五一、《小腆紀傳》卷五七、道光《晉江縣志》卷五六等。吴偉業《梅村集》四十卷本《寄房師周芮公先生》四首之二後有小注：『晉江黄東崖先生和予此詩，中一聯曰：「徵書鄭重眠餐損，法曲淒涼涕淚横。」知己之言，讀之感歎。』

（西堂樂府）題詞

曹爾堪〔一〕

雜劇至元人，曲盡其妙，後人無處生活。吾友悔庵起而排之，以沉博絶麗之才，爲嬉笑、爲怒駡，雅俗錯陳，畢寫情狀。此則元人之所祕者，後人不能學也。向有《讀離騷》、《弔琵琶》二種，鄒木石太守梓行《名家雜劇》〔二〕，已爲壓卷。近復編《桃花源記》，服其老宿談禪，《黑白衛記》，詫其英雄説劍。使馬東籬、王實甫諸君見之，且有撟舌而不下者，況鹿鹿時輩乎！

吴中前輩，如張伯起改定《紅拂》，梁伯龍重編《吴越春秋》，未嘗不膾炙騷壇。然其所填詞，淺易流便，大都在里優酒旗歌扇之間耳，豈能沉博絶麗，如我悔庵哉？ 桓譚嘗語人曰：『子雲之作必傳，顧君與譚不及見也。』悔庵雜劇必傳無疑，余老矣，敬援古語爲信。

乙巳五月十九日〔三〕，武塘曹爾堪題。

【箋】

〔一〕曹爾堪（一六一七—一六七九）：字子顧，號顧庵，別署石渠，嘉善（今屬浙江）人。明諸生，入復社。順治九年壬辰（一六五二）進士，選庶吉士，授編修。官至侍講學士，以事罷歸。善詩文，工詞，著有《杜鵑亭稿》、《南溪文略》、《南溪詞》。傳見施閏章《學餘文集》卷一九《墓志銘》、《清史列傳》卷七〇、《國朝耆獻類徵初編》卷一一五、《國朝詩人類徵初編》卷二、《昭代名人尺牘小傳》卷一六等。

〔二〕鄒木石太守：即鄒式金（一五九六—一六七七），生平詳見本書卷十一《雜劇三集》條解題。《名家雜劇》，即《雜劇三集》。

〔三〕乙巳：康熙四年（一六六五）。

（西堂樂府）題詞

李　瑩〔一〕

樂府元人擅殊絶，臨川近代尤超越。悲壯重將北調翻，《四聲猿》出田水月。後來伎樂滿江東，吴歈越唱徒懵懵。填詞浪説阮元海，合拍爭傳梁伯龍。只今宇內新聲異，梅村祭酒推舉觶。

按就銀箏幾斷腸，歌成玉樹都流涕。前年識子姑蘇臺，百斛珠璣咳唾開。一曲滄浪浸花竹，拂衣歸臥興悠哉。以此抗懷同栗里，閒譜宫商得至理。避世如過五柳村，遊仙欲盡桃花水。明妃哀怨左徒忠，紫塞荒江悲不窮。琵琶捍撥《離騷》句，盡寫《陽春白雪》中。還嗟萬事多反覆，眼底鬚眉何碌碌。聊憑紅袖托青萍，閃閃電花盈尺幅。白門蕭寺風雨秋，忽漫披吟遣客愁。棒喝忽來高座上，鶴笙疑過碧山頭。如君熟諳九宫譜，躍鐵迴飆那足數？腰鼓勾欄幾抑揚，酒旗歌扇增豪舉。愛君新詞難釋手，對君擊節還搔首。横吹玉笛海雲邊，浮雲世態夫何有？君不見龜年已老善才亡，三疊《霓裳》空擅場。吹篪擊筑非無意，何如嘻笑狂歌寄興長？丙午杪秋〔二〕，淮南李瀅題。

【箋】

〔一〕李瀅（一六一八—一六八二）：字鏡月，一字鏡遠，又字鏡石，號敏庵，興化（今屬江蘇）人。明諸生。順治二年乙酉（一六四五）舉人。絕意仕進，肆力詩古文辭。著有《敦好堂集》、《懿行編》等。傳見吳世杰《甓湖草堂文集》卷六《墓志銘》、《國朝耆獻類徵初編》卷四二三、《國朝詩人徵略初編》卷一、《漁洋山人感舊集》卷四等。

〔二〕丙午：康熙五年（一六六六）。

寄懷悔庵先生並題新樂府四絕句

王士禛

南苑西風御水流，殿前無復按《梁州》。飄零法曲人間遍，誰付當年菊部頭？（悔庵樂府，順治中曾進御覽。）

猿臂丁年出塞行，灞陵醉尉莫相輕。旗亭被酒何人識？射虎將軍右北平。

五柳歸來對遠公，虎谿三笑許相同。今朝識得廬山面，蓮社花源一徑通。（題《桃花源》）

千金匕首上花斑，兒女恩仇事等閒。他日與君論劍術，要離冢畔買青山。（題《黑白衛》）

余諾先生序新樂府，忽忽五年矣。己酉冬〔一〕，書來督逋。寒夜風雨，臥不成寐，聽黄河激蕩聲，偶爲四絶句，寄先生教之。或即附録卷末代序，可乎？濟南同學弟王士禛頓首。

（以上均《續修四庫全書》第一四〇七册影印清康熙間聚秀堂原刻本《尤太史西堂全集》所收《西堂樂府》卷首）

【箋】

〔一〕己酉：康熙八年（一六六九）。

附　西堂樂府跋〔一〕

鄭振鐸

右《讀離騷》、《弔琵琶》、《桃花源》、《黑白衛》、《清平調》雜劇五種，尤侗撰。侗，字同人，後改字展成，號悔庵，又號艮齋。江蘇長洲人。順治間貢生，蹭蹬場屋者數十年，天下皆稱之爲『老名士』。所作至傳宫中。康熙十八年，舉博學鴻詞科，授翰林院檢討，入史館修《明史》。康熙四十三年卒，年八十七。侗詩文宿有重名，戲曲尤爲時人所宗。所作於雜劇五種外，尚有《鈞天樂》傳奇一種。

《讀離騷》四折，譜屈原事，組織《楚辭》中之《天問》、《卜居》、《九歌》、《漁父》諸篇入曲，而以宋玉之《招魂》爲結束，結構殊具别裁。此劇曾進御覽，且嘗演於内府。《桃花源》四折，譜陶淵明事，以《歸去來辭》起，而以作詩自祭、入桃源洞仙去爲結。《弔琵琶》四折，譜王昭君事，情節略同馬致遠之《漢宫秋》，而以蔡文姬之祭青冢爲結束。《黑白衛》四折，譜聶隱事①。侗《自序》謂：『王阮亭最喜《黑白衛》，嘗攜至雉皋，付冒辟疆家伶，親爲顧曲』云云。《清平調》一折，亦名《李白登科記》，譜李白中狀元事，白所作爲《清平調》三章，評定者亦即楊玉環。

侗之數作，於題材上皆故作滑稽。若洞庭君之遣白龍，化身漁父，迎接屈原爲水仙；若以陶淵明爲入桃源仙去；若李白之中狀元等等，並皆出於常人之意外。惟《黑白衛》、《弔琵琶》二劇之結構，較爲嚴肅耳。然就曲文觀之，則侗誠不愧才子，其使事之典雅，運語之俊逸，行文之楚楚動人，在在皆令讀者神爽。斯類超脱之神筆，蓋未嘗爲拘律守文者所夢見也。

中華民國二十年二月十日，鄭振鐸。

（《清人雜劇初集》影印清康熙間聚秀堂原刻本《尤太史西堂全集》所收《西堂樂府》卷末）

【校】

①『事』字後，底本衍一『事』字，據文義删。

【箋】

〔一〕底本無題名，據版心所題補。

讀離騷（尤侗）

《讀離騷》，《重訂曲海目》著録，現存康熙間聚秀堂原刻《尤太史西堂全集·西堂樂府》本（《清人雜劇初集》據以影印），《雜劇三集》第三卷本，清姚燮編《今樂府選》稿本第三〇冊所收本。

讀離騷題詞

王士禄〔一〕

屈大夫執履忠貞，被放行吟，《離騷》以作。其詞支離紆鬱，托喻抒情。後世幽憂之士，率於此流連而三復焉。吾友悔庵，以掞天之才，屈首佐郡久之。直道不容，復投劾以去。其所撰述，至流聞宫掖，世廟嘗歎其才，若漢武之於司馬。將官之禁近，會龍馭上賓，其事遂已。是其受知遇主，雖視左徒有殊，至懷才而不得伸，則寔有同者。此《讀離騷》之所由作也。今讀其詞，磊塊騷屑，如蜀鳥啼春，峽猿叫夜，有孤臣嫠婦聞而拊心，逐客羈人聆而隕涕者焉。至於推排煩懣，滌蕩牢愁，達識曠抱，又有出於左徒之上者。昔人云：『痛飲酒，讀《離騷》，便可稱名士。』必具悔庵之才之識，始可當此語。不然，略涉高陽之詞，粗舉江蘺之句，遂爾妄冀風流，豈不謬哉？

新城王士禄題。

【箋】

〔一〕王士禄（一六二六—一六七三）：字子底，一字伯受，號西樵，别署西樵山人、負苓子、更生，新城（今山東桓臺）人。王士禛（一六三四—一七一一）兄。順治十二年乙未（一六五五）進士，選萊州教授。官至吏部考功司員外郎。私謚孝節先生。編選《然脂集》。著有《十笏堂詩選》、《表餘堂詩存》、《炊聞詞》、《讀史蒙拾》等。傳見施閏章《學餘文集》卷一九《墓碑》、汪琬《堯峯文鈔》卷三四《傳》、《清史稿》卷四八九、《清史列傳》卷七〇、《國朝耆獻類徵初編》卷一四〇、《碑傳集》卷一三七、《文獻徵存錄》卷一〇、《國史文苑傳稿》卷一、《昭代名人尺牘小傳》卷五、《漁洋山人感舊集》卷八、《顔氏家藏尺牘姓氏考》等。參見王士禛《王考功年譜》（《天津圖書館孤本祕籍叢書》影印清康熙間刻本）。

讀離騷題詞

丁　澎〔一〕

古云：『痛飲酒，讀《離騷》，便可稱名士。』嗟乎！斯言一何易也？《離騷》者，《三百篇》之變耳。左徒既放江潭，行吟澤畔，故發爲詞章，以抒其憤懣不平之志，要不失風人忠厚之旨，猶夫《三百篇》之意也。後之擬者，蘭臺而下，惟長沙一賦足稱千古知己，然未聞填詞及之也。

填詞之作，始於煬帝《望江南》，太白《憶秦娥》、《菩薩蠻》，《金荃》、《花間》，至宋云盛。迨關、王輩出，則又變爲雜劇。自世變遞降，古音邈焉。風變爲雅，雅變爲頌，頌變爲賦、爲詩，且變爲填詞、爲雜劇，變極矣。而要其所歸，莫不以楚詞爲宗。尤子悔庵，領袖詞壇久矣。一旦譜爲新聲，命曰《讀離騷》，以補詩歌所未備，其猶有溯源復古之思乎？遂使汨羅孤忠，湘潭遺恨，長劍高冠，宛然在目，眞千百年如一日也。

余居東無事，嘗傳喬補闕《綠珠篇》軼事，亦作《演騷》一劇以寄志。今視尤子，未免有大巫之嘆。嗟乎尤子！推此志也，美人可以喻君，椒蓀可以況己。『翳春蘭兮秋菊，采芳華其未央。』豈僅施孟衣冠，流連於一觴一咏之間而已哉？

西陵丁澎題。

【箋】

〔一〕丁澎（一六二二—一六八五）：字飛濤，號藥園，仁和（今浙江杭州）人。順治十二年乙未（一六五五）進士，歷官禮部郎中。十四年（一六五七），充河南鄉試副考官，以違例被參，流徙尚陽堡。康熙二年（一六六三），放歸。後官至禮部儀制司員外郎，十三年（一六七四）前後致仕。晚年家居。工詩詞，名列『西陵十子』、『燕臺七子』、『輦下十子』。亦善畫。著有《扶荔堂詩稿》、《扶荔詞》、《扶荔堂文集選》、《信美軒詩選》等。傳見《清史稿》卷四八四、《清史列傳》卷七〇、《國朝耆獻類徵初編》卷一四〇、《國朝先正事略》卷三七、《文獻徵存錄》卷六、《漁洋山人感舊集》卷一四、《昭代名人尺牘小傳》卷七、《顔氏家藏尺牘姓氏考》等。參見鄧長風《丁澎和他的〈扶荔堂詩稿〉》（《明清戲曲家考略》）。撰雜劇《演騷》，《今樂考證》著錄，已佚。

讀離騷題詞

彭孫遹〔一〕

左徒，古今第一怨人也。江潭憔悴，千載同憐。然自《懷沙》賦後，瀟湘一派水，終古生色。即蘅杜小物，亦自比尋常草木，分外幽馨，差足令靈均不恨。才如悔庵，可以怨矣。但羈人遷客，何地無有？安得使悔庵一一抽毫，盡平此胷中五嶽？南園春盡，繁綠盈枝。今雨不來，人蹤欲合。命小史按節歌之，每闋一終，浮杯一酌。有如此下酒物，輒覺滄浪亭上，蘇長史咄咄妒人。

甲辰立夏後三日〔二〕，海鹽彭孫遹題於南園。

【箋】

〔一〕彭孫遹（一六三一—一七〇〇）：字駿孫，號羨門，別署金粟山人，海鹽（今屬浙江）人。順治十六年己亥（一六五九）進士，授中書舍人。十八年（一六六一），因「江南奏銷案」落職。康熙十八年己未（一六七九），應博學鴻詞試，授翰林院編修。官至吏部左侍郎，兼翰林院掌院學士。著有《松桂堂全集》、《南淮集》、《延露詞》、《金粟詞話》等。傳見《清史稿》卷四八四、《清史列傳》卷四八九、《國朝耆獻類徵初編》卷五九、《國朝先正事略》卷三九、《文獻徵存錄》卷一〇、《漁洋山人感舊集》卷一〇、《昭代名人尺牘小傳》卷二二、《國朝書人輯略》卷二、《皇清書史》卷一九等。

〔二〕甲辰：康熙三年（一六六四）。

讀離騷題詞〔一〕

吳　綺〔二〕

瀟湘千古傷心地，歌也誰聞。怨也誰聾。我亦江邊憔悴人。　青山剪紙歸來晚，幾度招魂。幾度銷魂。不及高唐一片雲。（右調【采桑子】）　豐南吳綺

（以上均《續修四庫全書》第一四〇七冊影印清康熙間聚秀堂原刻本《尤太史西堂全集·西堂樂府》所收《讀離騷》卷首）

【箋】

〔一〕底本無題名。

〔二〕吳綺（一六一九—一六九四）：字薗次，亦作園次，號豐南，又號綺園、聽翁、葹叟，別署紅豆詞人、蕊棲居士，江都（今江蘇揚州市江都區）人。順治十一年甲午（一五六四）貢生，薦授祕書院中書舍人，官至浙江湖州府知府。康熙八年（一六五一），以忤上官，被劾去官。晚年居蘇州、揚州。私謚憲文先生。著有《林蕙堂集》。撰傳奇《忠愍記》、《嘯秋風》、《繡平原》，均佚。傳見《清史稿》卷四八四、《清史列傳》卷七一、《碑傳集補》卷二七、《國朝耆獻類徵初編》卷二一七、《國朝先正事略》卷三九、《清代七百名人傳》、《顏氏家藏尺牘姓氏考》、《漁洋山人感舊集》卷四、《國史文苑傳稿》卷二等。參見汪超宏《吳綺年譜》（浙江大學出版社，二〇一一）。

弔琵琶（尤侗）

《弔琵琶》雜劇，《重訂曲海目》著錄，現存康熙間聚秀堂原刻《尤太史西堂全集·西堂樂府》本（《清人雜劇初集》據以影印）、《雜劇三集》第四卷本、清姚燮編《今樂府選》稿本第三〇冊所收本等。

弔琵琶題詞

彭孫遹

明妃遠行，千古恨事。文通解人，賦中亦復草草，無論東籬矣。悔庵濡毫粉水，染紙錦江，如面其人，如聞其語。至借清笳之拍，極哀豔之思，調促音長，纏綿欲絕。此詞他人尚不堪多讀，況於僕本恨人耶？走筆二章，以當倚和。情生於文，不自知其言之傷也。

一去紅顏帝子家，至今哀怨寫琵琶。朔天二月猶風雪，吹作明妃冢上花。

新詞一奏和人稀，冉冉春雲凝不飛。紅粉青娥齊掩泣，情知不獨爲明妃。

雨窗讀《弔琵琶》劇再題（調【羅敷令】）

從頭細數傷心事，幽怨琵琶。哀拍蘆笳。一代紅顏萬里沙。　沉吟掩卷愁無限，風鬧窗紗。雨滴簷牙。蛺蝶多情苦殉花。海鹽彭孫遹

（同上《弔琵琶》卷末）

桃花源（尤侗）

《桃花源》雜劇，《重訂曲海目》著録，現存康熙間聚秀堂原刻《尤太史西堂全集·西堂樂府》本（《清人雜劇初集》據以影印）、清精鈔本、清姚燮編《今樂府選》稿本第三〇冊所收本。

桃花源題詞

彭孫遹　等

歸把荷裳製。高隱從茲始。烟外迷津，雲中問渡，桃花春水。想武陵當日避秦人，五柳前身是。

一曲紅牙試。千載分明似。玉骨蟬輕，仙蹤羽化，碧霄高逝。想世間不屑折腰人，今古都如此。（右調【小桃紅】）　海鹽彭孫遹

山空石古。遮斷桃花櫓。采菊東籬杯自舉。獨把義熙留取。　門生兒子籃輿。有時直上匡廬。人道賢哉隱者，不知佛也仙乎？（右調【清平樂】）　豐南吴綺

（同上《桃花源》卷末）

黑白衛（尤侗）

《黑白衛》雜劇，《重訂曲海目》著録，現存康熙間聚秀堂原刻《尤太史西堂全集·西堂樂府》本（《清人雜劇初集》據以影印）、清姚燮編《今樂府選》稿本第三〇册所收本。

黑白衛題詞

彭孫遹

司馬子長作《刺客傳》，淋漓盡致，千載猶生。其傳末乃云：『惜哉，其不講於刺劍之術。』此語不獨爲慶卿道，似因要離、聶政一流，頭璧俱碎，深加惋惜。窺其意中，已隱隱有隱娘、紅線一輩人在，使之低回神往。悔庵負絕世之才，多發憤之作。所撰《黑白衛》塡詞，惝怳離奇，勝讀龍門一傳。是雖寄託所爲，亦足令天下無義氣丈夫心悸。僕常私謂：世間不平事，如聚塵積阜，未易消除。能消除者，唯酒與匕首二物。然拍浮酒海，放浪醉鄉，可以澆磊魂，不可以行胷懷，終不若三寸芙蓉，差强人意。『見買若耶溪水劍，明朝歸去事猿公。』寄語悔庵，此後當①尋僕於飛林削仞、懸崖絕澗之間矣。

甲辰六月十日〔一〕，海鹽彭孫遹題。

（同上《黑白衛》卷首）

【校】

①當，底本作『嘗』，據文義改。

【箋】

〔一〕甲辰：清康熙三年（一六六三）。

清平調（尤侗）

《清平調》雜劇，一名《李白登科記》，《重訂曲海目》著錄，現存康熙間聚秀堂原刻《尤太史西堂全集·西堂樂府》本（《清人雜劇初集》據以影印）、清精鈔本、清姚燮編《今樂府選》稿本第三〇冊所收本等。

清平調序〔一〕

尤侗

客恒山者三月，梁宗伯家居〔二〕，相邀爲河朔之飲，輒呼女伶侑觴。伶故晉陽佳麗，能發南音，側鬟垂袖，宛轉欲絕矣。宗伯語予：『子爲周郎，試度新曲。』唯唯未遑也。秋水大至，屋漏牀牀。顧視燈影，獨坐太息。漫走筆成《李白登科》一劇，聊爾妄言，敢云絕調。持獻宗伯，宗伯曰：

『善。』遂授諸姬，習而歌之。

戊申七夕〔三〕，悔庵自記。

【箋】

〔一〕底本無題名，據版心補。

〔二〕梁宗伯：即梁清標（一六二九—一六九一），字玉立，號蕉林、棠村，別署蒼巖子、冶溪漁隱，齋號秋碧堂，藏書處名蕉林書屋，眞定（今屬河北）人。崇禎十六年甲申（一六四三）進士。順治元年（一六四四）授翰林院編修，歷仕兵部、禮部、刑部、戶部尚書，官至保和殿大學士。著有《蕉林文集》、《蕉林詩集》、《棠村詞》等。傳見《清史列傳》卷七九、《顔氏家藏尺牘姓氏考》、《昭代名人尺牘小傳》卷二、《貳臣傳》卷一一、《大清畿輔先哲傳》卷一、《皇清書史》卷一一等。清康熙七年（一六六八），尤侗游眞定，曾於梁清標府中飲宴觀樂，見《百末詞》卷四《念奴嬌・飲梁宗伯蕉林書屋賦贈》、卷五《沁園春・題五苗圖》、《沁園春・司農招飲，攜五苗出揖客，復次前調奉贈》等。梁清標《蕉林詩集・七言律二》亦有《送尤展成使君兼謝扇頭新詞》詩。

〔三〕戊申：康熙七年（一六六八）。

梁玉立先生評

梁清標

此劇爲青蓮吐氣，極其描畫，鬚眉畢見，使千載下凜凜如生，可謂筆端具有化工。至其蒽蒨幽豔，一一合拍，又餘伎矣。

李白登科記題詞〔一〕

杜濬

癸丑中夏〔二〕，余客梁溪，自北禪僧舍，移寓碧山莊。因寺寓中濕，髀間楚不可忍。方伏枕呻吟，而吾友悔庵貽余新製《李白登科記》。余覩其名而異之，躍起把玩，命意既高，布采復卓，則听然而笑。笑者，喜歟？吾不得而知也。已，復泫然而泣。泣者，悲歟？吾不得而知也。計余棄場屋已三十年，理在悲喜之外，則又胡然而喜，胡然而悲歟？余亦不得而知也。

獨竊深嘆，制科射策，始於西漢；學士之名，見於唐初；翰林之官，設於開元。狀元，在唐時已有此名，至趙宋始顯。然初授官，不過僉判、廷評，積官久之，然後入館閣，登兩制，以至執政宰相。未若三百年間，釋褐即踐清華，循資便躋台輔，得之者若登仙，羨之者不容口，其隆重貴盛，至於斯極也。然繇宋合論之，數百人中，不愧科名者，越不過十許人，餘亦絕無可采。向來名士，狀元無幾。名士挈日月而行，而歷科狀元，至有不能舉其姓字者。惟梨園弟子，多扮狀元，而狀元之抱負，亦無以遠過於扮者。余嘗私計彼梨園者，與其徒扮狀元，何如徑扮李白中狀元，猶可以解嘲而釋憾耶？而悔庵適先獲我心，遂有此記，可謂古今之至快。

乃或者謂：『李白之不中狀元，兒童走卒知之矣，曲雖工，其如人不信何？』余應之曰：『是不有蔡邕之例可援乎？』夫蔡邕之時，並無狀元之名。然高則誠一旦與之狀元，則羣然而狀元之矣。夫邕亦非人所不知之人也，吾意高生殆亦矯狀元之不學，而借邕之博洽以蓋之；猶夫悔庵矯狀元之無才，而借白之騷雅以蓋之也，何傷乎？且夫以李白之狂，使其在世不死，目笑狀元，不知作何等語，今一旦請入甕中，正似其生平輕薄之報，而非以榮之也。如謂以李白榮狀元則可矣，然而必無是事也。無是事而忽有之，所謂『筆補造化』，造化元留此缺陷，以待悔庵之筆。悔庵之筆既出造化之意，則謂從來之狀元皆虛，而李白獨實可也。如此，則李白可受矣。

嗟乎，嗟乎！無可以爲有，則高才不第，何必深憂？千百世後，雖不必盡如李白，安知不附杜甫、孟浩之驥？此《春秋》之法所謂『予之』者也。由是而相形相反，則有可以爲無，吾懼夫《春秋》之法又有所謂『奪之』者也。悔庵深於《春秋》哉！若夫余之讀是記也，忽笑忽啼，固別有所觸，而絕不在於區區之間。雖起李白於青山，猶不足以知之也，而況他人乎？

黄鶴山樵黄岡杜濬題。

（以上均同上《李白登科記》卷首）

【箋】

〔一〕此文並見《續修四庫全書》第一三九四冊影印清光緒二十年（一八九四）黄岡沈氏刻本《變雅堂遺集·文集》卷四。

〔二〕癸丑：康熙十二年（一六七三）。

鈞天樂（尤侗）

《鈞天樂》傳奇，《曲海目》著録，現存康熙間刻本（《古本戲曲叢刊五集》據以影印）、康熙間聚秀堂原刻《西堂全集·西堂樂府》本、光緒十九年癸巳（一八九三）上海飛影閣士記石印本（改題《紅薇館傳奇采珍》）、民國間上海文瑞樓石印《西堂全集·西堂樂府》本。

（鈞天樂）自記

闕　名〔一〕

丁酉之秋〔二〕，薄遊太末，主人謝客，阻兵未得歸。逆旅無聊，追尋往事，忽忽不樂，漫塡詞爲傳奇。率日一齣，齣成，則以酒澆之，歌呼自若。閲月而竣，題曰《鈞天樂》。家有梨園，歸則授使演焉。

明年，科場弊發，有無名子編爲《萬金記》者〔三〕。制府以聞，詔命進覽，其人匿弗①出也。臬司某，大索江南諸伶，雜治之。適山陰姜侍御還朝，過吳門，亟徵予劇。同人宴之申氏堂中，樂既作，觀者如堵牆，靡不咋舌駭歎。而邏者亦雜其中，疑其事類，馳白臬司。臬司以爲奇貨，即檄捕優人，拷掠誣服。既得主名，將窮其獄，且徵賄焉。會有從中解之者，而予已入都門，事得寢。已亥大計〔四〕，臬司以貪墨亡命，置極典，籍其家，聞者快之。然當是時，予僅而後免，始悔戲無益也，階之爲禍，欲焚草者數矣。而吴中好事者，傳爲美談，相與醵金請觀焉，遂演如故。然登場一唱，座上貴人未有不色變者。蓋知我者希，而罪我者已多矣。於戲②！

（同上《鈞天樂》卷首）

【校】

①弗，《傳奇采珍》本作『勿』。

②《傳奇采珍》本題署之後有印章二枚：陰文方章『尤侗之印』，陽文方章『悔庵』。

【箋】

〔一〕此文當爲尤侗撰。

〔二〕丁酉：順治十四年（一六五七）。

〔三〕《萬金記》：闕名撰，《古典戲曲存目彙考》著録，已佚。此劇演科場舞弊事，見董含（一六二四—一六九七）《三岡識略》卷三『鄉闈異變』條：『江陵書肆刻傳奇名《萬金記》，不知何人所作。以「方」字去一點爲「万」，「錢」字去邊旁爲「金」，指二主考姓（按，二主考爲方猷、錢開宗），備極行賄通賄狀。流布禁中，上震怒，遂有是獄。』

〔四〕己亥：順治十六年（一六五九）。

（鈞天樂）序

原夫龍梭織錦，紆迴多動魄之詞；雁柱題箏，嗚咽盛傷心之調。桓野王能吹長笛，輒喚奈何；范蔚宗自鼓琵琶，猶傷零落。茫茫交集，寧無洗馬之言愁？寂寂笑人，應有中書之自嘆。莫不情緣義起，聲以心生。韻寫哀絲，數隕貞夫之涕；桐收焦尾，偏驚庶女之魂。漫思行樂於人間，寔欲寄愁於天上。豈徒愛城東之巧笑，浪擲茱萸；懷河北之蛾眉，興思桂樹者哉？

我友悔庵，弱歲騎羊，妙年繡虎。窈窕玉釵之句，譽滿楚宮；清新洞簫之章，聲馳漢邸。百花洲畔，自許清狂；五憶關前，夙推樂託。《鬱輪袍》彈成新調，恥比優伶；《芙蓉鏡》著就佳篇，徒資諷詠。於是平原入洛，張壯武見而傾心；孝穆辭梁，楊丞相聞而握手。貂蟬盈坐，胥知風調無雙；簫鼓當筵，共識才情第一。乃僅鐫龜左輔，剖虎北平。趙京兆之精詳，名揚銅匭；王子猷之高寄，意略馬曹。轗軻猶然，虞羅未免。然而讀淩雲之賦，天子恨不同時；誦蓬山之詞，宮中都呼才子。沉香亭下，行有捧硯之人；結綺閣邊，豈僅劈箋之侶？固知帝念蘇軾，大是奇才；人稱方朔，不徒待詔者矣。

無何龍髯既遠，猿臂徒悲，橋山有攀泣之臣，隴西猶數奇之將。箜篌宛轉，寫此愁懷；箄篥淒涼，譜茲別怨。兼之過山陽而腹痛，遵灞岸以情傷。陸雲代贈婦之篇，胡香不返；徐淑傳答夫之東，鉛粉誰存？ 固將繪以丹青，垂之紈素。 嗟乎！ 青天碧海，金丹無煉骨之方； 翠管紅牙，錦帶有銷愁之曲。 珊瑚爲軸，體號連環； 玳瑁作牀，題稱碎錦。 務使樓成白玉，共推識字之神仙； 臺築黃金，不羨呈身之狎客。 瑤闕送金蓮之燭，何暇稱愁？ 銀管題蕊珠之名，聊將忘恨。因之瑯函玉笈，讀盡西藏之祕書； 國腹雲和，聽徹《鈞天》之仙樂。 廣寒樓閣，脩月文傳； 織室河梁，催妝句擅。 極萬古傷心之事，罄三生得意之歡。 鮮不寫以纏綿，抒其憤鬱。 洵好還之天道，亦實獲於我心。 況復翠椒作室，仿佛同心； 朱鳥爲窗，依稀連理。 王子晉之緱嶺，但聽遙吹；秦弄玉之鳳樓，曾矜偕跨。 既紅塵之可棄，想碧落以非懸。 是也，非邪？ 天乎，帝矣？

僕也性偏歷落，遇復差池。 唱離鴻別鶴之操，時時刻骨； 覩《蘭畹》、《金荃》之製，字字移情。乃搦管而嘆解人，庶續貂以附髗體。 固知子虛烏有之雄談，不徒寓言十九； 亦念銅絃鐵板之餘烈，猶存諷諫百一云爾。

康熙乙巳花朝後五日，南蘭陵麗農山人程邨氏拜題於驥江之城南精舍。

（同上《鈞天樂》卷首）

【箋】

〔一〕鄒祗謨（一六二七—一六七〇）： 字訏士，一字聖培，號程邨、麗農，別署麗農山人，武進（今江蘇常州）人。 順治十一年甲午（一六五四）舉人，十五年戊戌（一六五八）進士。 歸以養母，以孝聞。 著有《遠志齋文集》、《鄒訏士詩選》、《麗農詞》、《遠志齋詞衷》，與王士禛合輯《倚聲初集》。 傳見《清史列傳》卷七〇、《國朝耆獻類徵初編》卷四二三、《國朝先正事略》卷三八、《國朝詩人徵略初編》卷四、《漁洋山人感舊集》卷一一、《昭代名人尺牘小傳》卷六等。參見蔣寅《清代詞人鄒祗謨行年考》（《山西大學學報》二〇〇七年第三期）。

（鈞天樂）序

閻　峯〔一〕

夫寓言之例，創自蒙莊；遣愁之文，得於居正。此皆不得志者所爲，亦非大有心人莫屬。長洲尤悔庵先生，腹儲韶笥，胷有澄廚，洵一代之奇才，爲三吳之巨擘。乃生當季世，困於明經。運厄龍蛇，秋闈屢躓；志虚鴻鵠，春藻空摛。謁平原之督郵，不足澆步兵壘塊；請毛州之刺史，藉以抒屈子牢愁。知非無爲而然，曷弗略言其故？

則有好友卿謀者〔二〕，舊家公子，慧業文人。訂金石之蘭交，結詩文之蓮社。青衫潦倒，同病相憐；白眼睚眦，懷才莫試。既傷點瑟之知希，旋痛牙琴之中絕。天乎人乎，運也命也！爰問青天而搔首，雖光墜夫晨星；曾指白水兮盟心，猶情深於舊雨。偶值仙臨，爰祝乩判。知金童玉女，本習天上之香（見《西堂剩稿·哭卿謀詩注》）；而跨鶴乘鸞，皆歷人間之劫。因其侍書於青華（見《西堂剩稿》），遂托修文於碧漢。

於是仿龍門之合傳，爲小令兮填詞。口鼓雌黄，胷攄冰炭。鴉羣烏合，陋俗子之無知；金穴銅山，笑鄙夫之逐臭。既淒涼欲絕以言愁，復傲兀不羈之如繪。則是貝闕同居，應讓仙家眷屬；玉樓應試，斷推名士文章。姑妄言之，比有情之情史；想當然耳，如無聊之聊齋。然而否極斯泰來，能困然後發。灑盡阮嗣宗痛淚，方開陸士龍歡顔。所以始則嘆榜下劉蕡之涕，悼亡傷荀粲之神；繼焉郤詵聯臂於雪霄，劉綱齊眉於月夜。悲歡離合，剝復窮通。極宇宙傷心之境，開英雄鼓掌之場。可知大羅天上，斷無沒字之碑；蕊珠宮中，不築瑩財之礦。文運隆哉，錢神休矣。用是寫將心事，譜入笙歌。務使名賭旗高，檀板度銷魂之曲；筵開畫閣，管絃侑醉客之觴。氣似牢騷，或恐減吾儕清福；語非媟狎，不致爲名教罪人。允宜裝以玳瑁，飾以珊瑚，與《蘭畹》、《金荃》而並重，偕《陽春》、《白雪》以同賡。悲壯蒼涼，如聽雍門之瑟；激昂慷慨，合敲處仲之壺。則讀是編者，何妨信假爲眞；豔其遇者，亦應破涕爲笑爾。

碧霞仙館主人闐峯氏序於訊竹軒竹陰深處〔三〕。

【箋】

〔一〕闐峯：別署碧霞仙館主人、餐霞山人，姓名、籍里、生平均未詳。

〔二〕卿謀：卽湯傳楹（一六二〇—一六四四）。

〔三〕題署之後有陽文方章『闐峯』。

鈞天樂題詞〔一〕

闐峯

不平收拾寓言中，一卷奇編哭始終。舌本翻來天地小，眼光射處古今空。西堂夢覺楚飆碧，東野詩成霜葉紅。（曲中多言愁語。）可惜事將少微犯，（見《西堂剩稿·哭湯卿謀詩》。《鈞天樂》一書，展成不得志而作，又傷卿謀之早亡。書中沈子虛，卽展成自謂，因以楊墨卿爲卿謀寫照耳。）頓教血淚滴英雄。

悔庵先生抱一石才，抑鬱不得志，因著是編，是以洩不平之氣，嬉笑怒駡，無所不至。雖措辭不無過激，而筆精墨妙，略見一班。才子行文，豈稗官小説家所能夢見哉！爰題一律，以志傾慕。詞之工拙，不暇計也。餐霞山人閬峯氏草。

（以上均《古本戲曲叢刊五集》影印清康熙間刻本《鈞天樂》卷首，據上海圖書館藏本鈔葉配補）

【箋】

〔一〕底本無題名。

紅薇館傳奇采珍序

李東陽〔一〕

夫沅芷澧蘭，屈子攄其幽憤；錯刀玉案，張衡寫此離愁。仰珠闕於青雲，鸞旂縹緲；訪丹丘於渤海，鶴駕逍遥。故知騷客措辭，大抵遣情寓意。至於元人雜劇，半屬淫哇；近代傳奇，尚臻風雅。關漢卿、鄭德輝、馬致遠、白仁甫之外，間有名篇；施君美、高則誠、湯若士、沈伯英之餘，詎多妍唱。求其怨而不怒，質而有文，續正始之音，合無邪之旨者，誠難數覯也。

紅薇館主人性耽音律，藝擅丹青。度曲能叶新聲，揮毫別開生面。長歌當哭，寫入箜篌；逸興遄飛，吟殘芍藥。共羨當場顧曲，惟有周郎；可期入市輸錢，爭看西子。於是湔除凡豔，捃拾菁華，名以《采珍》，稱爲合璧。如觀武庫，五兵並陳；似奏《雲門》，八音迭作。靡不言屑玉，字字貫珠。抑且繪影繪聲，呼之欲出；是空是色，畫亦通禪。不須袍笏登臺，自可宫商按譜。花間擊節，不辭大白狂浮；月底吹簫，還倩小紅低唱。繼《陽春》之妙響，擘錦横箋；萃樂府之大觀，釀花成蜜。所謂治世之音和而雅，非如詞人之賦麗以淫也。此序。

光緒癸巳立秋後一日，慈谿酒坐琴言室主人題於滬北飛影閣之南窗〔二〕。

【箋】

〔一〕李東陽：署酒坐琴言室主人，慈谿（今屬浙江）人。生平未詳。

〔二〕題署之後有印章二枚：陰文方章『李東陽印』，陽文方章『＊＊＊＊』。

鈞天樂序〔一〕

周　權〔二〕

夫賦傳鸚鵡，都誇才子之奇；譜寫鴛鴦，盡說化人之豔。悲歡離合，未脱恒蹊；富貴功名，誰翻别調？又其下者，贈韓壽之香，傳爲韻事；折章臺之柳，播作美談。自詡風流，貽譏大雅。若《鈞天樂》一書，有足取也。想其阮籍窮途，時聞痛哭；劉蕡下第，莫解牢騷。因無可奈何之境，作子虚烏有之談。人間之取士無憑，天上之掄才允當。且也故劍堪酬，好作長生之眷；斷釵終續，補完離恨之天。事既新奇，詞長哀豔，宜乎名高樂府，紙貴洛陽矣。

惟是舊本模糊，未免魯魚亥豕。且兵燹之後，板亦無存。檢視篋中，幸藏一帙，斷楮零編，彌覺珍重。乃請名宿儒重加校勘，且倩工楷者繕寫一通，並爲繪圖，付之石印。兩閲寒暑而書成，名之曰《傳奇采珍》。敢謂曲中顧誤，獨寄深情；定知絃外傳音，諒多逸韻。騷人詞客，諒不河漢予言，而咸以先覩爲快焉。

光緒十有九年癸巳仲夏之月，慕喬周權謹序於紅薇綰〔三〕。

（以上均光緒十九年癸巳上海飛影閣士記石印本《紅薇館傳奇采珍》卷首）

【箋】

〔一〕底本無題名，據版心題。

〔二〕周權（一八六八—一九二三）：字慕喬，一作慕橋，號夢樵，一作夢蕉，別署紅薇館主、古吳花朝生、古吳夢蕉，蘇州（今屬江蘇）人。著名年畫家。光緒間，與吳友如（一八五〇—一八九四）合編《飛影閣畫報》、《飛影閣畫冊》，主編《飛影閣士記畫報》、《飛影閣士記畫冊》。

〔三〕題署之後有印章二枚：陰文方章「周權」，陽文方章「慕喬」。

龍舟會（王夫之）

王夫之（一六一九—一六九二），字而農，號薑齋，別署夕堂、一瓠道人、雙髻外史、檮杌外史、船山病叟、南嶽遺民等，學者稱爲船山先生、夕堂先生，衡陽（今屬湖南）人。崇禎十五年壬午（一六四二）舉人。南明桂王時，任行人司行人。入清不仕，居衡陽之石船山，築土室曰觀生居，杜門著書。著有《船山全集》。傳見《清史稿》卷四八〇、《清史列傳》卷六六、《國朝耆獻類徵初編》卷四〇三、《碑傳集》卷一三〇、《小腆紀傳》卷五三、《國朝先正事略》卷二七、《國朝學案小識》卷三、《文獻徵存錄》卷六、《清代樸學大師列傳》卷一等。參見劉毓崧《王船山先生年譜》（光緒十二年江南書局刻本）、王之春《王船山公年譜》（光緒十九年刻本）。

撰雜劇《龍舟會》，王國維《曲錄》著錄，現存同治四年（一八六五）湘鄉曾國荃編、金陵刻《重刊船山遺書》本，《清人雜劇初集》據以影印。

《龍舟會》音釋

王夫之

腳古效切。略力弔切。著直詔切。宿音秀。襪孚怕切。甲居訝切。煞所駕切。達丁花切。札側駕切。食時利切。辣郎假切。荅丁把切。末、泥、孤，番語，此云官人。凡北曲之末，卽南曲之生。卜兒，本女腳，但與南丑腳同，故可借作男扮。孛兒，卽南曲之淨。茶旦，南曲小旦，宮詞所謂『十三嬌小喚茶茶』也。

（清同治四年湘鄉曾國荃編、金陵刻《重刊船山遺書》本《龍舟會雜劇》卷末）

美唐風（沈謙）

沈謙（一六二〇—一六七〇），字去矜，號東江，室名東江草堂，仁和（今浙江杭州）人。崇禎十五年壬午（一六四二），補縣學生。明亡，曾起義兵，事敗，隱於臨平之東鄉，絕口不談世務，耽於著述。長於韻學，著《東江詞韻》。工詩詞，名列『西陵十子』。著有《東江集》、《詞韻》、《詞譜》、《南曲譜》、《古今詞選》、《沈氏族譜》等。現存《東江集鈔》、《東江別集》。傳見沈聖昭《先府君行狀》、應撝謙《東江沈公傳》、毛先舒《沈去矜墓志銘》（均見《東江集鈔·附錄》），《清史稿》卷四八六、《清史列傳》卷七〇、黄容《明遺民錄》卷六、《皇明遺民傳》卷四、《國朝耆獻類徵初編》卷四二四、《國朝先正事略》卷三七、《文獻徵存錄》卷六、《兩浙輶軒錄》卷六、《昭代名人尺牘小傳》卷一一等。

撰傳奇《胭脂塲》、《對玉環》、《美唐風》。《美唐風》傳奇，一名《翻西廂》，未見著錄，已佚。

美唐風傳奇自序

沈　謙

嘗讀《詩》至《唐風》，未嘗不歎其美也。其詩曰：『無已太康，職思其居。』又曰：『有杕之杜，生於道左。』可謂憂深思遠，而以賢賢易色，眞堯之風也。至於李氏以封國而襲唐之名，然其風則壞極。高祖、太宗以來，其間多有不可言者。乃至羣臣士女被其風，慆淫恣情，都不簡括。夫闊舀大袖，效者必過之，草尚之風，能不偃乎！

元稹《會眞記》一書，僞托張生，自述其醜。夫既亂之，又彰之，復與楊巨源、李紳、白居易輩互相唱嘆，而諸君亦恬不以爲異。後金董解元始因《會眞》，創彈詞《西廂記》。而元人王實甫，又塡以北曲。明李日華、陸天池輩，翻爲南曲。歌館劇場，時時演作，浪兒佚婦，侈爲美談。雖采蘭贈藥之風，不始於是，而此書之宣導，蓋亦侈焉。故李唐之風，至今未得泯也。

頃因多暇，反其事而演之，冀以移風救敝，稍存古意。然《西廂》之入人，淪浹肌髓，恐非一舌所可救。且有大笑其迂闊者。然予鑒於往事，爲世教憂，以詞陷之，卽以詞振之。果能反世於古，士廉而女貞，使『蟋蟀』、『杕杜』之什，交奏於耳，不亦美乎？因唐《教坊記》有曲名『美唐風』，遂以此名傳奇云〔一〕。

（《四庫全書存目叢書・集部》第一九五冊影印清康熙十五年沈聖昭沈聖暉刻本《東江集鈔》卷六）

【箋】

〔一〕此劇一名《翻西廂》，見沈謙《東江別集》卷四【粉蝶兒】套《集伯揆、商霖，是日演余新劇〈翻西廂〉》（《四庫全書存目叢書・集部》第一九五冊影印康熙十五年沈聖昭沈聖暉刻本）。

瑤臺夢（趙進美）

趙進美（一六二〇—一六九二），字韞叔，一字韞退，又作緼退，號清止，自號鶼岩道人，益都（今山東青州）人。崇禎九年丙子（一六三六）舉人，十三年庚辰（一六四〇）進士，授行人司行人。清順治初，起太常寺博士。歷官至福建按察使。著有《清止閣集》二十卷（山東圖書館藏清初鈔本）、《清止阁詩集》八卷（中國國家圖書館藏清初刻本）等。撰雜劇《瑶臺夢》、《立地成佛》。傳見趙執信《飴山文集》卷一〇《行實》、王士禛《帶經堂集》卷八六《墓志銘》、田雯《古歡堂集銘表》卷二《墓碑》、《漁洋山人感舊集》卷五、《文獻徵存録》卷一〇、《鶴徵前録》、《己未詞科録》卷六、乾隆《博山縣志》卷六下、咸豐《青州府志》卷四六等。參見馬瑜理《清初詩人趙進美交遊與文學考論》（《山東科技大學學報》社會科學版二〇一七年第四期）。

《瑶臺夢》雜劇，未見著録，今存清初鈔本（《山東文獻集成》第二輯第二九册據以影印）、清初鈔本《清止閣集》卷一三。

（瑶臺夢）序

王光魯

自清遠道人以夢名傳奇，天下無不思夢其夢者。夫因緣所之，與夢相引。今一切妄爲之，猶致睡以瞑藥，而召景以巫師，糾纏幻誕，引人入五濁惡道魔也，非夢也。如此而夢，其不可耐與醒同。

籠水趙韞退，風骨冷異，稟胎自玉京蕊闕中來，髮甫燥，文聲震東省。弱冠冠進賢，華軒高蓋，時人豔之，而韞退若有不屑然者。微吟清嘯，意言俱遠，以雲霞杳靄，間嘗有朋侶與共歌咏言笑。一日，閱許瀍瑶臺之夢，怳然如身所經歷事，乃按譜而歌之。譬景純、太白作遊仙詩，直用本家筆意，無所恢張，已自清虚動蕩，不可向邇。餘子筆冢硯臼，未免滓穢。太清之恨我，聞神仙樂事，唱飛裙雲錦之姬，舞芳樹能言之鳥，□□可辨則已耳，使其可辨，必人間此種文字無疑矣。

余向有少作，托之嘉隆間人〔一〕，韞退謬以爲可，俾余序之。蓋余爾時筆札，不離清遠後塵，如桓司馬之似劉琨，念之都覺興盡，何能與縕退比肩乎？余尚意縕退有眞夢焉，祕之不我告也。

邗水社弟王光魯題。

（《山東文獻集成》第二輯第二九册影印清初鈔本《瑶臺夢》卷首）

【校】

① 韞，底本作『緼』，據上文改。

【箋】

〔一〕『余向有少作』二句：指王光魯《想當然》傳奇，托盧柟以行。參見本書卷五該條解題。

立地成佛（趙進美）

《立地成佛》雜劇，未見著録，今存清初鈔本（《山東文獻集成》第二輯第二九册據以影印）、清初鈔本《清止閣集》卷一四。

書立地成佛劇後

丁耀亢

天下有害物之庖犧氏乎？庖犧不出，率獸食人。佛必勸人爲屠，如湯武焉，殺機不盡，生機不出，唯屠與佛近。趙嶷叔非爲放生文也。名將爲神，殺人如麻，彌勒成佛，食殉魚肉，又安見佛之非屠，必不屠而佛也？麵犧入廟，破戒於臺城之一卵，固無足齒。而佛圖澄吝計，乃至配革囊生子，無損佛法，則知淫殺之戒，亦如吾儒克伐、小乘一自了漢耳。西天路上，不禁魚蒜，真羅漢。吾常恐繡佛前長齋，變爲蛇蝎，則人固有不屠於刀，而屠於不刀者，何時放下乎？往余常禁葷而不忌酒蠏，有『持螯拍瓮、獨步禪林』之句。予所師明空和尚曰：『善哉！善哉！魯智深成佛，亦復如是。』予既悔余天吏之未達，借以演屠家轉輪法焉。

琅琊社弟子丁耀亢①題。

（《山東文獻集成》第二輯第二九冊影印清初鈔本《立地成佛》卷首）

【校】

① 亢，底本作『尢』，據人名改。

芙蓉舍（顧景星）

顧景星（一六二一—一六八七），字赤方，號黄公，别署虎頭公，蘄州（今屬湖北）人。明末貢生，南明弘光朝考授推官。入清後，屢徵不仕。康熙十八年己未（一六七九），薦舉博學鴻詞，稱病不赴。記誦淹博，詩文雄贍。著有《讀史集論》、《白茅堂集》，編《賻池錄》、《顧氏列傳》等。順治六年（一六四九），編選戲曲集《傳奇麗則》，已佚。撰戲曲《芙蓉舍》，未見著錄，已佚。

芙蓉舍塡詞序

顧景星

樂府施於房中，夜誦立於孝武。換羽移宫，仍多變徵；麗情靡調，莫過清商。以至笸鉢沙鑼，破離愁於邊塞；黄桑蒲子，寫幽咽於鞮韃。莫不蟺宛纏綿，激卬淒苦。及夫唐宋相沿，金源以降，琵琶綽板，與『曉風殘月』爭高；蒼鶻靚狐，並法部參軍競勝。聽曲句之拍，則不溷宫商；轉車子之喉，卽難分竹肉。是亦詞場之致極，聲技之殊觀也矣！

往在嘉、隆，作家林立。巵言豔調，四部附婁東之書；傅粉鬘頭，萬里寄成都之怨。順茲以降，莫盛於今。嗟嘆不足，繼以長言；讕語未遑，寓諸啼笑。豈止韓娥移逆旅之情，田文下雝門之涕已哉！

秣陵李子，南國風人，西京才子。按新聲之金縷，選架筆之珊瑚。動魄搖魂，往歌來哭。其或燕居多感，有迹無心。恨薄倖青樓之名，思慷慨黄衫之俠。斯亦壚頭狂士，本自無他；帳裏夫人，得毋非是。至於離鳳斷絃，哀蟬落葉。慟安仁之遺挂，鸚武猶呼；賡子荊之悲吟，秭歸欲噤。況夫山陽聞笛，瀨水吹簫。怨知己之分飛，受英雄之潦倒。能無高捶禰棁，碎擊檀壺；亦有宋玉東鄰，王昌西舍。情偶深於觸處，悲有感於中來。紅粉綺筵，驚回席上；攀花趁蝶，空望牆頭（以上皆本事）。是皆哀樂無方，欷歔莫禁者也。

僕久不托音，默①然獨處。老催江蚤，筆花與別恨俱銷；君定丘遲，匹錦遽夢中分去。惟逢大雅之音，隨傾下里之耳。鼓師延之瑟，玄鶴飛來；彈瓠巴之琴，樂魚出聽云爾。

（《四庫全書存目叢書》集部第二〇六冊影印康熙間刻本《白茅堂集》卷四四）

【校】

①默，底本作『墨』，據文意改。

虎媒劇（張公卜）

張公卜，字號、籍里、生平均未詳。顧景星《白茅堂集》卷三四有《張公卜詩序》。撰戲曲《虎媒劇》，《今樂考證》著錄，作『顧景星』撰，誤；葉德均《戲曲小說叢考》卷上《曲目鈎沉錄》著錄。

已佚。

虎媒劇引

顧景星

封邵宣城太守不仁，則化虎；左飛龍編工曹不職，則化虎。鄭襲爲門下騶，無狀，則化虎；游章范端爲里役，苛人受錢，則化虎。譙平不孝，則化虎；牛哀不弟，則化虎。藺庭妹、袁州僧好竊盜，則化虎；李積私孀殺命，則化虎。人之不忠孝，詐狠無厭者，往往形未化而心已虎矣。至於本虎也，反若知仁義。邑有賢吏，則渡江，則出境；有高士，則負籠受騎，則銜鹿供食。襄陽秦孝子病，則往乳之。

今黚峽間虎媒神祠者，相傳乾元初尚書張鎬女事也。又天寶末漳浦勤自勵妻杜氏，大曆中鄭元方妻盧氏，亳州人聘舅氏女，皆父母奪志，磨笄待死，向非虎馱，必至玉碎。而鎬女不過遠謫衍期，何勞於菟。惟是時，豬龍作戕，士女仳離，墮虎狼之口不可枚舉。而神靈變化，使人知虎狼中猶有仁義者，此造化之用心，而吾友卜子傳奇之所繇作也。

玄宗幸蜀，未歸劍州、葭萌，永歸益昌，界多虎。嘉陵江忽有老婦人，自稱十八姨，恆來民家，不飲不食。每教諭曰：『但作好事，莫違負神理。若爲惡事，我當令貓兒三五個巡檢汝。』語畢，輒不見。然則以卜子當十八姨，以虎媒作猫兒巡檢，可乎？

庚戌牛女渡河夕〔一〕，虎頭公筆。

（同上《白茅堂集》卷三五）

【箋】

〔一〕庚戌：康熙九年（一六七〇）。

附　虎媒篇題贈張子

顧景星

泉州司戶張尚書，蕭條郡廨山林居。尚書幼女十五餘，就中娣妹色最殊。誰家君子羅敷夫，藍田裴尉玉不如。摽梅欲賦愁踟躕，裴郎百兩憾路迂。尚書宴女張繡裯，荒園日暮噪老烏。瞥見花下黃氍毹，一虎躍出衆走呼。可憐阿女千金軀，裴郎錦纜已在途。路傍有女啼嗚嗚，雙環麗婢爭相扶。爪牙不傷花雪膚，蘭膏烈照黃金爐。今夕何夕六合符，虎媒異事眞有無？至今黔峽紛女巫，當時安史屠東都。翟衣紅袖遭泥塗，乾元天子德政敷。三千怨女歸鄉閭，仳傐兵革代不殊。人事錯迕良緣徂，張郎感激胡爲乎？燈前夜雨長欷歔，新翻樂府調吳歈。綵筆欲與雲霞紆，東家倭傀歌將雛。衛娘鬢髮秋已疎，嗚呼張郎亦丈夫。高才蹭蹬無歡娛，吾聞王母虎齒金天隅，有三青鳥爲之奴。爲君錦字通麻姑，代問下色何足污。

（同上《白茅堂集》卷十二〔一〕）

【箋】

〔一〕此卷卷端注『壬寅』，即清康熙元年（一六六二）。

破夢鵑（李雯）

李雯（約一六二一—？），字章伯，號濯花居士，南城（今屬江西撫州）人。清順治八年辛卯（一六五一）舉人。約卒於康熙初年。傳見《同治南城縣志》卷八之七《方技》。撰戲曲《破夢鵑》，全稱《四更破夢鵑》，同治《南城縣志》卷八之七《方技》著錄（《中國地方志集成·江西府縣志輯》第五六冊）。現存徐立家藏鈔本，黄仕忠《明清孤本稀見戲曲彙刊》、廖可斌主編《稀見明代戲曲叢刊》據以校錄。參見徐立《古雜劇〈破夢鵑〉初探》（《西南大學學報》二〇一一年第二期）、吴書蔭《對明末雜劇〈破夢鵑〉的不同解讀——兼與徐立先生商榷》（《中國文化研究》二〇一五年冬之卷）、吴書蔭《對明末雜劇〈破夢鵑〉的不同解讀——與〈古雜劇《破夢鵑》初探〉作者商榷》（《文化遺産》二〇一七年第一期）。

破夢鵑自序

李　雯

夢可破乎？曰：不可。烏乎不可？曰：人之瞑其目，抱其蜀，展其足者，夢乎？此不彈指破也。惟夫哆其目，啓其蜀，跰其足，居然寤矣，而築慾以爲壘，荒古以爲城，黝乎其鑒以爲營，偷生苟祿以爲糗，仇君父、喪天良、蹄心羽性以爲壁，鼾鼾然，睢睢然，槁且死，雖臨以文衡①，攻以孔鐸，而黑甜之墉萬雉，混沌之坂千計，惡在其能破也！

雖然，有本有序。烏乎本與序？人之最不可破者，惟利一壘耳。無端而仇其君父，剔其心性，蹄焉羽焉而不恤，舉狂傖所不爲者而爭效之，曰我□②我祿，我身我家，則溲渤甘於飴，溺穢馨於芷，龍斷中而赤幟不可拔矣。要其本，則以心警於書，目警於鑒，性警於忠孝，冥冥昧昧，不知爲溲與渤也，而夢境金甌矣。

然則破之奈何？曰：修我廉刃，整我識鋒，戈《詩》、《書》，矛忠孝，炯然燭其本來。然後知向所謂『金甌』者，蜃氣也，春冰也，祟域也，雖以墨翟之守，吾知其不彈指破矣。

或曰：子破乎，抑增之郛廓也？今之人，目之明也百於子，口之辯也千於子，足之捷也萬億於子，而子猶然夢之，獨忘其自夢耶？設有人焉，指金玉爲溲渤，呼朽木爲文人，弁而幗之，幗而弁之，悵③惘爲幻，無所定底，如是者，夢乎否乎？抑以析刀錐於眇末，取世資於逢時，幗而女、弁而男者爲夢乎？子以人夢也而思破之，吾恐子先以守拙爲壘，理道爲城，春秋皮裏爲營，簠簋古誼爲糗，憂天忤俗、閑先距詖爲壁，終其身困窶無賴，人將攻以震雷之鼓而莫之醒也，乃不自夢而夢人，夢不自破而人破乎？

余曰：韙哉！夫醒者以夢爲夢，而夢者亦以醒爲夢；醒者以醒爲醒，而夢者亦以夢爲醒。此振古來牢不可破之壘也。故溲渤而金玉，與金玉而溲渤者，無以辨；無學之不如朽木，與有學之僅如朽木，與有學之不爲朽木者，亦無以辨。而況幗其身而弁其首，與弁其身而幗其心；或先弁其心而後幗其身，是不可以幗終也；或後幗其身而仍弁其心，是不可不以弁始也。絲粟之際，猶有難辨者乎？不辨者夢，辨之者愈夢。吾不怪夫倏弁終幗者之爲夢，而怪夫見弁見幗者之爲夢夫夢也。吾不怪夫無學之如朽木、溲渤之如金玉者之爲夢，而怪夫指無學之爲朽木、指金玉之爲溲渤者之夢夫夢也。以夢破夢，則我之夢已多一郛廓，而欲我之破人，人之自破，必無幾矣。由是言之，則《六經》、《四書》，皆聖賢之囈④語，烏乎破長夜於萬古哉！

或曰：以聖賢聲若雷霆，響彌天地，童而習之，戶而誦之，尚不能呼羣寐而使之盡覺，而子欲以傳奇小說，謬破迷城，是猶以針穿石而代夫礱錯也。

余曰：否否。人之寐者，不驚於雷霆，而震於撫掌，豈撫掌之聲過於雷霆哉？遠近之勢殊焉耳。彼《四書》、《六經》，雖雷霆也，而作夢者，反自讀《四書》、《六經》之士，豈非以其遠而難察耶？今傳奇，一里謠巷語耳。使觀場者，知金玉爲溲渤，則黑心之壘破；知無學之不如朽木，則白面之壘破；知托身賢哲之林而幗可改也，則青目之壘破；知讎在君父之際而弁可改也，則赤忱之壘破。假優孟之滑稽，代聖賢之莊語，是或爲文衡、孔鐸之撫掌也。吾安知斯人之夢，果自此破耶否耶？數升冷血，與夜半啼鵑俱嘔耳。噫！

時崇禎壬午秋月，書於□□山淩雲閣，濯花居士李雯⑤自撰。

【校】

①衡，底本作『衝』，據文義改。

②□，底本原殘，《稀見明代戲曲叢刊》整理本錄定作『以』，當誤。據殘存部分與文義，疑當作『爵』。

③悵，底本作『倀』，據文義改。

④囈，底本作『藝』，據文意改。

⑤雯，底本此處殘破，此字爲徐立修補後所補寫。

破夢鵑序〔一〕

徐　芳〔二〕

中都之市，有觀劇者，中坐①沸場而起，荷梃狂叫②，提擊臺上人幾斃。偵之，則職樵者，憤武穆之忠而陷於賊檜，將遂殺之。舉市粲然，不相譴也。彼固樵而過也，而又戲也，非有怨③焉，庸可譴乎？夫寧知夫戲者之非眞耶？而竟檜之，而且殺之，殺之誠是也。夫苟行之合於道，雖以數百年既往之武穆，猶能以其優孟之衣冠，受市④人之憐而激其憤；而賊檜之貪⑤狠⑥敗類，即不幸而面⑦千載之下，猶不免焉而殺之者，皆可以白其心而不罹於罪，是非得失之效，概可覩矣，後者不擇焉？

往湯子佐平與予語〔三〕，謂⑧人心之不正，淫辭邪說壞之。欲得天下傳奇雜劇之書，盡搜火之，而厲其禁，俾無蠹焉⑨。余謂是不必盡去⑩，顧其邪正何如⑪耳。其邪者蠹於人⑫，其正者未必無助於人⑬也。夫千秋百世之事，是非得失已然之迹，載之於書，讀者知之，不讀者不能知也。其惡足以懲，而不必人知而懲也；其善足以勸，而不必人知而勸也。然⑭且有讀焉而不知懲與勸者，彼直以爲書焉而已，淺者躐⑮詞說，深者資見聞已⑯耳。無可歌可泣之狀，劃然相感於耳目之前⑰，其不及察，固⑱宜也。

而傳奇雜劇之類，爲能取其幻者而眞之，又能極其情貌之所至，丹之墨之，頰之毛之，巧發曲搜⑲，以貢於世。見一善焉，以爲可慕，無不以爲可慕之人也；見一不善焉，以爲可嫉，無不以爲可嫉之人也。夫人之情，惟其見善而不知慕，見惡而不知嫉也，則亦已矣，如不然者，豈得無動⑳於心乎？其懲與勸之所及，豈盡無助焉已耶㉑？

樵者之見，能以其幻者眞之；吾儕之所見，又能以其眞者幻之。夫幻則何弗幻也，而役役爾乎㉒？使賊檜者知其身之不能百年，而其惡乃及於萬世，使夫聞而見㉓者，皆以爲可殺而無罪，不善何利於己乎？而翻然改慮，與武穆諸賢相與以有成，升功於朝而策名於史，後世之誦而慕之，安知不更進於武穆耶？惜哉，其迷而遂也。

余生平不習聲歌，獨嘗喜㉔湯子㉕《黃粱》、屠子㉖《曇花》二編，有資於懲勸，《破夢鵑》其庶幾乎！讀其詞，是非得失之迹，洞乎可觀㉗焉。李子多才而克㉘進於道，此非其驗耶？余知其後之有傳也㉙。若彼淫詞邪說之類，於世無益而滋之蠹，微湯子，余固能火之。

時崇禎壬午秋桂月上浣穀旦〔四〕，年家眷弟拙庵徐芳頓首題贈㉚。

【校】

①坐，底本作『事』，據《懸榻編》卷二改。

②叫，底本作『躅』，據《懸榻編》卷二改。

③怨，底本作『望』，據《懸榻編》卷二改。

④市，《懸榻編》卷二作『樵』。

⑤貪，《懸榻編》卷二作『姦』。

⑥狠，底本作『狼』，據《懸榻編》卷二改。

⑦『面』字後，《懸榻編》卷二有『之』字。

⑧謂，《懸榻編》卷二無。

⑨俾無蠹焉，《懸榻編》卷二無。

⑩不必盡去，《懸榻編》卷二作『于法應爾』。

⑪何如，《懸榻編》卷二作『宜別』。

⑫蠹於人，《懸榻編》卷二作『使人迷』。

⑬無助於人，《懸榻編》卷二作『不使人悟』。

⑭然，《懸榻編》卷二作『是』。

⑮躐，《懸榻編》卷二作『獵』。

⑯見聞已，《懸榻編》卷二作『聞見』。

⑰前，《懸榻編》卷二作『間』。

⑱及察固，《懸榻編》卷二作『盡益』。
⑲『丹之墨之頰之毛之巧發曲搜』十二字，《懸榻編》卷二作『巧繪曲肖』。
⑳動，《懸榻編》卷二作『感』。
㉑『其懲與勸』二句，《懸榻編》卷二無。
㉒而役身爾乎，《懸榻編》卷二無。
㉓而見，《懸榻編》卷二作『見之』。
㉔嘗喜，《懸榻編》卷二作『嘉』。
㉕子，《懸榻編》卷二作『義仍』。
㉖子，《懸榻編》卷二作『赤水』。
㉗覿，《懸榻編》卷二作『鑒』。
㉘克，《懸榻編》卷二作『見』。
㉙余知其後之有傳也，《懸榻編》卷二無。
㉚《懸榻編》卷二無題署。

【箋】

〔一〕《四庫禁燬書叢刊·集部》第八六冊影印清康熙間刻本徐芳《懸榻編》卷二有此文，題《破夢鵑序》，『鵑』字誤。

〔二〕徐芳（一六一九—一六七〇）：字仲光，號拙庵，別署愚山子、東海生，南城（今屬江西）人。崇禎十二年己卯（一六三九）舉人，十三年庚辰（一六四〇）進士，授澤州知州。南明唐王時，任翰林院編修。順治七年（一六五〇），以遺逸薦，起翰林院左春坊，不就。著有《藏山稿》、《松明閣詩選》、《憩龍山房制藝》、《諸皋廣志》等。南城縣令苗蕃選刻《藏山稿》中十分之一文章，以《懸榻編》之名行世，現存康熙間刻本。傳見《皇明遺民傳》卷二、黄容《明遺民録》卷三、《國朝耆獻類徵初編》卷二五〇、曹溶（？）《明人小傳》卷四、同治《南城縣志》卷八等。

〔三〕湯子佐平：即湯來賀（一六〇七—一六八八），原名來肇，字佐平，改字念平，號惕庵，別署主一山人，世稱南斗先生，南豐（今屬江西）人。崇禎十三年庚辰（一六四〇）進士，授揚州推官。官至廣東按察司僉事。南明時，官戶部侍郎兼廣東巡撫。永曆時詔爲都御史，不就，隱居鄉里。康熙二十四年（一六八五），主講白鹿洞書院。著有《内省齋文集》。傳見曹溶（？）《明人小傳》卷六九、徐才鼒《小腆紀年附考》卷一二、《明遺民詩》卷四、《明代千遺民詩詠二編》卷八、乾隆《江都縣志》卷一四、同治《南豐縣志》卷二五等。

〔四〕崇禎壬午：崇禎十五年（一六四二）。桂月上浣：八月上旬。時徐芳在江西南城家居。

破夢鵑序

李　青〔一〕

予兄諱雯，表字章①伯。幼稱神童，長博典史。生於先朝崇禎，舉於國朝順治。舉業之暇，喜攻詞調。雖曰傳奇，寔足正性。

則有如《破夢鵑》者，亦宇宙間一篇有結構文也。若《搏金》一夢，是欲人之輕財而重義，非『積而能散』之意耶？若《尋柳》一夢，是欲人之務學以求實，非『誠意毋欺』之志耶？若《變女》一夢，《改弁》一夢，是欲人之慕德而求賢，忠君而立節，非『高山景行』、『王臣蹇蹇』之思耶？乃以春婆爲發凡，以牧童爲起股，以柳精爲腹股，以蓮郎爲後股，以錦䙚爲結股，以山樵爲總②束。大概喚醒乎斯人之視天夢夢者，俾之知有義利，知有學識，知有懿思，知有臣節，具是四者，而生人之性庶幾乎正矣。傳奇也乎哉！

予於康熙辛卯歲，因科場事近，日夜搜尋書架，得見此書。初閲之，第以爲傳奇雜劇耳。後細觀焉，始恍然於其用心者蓋苦，而其立意者至切，若止嘉其詞調之工且博也，則亦淺之乎其視此書矣。念予兄鄉薦於順治辛卯科，相隔者已六十年。予生不及親見，覽其手澤，謦欬如新。倘不湮其志而授之梓，寧不可爲思齊内省之一助也夫！

時康熙辛卯歲菊月上浣，書於磻溪書屋，愚弟青掄萬敬序。

（以上均徐立家藏鈔本《破夢鵑》卷首）

【校】

①章：　底本此字下半殘，後經修繕，於最下增一横爲『童』，《明清孤本稀見戲曲叢刊》、《稀見明代戲曲叢刊》本皆錄定作『童』，當誤。《同治南城縣志》載李雯字章伯，據改。

②總：　底本此字殘缺，經修繕後補寫。《明清孤本稀見戲曲叢刊》錄定作『結』，《稀見明代戲曲叢刊》錄定作『收』，不詳所據。

【箋】

〔一〕李青：　字掄萬，四川人。生平未詳。

附　破夢鵑雜劇書後

路朝鑾〔一〕

是書作者鑒於明季人心陷溺，世道淪胥，欲藉劇情喚醒癡夢。自序謂作於崇禎壬午，維時海宇糜沸，劫運已成，闖、獻披猖，生靈塗炭。曾不二年，而明社以屋，雖有嘵音瘏口，卒何補於危亡。吁！可慨已。

惜作者不著籍貫。然劇名既用『鵑』字，第一更所引糞金之牛事，出蜀故，第四更人物如巴寡婦清、花蕊夫人，又皆蜀産，殆蜀中文士所爲。後觀其弟序言，似康熙時尚未付梓，迄今年湮代遠，遺稿幸存，若有神物陰相之者。

吾友均室先生〔二〕，嗜古成癖，於錦里書坊無意中購得，屬爲審定，用特揭橥大旨以質。均室倘異日刊印流傳，抑亦覺世牖民之一助也。

中華民國三十五年第一丙戌孟陬月下浣，畢節路朝鑾識。

【箋】

〔一〕路朝鑾（一八八〇—一九五四）：字金坡，號瓠庵，畢節（今屬貴州）人。清末舉人，曾任四川候補知州。民國間，任北京教育部祕書、青島市政府祕書。先後任教於奉天同澤中學、四川大學、東北大學。新中國成立後，聘爲上海文史館館員。著有《瓠庵先生詩鈔》等。傳見陳衍《近代詩鈔》（商務印書館，一九二三），錢仲聯、傅璇琮等主編《中國文學大辭典》（上海辭書出版社，一九九七），路敦書等《畢節德溝舉人路朝鑾》（《畢節日報》二〇一〇年十二月二十五日)。

〔二〕均室先生:即易忠籙(一八八六—一九六九),生平詳見本卷下文。

附 破夢鵑雜劇書後

任 訥〔一〕

此本體裁似在傳奇與雜劇之間,頗得自由創作之趣。於『四夢』前後安排提綱與大結,李掄萬序謂之發凡、起股、腹股、後股、結股、總束,是作劇曲而竟參以當時制藝之格,殊不多覯也。四劇齣數多寡懸殊,乃純任自然,不加裁剪。『丸金』一劇,最爲荒唐可喜,取譬愈近,諷喻愈切,可以入劇曲選本,方之名篇,誠無多愧。考川中劇曲作家,寥寥可數,升庵《太和》以後,幾成絕響,乃覺此篇之益爲可寶矣。

辛卯初夏〔二〕,二北。

【箋】

〔一〕任訥(一八九七—一九九一):字中敏,號二北,別署半塘,揚州(今屬江蘇)人。民國七年(一九一八)考取北京大學國文系,師從吳梅(一八八四—一九三九),研習詞曲。歷任上海大學、復旦大學、東吳大學、四川大學、揚州師範學院等高校教授。編輯《散曲叢刊》、《新曲苑》、《優語集》等。著有《詞曲通義》、《散曲概論》、《敦煌曲初探》、《敦煌歌曲校錄》、《唐戲弄》、《教坊記箋訂》、《唐聲詩》、《敦煌歌辭總編》、《隋唐五代燕樂雜言歌辭集》等。參見《任中敏年譜》(政協桂林市委員會編《桂林文史資料》第三一輯《任中敏與漢民中學》,漓江出版社,一九九五）。

〔二〕辛卯：公元一九五一年。

附　破夢鵑雜劇書後

易忠籙〔一〕

此劇結構，蓋仿明楊升庵《太和記》法，故於各折之外，前有提綱之『春婆說夢』，後有大結之『西山樵夢』。是一時一地，流風相衍，初不必以制藝爲繩概也。至全劇從北套，唯《破赤鵑》中『仙渡兵拒』用南北合套，自是元人家法，非傳奇體制。作者舉於清初，而書先成於明季，蓋少日文章，遂有此蔥蒨氣象耳。

易忠籙。

（以上均徐立家藏鈔本《破夢鵑》卷末）

【箋】

〔一〕易忠籙（一八八六——一九六九），字均室，以字行，號稆園，別署稆園外史、病因外史，室名靜偶軒，潛江（今屬湖北）人。光緒末年，畢業於日本早稻田大學經濟科，入同盟會。民國間，歷任湖北省議會議員、討袁湖北護國軍某部祕書、湖北省圖書館館長。後執教於武昌藝術專科學校、西北大學、四川大學、成華大學等。新中國成立後，任四川省文史館研究員。善書畫，工篆刻，好金石。輯錄《古印甄初集》，由其室萬靈蕤（一九〇六——一九七五）拓製。輯拓《明清名人印集》、《錦里篆刻徵存》等。著有《說文部首形繫》、《易稆園殷契拓冊》、《古籀臆箋》、

《靜偶軒書碑繫年》、《靜偶軒金石題跋》、《柏風草堂題跋》、《藝海揚塵錄》、《隔雲集》等。參見周正舉《巴蜀印人》（巴蜀書社，二〇〇四）。

夢夢記（傅萬子）

傅萬子，字號、籍里、生平均未詳。或以爲卽傅占衡（一六〇八—一六六〇），字平叔，號洞虛子，臨川（今屬江西）人。著有《湘帆堂集》、《臨川記》、《編年國策》、《蕆翼經》、《鶴園筆略》。撰戲曲《董糟丘雜劇》、《崇明寺塔曲》等。見陳小林《曲目拾補》（《中國典籍與文化》二〇〇九年第一期）。《夢夢記》，未見著錄，已佚。

夢夢記序

徐　芳

雜劇，天下之至幻者也，尤莫幻於夢，以夢爲劇，是幻益幻矣。『子不語怪力亂神』，獨往往言夢何與？豈幻之中有非幻者存乎？叔敖衣冠耳，而優孟襲之，至感楚王而欲以爲相，是直以爲叔敖也。衣冠可叔敖，吾以知幻者之皆可眞也。且天下事事有嘗格，惟夢無格；事事有不易盡之情，惟劇得恣情出之。故凡天下絕無之人，未有之境，怪奇誕譎、可悲可噱、可怖可愕、可憐可慕之狀，舉世馳想不及者，上帝恒遣寘人枕簀間，以泄其神奇而供其顛倒。

而文人墨士，又時時於□指之□浸淫，棲飾之，其大者既以勸於時，而細者□□□□胥次豪宕，歷落不平之氣，以故劇益繁，夢益賞。□□□□而爲夢，夢之汎漫而爲劇，其亦有道乎？吾求其眞者不得，雖幻焉可也。

吾師傅萬子先生，以文章名於臨者也。近乃擲故業不事，而寄意騷曲，所著傳奇若干種，祕不示人。予所見者，獨《夢夢》一記。閱之，蓋所謂怪奇誕譎、可悲可噱、可怖可愕、可憐可慕之狀，無弗備焉。雖閉戶孤諷，而撫几涕笑，有不自匿者，況部而按之高臺廣榭之間，度之以激楚之音，寫之以褒鄂之飾，駘蕩盤薄，其感人耳目，當何如乎？甚矣，先生之善爲幻也。

夫流而不可止者，情也；感而不違其初者，性也。喜者不可爲嗚咽，感者不可爲謳歈，我所旨而人皆得馨，我所擯而人皆得唾，此情之同而合乎性之正也。先生於本無是中而噓之忽喧，於明有是中而喻之忽寂，使聞且見者，隨淺深於是而各有悟焉，先生之以幻教也。予獨怪天下之大，須眉之子不乏人，而權陷擴清，乃僅出之幽閨一季女，得無左巾幗袒而授之幟？先生曰：『不然，吾求之須眉不得，雖巾幗可也。』

《牡丹亭》後，愈夢愈奇。夢無格奇，破天荒矣。

（《四庫禁燬書叢刊・集部》第八六冊影印清康熙間刻本徐芳《懸榻編》卷二）

文星現（朱素臣）

朱素臣（約一六二一——一七〇一後），名〓，字素臣，以字行，號苼庵，吴縣（今江蘇蘇州）人。編纂《游藝編》（現存清康熙間李璧鈔本）。曾校定李玉《北詞廣正譜》，與揚州李宗孔（一六一八——一七〇一）合編《音韻須知》。撰戲曲作品二十一種，傳世十種。《文星現》傳奇，高奕《新傳奇品》著録，現存清鈔本《環翠山房十五種》本，《古本戲曲叢刊五集》據以影印。

文星現題識〔一〕

雲石主人〔二〕

此劇與紅心詞客《沈萫漁四種曲》内《才人福》一劇〔三〕，大致相同。但《才人福》中，假祝枝山裔道裝，爲訪嬌麗，在門首誦《化婆經》，復假道家裝束，以驅僞祟，借此以得婦耳。至子畏，並無謀婦之事，惟與張幼于作伐，以幼于爲僕。值宸濠之變，以爲敷衍，總不外風花雪月，金鼓喧填，亦傳奇之故套也。惜余所藏原書，因祝融爲雪，今已無存。兹閲此劇，憶及於彼，信筆而書。至《才人福》中之前後貫串，已記憶不清，容俟異日再購可也。

又有錢竹初所著《乞食圖》、《鷜鵡媒》兩種〔四〕，約略一假張幼于故事，一假《聊齋》阿寶故事。至《沈萫漁四種》，乃《報恩緣》假《聊齋》小翠故事，《伏虎韜》假馬介甫故事，《文星榜》假臙脂故事，其詞藻科白，並皆佳妙。倘仍有此眼福，他日相遇，必不惜重價而購也。更有《夏惺齋六種曲》，《無瑕璧》、《杏花村》、《瑞筠圖》、《廣寒梯》、《南陽樂》、《花萼吟》等，雖假托諸空言，其詞藻之妙，固不待言，於世道人心，大有裨益。姑記於此，容異日覓來，以補前失之恨。

同治辛未夏八月朔，霪雨不止，悶坐無聊，雲石主人書並識〔五〕。

（《古本戲曲叢刊五集》影印清鈔本《環翠山房十五種》所收《文星現傳奇》卷首）

【箋】

〔一〕底本無題名。

〔二〕雲石主人：　姓名、籍里、生平均未詳。

〔三〕紅心詞客：　即沈起鳳（一七四一—一八〇二），別署紅心詞客，生平詳見本書卷七《沈蕢漁四種曲》條解題。《才人福》傳奇，現存道光間古香林原刻《沈蕢漁四種曲》本。

〔四〕錢竹初：　即錢維喬（一七四〇—一八〇六），生平詳見本書卷七《碧落緣》條解題。傳奇《乞食圖》、《鸚鵡媒》，現存乾隆五十一年（一七八六）序錢氏小林棲刻《竹初樂府》本。

〔五〕題署之後有印章三枚，難以辨識。

秦樓月（朱素臣）

《秦樓月》傳奇，高奕《新傳奇品》誤著錄於李玉名下，《傳奇彙考標目》著錄。現存康熙間文喜堂刻本,《古本戲曲叢刊三集》據以影印。

(秦樓月)序〔一〕

吴綺

簫裁淚竹,卽善離聲;瑟製貞松,偏工麗曲。況乎珊瑚枕上,既待子以三年;翡翠屏中,且思君兮千里。崔徽南浦,寫別淚於生綃;蘇小西陵,悵同心於綰帶。則被之樂府,用諧鸞鳳之音;傳以教坊,可叶鴛鴦之奏矣。

粤稽往代,云有才人。門内烏衣,由來第一;囊中青鏤,更自無雙。乍側帽於樓前,纔聞巧笑;偶遺鞭於門外,卽動輕嚬。於是下蔡娙娟,河陽窈窕。將花並影,弱處生憐;對雪呈姿,清中得豔。有佳人兮在空谷,宜名士之悦傾城。折梔子之華,同心可贈;采蓮花之菂,苦意難言。似黄鵠晨鳴,欲飛焉而且止;紫騮遠去,既行矣而安從?少婦空嘆於倚樓,王孫亦悲於破鏡。蠶絲而不盡,但有纏綿;望烏角以何期,惟存宛轉。鏤金箱篋,歐陽詹腸斷香鬟;軟玉圍屏,河東生心傷紅淚。精誠不泯,人在可今可古之間;時會爲難,事亦若有若無之際。

於是毫抽五色,聊以爲娱;聲按九宫,聞而可感。聽之將或歌而或泣,作者不言性而言情。此則玉茗文人,奪烟花於南部;金荃才子,擅月露於西崑者也。誰解記歌,願留心於紅豆;吾爲倚節,且動魄於朱絃。

蕊栖居士吳綺題於紅鵝館〔二〕。

【箋】

〔一〕題名下有陽文長方章『藝香』。此序又見清乾隆間衷白堂刻本《林蕙堂全集·文集》卷九、《景印文淵閣四庫全書》第一三一四冊吳綺《林蕙堂全集》卷六，均題《秦樓月傳奇序》。

〔二〕題署之後有印章三枚：陽文方章『奉敕塡辭』、『吳綺之印』，陰文方章『聽翁』。紅鵝館：姜埰（一六〇八—一六七三）蘇州藝圃中別墅，其次子實節（一六四七—一七〇九）肄業於此，因自號『紅鵝生』，吳綺曾作《紅鵝生小傳》（《林蕙堂全集》卷一一）。

題情 感天水生事戲爲代賦〔一〕

吳綺

【步步嬌】記得年時初相遇，人共蒲關杜。清光荳蔻餘。短簿祠邊，猛現出陽臺一處。瘦影爲秋扶，恰便似花病芙蓉露。

【山坡羊】鬧穰穰高陽朋侶，亂紛紛叢臺歌舞。見脈脈掠鬢無言，愛盈盈秋水頻回顧。罷酒時妝殘月照，初道三生，有笑同樊素。對榻長歎，擁衾私語。踟躕，求凰調尚迂。趦趄，牽牛約未逋。

【五更轉】乍分離，縈別慮。繫垂楊白鼻駒，玉兒家住櫻桃塢。喜得茗潔香溫，此番重聚。爲雲英已早把玄霜杵。西樓密誓低低訴，一時價玉鏡臺邊，芳心自許。

【園林好】剛待把相思破除，睡横塘花深錦鳧。豈料有封姨嫉妒，猛忽地遇狂且，猛忽地遇狂且！

【江兒水】但願諧鸞翼，寧辭捋虎鬚？向秦庭痛哭把連城取。同心偷結西陵路，藏春暗入東山墅。幾夜巫山香雨，儘意把五色江毫，揭盡了瑩娘眉譜。

【玉交枝】海山長固，證盟言梅花幾株。隔牆竊聽防鸚鵡，擲琴心願伴當壚。正章臺柳色未曾疎，武陵桃瓣原無誤。又豈料愁魔未驅，又豈料愁城轉紆？

【玉抱肚】蘭舟催渡，送離愁片帆南浦。笑癡情空想團圞，把深恩難成辜負。重經虎阜也，有啼烏，把手江關血淚枯。

【玉山頽】山長水阻，是明月無端賺予。問二分可在揚州，怎三更不照東吳？幾番別夢，好青樓迢迢難赴。又被江攔住。燕將雛，問堂前可認得舊家廬？

【三學士】傳來尺素煩鯉魚，番教我費盡躊躕。金環已失葳蕤鎖，斷髮難將鬧掃梳。心似蠶絲渾沒緒，羨浮萍反自如。

【解三酲】忘不了香鈎微步，忘不了玉腕斜舒。忘不了紅窗薄醉横波注，忘不了雪肌膚。忘不了花前欸款將離情數，忘不了燈下横陳將倦體鋪。難忘處，有羅衾翡翠，繡枕珊瑚。

【川撥棹】寄恨愁無據，剪羅衫做信符。把題襟麗句親書，把題襟麗句親書，要愁思長圍粉軀。倩賓鴻送遠途，試腰肢似舊無。

【嘉慶子】一謎思量把百事疎，便廢寢忘餐不自圖。向人前空自支吾，向人前空自支吾，怕聽浮言說子虛。這相思病矣夫，這相逢夢也乎！

【僥僥令】並頭花可愛，比翼鳥相呼。但願月下仙人能爲主，免使我倚香肩誓願辜。

【尾聲】離情擬把歡情補，爭奈七度空牀看玉蜍。只望你早駕青牛油壁車。　江都吳綺薗次

（以上均《古本戲曲叢刊三集》影印清康熙間文喜堂刻本《秦樓月》卷首）

【箋】

〔一〕天水生：指姜實節（一六四七—一七〇九），字學在，號仲子、鶴澗，萊陽（今屬山東）人。姜埰（一六〇八—一六七三）次子。居蘇州，終生未仕，工詩善畫。著有《焚餘集》。羅振玉輯《鶴澗先生遺詩》。傳見冷士嵋《江泠閣文集續編》卷上《明處士萊陽姜仲子墓表》。姜姓於西漢以後世居天水（今屬甘肅），族人相習以『天水』爲郡望，故吳綺稱姜實節爲『天水生』。所謂『天水生事』，蓋指姜實節與揚州妓女陳素素（約一六五七—？）之情事，見徐釚（一六三六—一七〇八）《詞苑叢談》卷九。參見郭英德《新戲生成、女性閱讀與遺民意識：朱素臣〈秦樓月〉傳奇寫作與刊刻的前因後果》（臺灣大學戲劇系《戲劇研究》第七期，二〇一一年）。

辛亥冬仲讀薗次曲即書秦樓月卷首〔一〕

吳梅

舊家詞客讓吳郎，哀樂中年鬢易霜。記取玉簫來世約，虎山山下碧雞坊。

瓊花終古豔江都，重譜虹橋仕女圖。十里隋堤曾走馬，不知陌上有羅敷。　長洲吳梅

【箋】

〔一〕辛亥：宣統三年（一九一一）。

附　秦樓月跋〔一〕

王立承

此爲瞿安所藏，予以函寄《誠齋樂府》散套小令兩册（宣德錦窠老人自刻本），易此以歸。久假，均未返趙，互讓之契，二人實默契於心矣。戊辰春〔二〕，陶君蘭泉景印罕見各曲〔三〕，選及此種。予獨靳《二分明月集》未與此曲遂流傳於世。瞿安並未責予之冒昧，不先白之，而亦未辨其是其所藏者否也。或以以宣德本易清初本，爲予實自損抑者。但予於書中繡圖，獨有特嗜，方以爲受瞿安之惠，且逾量焉。病起，整理舊藏，兼收新籍。粗計所有已藏明清（獨收康、乾時刻，以後未收）曲本，多至四百餘種，樂此不疲，方未有艾。喜志此本得藏始末於此，且以解友人之惑。（阿卿首有疑猜，非所以對磊落如予者，可以休矣。）

二十二年九月卅日，潞河孝慈王立承識〔四〕。

（以上均《古本戲曲叢刊三集》影印清康熙間文喜堂刻本《秦樓月》卷首《題情》曲後墨筆書）

【箋】

〔一〕底本無題名。

〔二〕戊辰：民國十七年（一九二八）。
〔三〕陶君蘭泉：即陶湘（一八七一—一九三九），字蘭泉。
〔四〕題署之後有陰文方章『王立承』。

牡丹圖（朱佐朝）

朱佐朝，字良卿，吴縣（今屬江蘇）人。與朱素臣爲兄弟。生平未詳。撰傳奇二十五種，現存《蓮花筏》、《錦衣裘》、《御雪豹》、《石麟現》、《九蓮燈》、《瓔珞會》、《乾坤嘯》、《豔云亭》、《奪秋魁》、《萬壽冠》、《雙和合》、《五代榮》、《牡丹圖》、《漁家樂》、《血影石》、《吉慶圖》等十六種。另有現存鈔本《吉慶圖》，或係朱氏所作。此外，與李玉合作《一品爵》、《埋輪亭》傳奇，與朱素臣等四人合著《四奇觀》傳奇，改訂朱云從《龍燈賺》爲《軒轅鏡》傳奇，皆存。

《牡丹圖》傳奇，一名《嬋娟兆》，《新傳奇品》著錄，現存乾隆間致恭堂鈔本（《傅惜華藏古典戲曲珍本叢刊》第二一冊、《古本戲曲叢刊六集》據以影印）、舊鈔本（《北京大學圖書館藏程硯秋玉霜簃戲曲珍本叢刊》第一三冊據以影印）、姚燮手稿本《今樂府選》第九三冊所收本（浙江圖書館藏）。

牡丹圖跋〔一〕

姚燮〔二〕

朱君爲樂府作手，其所著有《太極奏》、《玉素珠》、《軒轅鏡》、《蓮花筏》、《吉慶圖》、《飛龍鳳》、《錦雲裘》、《瑞霓羅》、《御雪豹》、《石麟鏡》、《纓絡會》等約三十種，惜無傳本。此從吴局寫本録出，爲俗伶改易，幾乎亥豕不辨，姑存之以備一種。

（浙江圖書館藏姚燮手稿本《今樂府選》第九三册所收《牡丹圖》卷末〔三〕）

【箋】

〔一〕底本無題名。

〔二〕姚燮（一八〇五—一八六四）：生平詳見本書卷八《梅心雪》條解題。

〔三〕此本正文首頁欄外墨筆題「壬子五月十六日校」，下鈐陽文方章「復莊」。「壬子」當爲清咸豐二年（一八五二）。

雙冠誥（陳二白）

陳二白（一六二二—一六九〇後），字于令，一作于李，别署頑皮老兒，長洲（今江蘇蘇州）人。撰傳奇三種，現存《雙冠誥》、《稱人心》。參見鄧長風《康熙鈔本〈雙冠誥〉及其作者陳二白》（《明清戲曲家考略》）。

《雙冠誥》傳奇，一名《雙官誥》，原名《蓮芳節》，又名《碧蓮香》、《千秋節》，高奕《新傳奇品》著錄，現存康熙間鈔本（美國國會圖書館藏）、康熙間詠風堂鈔本（存下卷，中國藝術研究院圖書館藏）、舊鈔本（中國藝術研究院圖書館藏，《古本戲曲叢刊三集》據以影印）、清昇平署鈔本（有二種，收於《耿藏劇叢》第一集，傅惜華舊藏，今歸中國藝術研究院圖書館）。

雙冠誥題跋〔一〕

陳二白

康熙二十九年歲次庚午桂秋二十四日，於京都四川營圓通禪林緊對邸旅，六十九歲頑皮老兒謹改較刪錄成也。

原名《蓮芳節》，又名《碧蓮香》，後改《千秋節》，較定《雙冠誥》。

（美國國會圖書館藏清康熙間鈔本《雙冠誥》卷末）

【箋】

〔一〕底本無題名。

三報恩（畢魏）

畢魏（約一六二三—？），字萬後，或誤作萬侯，號晉卿，別署姑蘇第二狂，所居曰夢香室、滑稽館，吴縣（今江蘇蘇州）人。與馮夢龍、李玉、朱素臣等相過往。晚年歸隱自適。撰傳奇六種，現存《三報恩》、《竹葉舟》。曾助李玉編定《清忠譜》。《三報恩》傳奇，高奕《新傳奇品》著録，現存崇禎十五年（一六四二）序刻本，《古本戲曲叢刊二集》據以影印。

（三報恩）序

馮夢龍

［前闕二葉］水井伯七十，飼牛楚澤，其後王周霸秦，功蔽天壤，命超日制。則垂綸飼牛之日，乃舞象奉雉之日，不謂之少不可也。

余向作《老門生》小說，政謂少不足矜，而老未可慢，爲目前短算者開一眼孔。滑稽館萬後氏取而演之爲《三報恩傳奇》，加以陳名易負恩事，與鮮于老少相形，令貴少賤老者渾身汗下。如是，而張柬之可相，王翦、趙充國可將，公孫弘、陳亮可應舉，申公可命蒲輪，羅結、文潞公可以再列朝班。天下獲老成人之用，未必不繇乎此。萬後氏年甫弱冠，有此奇才異識，將來豈可量哉！

至傳中科場假借，或言稍觸時諱。夫假借之得失，卽命爲之，況禮義不愆，何恤人言？倘爲鮮于，不爲名易，卽逆取而順守，吾猶謂商周之不異於唐虞耳。若執此爲謗爲嫌，是未通於命，又安足與言天乎？

崇禎壬午季夏，古吳詞奴龍子猶題於墨憨齋中〔一〕。

（《古本戲曲叢刊二集》影印明崇禎十五年序刻本《滑稽館新編三報恩傳奇》卷首）

【箋】

〔一〕題署之後有印章二枚：陽文方章『子猶』，陰文方章『墨憨齋』。

二奇緣（許恆）

許恆（約一六二五—？），字南言，吴縣（今江蘇蘇州）人。撰傳奇《二奇緣》，《傳奇彙考標目》著録，現存崇禎十六年（一六四三）刻本，《古本戲曲叢刊三集》據以影印。

《二奇緣》小引

倪　倬〔一〕

傳奇，紀異之書也。無奇不傳，無傳不奇。蓋人有生以後，好述作合，靜好百年，緣之嘗也；邂逅適願，期爲比翼，緣之奇也。有奇緣者不一士，紀奇緣者不一書。大約今之盛稱者，或雜佩相投，願赴鶼鶼之會；　或抱衾矢好，同爲燕燕于飛。人曰此奇緣也。以余聞楊、費二公事，則有異。楊、費二公，於正德辛巳之歲同登甲榜，意必以文章名世者。今考其所遇，一則會碩女於艱危，一則獲神女於井底，與難同時，雙諧佳偶。寶華寺兇僧，寔二公之月下老人也。聞茲事者，莫不拍案驚詫者。蓋不奇神女之於懋中，竊奇張氏之於維聰矣。夫張氏以甕牖桑樞之子，而能識名士於困投，決僞帝於方盛，非具眼不能。且復改粧避難，如木蘭、崇古故事，卒遂伉儷之好。倘所謂女俠者，非耶？　嘗試論之，有奇人斯有奇緣，理有固然，無足怪者。然並渫不食，爲我心惻，懋中甫脱罝羅，旋獲令淑，交甫解珮，柳毅傳書，方斯蔑異，以緣論之，不可謂不奇也。此《二奇緣》所繇名也。

二公之事，去今不下二百年。吾友許子，能以蒼堅古悍之筆，傳其事於不朽，説者曰：『此亦與有緣焉。』今讀是書，關目緊合，則宜扮演；　度曲精工，則宜管絃。於以傳諸無窮，將百世以下，猶令人歎楊、費奇緣，賴許子以傳也。今將付諸剞劂，使優伶習之矣。但得如記曲娘子者，爲我歌之，毋使周郎顧，則余心慰甚。

崇禎歲次癸未陽月旭旦，長洲倪倬書於含清堂。

（《古本戲曲叢刊三集》影印明崇禎十六年刻本《筆耒齋訂定二奇緣傳奇》卷首）

【箋】

〔一〕倪倬：　字昭回，吳縣（今江蘇蘇州）人。生平未詳。

魔境禪（盧不文）

盧不文（一六二六—一六八五後），名未詳，别署薝蔔道人，東臺（今屬江蘇）人。一生浪迹江湖，冀求眞詮。傳見王大經《獨善堂文集》卷三《盧不文六十壽序》。參見鄧長風《十一位明清戲曲作家生平材料·盧不文》（《明清戲曲家考略續編》）。撰傳奇《魔境禪》，未見著録，已佚。

盧不文魔境禪傳奇序

王大經(一)

古今，魔界也；萬物，魔具也；生人，魔侣也。以魔侣住魔界，爭魔具，其不被魔者誰乎？然而，魔初不逐我，我則自投魔。魔逐我，我可以避魔；我投魔，魔固不能避我也。而總之貪之一念，則實爲之引。有貪則有想，由想得染，因染成溺，緣溺生境。至於生境，而種種變幻，備現畢聚，展轉循環無有已，極而原始本來，遂至飄飄忽忽，糾纏膠縛，與魔相究，竟而莫知所歸。魔生境乎？境生魔乎？禪生魔境乎？魔境生禪乎？彼方魔者，不知也。

薝蔔道人爲拈了義，現魔身，説魔法，破魔迷，醒魔惑。借生旦淨丑爲魔侣，指情識根塵爲魔具，設簟席氍毹爲魔界。寫貪魔，貪則眞貪，貪卽可厭；寫嗔魔，嗔則眞嗔，嗔卽可懼；寫癡魔，癡則眞癡，癡卽可憐。纔登場一齊都有，人散後徹底全無。魔境禪於何有乎？人能知魔境禪之本未嘗有，魔境禪也不魔矣；人能知魔境禪之終亦歸於無，魔境禪也禪矣哉！

（天津圖書館藏清嘉慶二十二年周右春暉堂刻本《獨善堂文集》卷三）

【箋】

〔一〕王大經（一六二一—一六九二）：字倫表，號石抱，别署待庵居士、修水子，原籍南康（今屬江西），父始遷東臺（今屬江蘇）人。明諸生。入清，屢薦不起。自弱冠至歿，爲童子師以餬口。生平獨崇濂洛之學，人稱『王武庫』。私謚文介先生。著有《獨善堂文集》，清嘉慶二十二年（一八一七）周右官東臺知縣時刻於春暉堂，中國國家圖書館等藏；南開大學圖書館藏此集稿本及清鈔本。傳見錢儀吉《衎石齋記事稿》卷六《傳》、湯紀尚《槃薖紀事初稿》卷一《傳》、《清史列傳》卷七〇、《國朝耆獻類徵初編》四〇三、《國朝先正事略》卷四八、《明遺民錄》卷三、《初見樓聞見錄》卷九、《道學淵源錄·聖清淵源錄》卷五、嘉慶《東臺縣志》卷二五等。

青樓恨（張幼學）

張幼學（？—一六五四），字詞臣，號曉庵，别署雙虹主人，泰州（今屬江蘇）人。明崇禎十四年（一六四一），與同里陸舜（一六一四？—一六九二）、張一僑結曲江社。順治三年丙戌（一六四六）舉人，授鄞縣知縣。八年後，遷大興尹，尋卒。著有《張詞臣集》（一名《雙虹堂集》）、《雙虹堂合詩選》。傳見乾隆《江南通志》卷一四四、雍正《泰州志》卷六、咸豐《古海陵縣志》卷三等。參見陳小林《曲目拾補》（《中國典籍與文化》二〇〇九年第一期）。撰《青樓恨》傳奇，未見著錄，已佚。

題張詞臣青樓恨傳奇序

陸　舜〔一〕

竊若歲寒浪託，資《百種》於元人；我輩情鍾，寄一聲之《河滿》。故吳歈越吟，不惜翻歌《子夜》；乃引商刻羽，居然解律周郎。銅匙美女，騷士耽佳；鐵板江東，英雄舒嘯。豈必汾陽之伎若雲，無聲《白雪》；廣平之腸如鐵，不賦《梅花》者乎？獨是南北之窠巢未脱，悲歡之印版難翻。有劇必演，大都公子美人；無奇不傳，强半分釵合鈿。《還魂》之女鬼活向人間，彼孤山《畫中》，遂爾精靈出跳；《幽閨》之姊妹呼同小字，乃《西園》、《燕子》，因之面目雷同。王孫、吉俐，莫須有兩輩奇人；紅線、押衙，未免倩一番劍俠。雖云離合悲歡，無此不成關目，然而生、旦、淨、丑，演之竟成唾餘。

今者雙虹主人，善解人情，耽鳴天籟。數部雕訛，笑傀儡之全是；九宫稠濁，痛揶揄之日非。采瑤館之詩，譜青樓之恨。終當情死，宛轉關生。瑤華窈窕，賦神人之降藐姑；邵妓風流，催紅葉之流御水。秦淮河曲，簫聲夜半落揚州；桃葉渡頭，絃索秋千鳴杜曲。是雨催詩，刻殘銀燭；生風行酒，畫斷金釵。儼坐石之三生，擅登場之四美。偏爾多情易别，薄倖成悲。絲竹堂前愁緒，憐卿愛卿；琵琶亭上淚痕，出爾反爾。李白將行，情滿桃花潭上；戴淵未薦，影落萑苻澤中。既斷藕而無絲，自落花以成病。傷情者終非壽相，斷腸矣豈復生年。斷魂蘇小，開癡心女子之山；絕粒玉簫，寫薄命佳人之照。楊何以死？邵何以生？未免有情，泫然流淚。至若渺渺游魂，排山倒海；啾啾血魄，穴地通天。託蝴蝶以捕風，擁骷髏而捉影。一日花開，正驅馬疾；滿船明月，空載人歸。蕭條媒妁，傷素縞以何來；冷落門庭，剩葳蕤之自鎖。夫乃分別之中添大分別，死生之後著另死生。玉香入再生之寺，回頭我不認當初；林生感三七之期，東道主竟爲今日。楊之視林，人情與秋雲俱薄；林之於楊，鬼語偕夜月俱涼。梨花秦吉舌，叫寒玉馬金雞；楊柳杜鵑聲，啼破曉風殘月。草不成別，永從此辭。

此塡詞之家絕無僅有者也。鏤版爲烟，不傳其妙；嘔心成錦，漸近自然。有如捉劍呼天，持杯唱月。擬惠連之夢句，綻文通之筆花。蓋斷者不可復續，妙有殊情；死者不可復生，不無定理。掃破鏡重圓之故事，空去珠還合之嘗文。較之杜麗，應少一生；較之柳姬，不多一死。假鄰女以歸人，幻同趙玉；託妹尸而旋里，眞比興娘。可謂自有雕龍，不同畫虎。至於文皆生、旦，事無雜優；可以詠歌，難於串演。無論下里巴人，不獲頭搖眼合；即若梨園子弟，何從舞絕歌清。雖置坊間，實供同好。讀此編者，愼毋視爲玉般之卮當、銀樣之鎗頭，則宮商之別調、山水之知音矣！

（《四庫未收書輯刊》第七輯二四冊影印康熙十五年陸氏雙虹堂刻本陸舜《陸吴州集》）

【箋】

〔一〕陸舜(一六一四?—一六九二): 字元升,號吳州,泰州(今屬江蘇)人。崇禎十四年(一六四一),與同里張幼學、張一僑結曲江社。順治十一年甲午(一六五四)舉人,康熙三年壬寅(一六六四)進士,授刑部主事,官至浙江提學道。十八年己未(一六七九),舉博學鴻詞,以病辭。著有《雙虹堂集》、《何恃樓集》、《當場文集》,現存康熙十五年(一六七六)陸氏雙虹堂刻本《陸吳州集》。撰戲曲《一帆記》、《雙鳶記》等,葉德均《戲曲小說叢考》卷上《曲目鈎沉錄》著錄,已佚。傳見張符驤(一六六三—一七二七,字良御)《依歸草》卷四《陸吳州神道碑》(中國國家圖書館藏十八卷本)、《鶴徵前錄》卷四、《己未詞科錄》卷五、雍正《泰州志》卷六、咸豐《古海陵縣志》卷三等。

倒鴛鴦(朱英)

朱英,字寄林,亦作季林,一說名寄林,字樹聲,別署箇社主人,雲間(今上海)人。撰傳奇《倒鴛鴦》、《鬧烏江》、《麟閣待》、《醉揚州》、《野狐禪》,現存前三種。

《倒鴛鴦》傳奇,《傳奇彙考標目》著錄,作『朱寄林』撰; 王國維《曲錄》著錄,入無名氏。現存順治七年(一六五〇)序玉嘯堂刻本,《古本戲曲叢刊三集》據以影印。按,《曲海總目提要》卷一〇有《倒鴛鴦》,又名《鬧鴛鴦》,謂爲『近時人朱寄林作』,然情節與現存玉嘯堂本完全不同,錄以待考。

倒鴛鴦敘〔一〕

朱英

[原闕半葉]事招搖，名曰伊官鍾，吾不□其衣冠中何許人也。三人者，爲風爲雨，爲雪爲霜，而花氏一門，既搖且落矣。花飛空而靡向，水逐浪而隨流，水凝爲

[原闕一葉]劫皆火也。繼之以火，火盛則炎，故又授之以海中波。海中波者，水也。水能息火，水亦能助火。連船千艘，駕海洋洋，爝火滅，眞火生，勢不得不應之以金。金，刑也。淞劉鏖戰，撻伐維揚。猗歟，金之爲用大矣哉！更有進焉者，燈前扶轎之時，索女而反得其男，兩陽則亢，故以卜婆之老陰和其氣；月下同舟之泣，晤男而反得其女，二女則柔，故以文魁之少陽共(?)其俘。此尤盈虛之扶理也。他若翠娥欲殺其夫，究以自殺，殺人者，人亦殺之；阮姑肯救人危，還以自救，救人者，人亦救之。義俠如童和，失一妾，仍得一妻；風波如海寇，喪其女，復喪其男。彰彰懲勸，不爽釐毫，於世道人心，寧無感悟乎！但其間我所冤者，禿子之枉魂，冥沉不返；所敬者，呂公之皓魄，海涌常流。所幸者，田生之逢凶而化吉；所笑者，打哄之前倨而後恭。所爽心而快意者，二鬼呼冤，即借本惡之口。上下一地之內，苟非悃誠至念，際地蟠天，怎得出生入死，以奪權造化？噫！情至矣。由無情以至有情，由有情以至無情，吾安得無情者與之言有，又安得有情者與之言無也？

順治歲次庚寅仲秋，雲間朱英寄林氏識於江寧玉嘯堂〔二〕。

（《古本戲曲叢刊三集》影印清順治七年序玉嘯堂刻本《倒鴛鴦》卷首）

【箋】

〔一〕底本前闕半葉，不詳有無題名。版心題『敍』，據以補題。

〔二〕題署之後有印章二枚：陽文方章『寄林氏』，陰文方章『朱英之印』。

鬧烏江（朱英）

《鬧烏江》傳奇，王國維《曲錄》據《傳奇彙考》著錄，作無名氏撰。日本松澤老泉《彙刻書目外集》著錄《傳奇四種》，此即其中之一。現存順治七年（一六五〇）序田氏玉嘯堂刻本，殘存上卷，日本東京大學東洋文化研究所藏，乃雙紅堂戲曲藏本第一九種，《日本所藏稀見中國戲曲文獻叢刊》第一輯據以影印，黃仕忠《明清孤本稀見戲曲叢刊》據以校錄。

鬧烏江序

田大奇〔一〕

昔有遇仙求道者，仙曰：『道無他，止絕色耳。』其人愀然而悲，蹶然而趨，曰：『既絕色矣，又何樂乎爲仙？』善哉，是言也。吾輩吳牀越第①，若女色數日不見，頓覺神槁形□，況情之所鍾，尤豔冶當前乎？□②好有不同。非從來未有之色，不足好；有從來未有之色，無從來未有之情，不必好，且不必受好。兩者偁矣，無從來未有之遇，又無以爲好。卽遇矣，或貌不相侔，或才殊兩截，以蒲東崔女而如孫將軍者慕焉，不更大相剌謬乎？

若然，則色終難好也。曰：不難，雨滴風摧，則連理枝發；日暄雷震，則並蔕荷開。若使司馬早婚，文君不寡，不過逐逐浪終身已耳，千載之後，問誰嘵嘵筆舌乎？故色之絶者，天地忌之，鬼神惡之，倂有河東獅子以及牛馬豺狼淩之賤之，廁中彘，室中囚，劍中花，其爲夭折摧殘者，比比也。於千磨百難之中，而復亭亭焉，皎皎焉，不屈不移焉。噫！此則白骨黃沙，且將褥枕而旦暮之已。

所奇者，柳子鳴長與蓮生李妓，從無半晌綢繆，而懷念之殷，幾無虛刻。當其離也，神先合矣；當其存也，形先亡矣。惟其先亡，所以不亡；惟其先合，所以終合。推此念也，其希聖爲賢，成仙作祖，功夫既到，何事難成？

然而有說焉。方其未遂，錯亂神思，如同醉夢；及一遇時，便舉案齊眉，索然完局矣。然則有從來未有之色，不若無從來未有之情；有從來未有之情，不若無從來未有之遇爲愈也。其所以爲愈者，何也？未到思之，已到忘之，曠然一想，覺天地古今、王侯將相，亦猶是耳。情也，色也，遇也，合而言之，皆戲也。此又不可不知也。

順治歲次庚寅，江右通家盟社弟田大奇常卿識於玉嘯堂(二)。

(《日本所藏稀見中國戲曲文獻叢刊》第一輯影印)

清順治七年田氏玉嘯堂刻本《鬧烏江傳奇》卷首)

【校】

①第,底本作『第』,據文義改。

②此字左半爲『亻』,右半闕,疑爲『但』。

【箋】

〔一〕田大奇: 字常卿,室名玉嘯堂,江西人。生平未詳。

〔二〕題署之後有印章二枚: 陽文方章『田大奇印』,陰文方章『常卿』。

領頭書(袁聲)

袁聲,字未詳,號荊陽,章丘(今山東濟南市章丘區)人,一說濟南(今屬山東)人。崇禎十六年癸未(一六四三)進士。清順治間,任山西嵐縣令,官至太平府知府。著有《春秋鼎》、《麟經江海》、《荊陽詩紀》、《詩詞便覽》等。傳見道光《濟南府志》卷五四。撰傳奇《領頭書》,已佚,《曲海總目提要》卷二三著錄,云: 『近時濟南袁聲作。』

領頭書自序

袁聲

親至道場山,土人猶能指金、翠葬處。及過淮陰,父老傳聞,其說校詳,則眞有此事無疑。但前半皆實蹟，後半回生應試，歸里榮封，則係作者添出。欲作團圓歸結，不得不然也。

（《曲海總目提要》卷二三《領頭書》條）

合劍記（劉鍵邦）

劉鍵邦，字號未詳，眞定（今河北正定）人。明末諸生。撰傳奇《合劍記》，《曲海總目提要》卷一一著錄，現存清初刻本，《古本戲曲叢刊五集》據以影印。

合劍記題詞〔一〕

李調元〔二〕

輓彭夫子忠魂舍於南城之東隅，漫賦五言以慰之云：

忠烈彭夫子，臨難遂舍生。譚笑別妻①室，從②容赴賊營。面不屈膝罵，逆賊那□③聲？白刃寧甘蹈，幽途任意行。丹心朝北闕，英靈聚南城。嘖嘖人稱頌，默默淚如傾。有子萬事足，成仁一身輕。貞性耀千古，青史著芳名。南宮生員李調元題

（《古本戲曲叢刊五集》影印清初刻本《合劍傳奇》卷首）

【校】

①妻，底本殘，據文義補。

②從，底本殘，據文義補。
③此字底本殘，疑作『撤』。

【箋】

〔一〕底本無題名。

〔二〕李調元：字號未詳，南宮（今屬河北）人。明末諸生。生平未詳。

雲石會（包燮）

包燮（一六二〇—？），一名自法，又名元宰，字惕山，一作惕三，號夕齋，別署惕山道人、蘆中人，鄞縣（今屬浙江）人。明末諸生。曾賦《明月詞》，人稱『包明月』。入清後，絕意仕進，以謀食奔走於京洛間。曾居於甬東桃花渡。工詩善畫。著有《夕齋集》。傳見乾隆《鄞縣志》卷一七引《續耆舊傳》、《兩浙輶軒錄》卷三、《甬東包氏宗譜》卷五等。撰《雲石會》傳奇，《古典戲曲存目彙考》著錄，現存順治間刻本、康熙間刻本（《古本戲曲叢刊五集》據以影印）。

雲石會傳奇序

聞性道〔一〕

喬子〔二〕，異人也。憶余『半天霜重壓星河，零落梅花入酒多』之句乎？時在庚寅冬暮之七日〔三〕。是夕也，松聲流地，笛韻逼空，偕二三飲徒，浮白高歌，徵古蹟之漫滅者。余謂：『眼前數朵雲，胷中一片石，藏之久矣，爲諸君下酒可乎？』喬子振衣而起，喜色漾盃盎間，促余言實。余曰：『白檀之左，鑒水之東，有山纍纍，有霧濛濛。惜牆囚而屋摺，孰探趾而搜峯？』喬子大嘯，曰：『明城碧源千漚，正少蒼巖一抹。顛生有緣，非袖中物邪？』呼童預具袍笏，終夜狂思，恍置身丘壑間。質明忽雨，又慨然曰：『天作時雨，山川出雲，正可冒雨尋雲，披雲問石。』因同余至其處，摩娑瞻拜，不忍別去，各紀一詩。

辛卯上元〔四〕，檄羣英，瀝斗酒，大會寶雲僧院，思欲構亭涯池以供石，而先爲石洗塵。一時名作如林，石方遍著人人之口。然晦迹民廬，負頑不礱。考諸郡志，約略數言，莫詳其繇。適有耆舊爲余言，其名昉於杜生，生名言，字文仙，事載余僧杲太常《省心錄》〔五〕，所述娓娓可據，卽其口授。家伯氏與同〔六〕，遂纂起緣，以質喬子。

喬子更思作傳奇，以傳不朽。時余遭大母喪，不敢塡詞，因以杜生及啞女事，屬余友蘆中人包子，爲之攟奇合髓。不出蘆中一月，剖錦蓮，擷紫芡，葭管松簧，宮商盈軸，顏曰《雲石會》。讀之，彌三十有餘。刻始卒業，喬子乃大愉快，亟命優人集習。踰旬秋孟，技成告演。而此石之廬，忽獲售於其主。因歎疇昔張司馬之才力，戴郡公之德威，而徒記空文，虛擬標榜，究沒寒烟殘溜，又百年餘矣。今一旦顯之弱吏之手，喬子眞異人哉！

或謂啞女蹟在宋，而雲石事居明。啞女止與交於宋之周廉彥鍔，而不及於明之杜文仙與喬文宗因阜，蘆中人挈而爲一，無乃不可。嗟乎！一過去之維衛也，忽而爲戒香之啞女，忽而爲傳書之道人，又忽而爲化銅之老尼，安知不忽而度周廉彥，忽而度杜文仙，忽而度喬文宗？又安知不忽而度影雲，忽而爲帚、爲雲石也？維衛是則啞女非矣，啞女是則道人、老尼非矣，廉彥是則文仙、文宗非矣，影雲是則帚與雲石非矣。嗟乎！寧知維衛無異啞女耶？道人無異老尼耶？廉彥無異文仙、無異文宗耶？影雲無異帚與雲石耶？又寧知亦非維衛，亦非啞女耶？亦非道人，亦非老尼耶？亦非廉彥，亦非文仙、文宗耶？亦非影雲，亦非帚與雲石耶？又寧知維衛亦是，啞女亦是耶？道人亦是，老尼亦是耶？廉彥亦是，文仙、文宗亦是耶？影雲亦是，帚與雲石亦是邪？知其非，則宋時已非；知其是，今日又何不是？又安知今不有維衛與啞女耶？今不有道人與老尼邪？今不有廉彥與文仙、文宗耶？今不有影雲、帚與雲石耶？

喬子近詩云：『披衣夜起三更後，獨立花陰月影移。悄然不敢捫心腹，四顧無人我是誰？』蕊泉曰：『披衣壓倒月影，獨立攪亂花陰。四顧還知有我，悄然怎說無人？』咄哉！直待星河霜重，零落梅花，此處尋本來面目。喬子，異人也。請觀是劇，是誰是我？是人是誰？

會中人蕊泉庵頭陀著書在辰夔之北窗雨聲中〔七〕。

【箋】

〔一〕聞性道（一六二一—一六八四後）：字天迺，別署蕊泉道人、蕊泉庵頭陀，寧波（今屬浙江）人。明諸生，人清不仕。康熙十七年戊午（一六七八），薦博學鴻詞，力辭。嘗與兄性善搜集唐詩人賀知章遺文軼事，及唱酬題詠之詞，爲《賀監紀略》四卷。著有《蕊泉詩鑒》、《蕊泉文恆》、《蕊泉文存》、《蕊泉詩剩文剩》，今存。清順治九年

（一六五二），爲喬鉢《海外奕心》撰序。傳見《己未詞科錄》卷八、《明代千遺民詩詠》卷八、民國《鄞縣通志・文獻志》等。

〔二〕喬子：即喬鉢（一六〇五—約一六七〇），生平詳本卷《雲石會因》條箋證。

〔三〕庚寅：順治七年（一六五〇）。

〔四〕辛卯：順治八年（一六五一）。

〔五〕余僧杲太常：即余寅（一五一九—一五九五），字君房，晚年改字僧杲，號漢城，鄞縣（今屬浙江）人。明萬曆八年庚辰（一五八〇）進士，授工部都水司主事，累官至太常寺少卿。著有《乙未私志》、《同姓名錄》、《農丈人詩文集》等。傳見民國《鄞縣通志・文獻志》。

〔六〕家伯氏與同：即聞性善，字與同，寧波（今屬浙江）人。聞性道（一六二一—一六八四後）兄。著有《心伯樓詩文稿》。傳見民國《鄞縣通志・文獻志》。

〔七〕題署之後有印章『聞性道字天迺』。

雲石會因

喬　鉢〔一〕

雲石何奇而傳？傳喬子也。喬子何奇？奇喬子之傳雲石也。喬子既得雲石於鑒湖之東，訪之構之，洗之詠之，使千秋烟水泊前，忽綴蒼山一點。四明風雅之儒，爭相酬和，其投喬子詩，至專一鈔詩吏日弗給，突兀片石，閧然而傳矣。乃考雲石何以名，一友於余太常《省心錄》，得杜言一案。始知石舊原無名，因白檀戒香寺改名『寶雲』，石近寺側，時有雲氣之異。杜言惟女魂是懼，結廬石上，顔其齋曰『雲石』，石得名以此。脱杜言者，適亦喬姓，遂謂三生石上，與姓喬者若有因緣。

蘆中人包惕三，落拓士也。居甬東之桃花渡，獨無詩，人皆異之。一月不出，一出而牽今拉古，扭李揪張，杜言、啞女，一派骷髏，笑哭於紙上。若夫借前喬以影後喬，止用收煞一語，乃知文人幻筆，妙有千鈞。噫嘻！劇成矣，久湮怪石，得不乘風飛去乎？啞女、杜言，別有本傳。喬子字文衣，號子王，太行山下之蓬丘人〔二〕。

【箋】

〔一〕喬鉢（一六〇五—約一六七〇）：字叔繼，一字文衣，號劍叟，別署苓塞棘人，内丘（今屬河北）人。崇禎十一年戊寅（一六三八）貢生。入清後，官郟縣主簿。順治四年（一六四七）至九年（一六五二），任寧波府經歷。累官至四川劍州知州。工詩，曾與魏裔介（一六一六—一六八六）、楊思聖（一六一七—一六六一）等結詩社相酬唱。著有《匡蠡草》、《喬文衣集》、《喬文衣雜著》等。傳見魏裔介《兼濟堂文集》卷一七《墓志銘》、《大清畿輔先哲傳》卷一九、同治《畿輔通志》等。

〔二〕文末有印章二枚：陰文方章『喬鉢』，陽文方章『文衣』。

雲石會傳奇跋

朱益采〔一〕

行光容裔於丹泉紫芳，粟影眞詮以入定出定者，何異處雌蜆之標顛乎？若於喬子文衣松契耳。予性浮休，自選石搜詩、徵歌結友之外，無所嗜。丙申冬十月〔二〕，大興閻季白從四明來〔三〕，聚晤於其伯氏維山署中〔四〕，撥絃子，調『月枯燈影不思眠』一齣。予在塡詞頗癖，獨此曲未過耳目，詢其所自，道喬文衣先生洗雲石佳話，爲包惕三著《雲石會傳奇》，此第八齣《訴妹》排場也。時意中有喬子矣。有喬子而雌蜺之標顛，書詳尚淺，松契輕云乎哉！

迄今六年，雲石會隔，偶羅蒨亭〔五〕，出《喬子遊草》相示。因憶季白撥調，乃告之蒨亭。蒨亭曰：『觀以已知文衣耶？』予笑曰：『不知文衣，何以爲文衣，抑何以爲觀以？恐文衣於觀以，觀以於文衣，或先於蒨亭耳。』蒨亭曰：『若是，子過湖口，必醉飽石鐘山水，續雲石會矣。』

吁嗟乎！石鐘雖嶄巖埒丘，子瞻後六百餘年，嶄巖未頑，埒丘未涸，何以石鐘自石鐘？上下飛篷落之，必待選石搜詩、徵歌結友之喬子哉？吁嗟乎！雲石於塵埃見拔，況出世之石鐘，六百餘年而再遇！然則雌蜺之標顛，非行光容裔、粟影眞詮輩，悉屬飾詞，徒令人誦『臨觴多哀楚，悽愴動酸辛』。六鑿相讓，天遊阻修。茲快讀《雲石會》全本，所謂一旦顯之弱吏之手者，古今之張司馬、戴郡公，猶賢者也，況下於張、戴者乎？喬子結友，予或慚之，徵歌則計售焉。當舉竹鎗木劍，與惕三小戰一合，莫非浮休之性，爲松契者一質之。

山陰朱益采撰〔六〕。

（以上均《古本戲曲叢刊五集》影印清康熙間刻本《雲石會傳奇》卷首）

【箋】

〔一〕朱益采：字觀以，山陰（今浙江紹興）人。明末以副榜貢生，至京廷試，即輿櫬，疏劾權閹。崇禎帝嘉其鯁直，欲授以風憲之職。當軸者徇例，抑補外官，歷按察司僉事。入清，棄職入延平（今福建南平），屢薦不起，以醫自晦。著有《到處堂文集》。傳見民國《南平縣志》卷二三。

〔二〕丙申：順治十三年（一六五六）。

〔三〕閻季白：大興（今北京）人，字號、生平均未詳。

〔四〕維山：即閻維山，大興（今北京）人，字號、生平均未詳。

〔五〕倩亭：姓名、里籍、生平均未詳。

〔六〕題署之後有陽文方章二枚：『朱益采印』、『觀以氏』。

乘龍鼎（姜二公）

姜二公，京口（今江蘇鎮江）人，名字、生平均未詳。撰雜劇《乘龍鼎》，未見著錄，已佚。

乘龍鼎劇本題辭

葉　燮〔一〕

《詩三百篇》之爲經也，說詩者謂其『發乎情，止乎禮義』。故雖《鄭》、《衛》之詩，其始不正，終則要歸乎正，聖人猶有取焉。蓋發者，發其端，猶『六義』之有興。以情發端，端見而情已謝，由是循循以歸乎禮義，猶爲學者之循序漸進，棄故就新，故君子以爲無害。若其始也依乎情，則以情爲本，求其止乎禮義，則難矣。後世詩賦之家，屢變而爲詞曲。原詞曲所由來，先依其情，而後有其言。於是言出而徵諸事，事未必應也，遂憑空結撰，無一可徵，莫須有、亡是公，情與事兩乖，而欲其止乎禮義，得乎？於是淫詞邪說，爲禮義之罪人，是在所亟詘者耳。

京口姜子二公，嗜古好奇之士也。其胷中眼中，若有所不可者，若有所欲吐者，才情横溢，蓄於中而不能舒，而爲磈壘，往往借詞曲以寫之。爲《乘龍鼎》劇本，以寄其嘯傲。事在南宋慶元、嘉泰年間，述吕氏兄弟直諫死竄始末。其中如理宗之遯野龍潛，侂胄之權姦誤國，許、趙之諂媚喪心，金人之乘釁南牧，以及趙希瓐、全保長諸逸事，其大者確徵之史，細者亦見於稗官，無有爲亡是公者。忠孝備唱，隨完友恭，得無非人心之正。尚得謂爲『發乎情』者乎？直可謂發乎禮義以止乎禮義者矣。至其述京口之江山，溯南徐之形勝，千秋憑弔，恍然在目。昔人謂少陵之詩爲『詩史』，余則謂姜子之詞爲詞志，亦庶幾無愧於作者耶！至其措辭都雅，律吕精嚴，尤爲倚聲家所推重，此又姜子能事之餘，而未足以窺姜子矣。

（《四庫全書存目叢書・集部》第二四四册影印清康熙間葉氏二棄草堂刻本《已畦集》卷二二）

【箋】

〔一〕葉燮（一六二七—一七〇三）：字星期，號已畦，世稱横山先生，吴江（今屬江蘇）人，原籍嘉善（今屬浙江）。康熙五年丙午（一六六六）舉人，九年庚戌（一六七〇）進士。十四年（一六七五）任江蘇寶應知縣，兩年後罷官。遂絶意仕途，縱遊海内。著有《已畦集》、《原詩》、《江南星野辨》等。傳見沈德潛《歸愚文鈔》卷一〇《傳》、

《清史稿》卷四八四、《清史列傳》卷七〇、《碑傳集》卷九五、《國朝耆獻類徵初編》卷二三〇、《國朝先正事略》卷二二、《國朝詩人徵略初編》卷三四二、《昭代名人尺牘小傳》卷六、《國史文苑傳稿》卷一等。

午夜鐘（孟太和）

孟太和，鄜陽（今陝西鄜縣）人，字號、生平均未詳。《午夜鐘》，未見著錄，已佚。

午夜鐘敍

李　柏〔一〕

石令人古，茶令人淡，梅令人貞，蓮令人清，此無聲動物者也。聞驢鳴悟道，聽擊竹參禪，聆杜鵑啼識治亂，此有聲而無情者之動物也。『飛土逐宍』，歌之而孝思生；麥蘄稷穗，吟之而忠懷奮；黃鵠紫燕，咏之而節烈□，此有聲有情者之動物也。古人知聲之易動物也，於是有《陽春》、《白雪》，絲竹□弩，刻商引羽，雜短怨誹之聲，其言近，其旨遠，要以補百家之所不足，而助六經之所不及，蓋以聲爲教也。汪直作威福，公卿大臣相爲結舌，一灑掃微賤之阿丑，口吐謔詞，身作酒態，足以回萬乘而有餘。然則劇談諷刺之關於聲教也，大矣。

鄜陽孟太和，少年講劍術，長而隱弈酒。目擊時事，感慨牢騷。然而笑之不可，罵之不敢，哭之或無淚，怨之或無詞。煩勞管城，托於傳奇，哭笑怒罵，委之古人，是欲以聲教天下後世也。然八音之數金爲首，金聲之洪鐘爲大，書□而自題其額曰『午夜鐘』，蓋以大聲自□也。唐人之詩曰：『夜半鐘聲到客船』，吾不知鐘何泊，客何人，鐘聲□□□□，聞知其說者，可以讀《午夜鐘》矣。蓋古往今來，夜半時□□□乘□，江上船也；王侯廝役，客中人也。前言往行，寺鐘聲也，鐘聲到船則客怪矣。夜半客怪，烏啼霜落，寒山寂寂，似此景色，誰復能寐？則長夜漫漫，可以待月矣。要非午夜鐘，不足驚客夢也。

（《四庫禁燬書叢刊·集部》第八九冊影印清康熙三十四年刻本李柏《太白山人槲葉集》卷二）

【箋】

〔一〕李柏（一六三〇—一七〇〇），初名如泌、如密，改名柏，字雪木，號白山逸人，別署太白山人，郿縣（今屬陝西）人。明諸生，入清隱居太白山。博學多識，與李因篤（一六三二—一六九二）、李顒（一六二七—一七〇五）並稱『關中三李』。著有《太白山人槲葉集》、《南游草》等。傳見錢儀吉《衎石齋記事稿》卷七《傳》、《清史稿》卷四八六、《清史列傳》卷六六、《碑傳集》卷一三九、《國朝耆獻類徵初編》卷四〇四、《國朝先正事略》卷二七、《文獻徵存錄》卷四、《清代七百名人傳》、《皇明遺民傳》卷五、黃容《明遺民錄》卷六、《清儒學案小傳》卷一一等。參見吳懷清《李雪木先生年譜》（民國十七年山陽吳氏刊《關中三李年譜》本）。

李家湖雜劇（鄭野臣）

鄭野臣，字號、籍里、生平均未詳。爲金堡（一六一四—一六八〇）好友，見金氏《徧行堂集》

卷四《送鄭野臣之桂林序》、卷六《鄭野臣止廬集序》、卷二九《與鄭野臣文學二則》，《徧行堂續集》卷一二《與鄭野臣舊友》。參見陳小林《曲目拾補》（《中國典籍與文化》二〇〇九年第一期）。《李家湖雜劇》，未見著録，已佚。

李家湖雜劇引

金堡

傳奇，傳奇也。李家湖之死節，以獞女奇，此野臣所爲傳也。獞女而死節爲奇，卽非獞女而不死節爲奇也。奇，以其少也。非獞女而不死節者多矣，卽非獞女而死節亦奇。獞女與非獞女，同以死節奇，則獞女與非獞女無二也。野臣之奇獞女，亦以愧非獞女也。嗚呼！子當孝，臣當忠，夫婦當義，兄弟當友，朋友當信，天下之常也。先王皆奇之，揭揭然取而表之以風也，是先王以獞男獞女寬天下之男女也。先王不忍以獞男獞女寬天下男女，無如天下之男女皆以獞男獞女自寬也，故非獞女而死節，亦奇也。非獞女而死節奇，卽獞女而死節不可以不奇，宜野臣傳之也。傳之，詞之奇可以不言，何也？野臣之才之奇，野臣之常也，不可以獞女而死節者爲比也。若以非獞女而死節之奇爲比，是非獞女者之奇，又野臣之常也。

（《四庫禁燬書叢刊·集部》一二七册影印清乾隆五年刻本《徧行堂集》卷七）

五湖秋（徐大銓）

張增元《方志著録明清罕見戲曲存目七十七種》（載《文史》第二四輯，中華書局，一九八五），據同治《奉新縣志》卷一二，謂徐大銓字東之，撰《華亭四唳》、《鸘鸘裘》、《鴛鴦被》、《五湖秋》填詞四種（又見《方志著録元明清曲家傳略》）。陳小林《曲目拾補》（《中國典籍與文化》二〇〇九年第一期），據閔鉞《冶庵文集》，稱徐簡在即徐大銓。《五湖秋》，未見著録，已佚。

五湖秋題詞

閔　鉞〔一〕

徐子簡在，風流文藻，掩映一時；造化小兒，牢騷千古。寄興填詞，借名秦木。雖非奉旨之耆卿，卻同簡兮之賢者。薄鴟夷三遷之陋，結苧羅異世之知。幻想非非，鏤腸寸寸矣。生平著作頗多，兵火散亡者不少。偶得此本於其快婿廖子珮齋頭，鋟梓行之，使後知世間有此一種叹息愁悵之聲。越王城畔，呼之或出。

（《四庫禁燬書叢刊·集部》第一六六册影印清康熙刻本閔鉞《冶庵文集》卷五）

【箋】

〔一〕閔鉞（？—一六八一後）： 字晉公，號冶庵，奉新（今屬江西）人。明諸生。順治十一年甲午（一六五四）舉人，公車報罷，不復有功名念，聚書萬卷，寢食其間。邑宰黃虞再（約一六二七—約一六八〇）、何緍（一六二一—？）皆雅重之，每就其廬，諮以政事。纂《奉新縣志》，現存康熙元年（一六六二）刻本。輯《本草詳節》。著有《冶庵文集》、《冶庵別集》。傳見同治《奉新縣志》卷九。

改四聲猿（董木公）

董木公，名字、生平均未詳，或爲浙江鄞縣人。改徐渭《四聲猿》雜劇，未見著錄，已佚。參見鄧長風《二十三位明清戲曲家的生平材料·董木公》（《明清戲曲家考略三編》）。

董木公改四聲猿序

李鄴嗣〔一〕

《尚書·秦誓篇》二百四十八言，公羊氏裁之爲三十七言，此文章家簡法也。司馬子長所引用《尚書》、《左氏傳》，多以今文句易之，此文章家變法也。《後漢書》載臧子源答陳琳書札首數行，善於詞命，《三國志》已列本書，便若蔓衍，始知此文曾經蔚宗改定，其力過陳壽遠矣。夫文章家於古人所作，不敢輕議片字，直一鈔書小史耳，此固由其力不足也。

文章之體數變，至元人樂府而極。山陰徐文長先生所撰《禰正平撾鼓》、《木蘭女從軍》四種，論者爲足奪元人之席。吾友董木公，夙工北詞，其一往俊妙處，不減關、白。嘗謂山陰四種於音律多不諧，因盡取而改之。夫文長氣横一世，湯臨川目爲詞家飛將，而木公力能與之抗，是欲以程不識之刁斗束李將軍也。董生真天下健者矣！昔昌黎作《平淮西碑》，李義山咏之曰：『點竄《堯典》、《舜典》字，塗改《清廟》、《生民》詩。』使力不能塗竄古人，豈足稱大手筆哉！

（《四庫全書存目叢書·集部》第二三五册影印清康熙間刻本李鄴嗣《杲堂文鈔》卷一）

【箋】

〔一〕李鄴嗣（一六二二—一六八〇）：原名文胤，字鄴嗣，後以字行，號杲堂，鄞縣（今屬浙江）人。明諸生。入清隱居不出，以著述爲事。著有《杲堂文鈔》、《杲堂詩鈔》、《杲堂文續鈔》等。一九八八年浙江古籍出版社出版張道勤點校《杲堂詩文集》。傳見黄宗羲《南雷文定》卷七《墓志銘》、全祖望《鮚埼亭集外編》卷一一《軼事狀》、《清史列傳》卷七〇、《碑傳集》卷一三七、《國朝耆獻類徵初編》卷四七三、《國朝先正事略》卷四〇、《清儒學案小傳》卷一、黄容《明遺民錄》卷六、《兩浙輶軒錄》卷一、《國朝詩人徵略初編》卷五等。

陽燧珠（林子）

林子，名字、生平均未詳，或爲浙江鄞縣人。撰傳奇《陽燧珠》，未見著録，已佚。參見鄧長風

《二十三位明清戲曲家的生平材料・林子》(《明清戲曲家考略三編》)。

陽燧珠傳奇序

李鄴嗣〔一〕

乙未冬〔一〕，余方閉門讀《史記》，寒風蕭然，巷無人迹。余手一編，時驩甚，獨引滿一斗；時極憤，至髮立，推憑几置地；時默默，不怡竟日；時忼愾，泣涕交橫下；時欣然，起步數十巡。僕夫俱竊怪之，余不自知也。適友人林子攜所著傳奇《陽燧珠》一帙，置席上去。余閒取閱之。諸姪輩曰：『先生方讀正史，乃傳奇耳，此則何爲者？』余曰：『不然，傳奇亦史派也，但其遠裔耳。』方余讀《史記》，見史公喜亦喜，見史公怒亦怒，迨如觀場然。蓋史公能傳千古奇，以其不律妙天下者也。即史所稱，孔子學琴，得其人，黯然黑，頎然長，史公則能從不律間得之。蕭同叔子見諸國使，亦令人如之以導客，史公則以不律如之。秦王曰『宋王無道，爲木人以寫寡人』，史公則寫以不律。優孟像孫叔敖，楚王以爲復生也，史公則像以不律。蓋史公持毫毛，茂茂能狀古今極似若此。後人自度其下筆不能如古人，思欲摹之，無可似，因使人依古人衣、冠古人冠，以妍者狀妍者，以媸者狀媸者，稍諧以宮商絲竹，使代其笑則啞啞然，代其泣則涔涔然。是則以登場代史公之不律者，傳奇也。今有兩人遊北地，各買一美人歸。已而值其友於途，問曰：『君所置美人奚似？』其一人善狀，言之自髮至趾畢見，則果以爲美人也；其一人不能，乃延其友至家，飾美人而見之。故史公則其善狀者也，傳奇則其出見美人者也。獨是蔡伯喈，漢季儒者，父年五十三卒，伯喈事母病不解帶，廬墓致祥，此惟學士家讀其傳。而販夫田婦，皆爭嗤其不孝，漸至學士家亦併嗤之，則今人見《琵琶記》多，讀《漢書》少也。然傳奇至本朝爲盛，首推汤臨川。余讀《史記》列傳，至尉佗魋結問陸生曰：『我孰與皇帝賢？』想見其人，因取臨川『祖龍飛鹿』一解歌之，以助擊節。復讀《田横傳》至曰：『今斬吾頭馳三十里間，形容尚未能敗。』卽歎史公叙事磊磊壯氣如許。今《陽燧珠》填詞不下臨川，至稱尉佗死有神，而田横後身爲大食國王，能復祖宗傳寶，稍爲吐氣。斯又余讀《史記》一助也。（《叢書集成續編》第一二四冊影印約園刊《四明叢書》本李鄴嗣《杲堂文續鈔》卷二，頁二四九—二五〇）

【箋】

〔一〕乙未：順治十二年（一六五五）。

鹽梅記（青山高士）

青山高士，姓名、籍里、生平均未詳。撰傳奇《鹽梅記》，《遠山堂曲品》著錄，現存明末清初漱玉山房刻本（一九九八年國家圖書館出版社據以影印）。

鹽梅記小引

墨禪居士〔一〕

予嘗看世，熟於看戲，種種悲歡離合，發之中節，而聽者神□，□①間相生之妙，奇正如環。奇正者何？陰陽是也。當陰雨忽霽，□意氣歛，此非解人不領焉②。

余友青山高士，業擅文林，辭追班史。余從之遊，或松風升③月，或策蹇尋梅，意有所得，輒寫之吟詠。余每餐其靈秀，賞之不置。適間聞有宋生者，魯貞生□④。□當饑饉載道，父子幾□□生，而彼不惜以身斡旋，可以見生之孝。矢志忠貞，談笑而靖國難，因以見生之忠。山海之盟，至白首而不渝，愈以見生之信。生固鐵中之錚錚者哉！而況有俠女爲之助，擁百萬之貔貅，以報戴天於不共，併所爲生之忠、生之孝、生之信，一一曲全之。奇男哲女，誠不世之希構也。

余友欲發一韻以記之，余謂：『世間英雄遭際，時潛時現，時陰時陽，變幻莫測，疏脱可人。倘傳以俗筆，徒失英雄面目耳。』余友點首，不數日而《鹽梅》稿落。余見其步伍既整，起伏生情，此中曲折，略不沾帶，余友之所爲脱，乃脱於指事，而非脱於湊理也。呼吸應變，一線無痕，余友之所爲變，正得之目前，而非襲之時俗也。韻協宫商，音中金石，余友之所爲調，乃篤於秦漢，而非索之鄙俚也。至《鹽梅》之稿⑤而復生，俱從吾兄毫端幻出，吾兄他日鹽梅之用，於此具一班⑥乎？

墨禪居士題於龍城之天放亭〔二〕。

【校】

①底本闕一字，康保成點校《鹽梅記》（中華書局二〇〇四年版）作『其』。

②焉，康保成點校本作『屬』，誤。

③升，康保成點校本作『竹』，誤。

④底本闕一字，康保成點校本作『也』。

⑤稿，康保成點校本改作『槁』，誤。

⑥班，康保成點校本改作『斑』。

【箋】

〔一〕墨禪居士：姓不詳，名伯起，書齋名齊雲庵。董其昌書齋名『墨禪齋』，當非其人。

〔二〕題署之後有印章二枚：陽文長方章『伯起』，陰文方章『齊雲庵』。

（鹽梅記）總批

闕　名

讀他文字，精神尚在文字裏面。讀至《西廂》、《水滸》、《鹽梅》，只見精神，並不見文字。咦，異矣哉！

（以上均一九九八年國家圖書館出版社影印明末清初潄玉山房刻本《鹽梅記》卷首）

峨冠子總批〔一〕

予閲是集，識其爲脱品矣。勿慶壽，其脱一；勿考試，其脱二；勿鬭陣，其脱三。□□朝中顧事而不假弓刀捷鬭者，脱可知也；奏功膺爵而不事考試出身者，脱可知也。他若法堂會斷而不用勘問官者，何脱如之？因散得聚而不襲常娶法者，何脱如之？洞房花燭而不拘聯生子者，脱更甚也。想脱，局脱，卽其詞而想見其人，必其才與品而亦脱。

（同上《鹽梅記》卷末）

【箋】

〔一〕峨冠子：姓名、籍里、生平均未詳。

胡子藏院本（胡子藏）

胡子藏，字號、籍里、生平均未詳。撰有戲曲，未詳劇目。

胡子藏院本序

黃宗羲〔一〕

詩降而爲詞，詞降而爲曲，非曲易於詞，詞易於詩也。其間各有本色，假借不得。近見爲詩者襲詞之嫵媚，爲詞者侵曲之輕佻，徒爲作家之所俘剪耳。余外舅葉六桐先生工於塡詞〔二〕，嘗言：『語入要緊處，不可著一毫脂粉，越俗、越家常，越警醒。若於此一恧縮打扮，便涉分該婆婆、猶作新婦少年，正不入老眼也。至散白與整白不同，尤宜俗宜眞，不可著一文字與扭揑一典故事，及截多補少作整句。錦糊燈籠，玉鑲刀口，非不好看，討一毫明快，不知落在何處矣。』正法眼藏似在吾越中，徐文長、史叔考、葉六桐皆是也。外此則湯義仍、梁少白、吳石渠，雖濃淡不同，要爲元人之衣鉢。張伯起、梅禹金終是肉勝於骨。顧近日之最行者，阮大鋮之偷竊，李漁之蹇乏，全以關目轉折，遮傖父之眼，不足數矣。

子藏院本在濃與淡之間，若入詞品，如風烟花柳，眞是當行。其務頭亦得元人遺意。可笑楊升庵以務頭爲部頭，謂『教坊家有色有部，部有部頭，色有色長』，以之訾周伯清，他又何論哉！

（吳光整理《黃宗羲南雷雜著稿眞迹》，浙江古籍出版社，一九八七）

【箋】

〔一〕黃宗羲（一六一〇—一六九五）：字太沖，號梨洲，又號南雷，餘姚（今屬浙江）人。明諸生。清兵南下時，募兵成立『世忠營』，武裝抗清。兵敗，入四明山結寨自守，又尋魯王於海上，獲授左副都御史。後隱居不出，畢力著述，講學。清康熙舉博學鴻詞，力辭不就。編纂《明文海》等。著有《宋元學案》、《明儒學案》、《明夷待訪錄》、《南雷文定》、《南雷詩曆》等。傳見邵采《思復堂文集》卷三《傳》、張羲年《啖蔗文集》卷二《傳》、全祖望《鮚埼亭集》卷一一《神道碑》、《清史稿》卷四八〇、《清史列傳》卷六八、《小腆紀傳》卷五三、《皇明遺民傳》卷九、《碑傳集》卷一三一、《國朝耆獻類徵初編》卷四〇四、《國朝先正事略》卷二一、《國史文苑傳稿》卷一、《南雷學案》卷一、《文獻徵存錄》卷二、《清代樸學大師列傳》卷一、《清代七百名人傳》等。參見黃炳垕《黃梨洲先生年譜》（清同治十二年刻本）、徐定寶主編《黃宗羲年譜》（一九九五年華東師範大學出版社排印本）。

〔二〕余外舅葉六桐先生：即葉憲祖（一五六六—一六四一）。

何孝子（謝氏）

謝氏，名字、里籍、生平均未詳。《何孝子》傳奇，葉德均《戲曲小說叢考》卷上《曲目鉤沉錄》著錄，已佚。

何孝子傳奇引

毛奇齡

人不識申包而識伍胥，不識京兆三王而識包待制，不識孫賓石、王成而識公孫杵臼，則以爨演之易傳也。古來正史所未詳者，多藉之稗官；而稗官又闕，辭人騷士咏嘆以傳之，所稱鼓子詞非耶？今其詞又不可得，而傳奇雜劇，登場爨演，較之咏嘆之播揚，感發尤捷。故予每欲以近代軼事，或有裨於世而不盡傳者，皆假是法以傳之，而未之逮也。

鄉之先有何孝子者，其事已見於故明《孝廟實錄》及府縣志，而惟恐新史未采，浸久失實。予向已爲《傳》傳之〔一〕，復擬作長短歌句，編記其本末，若謠若諺，彷彿《古焦仲卿妻》，以當夫調笑鼓子諸詞。而近觀謝氏所爲傳奇，且有先我而爲此者。人雖不欲以孝子爲伍胥，以曹大理爲包待制，以王鼎參政爲公孫杵臼，不可得也，夫爨演之感人甚矣！

今有家不悦於親，出不順於朋友，冠裾回慝，秉性忮害，似非保惠誥誡所能引激，而一旦過勾欄，見忠孝節義遺事，目觸而心悲，初絢於眶，既而溢於睫，又既而涕唾垂頦，雪前襟而觀，口訟心愬，一若身處其地，而必欲爲之較量而不可已者，豈其人則善變哉？誠觸之者有殊，而感之者有異也。時之爲傳奇者，第極合離；而正史所載，則又懼以演義失實，致掩本事，有如此之愷覈而詳明者乎？昔元詞以十二科取士，原有忠臣烈士、孝義廉節諸條，不盡崔徽麗情也。讀《孝子傳奇》，而不知其有裨於世也，則請過勾欄而觀之可已。

（《景印文淵閣四庫全書》第一三二〇冊《西河集》卷五八）

【箋】

〔一〕予向已爲《傳》傳之：《西河合集·傳》卷一有《何孝子傳略》，略云：蕭山湘湖，浸湮已久。弘治間，里人何舜賓擬濬治之，並揭豪家之侵佔者。縣宰鄒魯得賂，竟置賓於死。後賓子競爲父報仇，傷魯，且坐以法。《傳》末附錄云：『馬玉起曰：此事以復湖爲關鍵，故始終詳之。舊有傳奇名《湘湖記》，即此也。』按明嘉靖間晁瑮

《寶文堂書目》卷中『樂府類』有《鄒知縣蕭山湘湖記》，徐渭《南詞敍錄》亦有《鄒知縣湘湖記》。蓋即清初馬玉起所云『舊有』之本，已佚。

雨蝶痕（浣霞子）

浣霞子，别稱延陵先生，當姓吴，名字、生平皆未詳。自署『商山』，當爲歙縣（今屬安徽）人。撰傳奇《雨蝶痕》，《言言齋劫存戲曲目》、《古典戲曲存目彙考》著録，現存順治八年（一六五一）序朗潤齋刻本、康熙四十年辛巳（一七〇一）重刻本（《古本戲曲叢刊五集》據以影印）。

（雨蝶痕）序

薛寀〔一〕

余友梅廊子，綰衆香符兼漆園魚鑰，業以粉鬢紺腳餘習，播響勾欄，俾雲遏桃花扇下矣。乃猶以浣霞子所撰《雨蝶痕》脱稿在先，登場在後，謂慎則久，久則傳，自嫌旗亭絶唱，必讓最後紅牙。貽書米頭陀，屬爲《滕王舊榻圖》，補出白生、桂媛公案。

余謂：自始青蔚藍，積氣孕結，主既龍行，佐亦虎變。席腴者嚇等鵷雛，集枯者困同蟻垤——此二十一史之小運朔也，請空之以花間之蝶。非無浥露，不少吟風。謾誇菜圃藥欄，春酣並宿；一任虚張尾翼，狂且突來——此王、謝、崔、盧之大升沉也，請空之以蝶翅之雨。書生之訾佳偶，如藎臣之急明君。拂墨題巾，旋驚分裂；拜表射隼，輒遘萋菲。才可以黼服淑姿，捷得英辟，而不免見躓於權姦；貞可以醒眼賡酬，睡魂盟誓，而不免罹冤於疑鬼；誼可以歐、蘇接几，李、郭同舟，樂、衞合牘，而不免倏舒倏慘於兵烽途鶴——此亦蛾眉班鴛鴦隊之剩蹤影也，請空之以雨蝶之痕。痕中有聲，聲或笑或啼，或歌或咢，九宫循譜，百劇排場，而總收攝之以不媚勢、不易交、不褻配之快音。痕中有態，態寧患難不偷安，寧刖趾不脅肩，寧雷燒袂裾不雲換衣狗，而總錯綜之以將昵旋睽，將人俄鬼，將吴越復絲蘿之幻局。

置浣霞子於實甫、則誠、天池、若士、緱山之座，恐大雅未達一間；至儷諸香令、黽公、粲花、墨憨、石巢數君，不啻巧均力敵矣。何也？前數君無痕，後數君猶有痕。無痕尚矣，有痕而能彈其痕中妍妙，以漸造於無痕，洵非斲輪手不辦耳。古今文人，起雷造冰，攝情駕車於指端，以與元化爭衡者何限。如吹塵作相，投冶爲鏌鋣引木人而三年旱，斷仇王像首而王首竟墮，種種難以理詰。即纖若兒女緣，而吴宫之魄，巫峽之靈，抱即爲烟，暮能入夢。南方橘蠹，唐内庫金玉屑，皆可化蝶。越嶠老妖，剪紙爲蝶，取閨房弱質，爲普陀大士所誅叱。羊爲雨工，人間雨點，如來不離於座而默識其數。閻浮提爲雨，諸天爲寶華，地獄爲劍槊，何疑於浣霞子是譜哉？

浣霞子才情博達，秀逸絕倫，偶以詞藻，觸忌有司。便一丘一壑，進則禱八公山神以助墨兵，退則叩竹如意而歌朱鳥。匡廬老衲，方起蓮社，以待俊逸，毋徒與天池、若士輩，修香奩宫體，使後人惜李長吉古樂府，沾沾花壇蝶拍間也。

時順治辛卯季春，堆山衲米書於家園之凝遠樓。

（《古本戲曲叢刊五集》影印清康熙四十年辛巳重刻本《雨蝶痕》卷首）

【箋】

〔一〕薛寀（一五九八—一六六三）：字諧孟，號歲星，武進（今江蘇常州）人。崇禎四年辛未（一六三一）進士，授刑部郎中，官至開封知府。明亡，出家爲僧，更號堆山，自稱米堆山，別署堆山衲米。曾評嚴首昇《瀨園文集》。著有《歲星集》一百卷，已佚。現存稿本《薛寀詩文稿》、盛宣懷輯刻《堆山先生前集》、《薛諧孟先生筆記》等。傳見《皇明遺民傳》、《明遺民錄》卷三六、《小腆紀傳》卷五六、光緒《武進陽湖縣志》卷二二等。

雨蝶痕跋〔一〕

汪台山〔二〕

向聞粵中有羅浮仙蝶，翅大於盤，五色熣燦。粵人之繪金粉者，皆蝶粉爲之，與泥金不異。友人自粵歸，更示余仙蝶之卵，其大如拳，其形如繭。春暖蝶生，必翔舞而去，相傳以爲至羅始止。余每夢想羅浮，欲餐梅英而翫仙蝶，惜道遠莫致也。今觀延陵先生傳奇，則又於栩栩之中別開生面。有君臣焉，大槐之國土也；有矛戈焉，蠻觸之蝸角也；有男女焉，十二峯之朝暮也；有聚散焉，陽羨之鵝籠錦帳也；有幻化焉，壺中之天、耳中之國也。萬變日陳於前，幾令應接不暇。追至粉痕一化，絲竹聲沉，覺暖香細雨中，又別開一清涼世界，迴念羅浮一夢，猶在人間，更不必於花鬚粉翅間作太虛中一翳也。

汪台山謹跋。

【箋】

〔一〕底本無題名。

〔二〕汪台山：字號、里籍、生平均未詳。

雨蝶痕跋〔一〕

程庶咸〔二〕

天地無痕也，自日星雲漢、川原瀆峙之奇，碁布霄壤，而天地遂以有痕；人心無痕也，自死生榮辱、悲歡離合之情，膠粘肺腑，而人心遂以有痕。至若雨滴花叢，蝶迷枕畔，則又痕中之一痕耳。世有癡被情牽、醉生夢死於痕中者，固無足齒；即高人達士，每於象外尋幽，欲求解脱諸空，終是粉痕一印。獨《雨蝶》一書，兩美鍾情，幾於誠能感物，究之繪聲繪影，俱屬水月鏡花。披讀再四，但覺始則以有痕破其無痕，繼仍以無痕化其有痕，空空洞洞，恍然透悟天地人心本象，寧沾沾於花酣蝶醉間也。

程庶咸謹跋。

【箋】

〔一〕底本無題名。

〔二〕程庶咸：字號、里籍、生平均未詳。

雨蝶痕跋〔一〕

程永孚〔二〕

評既竣，庶兄屬予一言以爲跋。予展閱一過，見其意皆心造，語必驚人，迥非時曲蹊徑。復列以名家題跋，更覺珠璣滿目，美不勝收。予卽有言，亦奚足爲浣霞子重哉？況浣霞子睥睨一世，且不屑屑以文傳爲幸也，又何以跋爲？語曰：『玉之在山，以見珍而終破。』其浣霞子之謂與？

程永孚謹跋。

【箋】

〔一〕底本無題名。

〔二〕程永孚：字守基，休寧（今屬安徽）人。生平未詳。

雨蝶痕自記〔一〕

浣霞子

蘭蕙當門草不如，幽芳狼藉憤難舒。雕蟲輒敢分藜火，小技眞堪笑蠹魚。自我已忘曾棄稿，何人尚惜欲焚書。非君一唱還三歎，竟使《離騷》付子虛。自記。

（以上均《古本戲曲叢刊五集》影印清康熙四十年辛巳重刻本《雨蝶痕》卷末）

【箋】

〔一〕底本無題名。

花萼樓（昭亭有情癡）

昭亭有情癡，姓名不詳，號亦園，別署醉月主人、珠江漁父，平陽（今屬山西）人。清初寓居蕪湖（今屬安徽）。撰傳奇《花萼樓》、《驪珠釧》、《柳葉箋》及《亦園雜劇》。

《花萼樓》傳奇，《笠閣批評舊戲目》、《今樂考證》著錄，題有情癡撰。日本松澤老泉《彙刻書目外集》著錄《傳奇四種》，此即其一。現存順治十年癸巳（一六五三）序亦園刻本，日本東京大學東洋文化研究所藏，乃雙紅堂戲曲藏本第二〇種，黃仕忠《明清孤本稀見戲曲彙刊》據以校錄。

《花萼樓》自敘

醉月主人

《花萼樓》，傳奇也。人非奇不傳，傳非奇不勸。古來忠臣孝子、義夫節婦，非不燦然青史，上與日月爭光，下與山川同永。雖然，廊廟之上，豈盡董狐之毛錐；而隱逸之人，實操史魚之定案。所以海内新聞，不盡搜括，天壤瑰異，半冷蒼烟。不容不借詞壇聲調、筆底風流以譜出，爲天下公之，爲斯世勸之也。

歷山韓氏，家世簪纓，起自高曾，流光積厚。篤生伯仲之芝蘭，兄弟共炊而不析，恪感神祇，同登甲第。其始也，夢子瞻伯仲攜秦少游而飄飄降室，因而連舉三麟；其繼也，奉大士、關帝共呂祖而念念。《燕子箋》之風流，未嘗不備，而轉折關合，無處不韻，無韻不老，誰謂梓行不足以爲天下後世鑒耶？

時順治癸巳重陽之夕，姑射醉月主人題於鳩茲之得閒處〔一〕。

【箋】

〔一〕題署之後有印章二枚：陽文方印『醉月主人』，陰文方印『珠江漁父』。

花萼樓凡例

昭亭有情癡

一、編次：據情依傳，實有奇緣。而人情險陷，天理昭然，眞可公之爲天下勸。至於豪俠風流，癡迷骯髒，又其餘者，另有□翻眼界，不得與杜撰宣淫者並觀。

一、摘詞：不濫襲他人唾餘，按景題情，視其調之務頭，方加奇俊語，如嫌文飾，何異於俚歌？

一、擇調：視其悲歡，如悲傷則用南呂，悽愴則用商調，雄壯如正宮，閃賺如中呂。作者審音辨律，俱宗《南譜》。其中少有不叶，又從乎時。其弋陽東流，不可混演。

一、點板：乃明腔識調，其中南北不同。故於南曲，照九宮拍叶，而北曲緩之，自有一定之律。演者不得濫自增減。

一、工繡像：較《玉茗堂》、《燕子箋》、《春燈謎》、元曲，雖不能及，而佈款合情，盡心描寫，並無套本臨稿寫意等弊。

一、排演梨園：務宜盡力體神，聲音清亮，年少者方可。如黃童白叟，以牧謠村曲試之，是編也寧不愧乎？

是編出，實所以鼓勵人心，相歸於正，可以化民俗而奏廟堂也。倘宮徵乖誤，不能被諸管絃，而諧聲依永之義，予則不知矣。繼此有《驪珠釧》、《柳葉箋》、《亦園雜劇》等出，或災梨棗。予罪何辭，詞壇君子，請按板以教。

昭亭有情癡自識。

（以上均《日本所藏稀見中國戲曲文獻叢刊》第一輯影印清順治十年序亦園刻本《花萼樓傳奇》卷首）

雙龍墜（筆花齋）

筆花齋，姓名未詳，或爲新都（今四川成都新都區）人。撰《雙龍墜》傳奇，《曲海總目提要》卷三二著錄，云：『未知何人所作。』現存順治十一年（一六五四）序筆花齋刻本，中國國家圖書館藏，僅存上卷，正文卷端署『新都筆花齋編』。

雙龍墜序

雪山野樵〔一〕

牢牲視人，古不再見，變至金、王，而牢牲貴人矣。捧雁天孫，埋玉健兒之腹；乘鸞仙女，委泥屠狗之門。甚至爭妻飯午，易子餐朝，人傑地靈，盡作鐘鳴鼎食。所以然者，伊誰之過歟？德仁一草莽猰貐，叫嘷山林，嘯呼原野，性素然也。使居檻阱之中，搖尾而求食，何況扼其吭而攫其食乎？至於今草露春滋，猶漬未乾之戰血；松風暮泣，還悲無侶之歸魂。掄其罪魁，選其禍首，寧獨爲德仁過耶？姚令言急公赴義，不旋踵而九廟灰飛；李懷光撥亂勤王，甫轉瞬而萬家烟滅。由此推之，益不得爲德仁過矣。

升糠隻鼠，尚聞野老遺言；褒是貶非，僅乏文人牘筆。偶得是傳而觀之，庶見其一班矣。客有笑而問之曰：『義如吳郎，貞如武女，信有之乎？』予亦笑而應之曰：『公如豫國，侯如建武，亦信有之乎？』夫一夫作難，千里流紅，此亦曠世之雄也，而今安在哉？異日者，試看傀儡場中，惟有這般幻相。

甲午仲夏〔二〕，雪山野樵書〔三〕。

（清順治十一年序筆花齋刻本《雙龍墜》卷首）

【箋】

〔一〕雪山野樵：號瀛仙，姓名、籍里、生平均未詳。

〔二〕甲午：順治十一年（一六五四）。

〔三〕題署之後有陽文方章二枚：「瀛仙」、「雪山野樵」。